SUMMER AND THE CITY

Après les succès mondiaux de *Sex and the City*, *Quatre blondes*, *Haut de Gamme*, *Lipstick Jungle* et *Cinquième Avenue*, la journaliste américaine Candace Bushnell fait désormais partie des stars internationales du roman féminin moderne et branché. Elle vit à Manhattan.

Paru dans Le Livre de Poche :

CINQUIÈME AVENUE

HAUT DE GAMME

LE JOURNAL DE CARRIE

LIPSTICK JUNGLE

QUATRE BLONDES

SEX AND THE CITY

CANDACE BUSHNELL

Summer and the City

TRADUIT DE L'ANGLAIS (ÉTATS-UNIS) PAR VALÉRIE LE PLOUHINEC

ALBIN MICHEL

Titre original :

SUMMER AND THE CITY : A CARRIE DIARIES NOVEL
Première publication : HarperCollins Children's Books, Londres, 2011.

ISBN : 978-2-253-15761-8 – 1re publication LGF

À Alyssa et à Deirdre.

PREMIÈRE PARTIE
La chance du débutant

Chapitre un

Tout d'abord, Samantha me demande de chercher sa chaussure. Puis, une fois que je l'ai retrouvée dans le lavabo, elle m'invite à une fête.

— Autant que tu viennes : tu n'as nulle part où aller et je ne me vois pas faire du baby-sitting.

— Mais je ne suis pas un bébé !

— Admettons, dit-elle en rajustant son soutif en soie et en se tortillant pour entrer dans une robe verte en Lycra ultramoulant. Un rat des champs, alors. N'empêche qu'à peine arrivée, tu t'es déjà fait dépouiller. Si tu te fais kidnapper par un maquereau, je ne veux pas qu'on vienne dire que c'est ma faute.

Elle se retourne pour lorgner ma tenue : une veste en gabardine bleu marine et une jupe-culotte assortie que je trouvais vraiment chic il y a encore quelques heures.

— C'est tout ce que tu as ?

— J'ai aussi une petite robe noire des années soixante.

— Mets-la. Avec ça. (Elle me lance une paire de lunettes Aviator dorées.) Au moins, tu auras l'air normale.

J'obéis sans demander ce qu'elle entend par « normale », après quoi nous descendons les cinq étages en faisant claquer nos talons.

— Règle numéro un, proclame-t-elle en traversant la rue au milieu des voitures. Aie toujours l'air de savoir où tu vas, même si tu n'en sais rien. (Levant une main, elle force une voiture à s'arrêter dans un crissement de pneus.) Marche vite. (Elle donne un grand coup du plat de la main sur le capot et fait un doigt d'honneur au conducteur.) Et porte toujours des chaussures dans lesquelles tu peux courir.

Je la suis de près : traverser la Septième Avenue est un vrai parcours du combattant, et j'atteins l'autre rive tel un naufragé découvrant une terre nouvelle.

— Et pour l'amour du ciel, ces sandales compensées ! Ça ne va pas être possible ! s'écrie Samantha avec un regard désobligeant pour mes pieds.

— Tu sais que la première sandale compensée a été inventée par Ferragamo pour Judy Garland quand elle était toute jeune ?

— D'où tu sors une info pareille ?

— Je suis une fontaine d'infos inutiles.

— Alors tu seras à ta place à cette fête.

— C'est chez qui, déjà ?

Je suis obligée de crier pour me faire entendre dans le bruit de la rue.

— David Ross. Le metteur en scène de Broadway.

— Et pourquoi est-ce qu'il donne une fête un dimanche à quatre heures de l'après-midi ?

Tout en parlant, j'esquive une charrette de marchand de hot-dogs, un chariot de supermarché rempli de couvertures et un enfant tenu en laisse.

— C'est un thé dansant.

Je me demande si c'est du lard ou du cochon.

— Ah bon, on va boire du thé ?

Mais Samantha éclate de rire.

— À ton avis ?

La fête a lieu dans une maison rose foncé, au bout d'une petite rue pavée. Entre les bâtiments, j'aperçois le fleuve, brun et lourd, miroitant sous le soleil.

— David est très excentrique, m'avertit Samantha comme si, en bonne provinciale, je risquais d'être épouvantée par l'excentricité. À sa dernière fête, quelqu'un a amené un cheval miniature qui a mis du crottin plein le tapis d'Aubusson.

Afin d'en apprendre davantage sur le cheval, je feins de savoir ce qu'est un tapis d'Aubusson.

— Comment ils l'ont amené jusqu'ici ?

— En taxi. C'était vraiment un tout petit cheval.

— Et ça ne va pas ennuyer ton ami David ? Que tu m'aies amenée ?

— Si un poney nain ne le dérange pas, je ne vois pas pourquoi toi tu le dérangerais. À moins que tu sois une emmerdeuse. Ou un bonnet de nuit.

— Emmerdeuse, moi ? Jamais.

— Et sur tes origines provinciales… tu la boucles, c'est tout. À New York, ce qui compte, c'est le *shtick*.

— Le *shtick* ?

— Ce que tu es, mais en mieux. Enjolive ! conclut-elle avec un sourire ravageur.

Nous voilà devant la maison. Qui est haute de trois étages, avec une porte bleue grande ouverte, révélant une foule bigarrée qui tournoie et s'entrecroise comme dans une comédie musicale. J'en ai des palpitations dans le ventre. Cette porte est mon passage vers un autre monde.

Nous sommes sur le point de franchir le seuil lorsque sort un homme tiré à quatre épingles, une bouteille de champagne à la main, une cigarette allumée dans l'autre.

— Samantha !

— Daviiiid ! crie Samantha (elle prononce son prénom à la française).

— Et vous ? demande-t-il en m'observant avec une curiosité bienveillante.

— Carrie Bradshaw, monsieur.

Je lui tends la main.

— Divin ! glapit l'homme. On ne m'a pas appelé « monsieur » depuis mes culottes courtes. Et je n'en ai jamais porté ! Où cachais-tu cette délicieuse créature, Samantha ?

— Je l'ai trouvée sur mon paillasson.

— Vous êtes arrivée dans un panier, comme Moïse ?

— Par le train.

— Et qu'est-ce qui vous amène dans la Cité d'émeraude ?

Je souris… et je suis à la lettre le conseil de Samantha.

— Oh… je vais être un écrivain célèbre.

— Comme Kenton !

J'en ai le souffle coupé.

— Kenton James ?

— Vous en connaissez d'autres ? Il doit être là, quelque part. Si vous tombez sur un tout petit bonhomme avec une voix de caniche nain, c'est lui.

À la seconde suivante, David Ross est déjà de l'autre côté de la pièce et Samantha assise sur les genoux d'un inconnu. Elle me fait signe depuis le canapé.

— Par ici !

Je passe devant une femme en combinaison-pantalon blanche.

— Je crois que je viens de voir un Halston[1] en vrai !

— Halston est là ? demande Samantha.

Si je suis dans une fête où se trouvent à la fois Kenton James *et* Halston, je vais tomber raide.

— Je parlais de la combinaison.

— Oh, la *combinaison*, se moque-t-elle en regardant l'homme sur qui elle est assise.

Pour ce que je peux en voir, il est bronzé, d'allure sportive, les manches roulées sur les avant-bras.

— Tu me tues ! lui dit-il.

— Je te présente Carrie Bradshaw. Futur écrivain célèbre.

Elle dit ça comme si c'était un fait avéré.

— Bonjour, écrivain célèbre.

L'homme me tend la main ; ses doigts sont fins et polis comme du bronze.

— Et lui, c'est Bernard. L'idiot avec qui je n'ai pas couché l'an dernier !

— Je ne voulais pas figurer sur ton tableau de chasse, roucoule ledit Bernard.

— J'ai arrêté la chasse. Tu n'es pas au courant ? (Elle tend sa main gauche devant elle. Un diamant énorme scintille à son annulaire.) Je suis fiancée.

Elle dépose un baiser au sommet de sa tête brune, puis jette un regard circulaire dans la pièce.

---

1. Styliste très en vogue dans les années 1970-1980 qui a contribué à lancer la mode « disco ». (Toutes les notes sont de la traductrice.)

— À qui faut-il donner la fessée pour obtenir à boire, ici ?

— J'y vais, propose-t-il.

Il se lève et, pendant un instant indescriptible, j'ai l'impression de voir mon avenir se déployer devant moi.

— Allez, l'écrivain célèbre. Viens avec moi. Je suis la seule personne saine d'esprit, là-dedans.

Il pose ses mains sur mes épaules et me pilote dans la foule. Je lance un regard en arrière à Samantha, qui se contente de me sourire en agitant la main : son caillou géant attrape les derniers rayons du soleil. Comment ai-je fait pour ne pas remarquer cette bague jusque-là ?

Il faut croire que j'étais trop occupée à remarquer tout le reste.

Bernard, par exemple. Grand, cheveux noirs et raides. Nez fort, un peu tordu. Yeux brun-vert, et un visage perpétuellement changeant – passant de morose à ravi d'une seconde à l'autre –, comme s'il était tiraillé entre deux personnalités opposées.

Je me demande bien pourquoi il s'occupe autant de moi, mais en tout cas je suis fascinée. Les gens n'arrêtent pas de venir le féliciter, et des bribes de conversation flottent autour de ma tête comme des graines de pissenlit poussées par le vent : « Tu ne renonces jamais, hein… » ; « Crispin le connaît, il est terrorisé… » ; « Alors j'ai dit : “Vas-y, essaie d'analyser la phrase”… » ; « Atroce. Même ses diamants avaient l'air sales… ».

Bernard me fait un clin d'œil. Et là, d'un seul coup, son nom complet me revient, surgi d'un vieux numéro de *Time Magazine* ou de *Newsweek*. Bernard Singer ? *Le dramaturge ?*

Je panique. *Ça ne peut pas être lui.* Mais si, c'est bien lui, je le sais d'instinct.

Comment en suis-je arrivée là ? Je suis à New York depuis exactement deux heures, et je suis déjà au milieu des *beautiful people* ?

— Ton nom, déjà ? me demande-t-il.

— Carrie Bradshaw.

Le titre de sa pièce, celle qui a gagné le prix Pulitzer, pénètre dans mon cerveau tel un éclat de verre : *Cutting Water*.

— Je ferais mieux de te ramener à Samantha, sinon je risque bien de te raccompagner jusque chez toi, me ronronne-t-il à l'oreille.

Je le rembarre tout de suite.

— Je n'irai pas.

Le sang me bat aux oreilles. Même ma coupe de champagne transpire, c'est dire.

— Et où est-ce, chez toi ?

Je note qu'il me malaxe l'épaule.

— Je ne sais pas.

Il trouve ça absolument désopilant.

— Une orpheline ! Comme Jane Eyre ?

— Candide, plutôt.

La foule nous a repoussés contre un mur, près des portes-fenêtres qui donnent sur un jardin. Il se baisse pour me parler les yeux dans les yeux.

— Mais d'où viens-tu ?

Je me remémore l'avertissement de Samantha.

— Quelle importance ? Je suis là, maintenant.

— Fine mouche ! déclare-t-il.

Et soudain, je suis ravie qu'on m'ait piqué mon sac. En prenant mon portefeuille et mon argent, le voleur m'a aussi dépouillée de mon identité. Par conséquent, pendant les heures qui viennent, je peux être qui je veux.

Bernard me prend par la main et m'entraîne dans le jardin. Toutes sortes de gens – des hommes, des femmes, des jeunes, des vieux, des beaux, des laids – sont assis autour d'une table de marbre, riant, blablatant, s'indignant, comme s'ils carburaient aux conversations animées. Il nous trouve une petite place entre une femme minuscule aux cheveux courts et un homme distingué en veste de coton à fines rayures.

— Bernard, dit la femme d'une voix légère, nous irons voir ta pièce en septembre. Pas question de rater ça !

Sa réponse est noyée par un jappement soudain, poussé par un type assis en face qui vient de le reconnaître.

Celui-ci est drapé dans un volumineux manteau noir qui ressemble à un habit de bonne sœur, les yeux cachés par des lunettes à verres marron, un chapeau de feutre incliné sur le front. La peau de son visage est si délicatement ridée qu'elle ressemble à une légère étoffe blanche.

— Bernard ! s'exclame-t-il. Bernardo. Mon cher. Amour de ma vie. Tu m'offres un verre ?

Puis il me remarque et pointe un doigt tremblant.

— Tu as amené une enfant !

Sa voix est stridente, bizarrement haut perchée, presque inhumaine. Toutes les cellules de mon corps se contractent.

Kenton James.

Ma gorge se noue. La main crispée sur ma coupette, j'avale mon champagne d'un trait. Pendant ce temps, l'homme en veste de coton me donne un coup de coude et désigne Kenton James du menton.

— Ne faites pas attention à l'homme derrière le rideau, dit-il avec un pur accent de la haute société de Nouvelle-Angleterre, la voix grave et pleine d'assurance. C'est la vodka. Des années de pratique. Ça détruit le cerveau. Autrement dit : c'est un ivrogne.

Je ris d'un air entendu, comme si je voyais tout à fait de quoi il veut parler.

— Comme tout le monde, non ?

— Maintenant que vous le dites… oui.

— Bernardo, *je t'en prie*, implore Kenton. C'est une simple question de logique. C'est toi qui es le plus près du bar. Tu ne veux tout de même pas que j'aille me frotter à cette mêlée humaine suante, répugnante…

— Coupable ! clame l'homme à la veste.

— Et qu'est-ce que tu portes sous ce déshabillé ? tonne Bernard.

— Il y a dix ans que j'attends d'entendre ces mots de ta bouche, glapit Kenton.

— J'y vais, dis-je en me levant.

Kenton James applaudit.

— Merveilleux. Notez bien, vous tous : voilà exactement ce que les enfants doivent faire. Aller chercher. Tu devrais amener des enfants plus souvent dans les fêtes, Bernie.

Je m'en vais à regret, même si j'ai envie d'en entendre davantage, d'en savoir davantage, et de ne pas quitter Bernard. Ni Kenton James. L'écrivain le plus célèbre du monde. Son nom résonne en boucle dans ma tête, comme le *tchou tchou* d'un petit train fou.

Soudain, une main m'attrape le bras. Samantha. Les yeux brillants comme son diamant. La lèvre supérieure légèrement humide.

— Ça va ? Tu avais disparu ! Je commençais à m'inquiéter.

— Je viens de rencontrer Kenton James. Il veut que je lui apporte à boire.

— Tu ne pars pas sans me prévenir, d'accord ?

— Pas de danger. Je voudrais ne jamais partir.

— Tant mieux !

Et avec un grand sourire, elle retourne à sa conversation.

L'atmosphère est totalement électrique. La musique coule à flots. Les corps se déhanchent, un couple se pelote sur le canapé. Une femme traverse la pièce à quatre pattes, une selle sur le dos. Une dame énorme en corset asperge deux barmen de champagne. J'attrape une bouteille de vodka et traverse la foule en dansant.

Comme si j'allais tous les jours à ce genre de fêtes. Comme si j'y étais chez moi.

Quand je rejoins la table, une jeune femme en total look Chanel a pris ma place. L'homme à la veste rayée mime une charge d'éléphants, et Kenton James a rabattu son chapeau sur ses oreilles. Il semble ravi de me revoir.

— Place, place pour l'alcool ! s'écrie-t-il en écartant les gens. Un jour, cette enfant régnera sur New York ! clame-t-il à la cantonade.

Je me faufile jusqu'à lui.

— Hé, ho ! crie Bernard. Pas touche à ma fiancée !
— Je ne suis la fiancée de personne, dis-je.
— Mais ça viendra, ma chère, rétorque Kenton en clignant un de ses yeux chassieux. Et là, tu *verras*.

Sur ces mots, il me tapote la main avec sa petite patte toute douce.

Chapitre deux

À l'aide !

Je suffoque, j'étouffe, je me noie dans le taffetas. Enfermée dans un cercueil. Je suis… morte ?

Je m'assois d'un bond et me dégage en me tortillant, les yeux rivés sur l'amas de soie noire tire-bouchonné sur mes genoux.

C'est ma robe. J'ai dû la retirer à un moment indéterminé, pendant la nuit. À moins que quelqu'un ne l'ait enlevée pour moi ? Je scrute la pénombre du salon de Samantha, traversée par de faibles faisceaux lumineux jaunes qui soulignent les objets de son quotidien : un nid de photos sur une petite table, un tas de magazines par terre, une rangée de bougies sur l'appui de la fenêtre.

Du fond de ma migraine, je me remémore vaguement un trajet dans un taxi bondé. Une banquette en skaï bleu craquelé et un tapis de sol poisseux. Je me revois cachée par terre, malgré les protestations du chauffeur, qui n'arrêtait pas de répéter : « Pas plus de quatre ! » Nous étions six, en fait, même si Samantha prétendait le contraire. Je me souviens d'un fou rire incontrôlable. Puis d'avoir monté cinq étages plus ou moins en rampant, et encore de la musique, et des coups de fil, et un type essayant le maquillage de Samantha… j'ai dû m'écrouler sur le futon et m'endormir peu après.

À pas de loup, je m'approche de sa chambre, en évitant les cartons ouverts çà et là. Samantha déménage, et l'appartement est un vrai chantier. La porte de sa petite chambre est ouverte, le lit vide mais pas fait, le sol jonché de chaussures et de vêtements comme si quelqu'un avait essayé tout le contenu de son armoire et jeté les fringues en boule. Je trouve mon chemin jusqu'à la salle de bains et, franchissant une forêt de soutifs et de slips suspendus, entre dans la baignoire antédiluvienne pour prendre une douche.

Projet de la journée : trouver l'appart où je suis censée crécher, sans appeler mon père.

Mon père. Un arrière-goût aigre de culpabilité m'emplit la gorge.

Je ne l'ai pas appelé hier. Je n'ai pas trouvé le temps. Il doit être mort d'inquiétude, à l'heure qu'il est. Si ça se trouve, il a appelé George. Ou la proprio. Peut-être que la police me recherche : encore une jeune fille mystérieusement disparue dans les entrailles de New York City.

Je me lave les cheveux. Il n'y a rien à faire pour l'instant.

Ou alors, peut-être que je n'en ai pas envie.

Je sors de la baignoire et me penche sur le lavabo pour contempler mon reflet pendant que la buée s'évapore lentement et que mon visage se révèle dans le miroir.

Je n'ai rien de changé. Pourtant, je me sens transformée de l'intérieur.

C'est mon premier matin à New York !

Je cours à la fenêtre ouverte pour inspirer la brise fraîche et humide. Le bruit sourd des voitures me rappelle des vagues léchant doucement la grève. Je m'agenouille pour contempler la rue, les mains à plat sur la vitre… comme une enfant plongeant les yeux dans une énorme boule à neige.

Je reste là un temps infini, à regarder la journée s'animer. D'abord les camions, brinquebalant lourdement dans l'avenue tels des dinosaures, grinçants et creux, soulevant les poubelles pour engloutir leur contenu ou balayant les rues de leurs moustaches hérissées. Puis le trafic commence : un taxi solitaire, suivi d'une Cadillac argentée, puis les petites fourgonnettes de livraison ornées de logos figurant du poisson, du pain ou des fleurs, et les camionnettes rouillées, et une parade de triporteurs. Un garçon en veste blanche pédale à fond sur un vélo chargé de deux cageots d'oranges accrochés aux garde-boue. Le ciel vire paresseusement du gris au blanc sale. Un joggeur passe, puis un autre ; un homme en bleu de travail hèle frénétiquement un taxi. Trois petits chiens attachés à la même laisse tirent une vieille dame sur le trottoir, tandis que les commerçants lèvent leurs rideaux de fer grinçants. Les rayons du soleil illuminent les angles des immeubles, et enfin une masse humaine se déverse des escaliers qui longent le trottoir. Les rues se gonflent d'une rumeur de gens, de voitures, de musique et de marteaux-piqueurs ; des chiens aboient, des sirènes hurlent. Il est huit heures.

L'heure de me bouger.

Je fouille les alentours du futon à la recherche de mes affaires. Coincé derrière les coussins, je retrouve un morceau de papier quadrillé aux bords vaguement graisseux et froissés, comme si j'avais dormi en le serrant contre mon sein. J'étudie le numéro de téléphone de Bernard : les chiffres sont nets et sans bavure. À la fête, il m'a ostensiblement tendu son numéro en me disant : « Au cas où. » Il a fait exprès de ne pas me demander le mien. Ainsi, nous savons tous les deux que la balle est dans mon camp : à moi de décider si nous nous reverrons ou non.

Je range soigneusement le papier dans ma valise, et c'est alors que je remarque un mot placé sous une bouteille de champagne vide.

Chère Carrie,

Ton ami George a appelé. J'ai essayé de te réveiller, mais rien à faire. Te laisse 20 dollars. Tu me rembourseras quand tu pourras.

Samantha.

En dessous, une adresse. Celle de l'appartement où je devais me rendre hier, sauf que je n'y suis pas allée. Il faut croire que j'ai finalement tenté de joindre George hier soir.

Je lève le mot à hauteur de mes yeux, à la recherche d'indices. L'écriture de Samantha est étrangement enfantine, comme si la zone de son cerveau correspondant à l'écriture n'avait pas progressé au-delà du CM2. J'enfile à contrecœur ma tenue en gabardine, décroche le téléphone et appelle George.

Dix minutes plus tard, je traîne bruyamment ma valise dans l'escalier et sors dans la rue. Mon ventre gargouille comme si je mourais de faim. Pas une faim de nourriture, mais de tout : le bruit, l'excitation, le bourdonnement d'énergie absolument dingue qui palpite sous mes pieds.

Je hèle un taxi, ouvre la portière et hisse ma valise sur la banquette arrière.

— Où allons-nous ? me demande le chauffeur.

— 47e Rue est !

Je ne sais pas pourquoi je parle aussi fort.

— Ça marche.

Et il lance son taxi dans la mêlée.

Nous roulons sur un nid-de-poule : je décolle de mon siège.

— La faute à ces foutus chauffards du New Jersey, râle le chauffeur en brandissant le poing par la fenêtre.

Je l'imite et brandis moi aussi le poing. Et là, une idée me frappe : j'ai l'impression d'avoir toujours vécu ici. Directement sortie de la tête de Zeus : une personne sans famille, sans bagage, sans *histoire*.

Une personne absolument nouvelle.

Pendant que le taxi louvoie témérairement dans le trafic, j'observe les passants : des échantillons d'humanité de toute taille, de toute forme et de toute couleur… et pourtant, je suis convaincue de percevoir sur chaque visage une affinité qui transcende toutes les frontières, comme si nous étions tous liés par un secret : cet endroit est le centre de l'univers.

Ensuite, effrayée, je me cramponne à ma valise.

C'est vrai ce que j'ai dit à Samantha : je ne veux plus jamais repartir. Et je n'ai plus que soixante jours pour trouver le moyen de rester.

Quand je vois George Carter, l'atterrissage est rude. Il est installé comme convenu au comptoir du coffee-shop qui fait l'angle de la 47e Rue et de la Deuxième Avenue, où nous avons décidé de nous retrouver avant qu'il ne fonce au *New York Times*, où il a un job pour l'été. À sa bouche crispée, je vois tout de suite qu'il est exaspéré : je suis à New York depuis moins de vingt-quatre heures et déjà dans la panade. Je n'ai même pas réussi à rallier l'appartement où je dois habiter. Je lui tape sur l'épaule et il se retourne d'un air à la fois soulagé et agacé.

— Qu'est-ce qu'il t'est arrivé ? aboie-t-il.

Je pose ma valise et prends le tabouret à côté du sien.

— On m'a volé mon sac. Je n'avais pas d'argent. Alors j'ai appelé une fille, la cousine d'une copine de Castlebury. Elle m'a emmenée à une fête et…

George soupire.

— Tu ne devrais pas fréquenter ces gens-là.

— Pourquoi ?

— Tu ne les connais pas.

— Et alors ?

Là, je suis contrariée. C'est tout le problème avec George. Il a toujours l'air de se prendre pour mon père.

— Je veux que tu me promettes d'être plus prudente à l'avenir.

Je lui tire la langue.

— Carrie, je ne plaisante pas. Si tu t'attires encore des ennuis, je ne serai pas toujours là pour t'aider.

Mais c'est en riant que je lui réponds.

— Alors, tu m'abandonnes ?

George a un faible pour moi depuis presque un an. Et c'est un de mes amis les plus proches. Sans lui, je ne serais peut-être pas à New York du tout.

— En fait, oui, dit-il en faisant glisser vers moi trois billets tout neufs de vingt dollars. Voilà qui devrait te tirer d'affaire. Tu pourras me rembourser en entrant à Brown.

Je regarde les billets, puis sa tête. Il ne rigole pas.

— Le *Times* m'envoie à Washington pour tout l'été. Comme ils me laisseront faire du reportage, j'ai dit oui.

Alors ça, c'est la meilleure ! Je ne sais pas si je dois le féliciter ou l'engueuler de me laisser en plan.

L'impact de sa désertion me frappe soudain, et le sol se dérobe sous mes pieds. George est la seule personne que je connaisse vraiment à New York. Je comptais sur lui pour me montrer les ficelles. Comment vais-je me débrouiller sans lui ?

Mais on dirait qu'il lit dans mes pensées.

— Tu te débrouilleras très bien. Fais simplement ce que tu as à faire. Va en cours, fais ton boulot. Et tâche de ne pas te retrouver encore embringuée avec des fous, d'accord ?

— D'ac.

Ce ne serait pas un problème, si je n'étais pas déjà un peu fofolle moi-même.

George prend ma valise et nous rejoignons un immeuble en brique blanche, juste au coin de la rue. Un vieil auvent mité, arborant l'inscription WINDSOR ARMS, abrite l'entrée.

— Ce n'est pas si mal, fait remarquer George. Parfaitement respectable.

Derrière la porte en verre, il y a une rangée de boutons. J'appuie sur le 15E.

— Oui ? fait une voix stridente dans l'interphone.

— Carrie Bradshaw.

— C'est pas trop tôt, commente la voix d'un ton aigre à faire tourner du lait.

George me fait la bise pendant qu'un bourdonnement résonne et que la seconde porte s'ouvre.

— Bonne chance, me dit-il.

Puis il s'arrête pour me donner un dernier conseil.

— Et surtout, appelle ton père. Je suis sûr qu'il s'inquiète pour toi.

Chapitre trois

— Vous êtes bien Carrie Bradshaw ?

La voix est douce mais ferme en même temps, comme si mon interlocutrice était légèrement contrariée.

— Ouiii… dis-je sans me mouiller, en me demandant qui cela peut bien être.

C'est ma deuxième matinée à New York et je dois me rendre à mon premier cours.

— J'ai votre sac, m'annonce la fille.

Je manque en lâcher le téléphone.

— Quoi ?!

— Oui, bon, ne vous réjouissez pas trop vite. Je l'ai trouvé dans les poubelles. Quelqu'un a renversé du vernis à ongles dessus. J'ai failli le laisser là, mais je me suis dit : « Et si quelqu'un retrouvait mon sac à moi, qu'est-ce que je voudrais qu'il fasse ? » Alors je vous ai appelée.

— Comment vous m'avez retrouvée ?

— Votre carnet d'adresses. Il était toujours dedans. Je serai devant le grand magasin *Saks* à partir de dix heures si vous voulez venir le chercher. Vous ne pouvez pas me rater. J'ai les cheveux rouges. Je les ai teints de la même couleur que les boîtes de soupe à la tomate Campbell's. Un hommage à Valerie Solanas. (Un silence.) Le *Scum Manifesto* ? Andy Warhol ? Ça ne vous dit rien ?

— Si si, bien sûr.

Je ne vois absolument pas de quoi elle veut parler, mais je ne vais quand même pas lui avouer mon ignorance. En plus, cette fille m'a l'air un peu… zarbi.

— D'accord. À tout à l'heure devant chez *Saks*.

Elle raccroche avant que j'aie pu lui demander son nom.

Hourrah ! Je le savais. Depuis que mon sac Carrie a disparu, j'avais l'étrange prémonition que je le retrouverais. Comme ce qu'on lit dans les livres de développement personnel : visualise ce que tu désires, et cela viendra à toi.

— Hum hum.

Assise sur mon petit lit, je lève la tête et me retrouve nez à nez avec ma proprio, Peggy Meyers, le visage rose et récuré. Elle est boudinée dans une combinaison en latex gris qui la moule comme une peau de saucisson. Associé à sa face de lune luisante, ce costume lui confère une ressemblance surréaliste avec le bonhomme Michelin.

— C'était un appel sortant ?

— Non, dis-je, quelque peu offensée. On m'a appelée.

Son soupir exprime un subtil dosage d'agacement et de déception.

— Je t'ai bien expliqué le règlement, non ?

Je hoche la tête, les yeux écarquillés, mimant la peur.

— Toutes les communications téléphoniques doivent avoir lieu au salon. Aucun appel ne doit durer plus de cinq minutes. Personne n'a jamais besoin de plus de cinq minutes pour communiquer. Et tous les appels sortants doivent être dûment consignés dans le carnet.

Dûment. Un très bon mot, me dis-je.

— Des questions ? enchaîne-t-elle.

— Aucune.

— Je vais courir. Ensuite, je passe des auditions. Si tu sors, prends tes clés.

— Promis.

Elle s'arrête, contemple mon pyjama en coton et fronce les sourcils.

— Tu ne comptes pas te recoucher, j'espère.

— Je vais chez *Saks*.

Peggy pince les lèvres d'un air réprobateur, comme si seules les feignasses allaient chez *Saks*.

— Au fait, ton père a appelé.

— Merci.

— Et n'oublie pas que tous ces appels longue distance sont en PCV.

Elle s'en va, lourde et raide comme une momie. Si elle peut déjà à peine marcher dans cette tenue caoutchoutée, comment peut-elle courir ?

Je ne connais Peggy que depuis vingt-quatre heures, mais déjà, le courant passe mal. Un coup de foudre à l'envers, pour ainsi dire.

Quand je suis arrivée hier matin, dépenaillée et vaguement désorientée, voici la première chose qu'elle m'a dite :

— C'était moins une. J'allais céder votre chambre à quelqu'un d'autre.

Je l'ai bien regardée : elle a dû être jolie autrefois, mais à présent elle est comme une fleur montée en graine, et j'ai presque regretté qu'elle n'ait pas bazardé ma chambre.

— J'ai une liste d'attente longue comme le bras, a-t-elle continué. Vous, les jeunes de province, vous ne vous rendez pas compte une seconde – *pas une seconde* – à quel point c'est impossible de trouver un logement correct à New York.

Puis elle m'a fait asseoir sur le sofa vert pour m'expliquer le « règlement ».

- Pas de visiteurs, surtout masculins.

- Pas d'invités pour la nuit, surtout masculins, même quand elle part en week-end.

- Interdiction de consommer ses provisions.

- Pas de coups de téléphone de plus de cinq minutes : elle a besoin de la ligne, au cas où on l'appellerait pour une audition.

- Interdiction de rentrer après minuit : on risquerait de la réveiller et chaque minute de son sommeil est précieuse.

- Et surtout, surtout : interdiction de cuisiner. Elle ne veut pas avoir à nettoyer derrière nous.

Je vous jure. Même un hamster en cage a plus de liberté que moi.

J'attends d'entendre la porte claquer derrière elle, puis je frappe à la cloison de contreplaqué, à côté de mon lit.

— *Ding dong*, la sorcière est morte ! je crie.

Lil Waters, une fille menue et délicate comme un papillon, franchit la mince porte qui sépare nos cellules.

— Quelqu'un a retrouvé mon sac !

— Oh, ma chérie, c'est magnifique ! C'est une de ces coïncidences magiques qui n'arrivent qu'à New York.

Elle bondit sur le bout de mon petit lit, ce qui manque de le faire basculer. Dans cet appartement, tout est faux, y compris les cloisons, les portes et les lits. Nos « chambres » sont construites dans un coin du salon et forment deux espaces minuscules, juste assez grands pour un lit de camp, une petite table pliante, une chaise, une minicommode à deux tiroirs et une lampe de chevet. Comme le tout est situé à deux pas de la Deuxième Avenue, je nous ai rebaptisées, Lil et moi, « les Prisonnières de la Deuxième Avenue », d'après le film avec Jack Lemmon.

— Et Peggy ? Je l'ai entendue te crier dessus. Je t'avais dit de ne pas téléphoner dans ta chambre.

— J'ai cru qu'elle dormait.

Lil secoue la tête. Elle fait le même stage que moi à la New School, mais elle est arrivée une semaine en avance pour s'acclimater, si bien qu'elle a récolté la moins mauvaise des deux chambres. Comme elle doit traverser la mienne pour accéder à la sienne, j'ai encore moins d'intimité qu'elle.

— Peggy se lève toujours tôt pour aller courir. Elle dit qu'elle a dix kilos à perdre…

— Dans son costume en caoutchouc ? je demande, ébahie.

— Elle pense que ça lui fait suer son gras.

J'observe Lil. Elle a deux ans de plus que moi, mais elle en paraît cinq de moins. Avec son gabarit d'oiseau, elle fait partie de ces filles à qui on donnera probablement douze ans toute leur vie. Mais il ne faut pas la sous-estimer pour autant.

La première fois que nous nous sommes vues hier, j'ai fait remarquer en plaisantant que « Lil » ferait un effet bœuf sur une couverture de livre.

— Je signe mes écrits E.R. Waters, m'a-t-elle répondu avec un haussement d'épaules. Je m'appelle Elizabeth Reynolds Waters, mais on te publie plus facilement si on ne sait pas que tu es une fille.

Et sur ce, elle m'a montré les deux poèmes qu'elle a déjà publiés dans le *New Yorker*.

J'ai failli en tomber à la renverse.

Ensuite, je lui ai raconté que j'avais rencontré Kenton James et Bernard Singer. Je sais bien que connaître des écrivains célèbres n'est pas la même chose qu'être publié soi-même, mais c'était déjà mieux que rien. Je lui ai même montré le bout de papier où Bernard Singer a griffonné son numéro de téléphone.

— Il faut que tu l'appelles, m'a-t-elle dit.

— Je ne sais pas.

Je ne voulais pas en faire toute une histoire.

Penser à Bernard me rendait toute molle et flageolante, jusqu'au moment où Peggy est venue nous faire taire.

À présent, je décoche à Lil un sourire malicieux.

— Peggy. Elle va vraiment passer des auditions dans son survêt en caoutchouc ? Tu imagines l'odeur ?

— Penses-tu, elle est inscrite dans une chaîne de salles de gym ! Elle dit qu'elle se douche là-bas avant. Pas étonnant qu'elle soit complètement desséchée. Elle répand sa sueur dans toute la ville !

Ça me fait pouffer, et nous nous écroulons sur mon lit, prises d'un fou rire géant.

La fille aux cheveux rouges avait raison : je n'ai aucun mal à la trouver. Impossible de la rater, plantée sur le trottoir devant chez *Saks*, munie d'une énorme pancarte marquée À BAS LA PORNOGRAPHIE d'un côté et LA PORNOGRAPHIE EXPLOITE LES FEMMES de l'autre. Derrière elle est installée une petite table couverte d'images très explicites tirées de magazines porno.

— Femmes, réveillez-vous ! crie-t-elle. Dites non à la pornographie !

Elle me fait signe avec sa pancarte.

— Voulez-vous signer une pétition contre la pornographie ?

Je suis sur le point de lui expliquer qui je suis quand une inconnue me vole la politesse.

— Oh lala, pitié ! grommelle celle-ci en nous contournant. Il y en a qui n'ont vraiment rien de mieux à faire que se mêler de la vie sexuelle des autres.

— Dites donc, aboie la fille, je vous ai entendue, vous savez ? Et je n'apprécie pas du tout.

La femme fait volte-face.

— Et… ?

— Qu'est-ce que vous savez de ma vie sexuelle, d'abord ?

Elle a les cheveux courts comme un garçon et, comme annoncé, teints en rouge tomate. Elle porte des chaussures de chantier, une salopette et, en dessous, un tee-shirt violet effiloché.

— Ma chère, on voit bien que vous n'en avez pas, persifle la femme.

— Ah oui ? Je ne baise peut-être pas autant que vous, mais vous êtes victime du système. La domination masculine vous a lavé le cerveau.

— Bah, le sexe fait vendre.

— Aux dépens des femmes.

— C'est ridicule. Vous ne vous êtes jamais dit que certaines femmes *aimaient* le sexe ?

— Et alors ?

Pendant que la fille fait la tronche, j'en profite pour me présenter.

— Je suis Carrie Bradshaw. Vous m'avez appelée. Vous avez mon sac ?

— C'est *vous*, Carrie Bradshaw ? dit-elle d'un air déçu. Qu'est-ce que vous faites avec elle ? (Elle indique la femme du pouce.)

— Je ne la connais même pas. Si je pouvais juste récupérer mon…

— Tenez, dit-elle, à bout de nerfs.

Elle sort mon précieux sac Carrie de son sac à dos et me le tend.

— Merci. Si je peux faire quoi que ce soit…

— Pas de quoi, réplique-t-elle avec hauteur.

Elle reprend sa pancarte et accoste une dame âgée à collier de perles.

— Voulez-vous signer une pétition contre la pornographie ?

La vieille dame sourit.

— Non merci, ma chère. Quel intérêt ?

La fille aux cheveux rouges est toute déconfite.

— Attends, dis-je alors. Je vais la signer, ta pétition.

— Merci.

Elle me tend un stylo.

Je gribouille mon nom et file dans la Cinquième Avenue. Je louvoie dans la foule en me demandant ce que ma mère penserait de mes premiers pas à New York. Peut-être veille-t-elle sur moi, peut-être s'est-elle arrangée pour que cette drôle de fille aux cheveux tomate retrouve mon sac. Ma mère aussi était féministe. En tout cas, elle serait fière que j'aie signé la pétition.

— Te voilà ! s'écrie Lil. J'avais peur que tu sois en retard.

— Meu non, penses-tu, dis-je, essoufflée, en la rejoignant devant la New School.

Le trajet s'est révélé beaucoup plus long que prévu, et j'ai les pieds en compote. Mais j'ai vu toutes sortes de choses intéressantes en chemin : la patinoire en plein air du Rockefeller Center ; la Bibliothèque publique de New York ; les grands magasins *Lord & Taylor* ; un immeuble appelé le Toy Building.

— J'ai retrouvé mon sac ! dis-je en le brandissant.

— Carrie se l'est fait voler alors qu'elle était à New York depuis moins d'une heure, explique Lil à un type mignon aux yeux bleus et aux cheveux bruns ondulés.

Il hausse les épaules.

— C'est rien, ça. Moi, on a dévalisé ma voiture la deuxième nuit. Ils ont explosé la vitre pour prendre l'autoradio.

— Tu as une voiture ?

Ça m'étonne. Peggy nous a dit que personne n'avait de voiture à New York. Tout le monde se déplace à pied, en bus ou en métro.

— Ryan vient du Massachusetts, m'indique Lil comme si cela expliquait tout. Il est dans la même classe que nous.

Je lui tends la main.

— Carrie Bradshaw.

— Ryan McCann.

Il a un sourire gentil et marrant, mais ses yeux plongent dans les miens comme s'il y avait un défi à relever.

— Qu'est-ce que tu penses de notre prof, Viktor Greene ?

— Je le trouve extraordinaire, intervient Lil. C'est ce que j'appelle un artiste sérieux.

— C'est peut-être un artiste, mais on voit bien que c'est un pervers, la titille Ryan.

— Tu le connais à peine ! s'enflamme-t-elle.

— Une minute, les gars. Vous l'avez rencontré ?

— La semaine dernière, dit Ryan l'air de rien. On a passé nos entretiens personnalisés avec lui, pas toi ?

Là, j'ai un léger vertige.

— Je ne savais pas qu'il fallait passer un entretien.

Comment est-ce possible ? Je suis déjà à la traîne ?

— Tout le monde ne l'a pas fait, me rassure Lil. C'était seulement pour ceux qui étaient à New York en avance. Ça n'a pas d'importance.

— Eh, les jeunes, ça vous dit de faire la fête ?

Nous pivotons tous en même temps. Un type nous tend des flyers avec un sourire de chat du Cheshire.

— C'est au Puck Building. Mercredi soir. Entrée gratuite jusqu'à vingt-deux heures.

Ryan est enthousiaste. Le type nous donne un carton d'invitation à chacun et s'en va d'un pas tranquille.

— Tu le connais ? demande Lil.

— Jamais vu de ma vie. Mais c'est cool, non ? Vous en connaissez beaucoup, vous, des villes où un inconnu vient vous inviter à une fête, comme ça ?

— Nous et un millier d'autres gens qu'on ne connaît pas, nuance Lil.

Mais Ryan ne veut rien entendre.

— Ça ne se passe qu'à New York, « les jeunes » !

Pendant que nous entrons, j'examine le flyer. Au recto, une image d'un cupidon de pierre souriant. Au-dessous, les mots : « AMOUR. SEXE. MODE. » Je plie le carton et le fourre dans mon sac.

Chapitre quatre

Ryan a dit vrai. Viktor Greene est étrange, en effet.

Déjà, il est complètement voûté. Un peu comme si on l'avait lâché du ciel et qu'il ne se soit jamais habitué au plancher des vaches. Et puis surtout, il y a sa moustache. Elle est épaisse et brillante sur sa lèvre supérieure, mais se recourbe en crocs, comme deux sourires tristes, autour de sa bouche. Il caresse sans cesse cette moustache comme si c'était son animal de compagnie.

— Carrie Bradshaw ? demande-t-il en consultant sa liste.

Je lève la main.

— Ici.

— Présente, me corrige-t-il. L'une des choses que vous allez apprendre au cours de ce stage est la parfaite correction de l'expression. Votre niveau de langue s'en trouvera naturellement relevé.

Je pique un fard. Mon premier séminaire d'écriture est commencé depuis deux minutes, et je fais déjà mauvaise impression.

Ryan m'envoie un clin d'œil qui signifie : « Qu'est-ce que je t'avais dit ? »

— Ah, et voici Lil. (Viktor Greene hoche la tête et accorde à sa moustache quelques caresses réconfortantes.) Tout le monde connaît-il Miss Elizabeth Waters ? C'est un de nos auteurs les plus prometteurs. Je suis sûr qu'elle fera beaucoup parler d'elle.

Si Viktor Greene disait ce genre de choses de moi, j'aurais peur que toute la classe me déteste. Mais pas Lil. Elle accueille volontiers le compliment, comme si elle avait l'habitude qu'on lui tresse des couronnes de laurier.

Pour l'instant, je suis jalouse. Pour me rassurer, j'essaie de me répéter que nous sommes tous doués. Sinon, nous ne serions pas là, n'est-ce pas ? Y compris moi. C'est peut-être simplement que Viktor Greene ne connaît pas l'étendue de mon talent… pas encore ?

— Voici comment fonctionne ce séminaire.

Viktor traîne et hésite comme s'il avait perdu quelque chose et ne se rappelait pas quoi.

— Le thème de l'été sera le foyer et la famille. Au cours des huit semaines à venir, vous écrirez quatre nouvelles, un court roman ou six poèmes explorant ces sujets. Chaque semaine, je choisirai trois ou quatre œuvres qui seront lues à haute voix. Puis nous en débattrons. Des questions ?

Une main se lève. Elle appartient à un garçon mince à lunettes, coiffé d'épais cheveux blonds. Et malgré sa ressemblance frappante avec un pélican, il donne quand même l'impression de se croire mieux que tout le monde. Je ne sais pas comment il fait.

— Quelle doit être la longueur des nouvelles ?

Viktor Greene tapote sa moustache.

— La longueur qu'il faut pour raconter l'histoire.

— Alors deux pages peuvent suffire ? demande une fille au visage anguleux et aux yeux mordorés.

Elle porte une casquette à l'envers sur sa luxuriante chevelure brune, et une profusion de colliers multicolores autour du cou.

— Si vous vous sentez capable de raconter toute une histoire en cinq cents mots, libre à vous, lâche Viktor Greene d'un ton morose.

La fille hoche la tête ; son beau visage arbore une expression triomphante.

— C'est juste que mon père est artiste. Et il dit toujours…

Viktor soupire.

— Nous savons tous qui est votre père, Rainbow.

Minute. *Rainbow ?* Qu'est-ce que c'est que ce prénom ? Et c'est qui, ce fameux père artiste ?

J'observe plus attentivement. Le blond à long nez capte le regard de Rainbow et rapproche sa chaise de la sienne comme s'ils étaient déjà amis.

C'est à présent Ryan qui lève la main.

— Pouvez-vous nous garantir qu'après ce séminaire, nous deviendrons tous écrivains ?

À ces mots, Viktor Greene s'affaisse encore un peu plus. Je me demande s'il ne va pas carrément disparaître dans le plancher.

Il tapote frénétiquement sa moustache à deux mains.

— Excellente question. Et la réponse est non. En fait, vous avez 99,9 % de chances de ne jamais percer dans la profession.

La classe entière gémit.

— Si je ne deviens pas écrivain, je vais exiger un remboursement ! plaisante Ryan.

Cette fois, tout le monde rit. Sauf Viktor Greene.

— Si c'est ainsi que vous prenez les choses, voyez avec l'intendance.

Il tortille le bout de sa moustache entre ses doigts. Cette moustache va me rendre folle. Je me demande si Viktor Greene est marié et, si oui, ce que sa femme pense de ses manies « moustachières ». Vivre avec cette moustache, ça doit être comme avoir une personne de plus à la maison. Est-ce qu'elle a un rond de serviette à son nom ?

Et soudain, me voilà dévorée par la passion. Je me fiche de ce qu'en dit Viktor Greene : je réussirai. Je deviendrai un véritable écrivain, même si ça me tue.

J'observe mes camarades dans la salle. Désormais, c'est moi le seul juge de la compétition.

— Bon, dis-je en me laissant tomber sur le lit de Lil. C'est qui, le père de Rainbow ?

— Barry Jessen, lâche-t-elle avec un soupir.

— Et c'est qui, ça, Barry Jessen ? Je sais qu'il est artiste et tout, mais…

— Ce n'est pas n'importe qui. C'est l'un des artistes les plus en vue de New York en ce moment. Le chef de file d'un nouveau mouvement artistique. Ils vivent dans des usines désaffectées de SoHo…

Alors ça, c'est bizarre.

— Rainbow vit dans une vieille usine ? Elle a l'eau courante, au moins ? Du chauffage ? Elle n'a pas l'air d'une SDF.

— Mais non ! éclate Lil. C'étaient des bâtiments abandonnés *avant* ! Des fabriques de textile, des imprimeries… Mais ensuite, des tas d'artistes s'y sont installés et ils ont tout retapé. Maintenant, ils donnent des fêtes dans leurs lofts, ils prennent de la drogue, les gens s'arrachent leurs œuvres et on parle d'eux dans le *New York Times* et le *New York Magazine*.

— Et Rainbow ?

— Eh bien, son père est Barry Jessen. Et sa mère, c'est Pican…

— Le top model ?

— C'est pour ça qu'elle est aussi belle et qu'elle fera toujours tout ce qu'elle veut dans la vie. Devenir écrivain, par exemple. Ça répond à ta question ?

— Alors elle est mille fois plus cool que nous.

— Que nous ne le sommes, me corrige Lil. Et oui, c'est vrai. Ses parents connaissent tout le monde, et si Rainbow veut que son livre soit publié, elle n'a qu'à claquer des doigts et son père trouvera quelqu'un pour l'éditer. Et ensuite, il trouvera des tas de journalistes pour en parler et de critiques pour la porter aux nues.

— Mince, alors.

Je suis impressionnée, je dois l'avouer.

— Pendant ce temps, nous, si on veut réussir, il va falloir ramer à l'ancienne. Écrire quelque chose de génial, quoi.

— Quel ennui !

Lil se marre pendant que je tire sur un fil imaginaire.

— Et le blond avec ses airs supérieurs ? On dirait qu'il la connaît.

— Capote[1] Duncan ? Sûrement. Il est du genre à connaître tout le monde.

1. Capote est un prénom typique des grandes familles du Sud des États-Unis.

— Pourquoi ?

— Bah, il est comme ça. Il vient du Sud, ajoute-t-elle comme si c'était une explication. Il est un peu canon, non ?

— Non. Je le trouve surtout un peu connard.

— Il est plus vieux que nous. Ryan et lui sont en dernière année de fac. Ils sont amis. Apparemment, tous les deux sont de gros dragueurs.

— Tu plaisantes.

— Pas du tout. (Elle se tait un instant, et reprend d'une voix un peu guindée.) Si ça ne te dérange pas…

Je saute du lit.

— Je sais, je sais. Il faut qu'on écrive.

Lil ne semble pas partager mon intérêt dévorant pour les autres. Peut-être est-elle tellement sûre de son talent qu'elle ne pense pas en avoir besoin. Alors que moi, je pourrais passer toute la journée à échanger des potins, ce que je préfère appeler « analyse psychologique ». Malheureusement, pratiquer l'analyse psychologique toute seule, c'est rasoir. Je regagne donc ma chambrette, m'assois à mon bureau, insère une feuille de papier dans ma machine à écrire, et reste assise là.

Dix minutes plus tard, je suis toujours assise là, à contempler fixement le mur. Il n'y a qu'une fenêtre dans les parages, et elle est dans la chambre de Lil. J'ai soudain l'impression d'étouffer : je me lève et vais regarder par la fenêtre du salon.

L'appartement de Peggy est situé à l'arrière de l'immeuble, face à l'arrière d'un autre immeuble presque identique. Je pourrais peut-être acheter une lorgnette et espionner les appartements en vis-à-vis.

Comme ça, j'écrirais une histoire sur leurs habitants. Seulement, les occupants de cet immeuble sont apparemment aussi barbants que nous. Je repère le scintillement bleuâtre d'un écran de télévision, une femme occupée à faire la vaisselle, et un chat qui dort.

Je soupire. Je me sens entravée. Il y a tout un monde qui m'attend, là, dehors, et je suis coincée dans l'appartement de Peggy. Je suis en train de tout rater. Et maintenant, il ne me reste plus que cinquante-neuf jours.

Il va falloir que je provoque les événements.

Je fonce dans ma chambre, trouve le numéro de Bernard et décroche le téléphone.

Mais j'hésite en pensant à ce que je suis sur le point de faire et je raccroche.

— Lil ?

— Oui ?

— Tu crois que je devrais appeler Bernard Singer ?

Elle vient à la porte.

— À ton avis ?

— Et s'il ne se souvient pas de moi ?

— Il t'a donné son numéro, non ?

— Mais si ce n'était pas sincère ? S'il l'a fait juste par politesse ? Et si…

— Tu as envie de l'appeler ?

— Oui.

— Alors fais-le.

Lil est douée pour prendre des décisions. C'est une qualité que j'espère développer en moi-même un de ces jours.

Avant d'avoir pu changer d'avis, je compose le numéro.

— Allô allô ! fait-il à la troisième sonnerie.

— Bernard ? dis-je d'une voix bien trop haut perchée. C'est Carrie Bradshaw.

— Aha ! Je me disais bien que ce serait toi.

— Ah bon ?

J'entortille le fil autour de mon doigt.

— Je suis un peu médium, ajoute-t-il.

— Vous avez des visions ?

Je dis ça parce que je ne sais pas quoi dire d'autre.

— Des sentiments, murmure-t-il d'une voix sexy. Je suis très en prise avec mes sentiments. Et toi ?

— Je crois que oui. Enfin en tout cas, je n'arrive jamais à m'en débarrasser. De mes sentiments.

Il éclate de rire.

— Qu'est-ce que tu fais, là ?

— Moi ? je couine. Eh bien je suis là, en train d'écrire…

— Tu veux venir ? me demande-t-il de but en blanc.

Je ne sais pas trop à quoi je m'attendais, mais pas à ça. Je suppose que j'avais le vague espoir qu'il m'inviterait à dîner. Dans les formes. Mais me proposer d'aller chez lui ? Bouh ! Il doit croire que je vais coucher avec lui.

Je reste coite.

— Où es-tu ?

— Sur la 47e.

— C'est à moins de dix rues de chez moi.

— OK, dis-je prudemment.

Comme d'habitude, ma curiosité prend le pas sur mon bon sens. Un vilain défaut, que je compte corriger. Un jour.

Mais peut-être que les règles sont différentes à New York. Pour ce que j'en sais, inviter une inconnue chez soi se fait peut-être couramment ici. Et si Bernard a une idée derrière la tête, je pourrai toujours lui balancer un coup de genou bien placé.

En sortant, je tombe sur Peggy, qui rentre. Elle est encombrée par trois vieux cabas pleins qu'elle essaie de caser sur le divan. Elle me toise en soupirant.

— Tu t'en vas ?

Je débats intérieurement, en me demandant si ça la regarde. Mais mon enthousiasme prend le dessus.

— Je vais voir mon ami. Bernard Singer, tu connais ?

Le nom produit l'effet désiré. Peggy inspire profondément, les narines palpitantes. Le fait que je connaisse Bernard Singer doit la tuer, forcément. C'est le dramaturge le plus célèbre de New York, et elle essaie de se lancer comme actrice. Il doit y avoir des années qu'elle rêve de le rencontrer, et me voilà, moi : j'ai débarqué il y a trois jours et je le fréquente déjà.

— Il y a des gens qui se la coulent douce, hein ? ronchonne-t-elle en allant chercher dans le frigo une de ses nombreuses cannettes de soda Tab, interdites à Lil et à moi.

Pendant un instant, je me sens victorieuse. Jusqu'au moment où je remarque l'expression déprimée de Peggy. Elle arrache la languette et boit goulûment, comme si la solution à tous ses problèmes reposait au fond de cette cannette. Elle la vide en frottant distraitement la languette contre son pouce.

— Peggy, je...

— Zut !

Elle laisse tomber la cannette et fourre son pouce dans sa bouche pour aspirer le sang : elle vient de se couper avec la languette. Elle ferme les yeux comme pour retenir des larmes.

— Ça va ?

— Bien sûr.

Elle relève la tête, furieuse que j'aie été témoin de ce moment de faiblesse.

— Tu es encore là ? s'énerve-t-elle.

Elle me bouscule pour foncer dans sa chambre en ajoutant :

— C'est mon soir de repos, et j'ai l'intention de me coucher tôt. Alors ne rentre pas tard.

Et elle ferme la porte. Pendant une seconde, je reste plantée là, à me demander ce que je viens de voir. Ce n'est peut-être pas moi que Peggy déteste. C'est peut-être sa vie.

— D'accord, dis-je à personne en particulier.

Chapitre cinq

Bernard habite à Sutton Place. Ce n'est qu'à quelques rues de chez moi, et pourtant on pourrait croire que c'est dans une autre ville. Disparus, le bruit, la crasse et les clochards qui peuplent le reste de Manhattan. À la place, on y trouve des immeubles en pierre aux couleurs douces, avec des tourelles et des toits mansardés en cuivre verdi. Des portiers en uniforme se tiennent avec leurs gants blancs sous des marquises tranquilles ; une limousine attend le long d'un trottoir. Je m'arrête pour inhaler cette atmosphère de luxe tandis qu'une nounou me dépasse en poussant un landau, derrière lequel caracole un petit chien au pelage mousseux.

Bernard doit être riche.

Riche, célèbre et séduisant. Dans quoi suis-je en train de mettre les pieds ?

J'observe la rue, à la recherche du numéro 52. C'est du côté est, face au fleuve. *Très chic*, me dis-je en approchant de son immeuble. Je fais un pas à l'intérieur, où je suis immédiatement arrêtée par un grondement grave. Cela vient d'un portier au visage sévère.

— Que puis-je faire pour vous ?

J'essaie de le contourner en bredouillant.

— Je vais voir un ami…

Je viens de commettre ma première erreur : ne jamais, jamais essayer de contourner un portier dans ce genre d'immeuble.

— On n'entre pas comme ça.

Il lève une main gantée de blanc, comme si ce seul gant suffisait à faire fuir les fâcheux et les crasseux.

Malheureusement, quelque chose dans ce gant blanc me fait voir rouge. S'il y a une chose que je déteste, c'est un vieux bonhomme me dictant ce que je dois faire.

— Et comment voulez-vous que j'entre ? À cheval ?

— Mademoiselle ! s'écrie l'homme en reculant d'un pas, l'air révulsé. Veuillez vous annoncer. Et si vous n'avez rien à annoncer, je vous suggère d'aller gagner votre vie ailleurs.

Ah, j'ai compris ! Il me prend pour une sorte de call-girl. Il doit être aveugle : je suis à peine maquillée.

— Je viens voir Bernard, dis-je d'une voix sourde.

Il ne bronche pas.

— Bernard qui ?

— Bernard Singer.

— *Mr* Singer ?

Ça va durer longtemps, ce petit jeu ? Nous nous regardons dans le blanc des yeux. Il doit savoir qu'il a perdu. Il ne peut pas nier que Bernard habite ici, quand même !

— J'appelle Mr Singer, finit-il par concéder.

Il met un point d'honneur à traverser très lentement le hall de marbre jusqu'à un bureau sur lequel sont posés une énorme gerbe de fleurs, un calepin et un téléphone. Il appuie sur quelques boutons et, en attendant que Bernard réponde, se frotte la mâchoire d'un air furieux.

— Mr Singer ? dit-il dans le combiné. J'ai ici une… (Il me fusille du regard.) Une jeune, euh… *personne*, qui demande à vous voir.

Son expression vire à la déception.

— Oui, merci monsieur. Je la fais monter.

Et juste au moment où je crois avoir enfin triomphé de ce cerbère, je me retrouve face à un autre homme en uniforme, qui manœuvre l'ascenseur. Sachant qu'on est à la fin du XXe siècle, on pourrait croire que la plupart des gens ont compris comment appuyer sur les boutons tout seuls, depuis le temps. Mais apparemment, les occupants de Sutton Place ont un petit retard technologique.

— Que puis-je faire pour vous ?

Oh non, pas encore !

— Bernard Singer.

Tout en appuyant sur le bouton du neuvième étage, il émet un toussotement réprobateur. Mais au moins, il ne me soûle pas de questions indiscrètes.

Les portes de l'ascenseur se rouvrent sur un petit couloir, encore un bureau, encore une gerbe de fleurs, et un papier peint à ramages. Il y a une porte à chaque bout et, ouf, Bernard se tient devant l'une des deux.

Alors voilà l'antre du génie, me dis-je en jetant un regard circulaire dans l'appartement. C'est étonnant, on peut le dire. Pas à cause de ce qu'il y a là, mais à cause de ce qu'il n'y a pas.

Le salon, avec ses fenêtres à meneaux, sa cheminée cosy et ses impressionnants rayonnages de livres, appellerait de beaux meubles bien-aimés et bien usés, mais il ne contient qu'un fauteuil poire. Pareil pour la salle à manger, équipée d'une table de ping-pong et de deux chaises pliantes. Et puis il y a la chambre : un lit *king size*, une télé *king size*. Et sur le lit, un sac de couchage solitaire.

— J'adore regarder la télé au lit, m'informe Bernard. Je trouve ça sexy, pas toi ?

Je vais pour lui envoyer un regard qui signifie « n'essaie même pas » quand je remarque son expression. Il a l'air triste.

— Vous venez d'emménager ? je demande gaiement, cherchant une explication.

— Quelqu'un vient de déménager.

— Qui ça ?

— Ma femme.

— Vous êtes marié ? dis-je d'une voix stridente.

Parmi toutes les situations possibles, je n'avais jamais imaginé qu'il puisse être casé. Quel genre d'homme marié invite chez lui une fille qu'il vient de rencontrer ?

— Mon ex-femme, se corrige-t-il. J'oublie toujours que nous ne sommes plus mariés. Nous avons divorcé il y a un mois et je ne m'y suis pas encore fait.

— Alors vous avez été marié ?

— Pendant six ans. Mais nous étions déjà ensemble depuis deux ans.

Huit ans ? Je calcule à toute vitesse. Si Bernard est resté si longtemps avec quelqu'un, c'est qu'il doit avoir au moins trente ans. Ou trente et un. Ou même… trente-cinq ?

De quand date sa première pièce ? Je me souviens d'avoir lu des critiques, donc je devais avoir au moins dix ans. Pour cacher mes ruminations, je demande rapidement :

— C'était comment ?

— Quoi ?

— Le mariage.

— Bah, dit-il en riant. Pas si bien que ça, il faut croire. Puisque nous avons divorcé.

Il me faut une bonne seconde pour recalibrer mes émotions. Pendant le trajet pour venir ici, je commençais à voir, au fin fond de mon imagination, se former des images de Bernard et moi ensemble... mais il n'y avait pas la moindre ex-femme dans le tableau. J'ai toujours imaginé que mon grand amour n'aurait lui aussi qu'un grand amour : moi. Le fait que Bernard ait déjà été marié envoie un gros pavé dans la mare de mon fantasme.

— Elle a emporté tous les meubles, ajoute-t-il. Et toi ? Tu as déjà été mariée ?

Je le regarde avec stupéfaction. *J'ai à peine l'âge de boire*, ai-je envie de dire. Mais je secoue la tête comme si, moi aussi, j'avais connu un grand amour déçu.

— Eh bien, nous sommes tous les deux de pauvres hères, dit-il.

Je me cale sur son humeur. Je le trouve particulièrement séduisant à ce moment précis, et j'espère qu'il va m'enlacer et m'embrasser. Je me verrais bien écrasée contre ce torse svelte. Au lieu de quoi je m'assois dans le fauteuil poire.

— Pourquoi est-ce qu'elle a pris les meubles ?

— Ma femme ?

Décidément, il a besoin d'un bon recadrage.

— Votre ex.

— Elle m'en veut.

— Vous ne pouvez pas l'obliger à vous les rendre ?

— Je ne pense pas, non.

— Pourquoi ?

— Elle est têtue. Oh, une tête de bois. Têtue comme une mule. Elle a toujours été comme ça. C'est ce qui l'a menée si loin.

— Mmm.

Je m'alanguis sensuellement dans la poire.

Mon comportement obtient l'effet voulu, à savoir : pourquoi penserait-il à son ex-femme alors qu'il a une ravissante jeune femme (moi) sous les yeux ? Et comme de juste, à la seconde suivante il me demande :

— Et toi ? Tu as faim ?

— J'ai toujours faim.

— Il y a un petit restau français au coin de la rue. On pourrait l'essayer.

— Super ! dis-je en sautant sur mes pieds, bien que le mot « français » me rappelle le restaurant où j'allais à Hartford avec mon ancien amoureux, Sebastian, qui m'a larguée pour ma meilleure amie, Lali.

— Tu aimes la cuisine française ?

— J'adore.

Sebastian et Lali, c'est de l'histoire ancienne. Et de toute manière, je suis avec Bernard Singer, là, pas avec un petit lycéen perturbé.

Le « petit restau français » se trouve en fait à plusieurs rues de là. Et il n'est pas exactement petit. C'est *La Grenouille*. Tellement connu que même moi, j'en ai entendu parler.

Bernard pique du nez, gêné, quand le maître d'hôtel l'appelle par son nom.

— Bonsoir, Mr Singer. Votre table habituelle est libre.

Je regarde Bernard avec curiosité. S'il est connu comme le loup blanc ici, pourquoi ne pas m'avoir dit qu'il était un habitué ?

Le maître d'hôtel s'empare de deux cartes avec un élégant mouvement de tête, et nous guide jusqu'à une table charmante à côté de la fenêtre. Puis il recule ma chaise, déplie ma serviette et la pose sur mes genoux. Il vérifie l'alignement de mes verres, ramasse une fourchette, l'inspecte, et, la fourchette ayant résisté à l'examen, la replace à côté de mon assiette. Très franchement, toute cette attention est déconcertante. Quand le pingouin se retire, je cherche des yeux l'aide de Bernard.

Il est en train d'étudier la carte.

— Je ne parle pas français, dit-il. Et toi ?

— *Un peu.*

— Ah oui ?

— *Vraiment.*

— Tu as dû fréquenter un lycée très chic. La seule langue étrangère que j'aie jamais apprise, c'est la bagarre.

— Ah.

— Et je me débrouillais ! continue-t-il en envoyant des coups de poing en l'air. Il fallait bien. J'étais un petit rachitique, et je servais de punching-ball à tout le monde.

— Mais vous êtes grand !

— J'ai eu ma poussée de croissance à dix-huit ans. Et toi ?

— J'ai arrêté de grandir à six ans.

— Ah ah ah ! Tu es marrante.

Et juste au moment où la conversation commence à décoller, le pingouin revient avec une bouteille de vin blanc.

— Votre pouilly-fuissé, Mr Singer.

— Ah, merci, dit Bernard en reprenant son air penaud.

C'est très bizarre. L'appartement, le restaurant, le vin… Bernard est forcément très riche. Alors, pourquoi tient-il à faire comme s'il ne l'était pas ? Ou plutôt, comme si c'était un vrai fardeau ?

Le service du vin donne encore lieu à tout un rituel. Lorsque c'est terminé, je pousse un soupir de soulagement.

— C'est pénible, hein ? dit-il en écho à mes pensées.

— Alors pourquoi est-ce que vous le laissez faire ?

— Ça lui fait plaisir. Si je ne reniflais pas le bouchon, il serait très déçu.

— Vous risqueriez de perdre votre table personnelle.

— Il y a des années que j'essaie d'être placé là-bas, m'apprend-il en me montrant une table vide dans le fond. Mais ils ne me laissent pas le choix. C'est la Sibérie, là-bas, chuchote-t-il théâtralement.

— Il y fait plus froid ?

— Il gèle.

— Et cette table-ci ?

— Pile sur l'équateur. (Il se tait un instant.) Et toi… toi aussi, tu es sur l'équateur. (Il me prend la main par-dessus la table.) Tu as de la jugeote, ça me plaît.

Le chef cuisinier met les petits plats dans les grands pour Bernard. Après un festin à sept plats – dont un velouté, un soufflé, deux desserts et un délicieux digestif au goût d'ambroisie –, je regarde ma montre et découvre qu'il est minuit passé.

— Il faut que je rentre.

— Pourquoi ? Tu vas te transformer en citrouille ?

— C'est à peu près ça, dis-je en pensant à Peggy.

La suite est suspendue en l'air, comme une boule disco tournant lentement.

— Je suppose que je devrais te raccompagner, dit-il enfin.

Je ris.

— Et gâcher tout ça ?

— Il y a un moment que je n'ai pas fait « ça ». Et toi ?

— Oh, je suis une experte, fais-je, taquine.

Nous regagnons mon immeuble à pied, en balançant nos mains entre nous.

— Bonne nuit, *pussycat*, dit-il en s'arrêtant devant ma porte.

Nous restons là, empruntés, jusqu'à ce qu'il se décide. Il me prend le menton et s'incline pour m'embrasser. C'est doux et civilisé au début, puis de plus en plus pressant, pour s'achever juste avant de devenir totalement débridé.

Ce baiser me laisse étourdie. Bernard me regarde avec désir, mais conclut finalement par une bise très correcte sur la joue et une pression sur ma main.

— Je t'appelle demain, d'accord ?

— D'accord.

C'est à peine si je respire.

Je le regarde disparaître dans la nuit. Au coin de la rue, il se retourne pour me faire un signe de la main. Quand il est parti pour de bon, je me glisse à l'intérieur.

Je longe le couloir sur la pointe des pieds en me tenant du bout des doigts au mur vert pomme, tout en me demandant comment on peut peindre un couloir d'une couleur aussi atroce. Arrivée à la porte de l'appartement, je glisse soigneusement ma clé dans la première serrure. Le pêne coulisse avec un vacarme inquiétant.

Je retiens ma respiration en me demandant si Peggy a entendu et, si oui, ce qu'elle va faire. Mais au bout de quelques secondes, comme il n'y a aucun bruit, je m'attaque à la deuxième serrure.

Elle aussi cède facilement. Donc, je devrais à présent pouvoir entrer. Je tourne la poignée et tente de pousser la porte, mais elle ne bouge pas.

Hein ? Peut-être que Peggy n'a pas fermé à clé et que du coup, c'est moi qui viens de tout verrouiller. Cela ne lui ressemble pas, mais j'essaie de tourner dans l'autre sens, au cas où.

Rien. La porte bouge de deux millimètres exactement, puis s'immobilise, comme si on l'avait bloquée à l'aide d'un gros meuble.

La barre, me dis-je en paniquant de plus en plus. C'est une barre métallique qui bloque la porte et ne peut être manœuvrée que de l'intérieur. Nous ne sommes censées l'utiliser qu'en cas d'extrême urgence : guerre nucléaire, alerte aérienne, attaque de zombies. Mais apparemment, Peggy a décidé de transgresser elle-même son règlement idiot et a fermé pour me donner une bonne leçon.

Zut et rezut. Je n'ai plus qu'à la réveiller, ou à dormir dans le couloir.

Je gratte à la porte.

— Lil ? fais-je entre mes dents en espérant qu'elle est encore éveillée et qu'elle va m'entendre. Lil ?

Rien.

Je me laisse glisser par terre, le dos contre le mur. Peggy me déteste donc à ce point ? Pourquoi ? Qu'est-ce que je lui ai fait ?

Une demi-heure s'écoule, et je renonce. Je me roule en boule, mon sac Carrie entre les bras, et j'essaie de dormir.

Et il faut croire que je m'endors, car sans transition j'entends Lil murmurer.

— Carrie ? Ça va ?

J'ouvre les yeux. Je me demande où je peux être, et ce que je peux bien faire dans le couloir.

Alors, je me souviens : Peggy et sa fichue barre.

Lil pose un doigt contre ses lèvres et me fait signe d'entrer.

— Merci, dis-je tout bas.

Nous refermons sans bruit. Je m'arrête, guettant un signe de vie de Peggy, mais je n'entends que le silence.

Alors, je pousse le verrou et nous enferme à l'intérieur.

Chapitre six

Le lendemain matin, peut-être grisée par son petit triomphe personnel, Peggy dort jusqu'à neuf heures. Ce qui permet aux Prisonnières de la Deuxième Avenue de grappiller une demi-heure de sommeil.

Mais une fois que Peggy est debout, elle est debout. Et si le silence matinal n'a jamais été son fort, ce matin elle semble être d'une humeur particulièrement radieuse.

Elle chante des airs de comédie musicale.

Je me retourne sur mon lit de camp et grattouille la cloison. Lil répond à mon appel, indiquant qu'elle ne dort pas et qu'elle aussi a entendu.

Je remonte mes couvertures sur mon nez. Peut-être que si je reste couchée bien à plat avec l'oreiller sur ma tête, Peggy ne me verra pas. C'est un tour que mes sœurs et moi avons mis au point quand nous étions gamines. Mais j'ai quand même beaucoup grandi depuis, et Peggy, avec ses petits yeux fouineurs, remarquera forcément les bosses. Et si je me cachais sous mon lit ?

Non. Il y a des limites au ridicule.

Je n'en peux plus. Je vais aller affronter Peggy.

Toute bravache, je saute de mon lit et plaque l'oreille contre la porte.

La douche coule et, par-dessus, j'entends son interprétation particulièrement discordante de « I Feel Pretty », l'air de *West Side Story*.

J'attends, la main sur la poignée.

Enfin, l'eau s'arrête. J'imagine Peggy se drapant dans une serviette et enduisant son corps de crèmes diverses. Elle trimballe ses affaires de toilette dans un panier en plastique qu'elle garde dans sa chambre. Encore une manière de nous rappeler sans vergogne que personne ne doit utiliser en douce ses précieuses possessions.

Au moment où j'entends la salle de bains s'ouvrir, je surgis dans le salon.

— Bonjour, Peggy.

Les cheveux enveloppés dans une serviette rose, elle porte un vieux peignoir en éponge et de grosses pantoufles en forme de nounours. Au son de ma voix, elle sursaute violemment et manque en laisser tomber son panier d'articles de toilette.

— Tu as failli me tuer !

— Pardon. Si tu as fini avec la salle de bains…

Elle n'est peut-être pas si mauvaise actrice, finalement, car elle se ressaisit tout de suite.

— J'en ai encore besoin. Il faut que je me sèche les cheveux.

— Pas de problème.

Nous restons là, à nous demander qui va aborder la question de la porte bloquée. Je ne dis rien, Peggy non plus. Puis elle m'envoie un sourire rusé, vicieux, et entre dans sa chambre.

Elle ne va pas en parler.

D'un autre côté, ce n'est pas la peine. Elle a fait passer le message.

Je m'engouffre dans la salle de bains. Si elle ne dit rien, ce n'est pas moi qui vais dire quelque chose.

Quand je sors, Peggy m'attend, un sèche-cheveux à la main.

— Pardon ! dis-je en me faufilant.

Elle claque la porte derrière elle.

Je profite du vacarme du sèche-cheveux pour aller voir Lil. Elle est tellement menue qu'elle ressemble à une poupée que quelqu'un aurait posée sous l'édredon ; son visage rond est pâle comme de la porcelaine.

Je lui fais mon rapport.

— Elle se sèche les cheveux.

— Tu devrais entrer en douce et jeter son séchoir dans le lavabo.

J'incline la tête. Le bruit a soudain cessé, et je regagne ma cellule à pas de souris. Je m'assois vite devant la machine à écrire Royal de ma mère.

Une seconde plus tard, Peggy est derrière moi. J'adore sa manière d'insister pour qu'on respecte son intimité, alors qu'elle débarque à tout bout de champ dans nos chambres.

Elle est encore en train d'engloutir une cannette de Tab. Ça doit être comme le lait maternel pour elle : bon pour toutes les occasions, y compris le petit déjeuner.

— J'ai une audition cet après-midi, alors je vais avoir besoin de calme pour répéter. (Elle lorgne ma machine à écrire d'un air dubitatif.) J'espère que tu ne comptes pas te servir de cette antiquité bruyante.

Il faut que tu achètes une machine électrique. Comme tout le monde.

— J'aimerais bien, mais je n'en ai pas vraiment les moyens.

J'essaie de ne pas avoir l'air trop sarcastique.

— C'est pas mon problème, si ? dit-elle d'un ton plus corrosif qu'un pack de six Coca light.

— C'est cette *petite* démangeaison. (Silence.) Non. C'est *cette* petite démangeaison. Zut. C'est cette petite *démangeaison*.

Oui, c'est bien vrai. Peggy passe un casting de pub pour un produit contre les hémorroïdes.

— Tu t'attendais à quoi ? me lance Lil. Au savon Lux ?

Elle vérifie son apparence dans un miroir à main et applique délicatement un peu de blush sur ses pommettes.

— Où tu vas ?

J'ai grincé ça entre mes dents, comme si c'était impensable qu'elle m'abandonne à Peggy et à sa « petite démangeaison ».

— Je sors, dit-elle mystérieusement.

— Mais où ?

Je me sens tout à coup dans la peau d'Oliver Twist réclamant un peu de soupe à l'orphelinat.

— Je peux venir avec toi ?

Lil s'énerve soudain.

— Non, tu ne peux pas. J'ai…

— Quoi ?

— Quelqu'un à voir, dit-elle fermement.

— Qui ?

— Une amie de ma mère. Très vieille. À l'hôpital. Elle ne peut pas recevoir de visites.

— Alors comment tu peux la voir ?

Lil rougit et lève le miroir comme pour se cacher de mon regard inquisiteur.

— Je fais pratiquement partie de la famille, dit-elle tout en s'occupant de ses cils. Et toi, qu'est-ce que tu fais aujourd'hui ?

— Pas encore décidé, je grommelle en l'observant avec suspicion. Tu n'as pas envie que je te raconte ma soirée avec Bernard ?

— Bien sûr que si. C'était comment ?

— Hyper-intéressant. Son ex-femme a embarqué tous ses meubles. Ensuite, on est allés à *La Grenouille*.

— Chouette.

C'est énervant à quel point elle est distraite ce matin. Je me demande si c'est lié à Peggy m'enfermant dehors, ou à complètement autre chose. Mais je suis certaine qu'elle me ment à propos de l'amie de sa mère. Depuis quand est-ce qu'on met du blush et du mascara pour aller à l'hôpital ?

Mais soudain je m'en fiche, car j'ai une idée.

Je cours dans ma chambre et en ressors avec mon sac Carrie. Je farfouille dedans et en extirpe un papier.

— Je vais aller voir Samantha Jones !

— C'est qui, ça ? murmure Lil.

— La femme qui m'a hébergée chez elle. Tu sais, la cousine de Donna LaDonna. Elle m'a prêté vingt dollars. Je vais aller la rembourser.

Bien sûr, ce n'est qu'une excuse. Autant pour sortir d'ici que pour parler de Bernard avec Samantha.

— Bonne idée.

Lil pose son miroir et sourit comme si elle n'avait pas entendu un mot de ce que je viens de dire.

J'ouvre mon sac pour ranger le papier, et du coup je retrouve l'invitation à la fête du Puck Building, que j'agite sous le nez de Lil.

— Cette fête, c'est ce soir. On devrait y aller.

Si Bernard m'appelle, il pourrait peut-être venir avec nous.

Lil n'a pas l'air convaincue.

— Je suis sûre qu'il y a une fête tous les soirs à New York.

— Sans aucun doute. Et j'ai bien l'intention d'aller à toutes.

L'immeuble de bureaux où travaille Samantha, tout en verre et acier, est un imposant bastion des affaires. On voit que ça ne rigole pas. Le hall d'entrée est glacialement climatisé et toutes sortes de gens s'agitent dans tous les sens, préoccupés et irrités. Je trouve le nom de la boîte de Samantha – Slovey & Dinall Publicité – et j'embarque dans un ascenseur pour le vingt-sixième étage.

Pour tout dire, l'ascension me donne un peu mal au cœur. Je ne suis jamais montée si haut. Et si un câble rompait ? Si on allait s'écraser tout en bas ?

Mais personne ne semble s'inquiéter le moins du monde. Chacun a les yeux rivés sur les chiffres qui énumèrent les étages, le visage volontairement neutre, ignorant résolument le fait que nous sommes au moins une demi-douzaine dans l'espace d'une grande armoire. Ça doit être l'usage en ascenseur : je me mets donc en devoir de copier leur comportement.

Mais je ne suis pas très douée, car je trouve le moyen de capter le regard d'une femme entre deux âges qui tient un tas de classeurs contre sa poitrine. Je lui souris, et elle détourne prestement les yeux.

Tout à coup, je m'avise que ce n'est peut-être pas l'idée du siècle, d'aller surprendre Samantha sur son lieu de travail. Néanmoins, quand l'ascenseur s'arrête à son étage, j'en sors et j'erre dans des couloirs à moquette épaisse jusqu'à trouver deux portes gigantesques où les mots « SLOVEY & DINALL PUBLICITÉ » sont gravés dans le verre. De l'autre côté trône un large comptoir derrière lequel est assise une femme aux cheveux noirs hérissés en pointes. Elle enregistre mon look et, avec un instant de retard, me dit « Que puis-je faire pour vous ? » d'un ton dubitatif et réticent qui me donne l'impression qu'elle parle par le nez et non par la bouche.

Tout cela est très déconcertant, et d'une voix hésitante, censée communiquer l'idée que j'espère ne pas la déranger, je dis :

— Samantha Jones ? Je voulais juste…

Je suis sur le point de dire que je veux lui laisser les vingt dollars dans une enveloppe, mais la femme m'indique un siège et décroche son téléphone.

— J'ai quelqu'un pour Samantha, geint-elle dans le combiné.

Puis elle prend mon nom et hoche la tête.

— Son assistante vient vous chercher, dit-elle avec méfiance.

Elle reprend son livre de poche et se met à lire.

Le hall de réception est décoré d'affiches publicitaires, dont certaines semblent remonter aux années cinquante. Je suis un peu étonnée que Samantha ait une assistante. Elle ne paraît pas assez âgée pour être la patronne de qui que ce soit, mais il faut croire que Donna LaDonna avait raison quand elle m'a dit que sa cousine était quelqu'un d'important dans la pub.

Au bout de quelques minutes, une jeune femme apparaît, en tailleur marine, chemisier bleu ciel avec un nœud lâche autour du cou, et baskets bleues également.

— Suivez-moi, m'ordonne-t-elle.

Je me lève d'un bond et la suis au pas de course dans un dédale de bureaux sur lesquels des téléphones sonnent. On entend aussi un homme s'égosiller.

— On dirait que tout le monde est de mauvais poil, par ici, dis-je pour faire la maligne.

— C'est parce qu'on l'est, me mouche-t-elle en s'arrêtant à côté de la porte d'un petit bureau. Sauf Samantha, ajoute-t-elle. Elle est *toujours* de bonne humeur.

Samantha lève la tête et me désigne le fauteuil qui lui fait face. Elle est installée derrière une table en Formica blanc, dans une tenue presque identique à celle de son assistante, sauf les épaulettes, qui sont bien plus larges. Peut-être que plus les épaulettes sont larges, plus on est important. Elle tient entre épaule et menton un énorme combiné de téléphone.

— Oui, bien sûr, Glenn, dit-elle tout en agitant les doigts pour m'indiquer que son interlocutrice est une pipelette. Le Century Club, c'est parfait. Mais je ne vois pas pourquoi il faudrait faire faire des bouquets en forme de balle de base-ball… Oui, je sais bien que c'est ce que veut Charlie, mais j'ai toujours pensé que le mariage était un jour dédié à la mariée… Oui, bien sûr… Désolée, Glenn, j'ai un rendez-vous. Il faut que je vous laisse, continue-t-elle, de plus en plus agacée. Je vous rappelle. Promis.

Et, levant les yeux au ciel, elle raccroche fermement et secoue la tête.

— La mère de Charlie, m'explique-t-elle. Je suis fiancée depuis à peine deux minutes, et elle me rend déjà folle. Si jamais je me remarie, je sauterai carrément les fiançailles et j'irai tout droit à la mairie. Dès l'instant où on est fiancé, on n'a plus de vie à soi.

— Mais tu n'aurais pas la bague, dis-je avec hésitation, soudain intimidée par Samantha, son bureau et sa vie glamour.

— Sans doute, concède-t-elle. Bon, si seulement je trouvais quelqu'un à qui sous-louer mon appartement…

— Tu ne vas pas aller vivre avec Charlie ?

— Mon Dieu. Décidément, tu es vraiment un rat des champs. Quand on a un appartement comme le mien, avec loyer bloqué à deux cent vingt-cinq dollars par mois, on ne le lâche pas.

— Pourquoi ?

— Parce que l'immobilier, c'est la jungle dans cette ville. Et que je risque d'en avoir de nouveau besoin un jour. Si ça ne marche pas avec Charlie. Je ne dis pas que ça ne marchera pas, mais on ne sait jamais avec les hommes, à New York. Ils sont pourris gâtés. Ils sont comme des gosses dans une pâtisserie. Alors quand on a un bon plan… eh bien évidemment, on s'y accroche.

— Comme Charlie ?

Elle sourit.

— Tu piges vite, rat des champs. Eh bien justement oui, Charlie est un bon plan. Même s'il est dingue de base-ball. Il aurait voulu être joueur professionnel, mais bien sûr, son père ne l'a pas laissé faire.

Je hoche la tête pour l'encourager. Samantha semble être en veine de confidences, et je suis comme une éponge, prête à absorber tout ce qu'elle pourra m'apprendre.

— Son père ?

— Alan Tier.

Comme je la regarde sans réagir, elle précise.

— La famille Tier ? Les nababs de l'immobilier ? (Elle secoue la tête comme si j'étais irrécupérable.) Charlie est le fils aîné. Son père veut qu'il reprenne les affaires.

— Je vois.

— Et il est grand temps. Tu sais comment c'est, avec les hommes, dit-elle comme si moi aussi, j'étais une experte de la gent masculine. Si un homme ne te propose pas de l'épouser – ou au moins de vivre avec lui – au bout de deux ans, c'est qu'il ne le fera jamais. Ça veut dire qu'il veut juste prendre du bon temps. (Elle s'enfonce dans son fauteuil et pose ses pieds sur son bureau.) Moi aussi, je veux prendre du bon temps, mais la différence entre Charlie et moi, c'est que pour moi, les aiguilles tournent. *Tic tac*. Et pas pour lui.

Des aiguilles ? *Tic tac ?* Je ne vois absolument pas de quoi elle parle, mais je la boucle, hochant la tête comme si je comprenais.

— Il n'a peut-être pas tout planifié, mais moi si.

Elle lève la main pour compter sur ses doigts.

— Mariée à vingt-cinq ans. Bureau d'angle à trente. Et quelque part entre les deux : des enfants. Alors quand cet article sur les meilleurs partis est sorti, j'ai décidé qu'il était temps de passer à l'action. Histoire d'accélérer un peu les choses.

Elle remue des papiers sur son bureau et exhume un exemplaire corné du *New York Magazine*.

— Regarde.

Elle me le tend. En gros titre : « Les meilleurs partis de New York ». Au-dessous, on voit un groupe d'hommes alignés sur des gradins comme une équipe sportive sur la photo de classe.

— C'est lui, Charlie, dit-elle en m'en montrant un dont le visage est partiellement caché par une casquette de base-ball. Je lui avais dit de ne pas mettre cette casquette idiote, mais il ne m'a pas écoutée.

— Les gens se soucient encore de ça ? Je veux dire, les bals de débutantes, les beaux partis, ce n'est pas du passé, tout ça ?

Samantha éclate de rire.

— Tu vaux vraiment le détour, petite. Si seulement ça n'avait pas d'importance ! Mais si.

— Ah bon, mais…

— Alors je l'ai quitté.

J'ai un sourire complice.

— Mais si tu voulais être avec lui…

— L'idée, c'est de faire comprendre au mec que c'est *toi*, la femme de sa vie.

Elle retire ses pieds du bureau, se lève et en fait le tour. Je me redresse dans mon fauteuil, consciente que je suis sur le point de recevoir une leçon précieuse en gestion des hommes.

— Les hommes, déclare-t-elle, tout tourne autour de leur ego. Si bien que quand j'ai largué Charlie, il a été furieux. Il n'en revenait pas que je puisse le quitter. Je ne lui ai pas laissé le choix, il a dû revenir en rampant. Naturellement, j'ai résisté. « Charlie, je lui ai dit. Tu sais que je suis folle de toi, mais si je ne me respecte pas, qui le fera ? Si tu tiens vraiment à moi – je veux dire en tant que personne, pas seulement en tant qu'amante –, il va falloir que tu me le prouves. Il va falloir *que tu t'engages.* »

— Et il l'a fait ?

Je suis perchée au bord de mon siège.

— Comme tu le vois, me répond-elle en agitant son doigt bagué. Et la grève des Yankees a bien aidé, aussi.

— Les Yankees ?

— Comme je te l'ai dit, il est obsédé par le baseball. Tu n'imagines pas le nombre de matchs que j'ai dû me taper en deux ans. Moi, je serais plutôt football américain, mais passons, je me répétais qu'un jour, je récolterais les fruits. Et c'est ce qui s'est passé. Sans base-ball à regarder, Charlie n'avait plus rien pour le distraire. *Eh voilà*, conclut-elle en indiquant sa main.

Je profite de l'occasion pour mentionner Bernard.

— Tu savais que Bernard Singer avait été marié ?

— Bien sûr, voyons ! Avec Margie Shephard. L'actrice. Pourquoi ? Tu l'as revu ?

— Hier soir, dis-je en rougissant.

— Et ?

— On s'est embrassés.

— C'est tout ?

Elle paraît déçue.

Je me tortille dans mon siège.

— On se connaît à peine.

— Bernard est un peu en vrac en ce moment. Ce n'est pas étonnant. Margie l'a littéralement piétiné. Elle l'a trompé avec un des acteurs de sa pièce.

— Nooon… C'est vrai ?

Samantha hausse les épaules.

— Ce n'est pas vraiment un secret, c'était dans tous les journaux. Pas très sympa pour Bernard, mais comme je dis toujours, la mauvaise publicité, ça n'existe pas. Et puis New York est une petite ville. Plus petite que petite, quand on y pense vraiment.

Je hoche prudemment la tête. Notre entretien semble être terminé.

— Je voulais te rendre les vingt dollars que tu m'as prêtés, dis-je rapidement en fouillant dans ma poche.

J'en sors un billet que je lui tends.

Elle le prend et sourit. Puis elle rit. Et je rêve soudain d'avoir exactement le même rire : chaleureux et mélodieux à la fois.

— Là, tu me surprends ! dit-elle. Je m'attendais à ne jamais vous revoir, toi et mes vingt dollars.

— Et je tenais à te remercier. De m'avoir prêté l'argent. Et de m'avoir emmenée à la fête. Et de m'avoir présentée à Bernard. Si je peux faire quoi que ce soit…

— Rien du tout, dit-elle en se levant.

Elle me raccompagne à la porte et me tend la main.

— Bonne chance. Et si tu as de nouveau besoin d'emprunter vingt dollars un de ces jours… tu sais où me trouver.

— Tu es sûre que personne n'a appelé ? je demande à Lil pour la vingtième fois.

— Je suis ici depuis deux heures de l'après-midi. Ça n'a pas sonné une seule fois.

— Il a peut-être appelé. Pendant que tu allais voir l'amie de ta mère. À l'hôpital.

— Mais Peggy était là.

— Mais peut-être qu'il a appelé et que Peggy ne me l'a pas dit. Exprès.

Lil se brosse énergiquement les cheveux.

— Et pourquoi elle ferait ça ?

Je me passe du gloss sur les lèvres.

— Parce qu'elle me déteste, par exemple.

— Tu ne l'as vu qu'hier soir, pointe Lil. Les mecs ne rappellent jamais le lendemain. Ils aiment maintenir le suspense.

— Moi, je n'aime pas le suspense. Et il m'a dit qu'il appellerait…

Juste à ce moment-là, le téléphone sonne.

— C'est lui ! Tu décroches ?

— Pourquoi ? grommelle Lil.

— Parce que je ne veux pas avoir trop l'air de lui sauter dessus. Il ne faudrait pas qu'il pense que j'ai passé la journée à attendre à côté du téléphone.

— Même si c'est le cas ?

Mais elle décroche. Je trépigne en attendant qu'elle ait fini de hocher la tête et qu'elle me tende le combiné.

— C'est ton père.

Évidemment. Il choisit bien son moment. J'ai tenté de le joindre hier et j'ai laissé un message à Missy, mais il n'a pas rappelé. Et si Bernard essaie de me téléphoner pendant que je lui parle ? S'il tombe sur une ligne occupée ?

— Salut, p'pa, fais-je en soupirant.

— « Salut, p'pa » ? C'est comme ça que tu accueilles ton père ? Que tu n'as pas appelé une fois depuis ton arrivée à New York ?

— Mais si, papa, je t'ai appelé.

Je note que sa voix est un peu bizarre. Non seulement il est d'excellente humeur, mais en plus il ne semble pas se souvenir de mon message. Ce qui me convient très bien. Il s'est passé tant de choses depuis que j'ai débarqué à New York – des choses que mon père ne verrait pas toutes d'un bon œil – que je redoutais cette conversation. Pour rien, apparemment.

— Je n'ai pas eu une minute à moi, dis-je.

— Je n'en doute pas.

— Mais tout va très bien.

— Content de l'entendre. Maintenant que je sais que tu es en vie, je peux me détendre.

Et avec un rapide au revoir, il raccroche.

Non mais quand même, c'est vraiment bizarre. Mon père a toujours été distrait, mais jamais aussi enthousiaste *et* discret. Je me dis que c'est juste parce que, comme la plupart des hommes, il déteste le téléphone.

— Bon, t'es prête ? s'impatiente Lil. C'est toi qui voulais aller à cette fête. Et on ne peut pas rentrer trop tard. Je ne veux pas que Peggy nous enferme dehors toutes les deux, cette fois.

Je soupire.

— Prête.

Je prends mon sac Carrie, et après un dernier long regard vers le téléphone, je la suis.

Quelques minutes plus tard, nous descendons la Deuxième Avenue en pleurant de rire : nous nous amusons à imiter Peggy.

— J'ai de la chance de t'avoir comme coloc, me dit Lil en me prenant le bras.

Il y a la queue devant l'entrée du Puck Building, mais nous avons bien compris qu'à New York, il faut faire la queue pour tout. Nous avons déjà dépassé trois files d'attente sur la Deuxième Avenue : deux devant des cinémas et une devant une fromagerie. Lil et moi n'avons pas compris pourquoi tant de gens éprouvaient ce besoin d'acheter du fromage à neuf heures du soir, mais nous avons ajouté ça à la liste des fascinants mystères de Manhattan.

La file d'attente avance vite, et nous nous retrouvons dans une salle immense, peuplée d'un vaste échantillonnage de jeunes gens. Des rockeurs en cuir et des punks à épingles à nourrice et cheveux fluo. Des looks « survêtement-chaînes en or-grosse montre brillante ». Une boule disco scintille au plafond, mais la musique s'avère être quelque chose que je n'ai jamais entendu, discordante, obsédante et insistante, le genre de musique qui exige que l'on danse.

— Allons chercher à boire ! je crie à Lil.

Nous nous faufilons sur le côté, où j'ai repéré un bar de fortune fait d'une longue planche posée sur des tréteaux.

— Eh ! me crie une voix.

C'est le blond arrogant de notre classe. Capote Duncan. D'un bras, il enlace une grande fille maigre à faire mal, avec des pommettes comme des icebergs. *Elle doit être mannequin*, me dis-je avec humeur. Lil avait peut-être raison de dire que Capote est un tombeur, et c'est agaçant.

— Je disais à Sandy, nous annonce-t-il avec un léger accent du Sud en indiquant la fille, que cette fête semble tout droit sortie de *Du côté de chez Swann*.

— Je pensais plutôt à Henry James, lui crie Lil.

— C'est qui, Henry James ? Il est là ? demande la fameuse Sandy.

Capote sourit comme si elle avait dit quelque chose de charmant et resserre son étreinte sur ses épaules.

— Non, mais il pourrait si tu voulais.

Désormais, je sais que j'avais raison. Capote est un connard. Et puisque de toute manière personne ne fait attention à moi, je me dis que je vais boire un coup toute seule et que je rattraperai Lil plus tard.

Je me détourne, et c'est là que je la vois. La fille aux cheveux rouges. Celle qui a retrouvé mon sac Carrie.

— Salut ! je lui lance en agitant frénétiquement les bras comme si je venais de reconnaître une vieille amie.

— Salut qui ? dit-elle en prenant une gorgée de bière.

— C'est moi, tu te souviens ? Carrie Bradshaw. Tu as retrouvé mon sac.

Je le lui montre pour lui rafraîchir la mémoire.

— Ah, oui, lâche-t-elle, pas convaincue.

Elle ne paraît pas particulièrement désireuse de poursuivre la conversation, mais allez savoir pourquoi, moi, si. J'ai soudain le désir de la scotcher. De la forcer à m'aimer.

— Et pourquoi tu fais ça ? Manifester ?

Elle me considère avec arrogance, comme si ma question ne méritait même pas de réponse.

— Parce que c'est important.

— Ah.

— Et que je travaille dans un foyer pour femmes battues. Tu devrais venir faire du bénévolat, un de ces jours. Ça te sortirait un peu de ton petit univers protégé, affirme-t-elle en criant par-dessus la musique.

— Mais… Ça ne te donne pas l'impression que tous les hommes sont à fuir ?

— Non. Parce que je *sais* que tous les hommes sont à fuir.

Je ne sais pas pourquoi je continue cette conversation. Mais je ne peux plus m'arrêter.

— Et l'amour, alors ? Je veux dire, comment tu peux avoir un copain ou un mari si tu sais ça ?

— Bonne question.

Elle reprend une gorgée de bière en scrutant la foule.

Je crie pour me faire entendre.

— J'étais sincère, tu sais, en disant que je voulais te remercier. Je pourrais t'offrir un café un de ces jours ? J'aimerais en savoir plus sur… sur ce que tu fais.

— Ah oui, vraiment ?

Je hoche la tête avec enthousiasme.

Enfin, elle cède.

— D'accord. Tu n'as qu'à m'appeler.

— Comment tu t'appelles ?

Elle hésite.

— Miranda Hobbes. H-o-b-b-e-s. Je suis dans l'annuaire.

Et pendant qu'elle s'éloigne, je fais le signe de composer un numéro avec mes doigts.

Chapitre sept

— C'est de la soie de Chine. Des années trente.

Je caresse l'étoffe bleue avec amour et je la retourne. Un dragon est brodé au fil d'or dans le dos. Le kimono est sans doute largement au-dessus de mes moyens, mais je l'essaie quand même. Les manches pendent le long de mon corps comme des ailes repliées. Je pourrais vraiment voler, là-dedans.

— Il vous va impec, ajoute le vendeur.

Bien que le mot « vendeur » ne soit sans doute pas le mieux choisi pour un type qui porte un canotier en feutre, un pantalon à carreaux et un tee-shirt noir des Ramones. « Pourvoyeur » serait sans doute plus approprié. Voire « dealer ».

Je suis dans une friperie dénommée *My Old Lady*. Ce nom lui colle parfaitement.

— Où est-ce que vous trouvez toutes ces frusques ?

J'hésite à retirer le kimono, mais je suis trop effrayée pour en demander le prix.

Le proprio hausse les épaules.

— Les gens nous les apportent. La plupart du temps, elles appartenaient à de vieux parents qui sont morts. Les déchets des uns sont les trésors des autres.

Bon, allez, je rassemble mon courage.

— Combien ?

— Pour vous ? Cinq dollars.

— Ah.

Je sors mes bras des manches.

Le type dodeline un peu de la tête en réfléchissant.

— Combien pouvez-vous payer ?

— Trois dollars.

— Trois cinquante. Ce vieux machin traîne ici depuis des mois. Il faut que je m'en débarrasse.

— Marché conclu !

Je sors du magasin toujours drapée dans le kimono et me dirige vers chez Peggy.

Ce matin, quand j'ai voulu affronter la machine à écrire, je me suis de nouveau retrouvée face à un grand blanc. *La famille*. Je croyais pouvoir écrire sur la mienne, mais elle m'a soudain paru aussi éloignée que la France. La France m'a fait penser à *La Grenouille*, ce qui m'a fait penser à Bernard. Et à son silence. J'ai envisagé de lui téléphoner, mais je me suis répété que je ne devais pas être faible. Une autre heure a passé, pendant laquelle je me suis taillé les ongles, j'ai tressé et détressé mes cheveux, et examiné mon visage à la recherche de points noirs.

— Qu'est-ce que tu fais ? m'a demandé Lil.

— J'ai la panne de l'écrivain.

— Ça n'existe pas, la panne de l'écrivain, a-t-elle affirmé. Si tu n'arrives pas à écrire, c'est parce que tu n'as rien à dire. Ou que tu évites quelque chose.

— Humpf, ai-je fait en pressant ma peau entre mes doigts, tout en me demandant s'il était possible que je n'aie pas l'étoffe d'un écrivain.

— Ne fais pas ça ! a glapi Lil. Ça ne fera qu'aggraver les choses. Tu ne veux pas plutôt aller faire un tour ?

Bonne idée. Et je savais précisément où aller. Dans le quartier de Samantha, où j'avais repéré cette friperie, sur la Septième Avenue.

Je surprends mon reflet dans une vitrine et m'arrête pour admirer le kimono. J'espère qu'il me portera chance et que j'arriverai à écrire. Je commence à m'inquiéter. Je ne veux pas finir dans les 99,9 % de déchets de Viktor Greene.

— Eh ben ! s'exclame Lil. Tu as l'air morte de fatigue.

— Je *suis* morte. Mais regarde ce que j'ai trouvé !

Je pirouette pour lui montrer mon nouvel achat.

Lil reste dubitative, et je me rends compte que j'ai vraiment l'air d'une fumiste, à aller faire du shopping au lieu d'écrire. Pourquoi est-ce que je fuis sans cesse mon œuvre ? Serait-ce parce que j'ai peur d'être confrontée à mon manque de talent ?

Je m'écroule sur le sofa et retire doucement mes sandales.

— C'était à au moins cinquante rues d'ici, j'ai les pieds en compote. Mais ça en valait la peine.

Du moins, j'essaie de m'en convaincre.

— J'ai terminé mon poème, lâche Lil, l'air de rien.

Je souris, ravalant ma jalousie. Suis-je la seule à galérer ? Lil semble tout faire sans effort. Mais c'est sans doute parce qu'elle a beaucoup plus de talent que moi.

— Je suis aussi passée chez le Chinois, ajoute-t-elle. J'ai pris du porc aux épices. Il en reste plein, si tu en veux.

— Oh, Lil. Je ne vais pas t'ôter le pain de la bouche !

— Allez, pas de cérémonies. D'ailleurs, il faut que tu manges. Comment veux-tu réussir à travailler si tu as faim ?

Elle a raison. Et puis c'est toujours ça de pris pour retarder le moment de me mettre au boulot.

Lil s'assoit sur mon lit pendant que je boulotte tout le porc aux épices, directement dans la boîte.

— Tu n'as jamais peur ? je lui demande.

— De quoi ?

— De ne pas être à la hauteur.

— Tu veux dire en écrivant ?

Je fais oui de la tête.

— Et si j'étais la seule à croire que je peux y arriver, et que personne d'autre n'y croyait ? Si je me mentais de A à Z…

Elle sourit.

— Mais enfin, Carrie. Tu ne sais pas que tous les écrivains ont ces idées-là ? La peur fait partie du travail.

Elle attrape sa serviette pour aller prendre un long bain, et pendant qu'elle barbote, je parviens à pondre laborieusement une page, puis deux. Je tape un titre : « Chez nous ». Je le barre et écris : « Mon nouveau chez-moi ». Curieusement, ça me fait penser à Samantha Jones. Je l'imagine sur son lit à colonnes, en lingerie sexy, mangeant des chocolats. Allez savoir pourquoi, c'est comme ça que je l'imagine passant ses week-ends.

Je me sors ces idées de la tête et m'efforce de rassembler mes pensées, mais à présent c'est la douleur dans mes pieds qui prend le dessus et m'empêche de me concentrer.

— Lil ? (Je frappe à la porte de la salle de bains.) Tu as de l'aspirine ?

— Je ne crois pas, crie-t-elle.

— Ah, zut.

Peggy doit bien en avoir quelque part.

— Je peux entrer ?

Lil est toujours dans la petite baignoire, cachée sous une montagne de bulles. Je vais voir dans l'armoire à pharmacie. Rien. Je regarde autour de moi, et m'arrête sur la porte fermée de la chambre de Peggy.

Ne fais pas ça, me dis-je en me remémorant la règle absolue de notre logeuse. Nous n'avons pas le droit d'entrer dans sa chambre. Jamais. Sous aucun prétexte. Sa chambre est un territoire strictement *verboten*.

J'ouvre prudemment la porte.

— Qu'est-ce que tu fous ? s'écrie Lil en bondissant de la baignoire et en attrapant sa serviette, les épaules encore couvertes de bain moussant.

Je mets un doigt sur mes lèvres pour la faire taire.

— Je cherche juste de l'aspirine. Peggy est tellement radine qu'elle doit la cacher dans sa chambre.

— Et si elle s'aperçoit qu'il lui en manque ?

— Même Peggy ne peut pas être folle à ce point. (Je pousse encore un peu la porte.) Il faudrait être complètement cinglée pour compter ses cachets d'aspirine. Et puis, tu ne crèves pas d'envie de savoir à quoi ressemble sa chambre ?

Les stores sont tirés, si bien que mes yeux mettent quelques secondes à s'accoutumer. Lorsque c'est fait, je pousse un petit cri d'horreur.

Le lit de Peggy est recouvert d'ours. Pas de vrais ours, bien sûr, mais de toutes les versions possibles de l'espèce en peluche. Il y a de gros ours et de petits oursons, des ours avec raquette de tennis et des ours en tablier. Des ours roses et des ours avec des cache-oreilles en moumoute. Il y a même un ours entièrement fait d'épingles de nourrice.

— C'est ça, son grand secret ? murmure Lil, déçue. Des ours ?

— C'est une femme d'âge mûr. Tu en connais beaucoup, des femmes de son âge qui ont une chambre pleine de peluches ?

— Peut-être qu'elle les collectionne. Il y a des gens qui font ça.

— Pas les gens normaux.

Je prends l'ours rose et le tiens devant le visage de Lil.

— Bonzour, dis-je en prenant une petite voix rigolote. Je m'appelle Peggy et je vais vous expliquer mon règlement. Mais d'abord, il faut que j'enfile mon survêtement en caoutchouc…

— Carrie, arrête, me supplie Lil, mais c'est trop tard car nous sommes déjà écroulées de rire.

— Bon, de l'aspirine. À la place de Peggy, où la rangerais-tu ?

Mes yeux se dirigent tout seuls vers le tiroir du haut de la table de chevet. Comme tout ce qu'il y a dans cet appartement, c'est de la camelote, et quand je tire sur la poignée, le tiroir sort d'un coup, répandant son contenu par terre.

— Alors là, c'est sûr qu'elle va nous tuer, gémit Lil.

— On ne lui dira pas, dis-je en me mettant à quatre pattes pour ramasser. D'ailleurs, ce sont juste quelques photos.

Je commence à rassembler les clichés, quand je suis surprise par ce qui ressemble à une image de sein nu.

Je regarde de plus près. Puis je jette la photo comme si elle m'avait brûlée.

— Qu'est-ce que c'est ? crie Lil.

Je m'assois par terre, éberluée. Je reprends la photo pour l'examiner plus attentivement, toujours pas convaincue de ce que j'ai vu. Mais c'est bien ce que je pensais. Je feuillette les autres photos en essayant de calmer mon hilarité. Elles représentent toutes Peggy, ça oui, mais sur chacune, elle est nue comme un ver.

Et pas simplement à poil. Elle prend des poses dignes d'un magazine porno. Sauf que malheureusement, elle n'est pas vraiment taillée pour le rôle.

— Lil ?

J'ai envie d'élucider cette énigme : pourquoi Peggy a-t-elle posé pour ces photos, et qui a bien pu les prendre ? Mais Lil est déjà partie. J'entends un bruit sourd : la porte de sa chambre qui se referme, puis un bruit plus net : la porte de l'appartement qui claque. Et avant que j'aie pu bouger un orteil, Peggy est debout devant moi.

Nous restons figées comme des statues. Ses yeux s'agrandissent en même temps que sa face vire au rouge betterave, et je me demande si sa tête va exploser. Elle ouvre la bouche et lève le bras.

La photo me tombe des doigts et je me recroqueville de terreur.

— Dehors ! Dehors ! braille-t-elle en me mettant des claques sur la tête.

Je retombe à quatre pattes, et avant qu'elle ait compris ce qui se passait, je me faufile entre ses jambes pour regagner le couloir. Je me lève, cours dans ma chambre et claque la porte.

Elle la rouvre aussitôt.

— Écoute, Peggy…

Mais en fait, que dire ? De toute manière, elle crie trop pour que je puisse en placer une.

— Dès l'instant où je t'ai vue, j'ai su que je n'aurais que des problèmes avec toi. Tu te prends pour qui, à entrer chez moi et à fouiller dans mes affaires ? Où as-tu été élevée ? Dans une écurie ? Tu es quel genre d'animal ?

« Un ours ? » ai-je envie de répondre.

Mais elle a raison. C'est vrai que j'ai violé son intimité. Je savais que c'était mal et je l'ai fait quand même. Remarquez, ça valait la peine de voir ces photos de nus.

— Je veux que tu partes d'ici avec tes affaires, tout de suite !

— Mais…

— Tu aurais dû y penser avant d'entrer dans ma chambre, tranche-t-elle.

Ça ne m'aide pas beaucoup, car après avoir vu ces photos, je ne peux plus penser qu'à ses fesses. L'image m'occupe tellement l'esprit que je remarque à peine sa tirade sur le fait que ça me fera du bien de passer une ou deux nuits dans la rue.

Avant que j'aie eu le temps de dire ouf, elle sort ma valise de sous le lit et la pose sur le matelas.

— Commence à faire tes bagages, m'ordonne-t-elle. Je sors vingt minutes, et à mon retour, tu as intérêt à être partie. Sinon, j'appelle la police.

Elle attrape son sac et s'en va en coup de vent.

Le choc me cloue sur place. La porte en contreplaqué s'ouvre et Lil entre, blanche comme un linge.

— Oh, Carrie, murmure-t-elle. Qu'est-ce que tu vas faire ?

— Partir, dis-je en prenant un tas de vêtements et en le laissant tomber dans la valise.

— Mais pour aller où ? On est à New York. C'est la nuit, et c'est dangereux. Tu ne peux pas rester dehors toute seule. Et si tu te faisais agresser, zigouiller ? Tu pourrais peut-être essayer le foyer du YMCA…

Soudain, je suis en colère. Contre Peggy et contre son esprit irrationnel.

— J'ai des tas d'endroits où aller.

— Ah bon, où ça ?

Bonne question.

J'enfile le kimono chinois pour me porter chance et je ferme ma valise d'un coup sec. Lil semble hébétée, comme si elle n'en revenait pas que j'aie l'intention d'aller jusqu'au bout. Je lui accorde un sourire blême et une brève accolade. J'ai le ventre serré par la peur, mais je suis bien décidée à ne pas reculer.

Lil me suit jusque dans la rue en me suppliant de rester.

— Tu ne peux pas partir comme ça, sans nulle part où aller.

— Je t'assure, Lil, tout ira bien.

Mais j'affiche bien plus d'assurance que je n'en ressens.

Je lève le bras et hèle un taxi.

— Carrie ! Ne fais pas ça ! m'implore Lil pendant que je hisse ma valise et ma machine à écrire sur la banquette arrière.

Le chauffeur se retourne et me demande où nous allons.

Je ferme les yeux et fais la grimace.

Une demi-heure plus tard, coincée dehors sous une pluie d'orage torrentielle, je me demande ce que j'avais dans le crâne.

Samantha n'est pas chez elle. Tout au fond de ma tête, je me disais que si elle n'était pas là, je pourrais toujours aller chez Bernard et me jeter à sa merci. Mais maintenant que j'ai dépensé toute ma fortune dans un trajet en taxi, je n'ai plus de quoi m'en payer un autre.

Un filet d'eau me coule dans la nuque. Mon kimono est trempé, j'ai peur, je suis malheureuse, mais je tente de me persuader que tout va s'arranger. J'imagine la pluie nettoyant la ville, et emportant Peggy avec elle.

Mais un nouveau roulement de tonnerre me fait changer d'avis, et tout à coup je suis attaquée par des piqûres d'épingles glaciales. La pluie a tourné à la grêle, il faut que je me trouve un abri.

Je rejoins le coin de la rue en traînant ma valise. Là, je repère une petite échoppe vitrée au pied d'une courte volée de marches. Au début, je ne suis même pas sûre que ce soit une boutique, mais ensuite je vois un grand panneau marqué : PAS DE MONNAIE – PAS LA PEINE DE DEMANDER. Scrutant par la vitre, j'aperçois un présentoir de barres chocolatées. J'entre.

Un chauve au physique étrange, qui ressemble un peu à une betterave bouillie, est assis sur un tabouret derrière une barrière en Plexiglas. Une petite ouverture permet de lui glisser son argent. Je dégouline partout sur le sol, mais l'homme ne s'en formalise pas.

— Qu'est-ce qui vous ferait plaisir, jeune fille ? demande-t-il.

Je regarde autour de moi, un peu perdue. La boutique est encore plus minuscule vue de l'intérieur que de l'extérieur. Les cloisons sont fines et, dans le fond, une porte est fermée au loquet.

Je frissonne.

— Une barre de chocolat Hershey's, c'est combien ?

— Vingt-cinq *cents*.

Je trouve au fond de ma poche une pièce que je fais glisser sous le Plexiglas. Je prends une barre de chocolat et me mets à la dépapilloter. Elle a un goût de poussière, et je commence à plaindre le bonhomme. Apparemment, il ne vend pas grand-chose. Je me demande comment il arrive à survivre.

Ensuite, je me demande si *moi*, je vais réussir à survivre. Et si Samantha ne rentre pas ? Si elle va dormir chez Charlie ?

Non. Elle rentrera forcément. Il le faut, c'est tout. Je ferme les yeux et la vois appuyée à son bureau, me disant : « Tu es vraiment un rat des champs. »

Et puis, comme si c'était arrivé par la force de ma volonté, un taxi s'arrête au coin et Samantha en sort. Elle serre son porte-documents contre sa poitrine, la tête baissée contre la pluie, et soudain elle se fige, l'air démoralisé. Par la météo et, peut-être, par autre chose.

— Hé !

Je surgis de la boutique et fonce vers elle en lui faisant de grands signes.

— C'est moi !

Elle a un mouvement de surprise, mais se reprend vite.

— Toi ? dit-elle en chassant la pluie de son visage. Qu'est-ce que tu fais là ?

Je rassemble le peu de confiance en moi qu'il me reste. Je hausse les épaules, l'air tranquille, genre « je trouve parfaitement normal de traîner des heures sous la pluie à des coins de rue ».

— Je me demandais…

— Tu t'es fait virer de ton appartement.

— Comment tu as deviné ?

Elle éclate de rire.

— La valise, sans compter que tu es trempée jusqu'aux os. Et puis, c'est ce qui arrive toujours aux petits rats des champs. Ah lala, Carrie ! Qu'est-ce qu'on va faire de toi ?

Chapitre huit

— T'es pas morte ! s'exclame Lil en me sautant au cou.

— Bien sûr que non.

Je dis ça comme si cela m'arrivait tous les jours d'être virée d'un appartement. Debout devant la New School, nous attendons le moment d'entrer.

Elle recule d'un pas pour mieux me regarder.

— Je m'inquiétais. Tu as une sale mine.

— Gueule de bois. Pas eu le choix.

— Tu as terminé ta nouvelle ?

Je pouffe de rire. On dirait que ma voix a raclé contre le trottoir.

— Carrément pas.

— Il faudra que tu racontes à Viktor ce qui s'est passé.

— À *Viktor* ? Depuis quand tu l'appelles par son prénom ?

— Il s'appelle bien comme ça, non ?

Elle entre sans m'attendre.

Les mots me manquent pour dire mon soulagement au moment où Samantha est apparue et m'a sauvée. Elle avait décidé de donner congé à Charlie pour la nuit, histoire de le laisser mariner un peu. Et c'est avec ravissement que j'ai compris qu'une nuit de congé pour Charlie, c'était une nuit de sortie pour Samantha, et qu'elle comptait sur moi pour l'accompagner. Là où j'ai commencé à m'inquiéter, c'est en découvrant que quand Samantha parle de « sortir la nuit », elle veut vraiment dire *toute* la nuit.

D'abord, nous sommes allées dans un lieu qui s'appelle le *One Fifth*. Le décor intérieur évoquait un paquebot de croisière et, bien que l'endroit soit en principe un restaurant, personne ne mangeait. D'après ce que j'ai compris, personne ne mange vraiment dans les restaurants branchés car on y va juste pour être vu. Le barman nous a offert à boire, après quoi deux types se sont mis à nous payer des verres, et puis quelqu'un a proposé qu'on aille tous dans une boîte, le *Xenon*, où tout le monde était violet dans la lumière noire. C'était très marrant parce que personne n'avait l'air de remarquer qu'il était violet, et juste au moment où je commençais à m'y faire, Samantha est tombée sur des gens qui voulaient aller dans une autre boîte appelée le *Saint*, si bien qu'on s'est tous entassés dans des taxis pour s'y rendre. Le plafond représentait un ciel étoilé, éclairé par de minuscules ampoules, et la piste de danse tournait comme un disque, si bien que les gens n'arrêtaient pas de tomber. J'ai été happée au milieu d'une bande de types qui portaient des perruques et j'ai perdu Samantha, mais je l'ai retrouvée aux toilettes, où on entendait des couples s'envoyer en l'air. J'ai dansé sur une enceinte et une de mes chaussures est tombée, je n'arrivais plus à la récupérer, et puis Samantha m'a obligée à partir sans attendre parce qu'elle avait faim. Alors on a atterri dans un autre taxi, avec d'autres gens, et Samantha a dit au chauffeur de s'arrêter devant un drugstore ouvert de nuit dans Chinatown, pour voir s'il y avait des chaussures. Mystérieusement, il y en avait, mais c'étaient des tongs en bambou. Je les ai essayées, ainsi qu'un chapeau pointu, apparemment tellement hilarant que tout le monde a tenu à acheter des tongs en bambou et des chapeaux pointus. Finalement, on a réussi à remonter dans le taxi, qui nous a emmenés jusqu'à un *diner* tout en acier chromé où on a mangé des œufs brouillés.

Je crois que nous sommes rentrées vers cinq heures. Je n'osais même pas regarder ma montre, mais les oiseaux chantaient. Je n'aurais jamais imaginé qu'il y avait tellement d'oiseaux à New York. Pensant que je n'arriverais jamais à dormir avec tout ce raffut, je me suis levée et je me suis mise à taper à la machine. Au bout d'un quart d'heure, Samantha est sortie de sa chambre en remontant un masque en velours sur son front.

— Carrie, m'a-t-elle dit. *Qu'est-ce que tu fous ?*

— Ben… j'écris…

— Tu peux garder ça pour demain matin ? (Elle a gémi de douleur.) En plus, j'ai des crampes atroces, si tu vois ce que je veux dire. Ce n'est pas pour rien qu'on appelle ça « le fléau ».

— Ah, pardon, ai-je répondu, terriblement gênée.

Je ne voulais surtout contrarier personne : ni elle ni ses règles douloureuses.

À présent, tout en suivant Lil – qui, contrairement à moi, a la tête bien claire – pour monter en cours, je suis bourrelée de remords. Il faut vraiment que je me mette à l'écriture. Il est temps que je devienne sérieuse.

Plus que cinquante-six jours.

Je la rattrape et lui tape sur l'épaule.

— Bernard a appelé ?

Elle secoue la tête et m'envoie un regard de pitié.

Aujourd'hui, nous avons le privilège et le plaisir d'entendre lecture de l'œuvre de Capote Duncan. Dans l'état où je suis, c'est le pire de ce qui pouvait m'arriver. Je soutiens ma tête de la main en me demandant comment je vais résister jusqu'au bout de ce cours.

« Elle tenait le rasoir entre ses doigts. Un éclat de verre. Une lame de glace. Une salvation. Le soleil était une lune. La glace se mua en neige et elle s'évanouit au loin, pèlerin perdu dans le blizzard. »

Capote remonte ses lunettes et sourit, content de lui.

— Merci, Capote, dit Viktor Greene, qui est affalé sur une chaise au fond de la salle.

— Je vous en prie, répond Capote comme s'il venait de nous faire une faveur énorme.

Je l'observe attentivement pour tenter de découvrir ce que Lil et, paraît-il, des centaines de femmes à New York – y compris des mannequins – lui trouvent. C'est vrai qu'il a des mains étonnamment viriles, le genre de mains qui semblent savoir manœuvrer un voilier, planter un clou ou vous enlever du bord d'une falaise. Dommage qu'il n'ait pas la personnalité qui va avec.

— Des réactions à la nouvelle de Capote ? demande Viktor.

« Oui, ai-je envie de dire. J'ai une réaction. C'était nul. D'ailleurs, j'ai failli vomir. S'il y a bien une chose que je déteste, ce sont les histoires cucul-la-praline comme celle-là : le coup de la fille parfaite dont tous les hommes tombent amoureux et qui finit par se tuer, parce qu'elle est tellement tragique, n'est-ce pas. Alors qu'en réalité, elle est juste cintrée. Mais bien sûr, le type ne peut pas le voir. Il ne voit que sa beauté. Et sa tristesse. Pitié ! »

Qu'est-ce que les garçons peuvent être crétins, parfois !

— C'est qui, déjà, cette fille ? demande Ryan avec une touche de scepticisme qui m'indique que je ne suis pas la seule à être de cet avis.

Capote se raidit.

— C'est ma sœur. Je pensais que c'était évident depuis le début.

— J'ai dû passer à côté, alors, réplique Ryan. Vu la manière dont tu la décris… on ne dirait pas ta sœur. On dirait plutôt une fille dont tu es amoureux.

Ryan est plutôt rude avec Capote, d'autant qu'ils sont censés être amis. Mais c'est comme ça, dans ce séminaire. Quand on entre dans la classe, on est écrivain avant tout.

J'ajoute mon grain de sel.

— Ça paraît un peu… incestueux.

Capote me regarde. C'est la première fois qu'il fait mine de reconnaître ma présence, mais seulement parce qu'il y est obligé.

— C'est précisément l'intérêt de l'histoire. Et si tu ne comprends pas l'intérêt, je n'y peux rien.

J'insiste.

— Mais c'est vraiment *toi* ?

— C'est de la fiction, réplique-t-il sèchement. Bien sûr que ce n'est pas vraiment moi.

— Mais alors, si ce n'est pas vraiment toi ni ta sœur, on peut donner son avis, quand même, renchérit Ryan tandis que la classe glousse de rire. Je ne me permettrais pas de dénigrer un membre de ta famille.

— Un écrivain doit être capable de voir tout ce qui constitue sa vie d'un œil critique, intervient Lil. Y compris sa famille. On dit bien que l'artiste doit tuer le père pour réussir...

— Mais Capote n'a tué personne, dis-je. Pour l'instant.

Toute la classe pouffe encore de rire.

— Cette discussion est complètement absurde, tranche Rainbow.

C'est la deuxième fois qu'elle daigne prendre la parole en classe, et elle le fait d'un ton las, méfiant et supérieur, destiné à nous remettre à notre place. C'est-à-dire loin au-dessous d'elle.

— De toute manière, poursuit-elle, la sœur meurt. Alors qu'est-ce que ça change, ce qu'on dit d'elle ? Moi, j'ai beaucoup aimé ce texte. Je me suis identifiée au personnage dans sa souffrance. Ça m'a paru très réel.

— Merci, dit Capote comme si Rainbow et lui étaient deux aristocrates égarés parmi les gueux.

À présent, je suis certaine qu'ils couchent ensemble. Je me demande si elle est au courant de l'existence du mannequin.

Capote se rassoit, et une fois de plus je me surprends à le reluquer ouvertement, avec curiosité. Vu de profil, son nez a du caractère – une bosse distincte, du genre qui se transmet de génération en génération : le « nez Duncan », probablement le fardeau de tous les membres féminins de la famille.

Combiné avec des yeux rapprochés, ce nez donnerait au visage une allure de rongeur, mais ceux de Duncan sont écartés. Et, à mieux les regarder, d'un bleu sombre d'encre.

— Lil veut-elle bien nous lire son poème ? murmure alors Viktor.

Le poème de Lil parle d'une fleur et de son effet sur trois générations de femmes. Quand elle a terminé, il y a un grand silence.

— C'était magnifique, commente Viktor en s'approchant lentement du tableau.

— C'est à la portée de n'importe qui, répond Lil avec une modestie joyeuse.

Elle est peut-être la seule personne authentique de ce stage, sans doute parce qu'elle a un vrai talent.

Viktor Greene ramasse son cartable par terre. Je me demande bien ce qu'il peut contenir à part des papiers, mais le poids le fait dangereusement pencher d'un côté, tel un navire prenant de la gîte.

— Nous nous reverrons mercredi. En attendant, pour ceux qui n'ont pas rendu leur premier texte, il faudra le faire pour lundi. Et je voudrais voir Carrie Bradshaw dans mon bureau.

Hein ? Quoi ? Je regarde en direction de Lil, en me demandant si elle connaît la raison de cette convocation inattendue, mais elle hausse les épaules.

Viktor Greene va peut-être me dire que je n'ai pas ma place dans ce séminaire.

Ou peut-être va-t-il m'annoncer que je suis la stagiaire la plus brillante qu'il ait jamais eue.

Ou peut-être… J'abandonne. Qui sait ce qu'il veut ? Je fume une cigarette et rejoins son bureau en traînant les pieds.

Porte fermée. Je frappe.

J'entrouvre, et je me retrouve nez à nez avec l'énorme moustache de Viktor. Suivie de son visage mou et affaissé, comme si la peau et les muscles avaient renoncé à tout effort pour rester accrochés au crâne. Il m'ouvre en silence et je pénètre dans une petite pièce remplie d'un vrai fouillis de papiers, de livres et de magazines. Il retire un tas d'une chaise devant son bureau et regarde autour de lui d'un air impuissant.

— Là-bas, dis-je en désignant une pile de livres pas trop énorme, sur l'appui de la fenêtre.

— Ah, oui.

Il y pose les papiers en équilibre précaire.

Je m'assois sur ma chaise et il se laisse mollement tomber dans son siège.

— Bon.

Il touche sa moustache.

J'ai envie de lui crier : « Elle est encore là ! », mais je m'abstiens.

— Comment vous sentez-vous dans ce stage ? s'enquiert-il.

— Bien. Très bien.

Je suis sûre que je suis nulle, mais je ne vais quand même pas lui donner des munitions.

— Il y a longtemps que vous voulez être écrivain ?

— Depuis toute petite, je crois.

— Vous croyez ?

— Je le *sais*.

Pourquoi les conversations avec les professeurs tournent-elles toujours en rond ?

— Pourquoi ?

Je glisse les mains sous mes cuisses et regarde dans le vide. Il n'y a pas de bonne réponse à cette question. « Je suis un génie et le monde ne peut pas se passer de ma prose » ? Trop prétentieux, et probablement faux. « J'adore les livres et je veux écrire le grand roman du siècle » ? Vrai, mais c'est aussi ce que veulent tous les stagiaires, car sinon que feraient-ils dans cette classe ? « C'est ma vocation » : exagérément théâtral. D'un autre côté, pourquoi me pose-t-il cette question ? Il ne voit pas que je *dois* devenir écrivain ?

Conséquence : je finis par ne rien dire. Je me contente d'écarquiller les yeux au maximum.

— Pourquoi portez-vous cette moustache ? je demande.

— Mmmf ?

Il couvre sa lèvre de ses doigts cireux et pointus.

— Est-ce parce que vous pensez qu'elle fait partie de vous ?

Je n'ai jamais parlé ainsi à un professeur, mais je ne suis plus au lycée. Je suis dans un séminaire. Et qui a décrété que Viktor Greene devait être l'autorité suprême ?

— Vous n'aimez pas ma moustache ? dit-il.

Attendez. Viktor Greene serait *coquet* ?

— Si, si.

La coquetterie est une faiblesse. C'est une faille dans l'armure. Quand on est coquet, il faut tout faire pour le dissimuler.

Je me penche légèrement en avant pour mettre l'accent sur mon admiration.

— Votre moustache est vraiment, euh… super.

— Vous trouvez ?

Eh bien, je viens de soulever un lièvre ! Si seulement il savait combien Ryan et moi pouvons la chambrer, cette moustache ! Je lui ai même trouvé un nom : Waldo. Mais attention, Waldo n'est pas une moustache comme les autres. Elle peut vivre des aventures sans son Viktor. Elle va au zoo et au *Studio 54*, et l'autre soir, elle est même allée au restau japonais *Benihana*, où le cuistot l'a prise pour un steak et l'a hachée menu par accident.

Waldo la moustache s'en est remise. Elle est immortelle et indestructible.

Mais poursuivons.

— Votre moustache. C'est un peu comme mon désir d'écrire. Ça fait partie de moi. Je ne sais pas qui je serais si je ne voulais pas être écrivain.

Je sors cette réplique avec beaucoup de conviction, et Viktor hoche la tête.

— Alors c'est bien.

Je souris.

— Je craignais que vous ne soyez venue à New York pour devenir célèbre.

Quoi ? Là, je ne comprends plus rien. Et je suis assez vexée.

— Quel rapport entre mon désir d'écrire et l'envie de devenir célèbre ?

Il humecte ses lèvres.

— D'aucuns pensent qu'écrire est prestigieux. Ils commettent l'erreur de croire que c'est un bon moyen de devenir célèbre. Mais ce n'est pas le cas. Ce n'est que du travail. Des années et des années de travail, et même ainsi, la plupart des gens n'en retirent pas toutes les satisfactions espérées.

Comme vous ? je me demande.

— Je ne suis pas inquiète, Mr Greene.

Il tripote tristement sa moustache.

Je me lève.

— C'est tout ?

— Oui, c'est tout.

— Merci, Mr Greene.

Je lui jette un regard noir. Je me demande ce que Waldo pense de tout cela.

Mais en sortant, j'ai la tremblote.

Et pourquoi pas ? je fulmine en silence. Pourquoi est-ce que je ne deviendrais pas un écrivain célèbre ? Comme Norman Mailer. Ou Philip Roth. Et F. Scott Fitzgerald, Hemingway et tous ces hommes. Pourquoi ne pourrais-je pas être comme eux ? C'est vrai, quoi, quel est l'intérêt de devenir écrivain si c'est pour que personne ne lise ce qu'on écrit ?

Que Viktor Greene et la New School aillent se faire voir. Pourquoi devrais-je me justifier en permanence ? Pourquoi ne puis-je pas être comme Lil, à recevoir les louanges et les encouragements de tous ? Ou comme Rainbow, avec sa certitude d'y avoir droit ? Je parie que Viktor Greene ne lui a jamais demandé, à elle, pourquoi elle voulait devenir écrivain.

Mais si – là, je fais la grimace – si Viktor Greene avait raison ? Après tout, je ne suis *pas* écrivain.

J'allume une cigarette et me mets à marcher.

Pourquoi suis-je venue à New York ? Pourquoi ai-je cru que je pouvais réussir ici ?

Je marche le plus vite possible, ne m'arrêtant que pour allumer des cigarettes. Le temps d'arriver à la 16e Rue, je dois en avoir fumé un demi-paquet.

J'ai mal au cœur.

C'est une chose d'écrire dans le journal du lycée. Mais New York, ce n'est carrément pas le même niveau. C'est une montagne, avec quelques personnes qui ont réussi au sommet, comme Bernard, et une masse de rêveurs et de tâcherons tout en bas.

Et puis il y a les gens comme Viktor, qui n'ont pas peur de vous dire que vous n'atteindrez jamais ce sommet.

Je jette mon mégot sur le trottoir et l'écrase furieusement. Un camion de pompiers passe en rugissant, toutes sirènes hurlantes. Je hurle : « J'en ai marre ! » et mon exaspération se perd dans le vacarme.

Deux ou trois passants me jettent un coup d'œil sans s'arrêter pour autant. Je ne suis qu'une siphonnée de plus dans les rues de New York.

Je piétine rageusement jusqu'à l'immeuble de Samantha, monte l'escalier quatre à quatre, ouvre les trois verrous et me jette sur son lit. Ce qui me donne, comme chaque fois, l'impression d'être une cocotte. C'est un lit à colonnes doté d'une courtepointe noire et de ce que Samantha appelle des « draps de soie » (qui, d'après elle, préviennent l'apparition des rides). Sauf qu'en réalité c'est du polyester ultraglissant, pas de la soie, et que je dois appuyer mes pieds contre une des colonnes pour ne pas me retrouver par terre.

J'attrape un oreiller et m'en couvre la tête. Je pense à Viktor Greene et à Bernard. Je pense au fait que je suis toute seule. Que je dois sans cesse m'arracher aux tréfonds du désespoir et rassembler tout mon courage pour essayer encore une fois. J'enfonce mon visage dans la plume.

Je devrais peut-être abandonner. Rentrer chez moi. Et dans deux mois, aller à Brown.

Ma gorge se serre à l'idée de quitter New York. Vais-je laisser le jugement de Viktor Greene me convaincre de renoncer ? Il faut que je parle à quelqu'un. Mais à qui ?

Cette fille. La tignasse rouge. Celle qui a trouvé mon sac Carrie. Je suis sûre qu'elle aurait quelque chose à dire sur ma situation. Elle déteste la vie et, en ce moment, moi aussi.

Comment s'appelle-t-elle, déjà ? Miranda. Miranda Hobbes. H-o-b-b-e-s. J'entends encore sa voix me le dire.

J'appelle les renseignements.

Chapitre neuf

— Tous les hommes sont décevants. Quoi qu'on en dise.

Miranda Hobbes regarde haineusement la couverture du *Cosmopolitan.* « Comment Le trouver et Le garder », lit-elle d'un air dégoûté.

Elle repose le magazine sur le présentoir.

— Même si on pouvait Le trouver – et pourquoi est-ce qu'ils mettent toujours des majuscules, comme s'ils parlaient de Dieu ? –, je peux garantir personnellement qu'Il ne vaudrait pas la peine qu'on Le garde.

Je compte quatre dollars et les tends à la caissière.

— Et Paul Newman, alors ? Je suis sûre que lui, au moins, il en vaut la peine. Demande à Joanne Woodward.

— D'une, personne ne sait ce qui se passe entre deux époux. Et de deux, c'est un acteur. Ce qui veut dire que par définition, il est narcissique. (Elle examine avec méfiance le paquet de cuisses de poulet.) Tu es sûre que tu sais ce que tu fais ?

Je mets les cuisses de poulet, le riz et les tomates dans un sac, feignant d'ignorer ses doutes. À la vérité, ce poulet m'inquiète un peu, moi aussi. En plus d'être minuscule, la supérette n'est pas bien propre.

C'est peut-être pour ça que personne ne fait la cuisine à New York.

— Tu ne crois pas que tout le monde est narcissique ? Ma théorie, c'est que la seule chose à laquelle on pense tous, c'est notre personne. C'est la nature humaine qui veut ça.

— Et ça, c'est la nature humaine ? s'énerve Miranda, toujours absorbée par le présentoir de magazines. « Comment vaincre la cellulite en trente jours » ; « Des lèvres qu'on a envie d'embrasser » ; « Comment savoir à quoi il pense vraiment ». Je peux te le dire, moi, à quoi il pense. À *rien*.

J'éclate de rire, en partie parce qu'elle n'a sans doute pas tort, et en partie parce que la naissance d'une amitié me donne un délicieux vertige.

C'est mon deuxième samedi à New York, et ce qu'on ne nous dit jamais, c'est que la ville se vide complètement le week-end. Samantha se rend dans les Hamptons avec Charlie, et même Lil m'a dit qu'elle allait dans les Adirondacks. Je me suis persuadée que ça m'était égal. Que j'avais eu assez d'émotions pour la semaine et que d'ailleurs, il fallait que j'écrive.

Et ça a marché, pendant quelques heures en tout cas. Ensuite, j'ai commencé à me sentir seule. J'en ai conclu qu'il devait exister une forme de solitude particulière à New York : dès qu'on se met à penser aux millions de gens qui sont là, en train de manger, de faire du shopping ou d'aller au cinéma ou au musée avec des amis, c'est vraiment déprimant de ne pas faire partie du lot.

J'ai essayé d'appeler Maggie, qui passe l'été en Caroline du Sud, mais sa sœur m'a dit qu'elle était à la plage. Ensuite, j'ai essayé Walt. Il était à Provincetown. J'ai même appelé mon père. Mais tout ce qu'il m'a dit, c'est : « Tu dois avoir hâte d'entrer à Brown à l'automne. » Et : « J'aurais bien bavardé plus longtemps mais j'ai un rendez-vous. »

J'aurais voulu lui parler des difficultés que je rencontrais au séminaire, mais cela n'aurait rien changé. De toute manière, il ne s'est jamais intéressé à mon écriture. Il cst convaincu que c'est juste une lubie passagère et que ça me passera quand j'irai à Brown.

Ensuite, j'ai inspecté l'armoire de Samantha. J'y ai trouvé une paire de bottes Fiorucci bleu néon que je convoite particulièrement, et je les ai même essayées, mais elles étaient trop grandes. J'ai aussi découvert une vieille veste de motard en cuir qui semblait dater d'une ancienne vie, quelle qu'elle soit.

J'ai de nouveau tenté de joindre Miranda Hobbes. J'avais déjà essayé trois fois sans succès depuis jeudi.

Apparemment, elle ne manifeste pas le samedi, car elle a répondu à la première sonnerie.

— Allô ? a-t-elle demandé avec suspicion.

— Miranda ? C'est Carrie Bradshaw.

— Ah.

— Je me demandais… Tu fais quoi, là ? Ça te dirait d'aller boire un café ?

— Je ne sais pas.

— Ah bon, ai-je soufflé, déçue.

Je suppose qu'elle a eu pitié de moi, car elle m'a demandé :

— Tu habites où ?

— À Chelsea.

— Je suis sur Bank Street. Il y a un café en bas de chez moi. Tant que ça ne m'oblige pas à prendre le métro, je veux bien qu'on se voie.

Nous avons passé deux heures au café, à nous découvrir des tas de points communs. Nous sommes toutes les deux allées au lycée en province. Et nous adorions toutes les deux le livre *Le Consensus* quand nous étions petites. Quand je lui ai raconté que j'avais rencontré l'auteur, Mary Gordon Howard, elle a ri. « Je savais que tu étais du genre à la connaître », a-t-elle dit. Et autour d'un deuxième café, nous avons eu, sans le dire, le sentiment magique que nous allions devenir amies.

Puis nous avons décidé que nous avions faim, mais nous avons aussi avoué que nous étions fauchées. D'où mon idée de nous préparer à manger.

— Pourquoi est-ce que les magazines font ça aux femmes ? se plaint Miranda en contemplant le *Vogue*. Tout est conçu pour les faire douter d'elles-mêmes. Pour leur faire croire qu'elles ne seront jamais à la hauteur. Et quand les femmes ne se sentent pas à la hauteur, devine quoi ?

— Quoi ? dis-je en prenant le sac de courses.

— Les hommes gagnent. C'est comme ça qu'ils nous tiennent la tête sous l'eau.

— Sauf que le problème des magazines féminins, c'est qu'ils sont écrits par des femmes, lui fais-je remarquer.

— C'est dire comme c'est profondément enraciné. Les hommes ont rendu les femmes complices de leur oppression. Je veux dire, si tu passes tout ton temps à t'inquiéter de ton poil aux pattes, comment veux-tu trouver le temps de dominer le monde ?

J'ai envie d'objecter que se raser les jambes prend environ cinq minutes, ce qui laisse pas mal de temps pour la domination mondiale, mais je sais que c'était juste une image.

— Tu es sûre que ça ne dérangera pas ta coloc que je vienne ?

— Ce n'est pas vraiment ma coloc. Elle est fiancée. Elle habite avec son mec. Et puis elle est dans les Hamptons.

— Veinarde ! me lance Miranda alors que nous commençons l'ascension des cinq étages.

Au troisième, elle est à bout de souffle.

— Tu fais ça tous les jours ?

— C'est toujours mieux que d'habiter avec Peggy.

— Cette Peggy, elle m'a l'air cauchemardesque. Les gens comme ça devraient se faire soigner.

— C'est sans doute ce qu'elle fait, et ça ne marche pas.

— Alors il faut qu'elle change de psy. Je pourrais lui recommander le mien.

— Tu vois un psy ?

J'enfonce la clé dans la serrure.

— Bien sûr. Pas toi ?

— Non, pourquoi ?

— Parce que tout le monde devrait en voir un. Sinon, on reproduit sans cesse les mêmes schémas malsains.

— Et si on n'a pas de schémas malsains ?

J'ouvre et Miranda entre en titubant, hors d'haleine. Elle se laisse tomber sur le futon.

— Croire qu'on n'a pas de schémas malsains, c'est déjà un schéma malsain. Et tout le monde a hérité quelque chose de malsain de son enfance. Si tu ne l'affrontes pas, ça peut te gâcher la vie.

J'ouvre les portes coulissantes de la petite cuisine et pose le sac de courses sur le minuscule plan de travail, à côté de l'évier.

— Et c'est quoi, le tien ?

— Ma mère.

Je trouve une poêle cabossée dans le four, y verse de l'huile et allume le gaz avec une allumette.

— Comment tu sais tout ça ?

— Mon père est psy. Et ma mère est perfectionniste. Le matin, elle passait une heure à me coiffer avant que je parte à l'école. C'est pour ça que je me suis coupé les cheveux et que je les ai teints dès que j'ai pu m'éloigner d'elle. Mon père dit qu'elle souffre de culpabilité. Mais moi, je dis que c'est une narcissique type. Tout tourne autour d'elle. Y compris moi.

— Mais c'est ta mère, dis-je en déposant les cuisses de poulet dans l'huile chaude.

— Et je la hais. Ce qui n'est pas un problème, vu qu'elle me hait aussi. Je ne corresponds pas à sa conception étriquée de ce que doit être une fille. Et toi, ta mère ?

Je me fige, mais elle ne semble pas trop intéressée par la réponse. Elle examine les cadres à photos de Samantha avec le zèle d'un anthropologue qui vient de découvrir un vieux fragment de poterie.

— C'est la femme qui habite ici ? Bon sang, elle est obsédée par son ego ou quoi ? Elle est sur toutes les photos.

— Ben, c'est chez elle…

— Tu ne trouves pas ça bizarre d'avoir des photos de soi partout ? Comme si on essayait de prouver qu'on existe.

— Je ne la connais pas très bien.

— Qu'est-ce qu'elle fait dans la vie ? ricane Miranda. Actrice ? Mannequin ? Tu en connais beaucoup, des gens qui ont cinq photos d'eux en bikini sur la commode ?

— Elle bosse dans la pub.

— Encore une industrie conçue pour retirer aux femmes toute confiance en elles.

Elle se lève et entre dans la cuisine.

— Où as-tu appris à cuisiner ?

— J'ai été un peu obligée.

— Ma mère a essayé de m'apprendre, mais j'ai refusé. J'ai rejeté tout ce qui pouvait me transformer en femme d'intérieur. (Elle se penche sur la poêle.) Mais ça sent très bon.

— Ça va être bon, dis-je en ajoutant de l'eau.

Quand ça bout, je verse le riz, j'incorpore la tomate, je baisse le feu et je laisse cuire à couvert.

— Et ce n'est pas cher. Ça nous fera tout un repas pour quatre dollars.

— Pendant que j'y pense ! (Elle sort deux dollars de sa poche.) Ma part. Je déteste avoir des dettes. Pas toi ?

Nous retournons au salon et nous installons confortablement aux deux bouts du canapé. Nous allumons des cigarettes, et j'inhale pensivement.

— Et si je n'arrive pas à devenir écrivain et que je dois me marier à la place ? Si je suis obligée de demander de l'argent à mon mari ? Je ne pourrais pas faire ça. Je me détesterais.

— Le mariage est une prostitution légale, déclare Miranda. Toute l'institution est une imposture.

— Exactement ce que je pense ! (Je n'en reviens pas d'avoir trouvé quelqu'un qui partage mes soupçons secrets.) Pourtant, quand on le dit aux gens, ils ont envie de vous étrangler. Ils détestent la vérité.

— C'est ce qui arrive aux femmes quand elles s'élèvent contre le système, professe Miranda en manipulant maladroitement sa cigarette.

Je vois bien que ce n'est pas une vraie fumeuse, mais peut-être qu'elle essaie parce que tout le monde fume à New York.

— Et moi, déjà, j'ai l'intention de changer les choses, poursuit-elle en toussant.

— Comment ?

— Je ne sais pas encore. Mais je ferai quelque chose. (Elle plisse les yeux.) Tu as de la chance de te destiner à être écrivain. Tu pourras influer sur la perception des gens. Tu devrais écrire sur le mariage, et sur le grand mensonge que c'est. Ou même sur le sexe.

— Sur le sexe ?

J'écrase ma cigarette dans le cendrier.

— Sur le sexe. La plus grande imposture de toutes. C'est vrai, toute ta vie, tout ce que tu entends, c'est qu'il faut te préserver pour le mariage. Et que c'est teeeellement important, tellement énorme. Et puis tu finis par le faire. Et tu te dis : « Quoi, c'est tout ? C'est pour ça que tout le monde fait tant d'histoires ? »

— Tu plaisantes.

— Allez. Tu l'as fait, tu vois ce que je veux dire.

— En fait, pas encore, dois-je avouer avec une grimace.

— C'est vrai ?

Une fois revenue de sa surprise, elle redevient pragmatique.

— Eh bien ça ne change pas grand-chose. Tu ne rates rien. En fait, si tu ne l'as pas encore fait, je te conseillerais de ne pas commencer. Jamais. (Elle se tait un instant.) Et tu sais ce qui est le pire ? Une fois que tu l'as fait, il faut *continuer*. Parce que c'est ce que les mecs attendent de toi.

Je rallume une cigarette.

— Alors pourquoi tu as commencé ?

— La pression. J'ai eu le même petit copain pendant tout le lycée. Et puis d'accord, j'avoue, j'étais curieuse.

— Et ?

— Tout ce qui n'est pas « l'acte », ça va, dit-elle d'un ton factuel. L'acte en soi, c'est barbant comme tout. C'est ça qu'on ne te dit jamais avant. Que c'est à périr d'ennui. Et en plus, ça fait mal.

— J'ai une amie qui a adoré dès la première fois. Elle m'a dit qu'elle avait eu un vrai orgasme.

— Pendant l'acte ? glapit Miranda. Elle ment. Tout le monde sait que les femmes ne peuvent pas atteindre l'orgasme comme ça.

— Alors pourquoi est-ce que tout le monde le fait ?

— Parce qu'on est obligées ! s'énerve-t-elle, criant presque. Et toi tu es couchée là, à attendre que ce soit fini. Le seul point positif, c'est que ça ne dure qu'une minute ou deux.

— Peut-être qu'il faut le faire beaucoup pour apprécier.

— Non. Je l'ai fait au mois vingt fois, et chaque fois c'était aussi nul. Tu verras. Et tu peux le faire avec n'importe qui, c'est pareil. J'ai essayé avec un autre il y a six mois, juste pour être sûre que ça ne venait pas du premier, et c'était tout aussi nul.

— Et avec un homme plus âgé ? (Je pense à Bernard.) Un homme expérimenté…

— Quel âge ?

— Trente ans.

— C'est encore pire, affirme-t-elle. Son machin pourrait être tout ridé. Il n'y a rien de plus répugnant qu'un machin ridé.

— Tu en as déjà vu ?

— Ah non. Et j'espère que je n'en verrai jamais.

— Eh bien ! dis-je en riant. Et si je le fais et que ça me plaît ? Alors ?

Miranda ricane, comme si ce n'était même pas envisageable. Elle tambourine du bout du doigt sur la photo de Samantha.

— Je te parie que même elle, elle trouve ça barbant. Elle a l'air d'aimer ça, mais je te garantis qu'elle fait semblant. Comme toutes les femmes de cette fichue planète.

DEUXIÈME PARTIE

Croquer Big Apple à pleines dents

Chapitre dix

Bernard !

Je descends en gambadant la 45e Rue jusqu'au quartier des théâtres, tout en chantonnant dans ma tête : « Il m'a appelée-eu ! Il m'a appelée-eu ! » D'après ce que j'ai compris, il a tenté de me joindre à mon ancien numéro ; Peggy lui a dit que je n'habitais plus là et qu'elle ignorait où j'étais. Après quoi elle a eu le culot de lui demander si elle pouvait passer une audition pour sa prochaine pièce. Bernard lui a froidement suggéré d'appeler son directeur de casting, et là, subitement, elle a mystérieusement retrouvé la mémoire. « Elle habite avec une copine, je ne sais plus comment elle s'appelle. Cindy ? Samantha ? »

Juste au moment où j'allais abandonner tout espoir, Bernard, bénie soit son âme, a réussi à reconstituer le puzzle et a trouvé où me joindre.

— Tu peux me retrouver au théâtre à l'heure du déjeuner demain ? m'a-t-il demandé.

Ça se confirme, Bernard a une conception très personnelle des rendez-vous galants. Mais comme c'est un petit génie, peut-être échappe-t-il aux règles en vigueur.

Le quartier des théâtres est hyper-excitant, même de jour. Il y a les lumières clignotantes de Broadway, les mignons petits restaurants, et les salles louches qui proposent des SPECTACLES VIVANTS… Pourquoi, il y a des gens qui veulent du spectacle mort ?

Et je poursuis ainsi jusqu'à Shubert Alley. Ce n'est qu'une ruelle étroite, mais je m'imagine quel effet ça me ferait d'avoir ma pièce à moi, jouée dans ce théâtre. Si cela m'arrivait, tout dans ma vie serait parfait.

Conformément aux instructions de Bernard, je passe par l'entrée des artistes. Rien d'extraordinaire : il n'y a qu'une petite pièce aux murs de ciment gris et au sol de lino écaillé, et un bonhomme derrière une vitre coulissante.

— Bernard Singer ?

Le gardien relève le nez de son *New York Post* : son visage couperosé ressemble à une carte routière.

— Vous venez pour une audition ? me demande-t-il en s'emparant d'un listing.

— Non, c'est personnel.

— Ah. Vous êtes la jeune demoiselle, alors. Carrie Bradshaw.

— C'est ça.

— Il a prévenu qu'il vous attendait. Il est sorti, mais il revient tout de suite. Il m'a dit de vous faire visiter les coulisses en attendant.

— Oh, merci ! dis-je avec effusion.

Le Shubert Theater ! *Chorus Line !* Les coulisses !

— Vous êtes déjà venue ?

— Non !

Je n'arrive pas à parler normalement, je ne peux que couiner d'enthousiasme.

Le concierge écarte un lourd rideau noir pour révéler la scène.

— Ce théâtre a été fondé par Mr Shubert en 1913. Katharine Hepburn a joué ici en 1939. *Philadelphia Story*.

— Ici, sur cette scène ?

— Elle se tenait exactement là où vous êtes, tous les soirs, avant d'entrer en scène. « Jimmy, me disait-elle, comment est la salle ce soir ? » Et je répondais : « Très bien, puisque vous êtes là, Miss Hepburn. »

— Jimmy, dis-je d'une voix suppliante. Vous permettez… ?

Il sourit, attendri par mon enthousiasme.

— Bon, mais juste une seconde. Personne n'a le droit de mettre le pied sur cette scène s'il n'appartient pas au syndicat des…

Et avant qu'il ait pu changer d'avis, je m'avance sur les planches, face à la salle. Je rejoins les feux de la rampe à grands pas, et observe les rangées de sièges de velours, les balcons, les loges luxueuses sur les côtés. Et pendant un instant, j'imagine le théâtre plein à craquer, bourré de spectateurs venus me voir, moi.

Je tends les bras sur les côtés.

— Bonsoir, New York !

— Ah lala !

J'entends un rire grave, suivi d'un applaudissement. Je me retourne horrifiée : là, en coulisse, se tient Bernard, lunettes noires sur le front, chemise blanche ouverte, chaussé de mocassins Gucci. Mais ce n'est pas lui qui a applaudi : je reconnais immédiatement l'actrice Margie Shephard. Son ex-femme. Qu'est-ce qu'elle fait là, bon Dieu ? Et qu'est-ce qu'elle doit penser de moi, après avoir vu mon petit numéro ?

Je ne tarde pas à le savoir.

— Je vois qu'une étoile est née, dit-elle d'une voix dure comme la pierre.

— Allons, Margie, répond Bernard, qui a le bon goût de paraître au moins un peu agacé par sa remarque.

Je tends la main à la femme.

— Bonjour. Je m'appelle Carrie.

Elle me fait l'honneur de la serrer, mais ne s'abaisse pas à me donner son nom, certaine que je sais déjà qui elle est. Je crois que je n'oublierai jamais le contact de cette main : les longs doigts lisses, la paume tiède et ferme. Un jour, je dirai même peut-être : « J'ai rencontré Margie Shephard. Je lui ai serré la main, elle était impressionnante. »

Margie ouvre joliment la bouche pour émettre un rire rusé.

— Eh bien ! dit-elle.

Personne ne peut dire : « Eh bien ! » et s'en tirer comme ça, personne sauf Margie Shephard. Je ne peux pas m'empêcher de la regarder avec des yeux ronds. Elle n'est pas belle à proprement parler, mais elle rayonne d'une sorte de lumière qui vous fait dire que c'est une des femmes les plus séduisantes que vous ayez jamais vues.

Je comprends complètement pourquoi Bernard l'a épousée. Ce que je ne comprends pas, c'est pourquoi il n'est *plus* marié avec elle.

Je n'ai pas une chance.

— Enchantée, lâche finalement Margie avec un infime clin d'œil pour Bernard.

— M… moi aussi.

Je bredouille, je bafouille. Margie doit me prendre pour une idiote.

— On continuera cette conversation plus tard, dit-elle à Bernard, les yeux pétillants.

— Je propose qu'on ne la continue pas du tout, grommelle-t-il.

Apparemment, il n'est pas aussi ébloui que moi.

— Je t'appelle.

De nouveau, le joli sourire, et les yeux qui semblent tout savoir.

— Au revoir, Carrie.

— Au revoir.

Je suis soudain déçue qu'elle parte.

Nous la regardons rejoindre la sortie d'un pas souverain, une main caressant sa nuque – histoire de bien rappeler à Bernard ce qu'il rate.

Je déglutis, prête à m'excuser pour mon petit numéro, mais au lieu d'être gêné, Bernard me prend par le bras et m'attire contre lui, en me faisant tourner comme une enfant. Il embrasse tout mon visage.

— Qu'est-ce que je suis content de te revoir, la môme ! Tu sais arriver pile au bon moment. On te l'a déjà dit ?

— Non…

— Et pourtant. Si tu n'avais pas été là, je n'aurais jamais pu me débarrasser d'elle. Viens.

Il me prend par la main et m'entraîne comme un fou vers l'autre bout de la ruelle.

— C'est toi, bébé, me dit-il. Quand je t'ai vue, j'ai tout compris.

— Compris ? dis-je, essoufflée, en m'efforçant de piger.

Son adoration soudaine me laisse perplexe. C'est bien ce que j'espérais, mais maintenant qu'il a l'air vraiment amoureux, je suis un peu méfiante.

— Margie, c'est fini. Terminé. Je tourne la page.

Nous prenons la 44e Rue, en direction de la Cinquième Avenue.

— Toi qui es une femme, dis-moi où je peux acheter des meubles.

J'éclate de rire.

— Des meubles ? Aucune idée.

— Quelqu'un doit bien le savoir. Excusez-moi ! (Il accoste une dame bien habillée, à collier de perles.) Où se trouve le meilleur magasin de meubles, dans le coin ?

— Quel genre de meubles ? s'enquiert-elle comme si ce genre de rencontre avec un inconnu était parfaitement normal.

— Une table. Et des draps. Et peut-être un canapé.

— *Bloomingdale's*, dit-elle avant de s'en aller.

Bernard me regarde.

— Tu fais quelque chose cet après-midi ? Tu as le temps de venir regarder des meubles avec moi ?

— Ça marche !

Ce n'est pas vraiment le déjeuner romantique que j'avais en tête, mais qu'importe !

Nous sautons dans un taxi.

— *Bloomingdale's*, annonce Bernard au chauffeur. Et faites vite. Il nous faut des draps.

Le chauffeur sourit.

— Alors les amoureux, on se marie ?

— Au contraire. Je me démarie officiellement, dit Bernard en me pressant la cuisse.

Une fois dans le magasin, Bernard et moi courons dans tout le cinquième étage comme deux gamins, essayant les lits, sautant sur les canapés, jouant à la dînette dans les services de porcelaine. Un vendeur reconnaît Bernard (« Oh, Mr Singer. C'est un honneur. Voudriez-vous signer ce formulaire pour ma mère ? ») et nous suit comme un petit chien.

Bernard achète une salle à manger, un canapé en cuir marron et une ottomane, une armoire, et puis aussi des tas d'oreillers, de draps et de serviettes.

— Je peux être livré tout de suite ?

— En principe, non, minaude le vendeur. Mais pour vous, Mr Singer, je vais voir ce que je peux faire.

— Et maintenant ? je demande à Bernard.

— On va attendre tout ça chez moi.

— Je ne comprends toujours pas pourquoi Margie a emporté les meubles, dis-je alors que nous remontons lentement la 59e Rue.

— Pour me punir, je suppose.

— Mais je croyais que c'était elle qui t'avait quitté… (J'évite soigneusement le verbe « tromper ».)

— Ma puce, tu ne connais donc rien aux femmes ? Le mot « fair-play » n'existe pas dans leur vocabulaire.

— Toutes les femmes ne sont pas comme ça. Moi, je ne ferais jamais une chose pareille. Je serais raisonnable.

— C'est ce qui est fantastique chez toi. Tu n'es pas encore gâtée.

Toujours main dans la main, nous entrons chez lui en passant devant le vilain portier. *Eh ouais, mon pote !* lui dis-je intérieurement. Dans l'appartement, Bernard met un disque de Frank Sinatra.

— Dansons, propose-t-il. Je veux fêter l'événement.

— Je ne sais pas danser là-dessus.

— Mais si.

Et il m'ouvre ses bras. Je pose une main sur son épaule, comme j'ai appris à le faire en cours de danse de salon, il y a un million d'années, quand j'avais treize ans. Il m'attire plus près de lui. Son souffle est brûlant dans mon cou.

— Tu me plais, Carrie Bradshaw. Vraiment. Tu crois que je pourrais te plaire aussi ?

— Bien sûr, dis-je avec un petit rire. Sinon, je ne danserais pas avec toi.

— Ça, je ne crois pas que ce soit vrai. Je crois que tu danserais avec un homme, et que quand tu serais fatiguée de lui, tu danserais avec un autre.

— Jamais de la vie.

Je le regarde bien en face. Il a les yeux fermés, l'air béat. Je ne comprends toujours pas trop sa nouvelle attitude. Si j'étais naïve, je le croirais en train de tomber amoureux de moi.

Ou peut-être qu'il tombe amoureux de l'idée d'être amoureux de moi. Peut-être qu'il a envie d'être amoureux de quelqu'un, et que je me suis simplement trouvée au bon endroit au bon moment.

Et soudain, je m'inquiète. Si d'aventure Bernard tombait amoureux de moi, je ne serais jamais à la hauteur de ses attentes. Je finirais par le décevoir. Et en plus, qu'est-ce que je vais faire s'il essaie de coucher avec moi ?

Je préfère changer de sujet.

— Je veux savoir ce qui s'est passé. Entre Margie et toi.

— Je te l'ai dit, murmure-t-il.

— Non, je veux parler de ce midi. Pourquoi est-ce que vous vous disputiez ?

— Ça a de l'importance ?

— Sans doute pas.

— L'appartement. On se disputait à propos de l'appart. Elle le veut, et j'ai dit non.

Je suis abasourdie.

— Elle veut l'appartement aussi ?

— Elle aurait peut-être eu gain de cause si tu n'avais pas été là. (Il me prend par la main pour me faire tourner, encore et encore.) Quand je t'ai vue sur la scène, je me suis dit : « C'est un signe. »

— Quel genre de signe ?

— Le signe que je dois reprendre ma vie en main. Acheter des meubles. Me sentir de nouveau chez moi ici.

Il lâche ma main, mais je continue de pirouetter jusqu'à ce que je m'effondre par terre. Je reste allongée là, immobile, tandis que la pièce nue tourne autour de moi, et un instant je m'imagine dans un asile de fous, dans un espace tout blanc, sans meubles. Je ferme les yeux, et quand je les rouvre, le visage de Bernard flotte au-dessus du mien. Il a de jolis cils et de jolies rides des deux côtés de la bouche. Un petit grain de beauté enfoui dans le sourcil droit.

— Quelle fofolle, me chuchote-t-il avant de m'embrasser.

Je me laisse transporter par ce baiser. La bouche de Bernard enveloppe la mienne, absorbant toute réalité jusqu'à ce que la vie entière soit réduite à ces lèvres et ces langues engagées dans leur drôle de danse.

Mais je me crispe. Et soudain, je suffoque. Je pose mes mains sur ses épaules.

— Je ne peux pas.

— J'ai dit quelque chose ?

Ses lèvres se referment sur les miennes. Mon cœur bat à cent à l'heure. Une artère palpite dans mon cou. Je me dégage en me tortillant.

Il s'assoit sur ses talons.

— Trop intense ?

Je m'évente le visage et ris faiblement.

— Peut-être.

— Tu n'as pas l'habitude des types comme moi.

— Sans doute !

Je me lève et m'époussette.

Dehors, le tonnerre éclate. Bernard s'approche de moi par-derrière et écarte mes cheveux pour m'embrasser dans la nuque.

— As-tu déjà fait l'amour par temps d'orage ?

— Pas encore.

Je glousse bêtement et tente de le décourager.

— C'est peut-être le moment.

Oh, non. Là, tout de suite ? Est-ce le moment ? Tout mon corps tremble. Je ne crois pas en être capable. Je ne suis pas prête.

Bernard me masse les épaules.

— Relax, dit-il.

Il se penche pour me mordiller l'oreille.

Si je le fais avec lui maintenant, il va me comparer avec Margie. Je les imagine s'envoyant en l'air dans toutes les pièces de cet appartement. Je visualise Margie rivalisant de fougue avec son homme, comme dans les films. Et puis je me vois, moi, allongée nue sur ce matelas, bras et jambes raides sur les côtés, façon étoile de mer.

Pourquoi ne l'ai-je pas fait avec Sebastian quand l'occasion s'est présentée ? Au moins, comme ça, je saurais comment procéder. Je ne pouvais pas imaginer qu'un homme comme Bernard surgirait dans ma vie. Un adulte, qui part visiblement du principe que sa copine est sexuellement active et qui a envie de le faire tout le temps.

— Viens, dit-il en me tirant doucement par la main.

Je me dérobe et il m'observe, les yeux mi-clos.

— Tu n'as pas envie de faire l'amour ?

— Si si, dis-je rapidement car je ne veux pas le vexer. C'est juste que…

— Oui ?

— J'ai oublié mon contraceptif.

— Ah !

Il me lâche la main et rit.

— De quoi tu te sers ? D'un diaphragme ?

Je rougis.

— Oui. Bien sûr. C'est ça. Hum.

— Les diaphragmes, c'est casse-pieds. Et c'est salissant, avec la crème et tout. Tu mets de la crème avec, hein ?

— Évidemment.

Dans ma tête, je fais un rétropédalage jusqu'au cours d'éducation sexuelle du lycée. Je visualise le diaphragme, un drôle de petit objet qui ressemble à une calotte en caoutchouc. Mais je ne me souviens pas qu'on m'ait parlé de crème.

— Pourquoi tu ne prends pas la pilule ? C'est tellement plus simple.

— C'est ce que je vais faire. Absolument. (Je hoche vigoureusement la tête.) Je comptais justement aller me faire faire une ordonnance, mais…

— Je sais. Tu ne veux pas la prendre avant d'être sûre que c'est une histoire sérieuse.

Ma gorge se dessèche brusquement. C'est une histoire sérieuse, là ? Suis-je prête pour ça ? Mais Bernard est déjà couché sur le lit, la télé allumée. Est-ce moi qui rêve, ou a-t-il l'air légèrement soulagé ?

— Viens là, *pussycat*, dit-il en tapotant le matelas à côté de lui.

Il me tend ses mains.

— Tu ne trouves pas que j'ai les ongles trop longs ?

Je fronce les sourcils.

— Trop longs pour quoi ?

— Non, sérieusement.

Je passe les doigts sur sa paume. Ses mains sont belles et fines, et je ne peux pas m'empêcher de penser à leurs caresses sur mon corps. Les mains, c'est ce qu'un homme a de plus sexy. Quand un homme a des mains de fillette, le reste peut bien être formidable, ça ne compte pas.

— Ils le sont, un peu.

— Tu ne veux pas me les couper et me les limer ?

Quoi ?

— Margie le faisait pour moi, m'explique-t-il.

Je fonds. Il est si mignon ! Je ne me doutais pas qu'un homme pouvait être aussi délicat. Mais ce n'est pas étonnant, vu mon expérience limitée des relations amoureuses.

Bernard va chercher un coupe-ongles et une lime dans la salle de bains. Je contemple la chambre nue. *Pauvre Bernard*, me dis-je pour la centième fois.

— Comme les singes qui se papouillent, dit-il en revenant.

Il s'assoit face à moi et j'entreprends de lui couper soigneusement les ongles. La pluie tambourine sur l'auvent en dessous pendant que je lime rythmiquement. Ce mouvement et ce doux bruit me plongent dans une transe apaisante. Bernard me caresse le bras, puis le visage, tandis que je suis penchée sur sa main.

— C'est agréable, non ?

— Oui.

— C'est comme ça que ça devrait se passer. Pas de disputes. Ni de bagarres pour savoir qui va sortir le chien.

— Vous aviez un chien ?

— Un teckel à poils longs. C'était le chien de Margie au départ, mais elle le négligeait.

— C'est ce qui t'est arrivé, à toi aussi ?

— Eh oui. Elle s'est lassée de s'occuper de moi aussi. Il n'y en avait que pour sa carrière.

— C'est terrible, dis-je en limant toujours ses ongles.

Je n'imagine pas qu'on puisse se lasser de Bernard.

Chapitre onze

Le lendemain, je me réveille avec une idée.

C'est peut-être grâce à tout le temps que j'ai passé avec Bernard, mais en tout cas je suis enfin inspirée. Je sais ce qu'il faut que je fasse. Écrire une pièce de théâtre.

Cette brillante idée tient environ trois secondes avant d'être broyée sous le million de raisons pour lesquelles c'est impossible. Déjà, Bernard va croire que je le copie. Et puis de toute manière, j'en serai incapable. Et Viktor Greene ne me laissera pas faire.

Assise en tailleur sur le lit de Samantha, je réfléchis intensément. Il faut absolument que je prouve que je peux réussir à New York. Mais comment ? Peut-être serai-je remarquée, sur un coup de chance. Ou peut-être vais-je me découvrir des talents cachés dont j'ignore encore l'existence. Je me raccroche aux draps « de soie » tel un naufragé cramponné à un canot de sauvetage. En dépit de mes doutes, j'ai l'impression que ma vie commence à décoller… et la rentrée à Brown n'est que dans sept semaines.

Je tire sur un fil. Je n'ai rien de particulier contre Brown, mais j'y ai déjà mon ticket d'entrée, de toute manière. Alors que si New York était une université, j'en serais encore au dossier d'inscription. Et si des tas de gens y font leur trou, pourquoi pas moi ?

Je saute du lit et m'agite dans tout l'appartement, sans raison, tout en m'habillant à la diable et en tapant ces trois phrases : « Je vais réussir. Je dois réussir. Qu'ils aillent tous se faire voir. » Puis j'attrape mon sac Carrie et je dévale les cinq étages d'une traite.

Je remonte la 14e Rue comme une fusée, louvoyant en experte dans la foule, imaginant que mes pieds volent à quelques centimètres au-dessus du sol. Je débouche sur Broadway et me jette dans le *Strand*.

Le *Strand* est une légendaire librairie d'occasion où l'on trouve tous les livres possibles et imaginables pour presque rien. C'est tout poussiéreux et les vendeurs se prennent très au sérieux, comme s'ils étaient les gardiens de la flamme de la grande littérature. Ce qui n'aurait aucune importance s'il était possible de les éviter, mais pas moyen. Si on cherche un livre précis, on ne peut pas le trouver sans leur aide.

J'accroche un type malingre vêtu d'un tricot avec des pièces aux coudes.

— Vous avez *Mort d'un commis voyageur* ?

— J'espère bien, me répond-il en me toisant.

— Et *L'Importance d'être constant*, et peut-être *La Vipère* ? *Femmes* ? *Our Town* ?

— Doucement, doucement. Est-ce que j'ai l'air d'un marchand de chaussures ?

— Non.

Je le suis entre les rayonnages.

Au bout d'un quart d'heure de recherches, il déniche enfin *Femmes*. Au fond d'une allée, je repère Ryan, mon camarade de séminaire. Le nez plongé dans *Du côté de chez Swann*, il se gratte la tête et tremble d'un pied comme s'il était terrassé par le texte.

— Hé, salut ! lui dis-je.

Il referme le livre.

— Tiens ! Qu'est-ce que tu fais là ?

J'indique ma petite pile d'ouvrages.

— Je vais écrire une pièce. Alors je me suis dit que je ferais bien de commencer par en lire quelqucs-unes.

Ça le fait rire.

— Bonne idée. Le meilleur moyen d'éviter d'écrire, c'est de lire. Comme ça, on peut au moins faire semblant de travailler.

J'aime bien Ryan. Il a l'air assez sympa, contrairement à son copain Capote Duncan.

Je paie mes livres et quand je me retourne, il est toujours là. Avec la tête de quelqu'un qui ne sait pas bien quoi faire de lui.

— Tu veux aller boire un café ? me propose-t-il.

— D'ac.

— J'ai deux heures à tuer avant de retrouver ma fiancée, m'annonce-t-il.

— Tu es fiancé ?

Ryan ne peut pas avoir plus de vingt et un ou vingt-deux ans. Il me paraît trop jeune pour se marier.

— Elle est mannequin. (Il se gratte la joue, comme s'il était à la fois fier et gêné de sa profession.) Je dis toujours que si une femme veut vraiment très fort qu'on fasse quelque chose, il faut le faire. C'est plus simple à long terme.

— Donc, tu n'as pas vraiment envie de l'épouser ?

Il a un sourire hésitant.

— Dès que j'ai couché dix fois avec une femme, je commence à me dire que je devrais l'épouser. C'est plus fort que moi. Si elle n'était pas si débordée, on serait déjà mariés.

Nous longeons Broadway jusqu'à un fast-food.

— J'aimerais bien trouver un homme comme toi, dis-je pour plaisanter. Un gars qui fait tout ce que je veux.

Je lis de l'étonnement dans ses yeux.

— Tu ne peux pas en trouver un ?

— Je ne crois pas être le genre « maîtresse femme ».

— Ça m'étonne.

Il prend distraitement sa fourchette et en teste les pointes avec son pouce.

— Tu es très sexy, poursuit-il.

Je souris largement. Venant d'un autre, je prendrais ça pour de la drague, mais Ryan semble avoir parlé sans arrière-pensée. Je le soupçonne d'être un de ces types qui disent exactement ce qu'ils pensent, et qui sont les premiers surpris des conséquences.

Nous commandons des cafés.

— Comment tu l'as rencontrée ? Ta fiancée ?

Sa jambe a la tremblote.

— C'est Capote qui nous a présentés.

— Mais qu'est-ce qu'il a, ce type ?

— Ne me dis pas que tu es intéressée, toi aussi.

Je lui décoche un regard noir.

— Tu rigoles ? Je ne peux pas l'encadrer. Il paraît que toutes les filles sont à ses pieds…

— Je sais ! dit Ryan, l'air absolument d'accord. En plus, il n'est même pas si beau que ça.

— Il ressemble au garçon sur lequel on a toutes craqué en sixième. Sans que personne sache pourquoi.

Ryan rit franchement.

— J'ai toujours cru que ce type-là, c'était moi !

— Tu l'étais ?

— Ouais, plus ou moins.

J'imagine bien la chose. Ryan à douze ans : une épaisse tignasse brune, les yeux bleu vif... un vrai crève-cœur pour préadolescentes.

— Pas étonnant que tu sois fiancé à un mannequin, alors.

— Elle ne l'était pas quand on s'est rencontrés. Elle faisait des études pour devenir assistante vétérinaire.

Je prends une gorgée de café.

— C'est le métier par défaut pour les filles qui ne savent pas quoi faire. Mais qui « adorent » les animaux.

— Cruel, mais très juste.

— Et comment est-elle devenue mannequin ?

— Elle a été découverte. Elle est venue me voir à New York et un type l'a accostée chez *Bergdorf*. Il lui a laissé sa carte.

— Et elle n'a pas pu résister.

— Ce n'est pas le rêve de toutes les femmes, de devenir mannequin ?

— Non. En revanche, c'est le rêve de tous les hommes de sortir avec des mannequins.

Il est mort de rire.

— Tu devrais venir à une fête ce soir. C'est un défilé de mode organisé pour quelques jeunes stylistes new-yorkais. Becky défile. Et Capote sera là.

— Capote ? Comment pourrais-je résister !

N'empêche que je note l'adresse sur une serviette en papier.

Après Ryan, je passe au bureau de Viktor Greene pour lui faire part de mon excitant projet théâtral. Si je suis vraiment débordante d'enthousiasme, il sera obligé de dire oui.

Sa porte est grande ouverte comme s'il attendait quelqu'un, donc j'entre sans frapper. Il grogne, surpris, et caresse sa moustache.

Comme il ne me propose pas de m'asseoir, je reste debout devant son bureau.

— J'ai trouvé ce que je vais faire !

— Ah oui ? lâche-t-il prudemment tout en regardant derrière moi dans le couloir.

— Je vais écrire une pièce de théâtre !

— Très bien.

— Ça ne vous pose pas de problème ? Ce n'est pas une nouvelle ni un poème…

— Tant que ça parle de la famille, dit-il rapidement.

— Absolument. Je pense que sera l'histoire d'un couple. Ils sont mariés depuis quelques années et ils se haïssent…

Viktor me regarde d'un air totalement inexpressif. Apparemment, il n'a rien à ajouter. Je reste là comme une gourde pendant un petit moment avant de conclure :

— Je m'y mets tout de suite.

— Bonne idée.

À présent, il est clair que Viktor a hâte de me voir partir. Je le salue de la main avant de m'éclipser.

En sortant, je heurte Lil de plein fouet.

— Carrie ! s'écrie-t-elle, toute rouge.

Je l'informe chaleureusement de mon projet.

— Je vais écrire une pièce de théâtre ! Viktor est d'accord.

— C'est parfait pour toi. J'ai hâte de la lire.

— Faut déjà que je l'écrive !

Elle fait un pas de côté pour tenter de me contourner. Mais je n'ai pas fini.

— Qu'est-ce que tu fais ce soir ? Tu veux venir dîner avec mon amie Miranda et moi ?

— J'aimerais beaucoup, mais...

Viktor Greene sort de son bureau. Lil le regarde. Moi, j'insiste.

— Tu es sûre ? Miranda est très intéressante. Et on va aller dans un petit indien pas cher de la 6e Rue. Miranda dit qu'elle connaît les meilleurs...

Lil cligne des yeux pour tenter de se reconcentrer sur moi.

— D'accord, je pense que je pourrai...

— Rendez-vous à vingt heures trente, au coin de la 14e et de Broadway. Et après, on a une soirée ! j'ajoute par-dessus mon épaule.

Je laisse Lil et Viktor plantés là, à me regarder comme si j'étais un bandit de grand chemin qui a soudain décidé de les épargner.

Chapitre douze

J'écris trois pages de ma pièce. Elle parle de Peggy et de son amant – l'homme qui a pris les photos salaces –, que j'ai baptisé Moorehouse. Peggy et Moorehouse se disputent à propos du papier toilette. Je trouve que c'est assez drôle et assez réaliste. C'est vrai, quel couple ne se dispute pas à propos du PQ ? Je suis sincèrement contente de mon travail.

À vingt heures, je passe chercher Miranda chez elle. Cette veinarde a une vieille tante qui habite une petite maison de ville décrépite, avec trois étages et un sous-sol, où vit Miranda. Le sous-sol a son entrée privative et deux soupiraux juste au-dessous du trottoir. Ce serait parfait si ce n'était pas humide et perpétuellement sombre.

Je sonne tout en pensant au fait que j'adore pouvoir aller à pied chez mes copines et que ma vie a un rythme frénétique, déstructuré, où je ne sais jamais exactement ce qui va arriver. Miranda m'ouvre, les cheveux encore mouillés de la douche.

— Je ne suis pas prête.

— Pas grave.

J'entre tranquillement et me laisse tomber sur un très vieux canapé couvert de brocart usé jusqu'à la corde. La tante de Miranda était riche, il y a une trentaine d'années. Jusqu'au jour où son mari est parti avec une autre en ne lui laissant pas un radis, sauf la maison. La tante a travaillé comme serveuse, a économisé de quoi se payer des études, et maintenant elle est professeur d'études féminines à la NYU. L'appartement est empli de livres aux titres éloquents : *Femmes, culture et société* ou *Femmes : une perspective féministe*. Je trouve toujours que ce qu'il y a de mieux dans l'appartement de Miranda, ce sont les livres. Chez Samantha, il n'y a que des ouvrages de développement personnel ou d'astrologie, et le *Kama-sutra*. À part ça, elle lit surtout des magazines.

Miranda va s'habiller dans sa chambre. J'allume une cigarette et étudie distraitement les étagères, où je prends un livre d'Andrea Dworkin. Il s'ouvre tout seul et je tombe sur cette phrase : « … sa pauvre chose humide et maigrichonne, le sperme séchant sur toi, la pisse coulant le long de tes jambes… »

— Qu'est-ce que tu lis ? me demande Miranda en regardant par-dessus mon épaule. Ah ! J'adore ce bouquin.

— Ah bon ? Je viens de voir un passage qui parle de sperme séché…

— Oui, oui, quand il coule le long de la jambe ?

— Ça dit que c'est de la pisse.

Miranda hausse les épaules.

— Du sperme, de la pisse, quelle différence ? Tout ça, c'est immonde. (Elle passe une besace en cuir sur son épaule.) Alors, tu l'as revu, ce type ?

— Ce type a un nom, figure-toi. Bernard. Et oui, je l'ai vu. Je suis assez dingue de lui. On est allés acheter des meubles.

— Je vois, il t'a déjà réduite en esclavage.

— On s'amuse.

— Il a essayé de te mettre dans son lit ?

— Non, dis-je, un peu sur la défensive. Il faut d'abord que je prenne la pilule. Et j'ai décidé que je ne coucherais pas avec lui avant mes dix-huit ans.

— Je vais noter ça dans mon agenda. Anniversaire et dépucelage de Carrie.

— Tu voudras peut-être être là. Pour me soutenir moralement.

— Est-ce que Bernie se doute que tu comptes l'utiliser comme étalon ?

— Je crois que le mot « étalon » ne s'applique que quand on a la reproduction en tête. Ce qui n'est pas mon cas.

— Dans ce cas, « sex toy » est peut-être plus indiqué.

Là, je me récrie.

— Bernard n'est pas un sex toy. C'est un dramaturge célèbre...

— Bla bla bla.

— Et je ne doute pas, ma chère, que sa verge soit plus puissante encore que son verbe !

— Espérons-le pour toi.

Miranda lève l'index, puis le laisse retomber mollement, et nous éclatons de rire.

— J'adore les prix, déjà, dit Lil en étudiant la carte.

— Je sais ! réplique Miranda. On peut avoir tout un repas pour trois dollars.

— Et une bière pour cinquante *cents*, j'ajoute.

Nous sommes attablées dans le restaurant indien dont Miranda n'a pas arrêté de nous parler, bien qu'il n'ait pas été si facile à trouver. Nous avons fait trois fois le tour du quartier en passant devant des restaurants tous identiques jusqu'au moment où Miranda a déclaré que c'était celui-là : elle le reconnaissait aux trois plumes de paon dans un vase, derrière la vitre. Les nappes sont en toile cirée à carreaux rouges et blancs ; les couverts en fer-blanc se plient quand on appuie trop fort. L'air a une odeur douceâtre de moisi.

— Ça me rappelle chez moi, dit Lil.

— Tu habites en Inde ? s'étonne Miranda.

— Mais non, andouille. En Caroline du Nord. (Elle embrasse le restaurant du geste.) Cet endroit ressemble beaucoup aux grills qu'on trouve le long de la voie rapide.

— La voie rapide ?

Je traduis le dialecte du Sud.

— L'autoroute.

J'espère que tout le dîner ne va pas se passer comme ça. Miranda et Lil étant toutes les deux assez extrêmes dans leur genre, j'aurais cru qu'elles s'entendraient bien. Et j'ai besoin qu'elles s'entendent bien. Avoir une bande de copines me manque. Parfois, toutes les parties de ma vie me semblent tellement disparates que je me sens constamment en visite sur une autre planète.

— Tu es poète ? demande Miranda à Lil.

— Tout à fait, répond cette dernière. Et toi ?

J'en profite pour intervenir.

— Miranda fait des études de féminisme.

Lil sourit.

— Je ne veux pas te vexer, mais qu'est-ce qu'on fait avec ça ?

— Tout, réplique Miranda, glaciale.

Elle se demande sans doute ce qu'on peut bien faire d'un diplôme de poésie.

— Miranda fait un travail très important. Elle manifeste contre la pornographie. Et elle est bénévole dans un foyer pour femmes.

Lil hoche la tête.

— Tu es féministe.

— Je ne me vois pas être autre chose.

De nouveau, je mets mon grain de sel.

— Moi aussi, je suis féministe. Je pense que toutes les femmes devraient l'être.

Lil prend une gorgée de bière et regarde Miranda droit dans les yeux.

— Mais ça veut dire que tu détestes les hommes.

— Et alors ?

Tout va de travers. Il faut que je détende l'atmosphère.

— Moi, je ne déteste pas tous les hommes. Juste certains. Surtout ceux qui me plaisent et qui ne m'aiment pas en retour.

Lil m'envoie un regard dur. Cela veut dire qu'elle est prête à se prendre le bec avec Miranda.

— Si tu détestes les hommes, comment veux-tu te marier un jour ? Avoir des enfants ?

— Évidemment, si tu crois vraiment que le seul but dans la vie, pour une femme, est de se marier et de pondre des mouflets…

Elle ne termine même pas et décoche à Lil un sourire supérieur.

— Je n'ai jamais dit ça, répond calmement Lil. Ce n'est pas parce qu'on est mariée et mère de famille que c'est notre seul but dans la vie. On peut avoir des enfants et faire des tas d'autres choses.

— Bonne réponse, dis-je.

— Il se trouve que je suis contre l'idée de mettre au monde un enfant dans cette société patriarcale, répond Miranda du tac au tac.

Et juste au moment où la conversation est sur le point de partir en vrille, nos samosas arrivent.

Je m'empresse d'en attraper un, le plonge dans une sauce rouge et l'engloutis.

— Succulent ! dis-je alors que les larmes me montent aux yeux et que ma langue se met à brûler.

J'agite frénétiquement la main, puis la tends vers un verre d'eau, ce qui les fait rire toutes les deux.

— Pourquoi tu ne m'as pas dit que la sauce était pimentée ?

— Pourquoi tu ne m'as pas demandé ? rigole Miranda. Tu t'es jetée dessus, j'ai pensé que tu savais ce que tu faisais !

— Je sais ce que je fais.

— Même dans ta vie sexuelle ? me questionne malicieusement Miranda.

— Mais pourquoi tout le monde s'intéresse autant au sexe ?

— C'est un sujet très intéressant, déclare Lil.

— Ha ! Elle déteste ça, fais-je en pointant Miranda.

— Seulement la partie « rapport », précise Miranda en formant des guillemets avec ses doigts. Et d'abord, pourquoi est-ce qu'on appelle ça un « rapport » ? Ça donne l'impression que c'est une sorte de conversation. Alors que pas du tout. C'est une pénétration, point final. Il n'y a aucun échange là-dedans.

Nos currys arrivent. L'un est blanc et crémeux. Les deux autres, marron et rouge, ont un petit air dangereux. Je me sers une cuillerée du curry blanc. Lil prend un peu de marron et le pousse vers Miranda.

— Quand c'est bien fait, je pense que c'est bien une sorte de conversation, déclare-t-elle.

— Tu trouves ? gronde Miranda, visiblement pas convaincue.

— Le pénis et le vagin communiquent.

— N'importe quoi, dis-je.

— C'est ma mère qui me l'a dit. C'est un acte d'amour.

— C'est un acte de guerre, objecte Miranda qui s'échauffe. Le pénis dit : « Laisse-moi entrer ! » et le vagin dit : « Fous-moi la paix, espèce de malade. »

— Ou peut-être que le vagin dit : « Dépêche-toi ! » ne puis-je m'empêcher d'ajouter.

Lil se tamponne les lèvres avec sa serviette et sourit.

— C'est ça, le problème. Si tu te dis que ça va être horrible, ça l'est.

— Pourquoi ?

Je plonge ma fourchette dans le curry rouge pour voir s'il est épicé.

— Question de tension. Si tu te crispes, ça ne facilite pas les choses. Et ça fait mal. C'est pour ça que la femme devrait toujours avoir un orgasme d'abord, lâche-t-elle nonchalamment.

Miranda termine sa bière et en commande aussitôt une deuxième.

— Jamais rien entendu d'aussi idiot. Comment tu peux savoir si tu l'as eu, déjà, ce supposé orgasme ?

Lil rit. Je déglutis, l'oreille aux aguets.

— Ouais, comment tu le sais ?

Lil s'adosse à sa chaise et prend un petit air docte.

— Vous rigolez, là.

— Moi non, dis-je en regardant Miranda.

Son visage est fermé, comme si elle ne voulait même pas entendre.

— Il faut connaître son corps, nous confie Lil d'un air mystérieux.

— C'est-à-dire ?

— La masturbation.

— Baaah ! fait Miranda en se couvrant les oreilles.

— Ce n'est pas un gros mot. Ça fait partie d'une sexualité saine.

— Et c'est aussi ta mère qui t'a dit ça, je suppose ? demande Miranda.

Lil hausse les épaules.

— Ma mère est infirmière. Elle ne mâche pas ses mots quand elle parle du corps. Elle dit qu'une sexualité saine fait simplement partie d'une vie saine.

— Eh ben !

Je suis impressionnée.

— Et elle a fait des tas de stages d'éveil de la conscience, ce genre de choses, poursuit Lil. Au début des années soixante-dix. Les femmes s'asseyaient en rond avec des miroirs et…

— Aha !

Je suppose que ça explique tout.

— Elle est devenue lesbienne, conclut Lil l'air de rien.

Miranda ouvre la bouche comme pour parler, mais se ravise. Pour une fois, elle n'a rien à dire.

Après le dîner, Lil décline la soirée en prétextant un mal de tête. Miranda ne veut pas y aller non plus, mais je lui fais remarquer que si elle rentre chez elle, elle aura l'air de bouder.

La fête a lieu à l'angle de Broadway et de la 17e Rue, dans un immeuble qui a abrité une banque autrefois. Un vigile nous dit de prendre l'ascenseur jusqu'au quatrième. Je me dis que ça doit être une grosse fête, pour que le gorille laisse passer les gens si facilement.

L'ascenseur s'ouvre sur un espace blanc aux murs garnis de peintures délirantes. Pendant que nous observons les lieux, un petit homme replet aux cheveux couleur de beurre frais s'approche de nous avec un grand sourire.

— Moi, c'est Bobby, dit-il en me tendant la main.

— Carrie Bradshaw. Et Miranda Hobbes.

Miranda accorde à Bobby un sourire pincé pendant qu'il essaie de nous cerner, les yeux mi-clos.

— Carrie Bradshaw, dit-il comme s'il était enchanté de me rencontrer. Et que faites-vous dans la vie ?

— Pourquoi est-ce toujours la première question que les gens ont à la bouche ? ronchonne Miranda.

Je lui jette un coup d'œil pour lui faire savoir que je suis d'accord, et réponds hardiment :

— Je suis dramaturge.

— Une dramaturge ! s'exclame Bobby. C'est bien. J'adore les écrivains. Tout le monde les adore. D'ailleurs, j'ai été écrivain avant d'être artiste.

— Vous êtes artiste, vous ? s'étonne Miranda comme si ça ne pouvait pas être vrai.

Bobby ne relève pas.

— Il faut que vous me donniez le titre de vos pièces. J'en ai peut-être vu une…

— J'en doute.

J'ai un moment de faiblesse : je ne m'attendais pas à ce qu'il s'intéresse vraiment à mes supposés écrits. Mais maintenant que c'est dit, je ne peux pas le retirer.

— Vu qu'elle n'en a pas écrit une, lâche Miranda.

Je la fusille du regard.

— En fait, je suis en pleine écriture en ce moment.

— Magnifique, s'enthousiasme Bobby. Quand elle sera terminée, on pourrait en faire une lecture ici.

— C'est vrai ?

Bobby doit être sérieusement givré.

— Bien sûr, dit-il d'un air important en nous entraînant dans la salle. Je fais toutes sortes de productions expérimentales. Ceci est un *espace* – un *espace*, répète-t-il en savourant le mot, dédié à l'art, à la mode et à la photographie. Je n'ai pas encore fait de théâtre, mais justement, ça m'intéresse. Et on pourra faire venir toutes sortes de gens.

Avant même que l'idée ait atteint mon cerveau, Bobby se fraie un chemin dans la foule, Miranda et moi sur ses talons.

— Vous connaissez Jinx ? La styliste ? Nous présentons sa dernière collection ce soir. Vous allez l'adorer, insiste-t-il en nous déposant devant une femme d'aspect terrifiant avec de longs cheveux noir aile de corbeau, une centaine de couches d'eye-liner et un rouge à lèvres noir.

Elle se penche pour allumer un joint lorsque Bobby l'interrompt.

— Jinx chérie, dit-il – ce qui est tout à fait ironique car on voit bien que Jinx n'est la chérie de personne. Je te présente... (Il cherche mon nom.) Carrie. Et son amie, ajoute-t-il en indiquant Miranda.

— Enchantée. J'ai hâte de voir votre défilé.

— Moi aussi, me répond-elle en inhalant la fumée et en la retenant dans ses poumons. Si ces foutus mannequins n'arrivent pas tout de suite... Je les déteste, ces foutus mannequins, pas vous ?

Elle lève la main gauche, dévoilant un appareillage métallique dans lequel sont insérés ses doigts.

— Poing américain, explique-t-elle. Faut pas me chercher.

— Je n'en ferai rien.

Je regarde autour de moi, m'efforçant désespérément de trouver une échappatoire, et je repère Capote Duncan dans un coin.

— Il faut qu'on y aille, dis-je en donnant un coup de coude à Miranda. Je viens de voir un ami...

— Quel ami ?

Décidément, elle est vraiment nulle dans les fêtes. Pas étonnant qu'elle n'ait pas eu envie de venir.

— Quelqu'un que je suis très heureuse de voir.

Ce qui est absolument faux. Mais puisqu'il est la seule personne que je connaisse ici, je prends.

Et pendant que nous nous frayons un chemin dans la foule, je me demande si c'est le fait de vivre à New York qui rend les gens fous, ou s'ils sont fous d'abord et que New York les attire comme des mouches.

Capote est appuyé à un climatiseur, en grande conversation avec une fille de taille moyenne dont le nez en trompette évoque un petit groin. Elle a une masse de cheveux blonds et les yeux noisette, ce qui lui donne un physique intéressant, et puisqu'elle est avec Capote, je suppose que c'est un des mannequins errants auxquels Jinx a fait allusion.

— Je te donnerai une liste de lectures, est en train de lui dire Capote. Hemingway. Fitzgerald. Et Balzac.

J'ai immédiatement un haut-le-cœur. Capote parle de Balzac à tout bout de champ, ce qui me rappelle pourquoi je ne peux pas le blairer. Il est tellement prétentieux !

— Bon-soiiir, dis-je d'une voix chantante.

Il tourne vivement la tête, comme s'il s'attendait à voir quelqu'un de spécial. En découvrant que ce n'est que moi, il se renfrogne. Il semble tiraillé par une brève lutte interne : on dirait qu'il aimerait bien me snober, mais que ses bonnes manières du Sud l'en empêchent. Finalement, il parvient à se forcer à sourire.

— Carrie Bradshaw, fait-il avec son accent traînant. Je ne savais pas que tu serais là.

— Tu ne pouvais pas savoir. C'est Ryan qui m'a invitée.

Au nom de « Ryan », le mannequin tend soudain l'oreille. Capote soupire.

— Je te présente Becky. La fiancée de Ryan.

— Ryan m'a beaucoup parlé de toi, dis-je en lui tendant la main.

Elle me serre mollement la pince. Puis ses traits se chiffonnent comme si elle allait pleurer, et elle tourne les talons.

Capote me regarde d'un air de reproche.

— Bravo.

— Quoi ? Qu'est-ce que j'ai dit ?

— Elle était en train de m'annoncer qu'elle allait rompre avec Ryan.

Là, je ricane.

— Ah oui ? Et moi qui croyais que tu essayais d'enrichir sa culture. Une liste de lectures ?

Capote se crispe.

— Ce n'était pas intelligent, Carrie, dit-il en me bousculant pour aller rejoindre Becky.

— Parce qu'il faut toujours être intelligent avec toi, hein ? je crie dans son dos.

— Enchantée ! crie aussi Miranda, ironique.

Malheureusement, cet échange lui a tapé sur les nerfs et elle insiste pour rentrer chez elle. Vu l'impolitesse de Capote, je n'ai pas très envie de rester toute seule à la soirée.

Je suis déçue que nous n'ayons pas pu voir le défilé. D'un autre côté, je suis contente d'avoir rencontré le dénommé Bobby. En rentrant, dans la lumière jaunâtre des lampadaires, je n'arrête pas de parler de ma pièce et du fait que ce serait trop cool de la faire lire là-bas, jusqu'au moment où Miranda finit par éclater.

— Tu vas l'écrire, ce machin, oui ou non ?

— Tu viendras à la lecture ?

— Pourquoi pas ? En passant sur le fait que Bobby et tous ses copains sont de parfaits imbéciles. Et Capote Duncan, hein ? Il se prend pour qui ?

— C'est un gros connard, dis-je en repensant à sa fureur.

Je souris. Je viens de me rendre compte que j'adore mettre Capote Duncan en colère.

Nos chemins se séparent et je promets à Miranda de l'appeler demain. Quand j'arrive à mon immeuble, je pourrais jurer entendre le téléphone de Samantha jusqu'en bas de l'escalier. Un téléphone qui sonne, pour moi, c'est comme un appel aux armes, et je monte quatre à quatre. Après une dizaine de sonneries, le téléphone s'arrête, mais ensuite il recommence.

J'entre comme une tornade et l'attrape sous le canapé, où il a glissé.

— Allô ? dis-je, essoufflée.

— Qu'est-ce que tu fais jeudi soir ?

C'est Samantha.

— Jeudi soir ?

C'est quand, jeudi soir ? Ah oui, après-demain.

— Aucune idée.

— J'ai besoin que tu m'aides. Je donne un petit dîner intime chez Charlie…

— Avec plaisir ! dis-je spontanément, croyant qu'elle m'invite. Je peux amener Bernard ?

— Je ne crois pas que ce soit une bonne idée.

— Pourquoi ?

— Ne le prends pas mal, roucoule-t-elle. Mais en fait, j'ai besoin de toi en cuisine. Tu m'as bien dit que tu savais cuisiner, n'est-ce pas ?

Je fronce les sourcils.

— J'ai su, oui, peut-être, mais…

— Moi, pas du tout. Et je ne veux pas que Charlie s'en aperçoive.

— Alors je serai aux fourneaux toute la soirée.

— Tu me rendrais un service énorme. Et tu m'as bien dit que tu me rendrais service, si je te le demandais.

— C'est vrai, dois-je admettre à contrecœur, toujours pas convaincue.

— Écoute, me presse-t-elle. Si c'est si grave, je veux bien échanger. Une soirée de cuisine contre une paire de mes chaussures, n'importe lesquelles.

— Mais tu as les pieds plus grands que moi.

— Tu peux mettre des Kleenex au bout.

— Tes bottes Fiorucci ?

Elle se tait un instant pour réfléchir.

— Oh, allez, pourquoi pas ? Je pourrai toujours demander à Charlie de m'en racheter. Surtout quand il saura que je suis un vrai cordon-bleu.

— C'est ça, fais-je entre mes dents pendant qu'elle prend congé.

Comment me suis-je fourrée dans ce guêpier ? D'un point de vue strictement technique, je sais cuisiner, il est vrai. Mais je ne l'ai jamais fait que pour quelques copains. Combien d'invités attend-elle à ce dîner intime ? Six ? Ou seize ?

Le téléphone se remet à sonner. Sans doute Samantha qui veut discuter du menu.

— Samantha ? dis-je prudemment.

— C'est qui, ça, Samantha ? claironne une voix bien connue au bout du fil.

— Maggie !

— Qu'est-ce qui se passe ? J'ai essayé le numéro que tu m'avais donné et une horrible mégère m'a dit que tu n'habitais plus là. Ensuite, ta sœur m'a appris que tu avais déménagé…

— C'est une longue histoire.

Je m'installe confortablement dans le canapé pour bavarder.

— Tu pourras me raconter ça demain. J'arrive à New York !

— C'est vrai ?

— Ma sœur et moi, on va voir nos cousins en Pennsylvanie. Je prends le car demain matin. Je pensais dormir chez toi deux ou trois nuits.

— Mag, c'est génial ! J'ai hâte de te voir. J'ai tellement de choses à te raconter ! Je sors avec un homme qui…

— Maggie ? demande quelqu'un en bruit de fond.

— Faut que je te laisse. À demain. Mon bus arrive à neuf heures. Tu peux venir me chercher à la gare routière ?

— Bien sûr.

Je raccroche, surexcitée. Ensuite, je me rappelle que j'ai rendez-vous avec Bernard demain soir. Mais Maggie pourra peut-être venir avec nous. J'ai hâte qu'elle le voie. Elle va être verte en découvrant à quel point il est sexy.

Débordante d'énergie, je m'assois devant ma machine pour taper encore quelques pages de ma pièce. Je suis bien décidée à profiter de la proposition de Bobby pour programmer une représentation dans son espace. Et peut-être que si la lecture est un succès, je pourrai rester à New York. Je serai officiellement écrivain, alors, et je n'aurai plus besoin d'aller en fac.

Je travaille comme un démon jusqu'à trois heures du matin, où je me force à aller me coucher. Je me tourne et me retourne dans mon lit, grisée, en songeant à ma pièce, à Bernard et à tous les gens intéressants que j'ai rencontrés. Que va penser Maggie de ma nouvelle vie ? Elle sera forcément impressionnée.

Chapitre treize

— Tu vis vraiment là ? me demande Maggie, interloquée.

— C'est pas super ?

Elle laisse tomber son sac à dos par terre et observe l'appartement.

— Où sont les toilettes ?

— Ici, dis-je en montrant la porte derrière elle. La chambre est là. Et là, c'est le salon.

Elle souffle.

— C'est tout petit.

— C'est grand pour New York. Tu aurais dû voir l'endroit où j'habitais avant.

— Mais… (Elle va regarder par la fenêtre.) C'est tout sale. Et cet immeuble. Il tombe en ruine ! Et ces gens dans le couloir…

— Le vieux couple ? Ils ont vécu là toute leur vie. Samantha attend qu'ils clamsent pour pouvoir récupérer leur appartement, dis-je sans réfléchir. C'est un trois pièces, et le loyer est plus bas qu'ici.

Les yeux de Maggie s'agrandissent.

— C'est affreux. Vouloir que quelqu'un meure pour avoir son appartement. Cette Samantha m'a l'air horrible. Mais ça ne m'étonne pas, si c'est la cousine de Donna LaDonna.

— Je blaguais, voyons.

— Eh bien j'espère, dit-elle en tapotant le futon pour s'assurer qu'il est solide avant de s'asseoir.

Je la regarde, étonnée. Depuis quand Maggie est-elle devenue maniaque et propre sur elle ? Elle n'a pas arrêté de se plaindre de New York depuis que je l'ai retrouvée à la gare routière. L'odeur. Le bruit. Les gens. Le métro l'a terrifiée. Quand on a fait surface à l'angle de la 14e Rue et de la Huitième Avenue, j'ai dû la coacher pour lui faire traverser la rue.

Et maintenant, elle critique mon appartement ? Et Samantha ? Mais c'est sans doute involontaire. Bien sûr, elle suppose que Samantha est comme Donna LaDonna. Moi aussi, c'est ce que je penserais à sa place.

Je m'assois et me penche vers elle.

— Je n'en reviens pas que tu sois là !

— Moi non plus ! répond-elle avec une ardeur exagérée.

Nous faisons toutes les deux des efforts pour retrouver notre bonne entente.

— Tu as une super mine ! lui dis-je.

— Merci. J'ai perdu deux kilos. Je me suis mise à la planche à voile. Tu en as déjà fait ? C'est génial. Et les plages sont magnifiques. Et il y a plein de petits villages de pêcheurs.

— Ouah.

L'idée de ces villages de pêcheurs et de ces longues plages désertes me paraît aussi désuète que la vie il y a deux cents ans.

— Et les garçons ?

Elle se débarrasse de ses tennis et se frotte le talon comme si elle avait déjà une ampoule.

— Magnifiques. Il y en a un, Hank… Un mètre quatre-vingt-cinq, et il est dans l'équipe de tennis universitaire de Duke. Je te jure, Carrie, on devrait toutes les deux s'inscrire dans cette fac. C'est là que sont les mecs les plus sexy.

Je souris.

— Il y en a plein à New York aussi…

Elle pousse un énorme soupir.

— C'est pas pareil. Hank est presque parfait, à un détail près.

— Il est maqué ?

— Non. Je ne sortirais jamais avec un mec maqué. (Elle me lance un regard entendu.) Surtout depuis Lali.

— Lali.

Je hausse les épaules. Toute mention de mes soucis passés me noue les boyaux. Vous allez voir que bientôt, je vais me mettre à parler de Sebastian. Et je n'en ai vraiment aucune envie. Depuis mon arrivée à New York, c'est à peine si j'ai eu une pensée pour Lali, pour Sebastian ou pour ce qui s'est passé au printemps dernier. C'est comme si tout cela était arrivé à une autre, pas à moi.

— Donc, Hank… dis-je pour me raccrocher au présent.

— Il est…

Elle secoue la tête, ramasse sa chaussure, la repose.

— Il est… nul au lit. Ça t'est déjà arrivé ?

— J'en ai entendu parler, en tout cas.

— Tu n'as toujours pas…

Je tâche de balayer ça aussi.

— Qu'est-ce que ça veut dire, au juste ? Un mauvais coup ?

— Il ne fait rien. Il la met, et voilà. Et ensuite, c'est expédié en trois secondes.

Je repense à ce que disait Miranda.

— Ce n'est pas toujours comme ça ?

— Non. Peter, lui, il était vraiment doué.

— Ah bon ?

Je ne me fais toujours pas à l'idée que ce ringard de Peter soit un tel étalon.

— Tu ne savais pas ? C'est en partie pour ça que j'étais tellement furieuse quand on s'est séparés.

Je noue mes cheveux en chignon.

— Alors qu'est-ce que tu vas faire ? À propos de Hank ?

Maggie esquisse un sourire discret.

— Je ne suis pas mariée avec lui. Même pas fiancée. Donc…

— Tu couches avec un autre ?

Elle fait oui de la tête.

— Tu couches avec deux mecs. En même temps ?

Maintenant, c'est moi qui suis interloquée.

Elle me répond par un regard noir.

— Bon, je sais bien que tu ne couches pas avec les deux au même moment, mais…

Je flanche.

— On est dans les années quatre-vingt, se rebiffe-t-elle. Le monde a changé. Et puis je prends la pilule.

— Tu pourrais attraper des maladies.

— Eh bien, ça ne m'est pas arrivé.

Au vu de son air furieux, j'abandonne. Maggie a toujours été têtue. Elle fait ce qu'elle veut quand elle le veut, et il est impossible de la raisonner. Je me frotte distraitement le bras.

— Et c'est qui, l'autre type ?

— Tom. Il bosse à la station-service.

Je dois avoir l'air consternée.

— Quoi ? Qu'est-ce qu'il y a de mal à sortir avec un pompiste ?

— C'est tellement cliché…

— D'une, c'est un dieu de la planche à voile. Et de deux, il essaie de faire quelque chose de sa vie. Son père a un bateau de pêche. Il pourrait être marin-pêcheur, mais il ne veut pas finir comme son paternel. Il va à la petite fac locale.

— C'est super, dis-je sans enthousiasme.

— Oui, je sais. Il me manque un peu. (Elle regarde sa montre.) Ça t'ennuierait que je l'appelle ? Il doit être rentré de la plage.

— Vas-y. Je vais prendre une douche.

Je lui tends le téléphone et me dirige vers la salle de bains tout en l'informant du programme.

— Ce soir, on va retrouver Bernard pour boire un verre au *Peartree*, c'est un bar branché près des Nations unies. Et peut-être que cet après-midi on pourrait aller déjeuner à la *White Horse Tavern*. C'est là que se retrouvent tous les écrivains célèbres. Entre-temps, on pourrait aller chez *Saks*. J'ai très envie de te présenter mon amie Miranda.

— D'accord, dit-elle comme si elle m'avait à peine entendue.

Elle est entièrement concentrée sur le téléphone pour composer le numéro de son amoureux – ou peut-être devrais-je dire : « de son amant ».

Ryan et Capote Duncan sont attablés à la terrasse de la *White Horse Tavern.* Une cafetière est posée devant eux et ils ont l'air mal réveillés, comme s'ils s'étaient couchés très tard. Ryan a les paupières gonflées et Capote n'est pas rasé, les cheveux mouillés. Visiblement, ils viennent de se lever.

Impossible de les éviter : ils sont juste à côté de l'entrée.

— Salut ! dis-je.

— Tiens, salut, répond prudemment Capote.

— Je vous présente mon amie Maggie.

Ryan se redresse immédiatement en voyant le joli visage si frais de Maggie.

— Qu'est-ce que vous mijotez, les filles ? demande-t-il d'un ton badin, son mode par défaut avec la gent féminine. Vous voulez vous joindre à nous ?

Capote lui envoie un coup d'œil agacé, mais Maggie s'assoit avant que quiconque ait pu faire une objection. Elle doit trouver Ryan mignon.

— D'où viens-tu, Maggie ? la questionne-t-il.

— De Castlebury. Carrie est ma meilleure amie.

— Ah oui ? dit Ryan comme si c'était passionnant.

— Ryan et Capote font le même séminaire que moi, j'explique.

— Je n'en reviens toujours pas que Carrie ait été admise. Et qu'elle soit venue à New York et tout et tout.

Capote hausse les sourcils. Moi, je suis légèrement irritée.

— Qu'est-ce que tu veux dire ?

— Bah, que personne ne pensait vraiment que tu deviendrais écrivain ! s'esclaffe Maggie.

— C'est fou, ça. J'ai toujours dit que je voulais devenir écrivain.

— Mais tu n'écrivais pas vraiment, jusqu'en terminale. Carrie travaillait pour le journal du lycée, confie-t-elle à Ryan.

Elle me tourne carrément le dos.

— Et encore, tu n'écrivais pas vraiment pour le journal, pas vrai ?

Je lève les yeux au ciel. Maggie n'a jamais pigé que c'était moi qui avais écrit tous ces articles sous pseudonyme. Et ce n'est pas maintenant que je vais le lui dire. D'un autre côté, elle me fait passer pour une dilettante devant Capote. Alors qu'il a déjà l'air de croire que je n'ai pas ma place dans notre classe.

Formidable. Maggie vient d'ajouter de l'eau à son moulin.

— J'ai déjà écrit beaucoup de choses. Je ne te les ai pas montrées, c'est tout.

— C'est ça, rigole Maggie comme si c'était une blague.

Je soupire. Elle ne voit pas à quel point j'ai changé ? C'est peut-être parce qu'elle n'a pas changé du tout, elle. Elle est restée cette bonne vieille Maggie, alors elle doit supposer que c'est la même chose pour tout le monde.

J'ai intérêt à détourner l'attention générale de mon prétendu manque d'expérience en écriture.

— C'était comment, ce défilé ?

— Superbe, lâche Capote d'un air blasé.

— Comme tu le vois, Capote ne connaît rien à la mode, commente Ryan. D'un autre côté, il s'y connaît bien en mannequins.

— Vous ne trouvez pas qu'elles sont complètement idiotes, ces filles ? demande Maggie.

Ryan rit.

— Ce n'est pas vraiment la question.

— Ryan est fiancé avec un mannequin, dis-je en me demandant si Becky l'a finalement laissé tomber.

Il n'a pas l'air d'un garçon qui vient de se faire plaquer. Je lance un regard curieux à Capote. Qui hausse les épaules.

— Et c'est pour quand, le mariage ? s'enquiert poliment Maggie.

On dirait qu'une connexion s'est créée entre Ryan et elle, et je me demande si elle ne serait pas déçue qu'il soit pris.

— L'année prochaine, répond-il tranquillement. Elle est partie pour Paris ce matin.

Aha. Donc, pas besoin de rupture officielle. Et ce pauvre Ryan qui ne se doute de rien. D'un autre côté, Capote est parfaitement capable de raconter n'importe quoi. Peut-être m'a-t-il fait croire que Becky allait larguer Ryan parce qu'il la veut pour lui.

— Intéressant, dis-je, comme ça, pour rien.

Capote pose cinq dollars sur la table.

— Je m'arrache.

— Mais… objecte Ryan.

Capote secoue rapidement la tête.

— Bon, alors moi aussi, annonce Ryan à contrecœur. (Il sourit à Maggie.) Ravi de t'avoir rencontrée. Qu'est-ce que tu fais ce soir ?

— Carrie nous emmène boire un verre avec un type.

— Bernard Singer n'est pas « un type », fais-je observer.

Capote s'immobilise.

— Bernard Singer ? Le dramaturge ?

— C'est le mec de Carrie, explique Maggie avec dédain.

Les yeux de Capote s'écarquillent derrière ses verres de lunettes.

— Tu sors avec Bernard Singer ?

Il n'a pas l'air de croire possible qu'un homme respecté comme Bernard Singer puisse s'intéresser à moi.

— M-mmh, fais-je comme si c'était sans importance.

Capote pose la main sur le dossier de sa chaise. Il semble finalement hésiter à partir.

— Bernard Singer est un génie.

— Je sais.

— J'adorerais le rencontrer, ajoute Ryan. Et si on vous retrouvait plus tard pour boire un verre ?

— Ce serait super, dit Maggie.

Dès qu'ils sont partis, je gémis.

— Quoi ? me demande Maggie sur la défensive, consciente qu'elle a fait une bourde.

— Je ne peux pas les emmener boire des coups avec Bernard.

— Pourquoi ? Ryan est *sympa*, dit-elle comme s'il était la seule personne normale qu'elle ait rencontrée pour l'instant. Je crois que j'ai une touche.

— Il est fiancé.

— Et alors ? Tu as entendu ce qu'il a raconté. Elle n'est pas dans les parages.

— Il adore flirter. Mais ça ne veut rien dire.

— Moi aussi. Comme ça, c'est parfait.

Je me trompais. Maggie a bien changé. Elle est devenue nymphomane. Et comment lui expliquer pour Bernard ?

— Bernard n'aura pas envie de les rencontrer…

— Pourquoi ?

— Parce qu'il est plus âgé. Il a trente ans.

Elle me regarde, horrifiée.

— Carrie ! *Trente ans ?* Mais c'est répugnant !

Chapitre quatorze

Étant donné l'attitude de Maggie, je décide finalement de ne pas la présenter à Miranda. Cela finirait probablement par une énorme engueulade à propos du sexe, et je serais prise entre les tirs croisés. Nous allons plutôt nous promener dans le Village, où Maggie se fait lire les tarots par une voyante (« Je vois un homme brun aux yeux bleus. – Ryan ! »), puis je l'emmène à Washington Square Park. On y trouve l'assortiment habituel de dingues, de musiciens, de dealers, de krishnas, et même deux hommes qui marchent sur des échasses, mais elle ne parle que de l'absence de pelouse.

— Comment peuvent-ils appeler ça un parc alors qu'il n'y a pas un brin d'herbe ?

— Il a dû y en avoir un jour. Et il y a des arbres, quand même.

— Mais regarde les feuilles. Elles sont noires. Même les écureuils sont sales.

— Les gens se fichent des écureuils.

— Ils ont tort. Je t'ai dit que j'allais devenir biologiste marine ?

— Non…

— Hank fait des études de biologie. Il dit que

quand on fait de la biologie marine, on peut vivre en Californie ou en Floride.

— Mais tu n'aimes pas les sciences.

— Comment ça ? Je n'aimais pas la chimie, mais j'ai toujours adoré les SVT.

Première nouvelle. Au lycée, Maggie refusait d'apprendre les noms des espèces et des sous-espèces, disant que c'était le genre d'idioties qui ne servaient à rien dans la vraie vie, alors pourquoi se casser la tête ?

Nous nous promenons encore un peu, et Maggie est de plus en plus démoralisée par la chaleur, les gens bizarres et les nouvelles ampoules qu'elle sent pointer sous ses pieds. Lorsque je la ramène à l'appartement, elle se plaint de la climatisation défaillante. Quand le moment arrive de partir pour aller retrouver Bernard, je suis presque à bout. Une fois de plus, elle rechigne à prendre le métro.

— Je ne redescends pas là-dedans, déclare-t-elle. Ça pue. Je ne sais pas comment tu y arrives.

— C'est le plus pratique pour se déplacer, dis-je en tâchant de la faire accélérer dans l'escalier.

— Pourquoi est-ce qu'on ne peut pas prendre un taxi ? Ma sœur et mon beau-frère m'ont dit d'en prendre parce que au moins on ne risque pas de se faire agresser.

— Oui, et c'est aussi très cher. Je n'ai pas les moyens.

— J'ai cinquante dollars.

Quoi ? Elle aurait pu me le dire plus tôt. Elle aurait pu payer nos hamburgers.

Une fois que nous sommes en sécurité dans un taxi, Maggie me révèle sa théorie sur la raison pour laquelle les New-Yorkais s'habillent en noir.

— C'est à cause de la saleté. Le noir, ce n'est pas salissant. Tu imagines à quoi ils ressembleraient s'ils s'habillaient en blanc ? C'est vrai, quoi, qui porte du noir en plein été ?

— Moi, dis-je, d'autant plus déconcertée que je suis justement en noir.

Je porte un tee-shirt noir, un pantalon en cuir noir deux tailles trop grand – que j'ai acheté avec une remise de 90 % dans une boutique bon marché de la 8e Rue – et des escarpins pointus noirs des années cinquante trouvés à la friperie.

— Le noir, c'est bon pour les enterrements, professe Maggie. Mais peut-être que les New-Yorkais s'habillent en noir parce qu'ils pensent qu'ils sont morts.

— Ou peut-être que pour la première fois de leur existence ils se sentent *vivants*.

Nous sommes prises dans un embouteillage du côté de *Macy's*, et Maggie ouvre la fenêtre en s'éventant de la main.

— Regarde tous ces gens. Je n'appelle pas ça vivre. J'appelle ça survivre.

Je dois reconnaître qu'elle n'a pas tort. À New York, il faut survivre.

— On va voir qui, déjà ? me demande-t-elle.

Je soupire.

— Bernard. L'homme avec qui je sors. Le dramaturge.

— Le théâtre, c'est soûlant.

— Bernard n'est pas de cet avis. Alors *please*, ne dis pas « le théâtre, c'est soûlant » quand tu le verras.

— Il fume la pipe ?

Je la fusille du regard.

— Quoi ? Tu m'as dit qu'il avait plus de trente ans. Je l'imagine fumant la pipe en chaussons.

— Trente ans, ce n'est pas vieux. Et tu ne lui dis pas mon âge, hein ? Il croit que j'ai dix-neuf ou vingt ans. Alors toi aussi, tu as dix-neuf ou vingt ans. On est en deuxième année de fac, OK ?

— C'est mal parti quand on est obligée de mentir à son homme, déclare-t-elle.

J'inspire à fond. Je lui demanderais bien si Hank est au courant pour Tom, mais je la boucle.

Lorsque nous passons enfin la porte à tambour du *Peartree*, je suis soulagée de voir la tête brune de Bernard penchée sur un journal, un verre de scotch devant lui. J'ai toujours le frisson quand je sais que je vais le voir. Je compte les heures, je me remémore le contact de ses lèvres douces sur les miennes. À mesure que l'heure du rendez-vous approche, je m'inquiète de plus en plus, je crains qu'il appelle pour annuler, ou qu'il me pose un lapin. J'aimerais bien y attacher moins d'importance, mais d'un autre côté je suis contente d'avoir un homme dans ma vie qui me mette dans cet état.

Cependant, je ne suis pas certaine que Bernard éprouve la même chose. Ce matin, quand je l'ai prévenu que j'avais une amie qui débarquait, il m'a dit : « Alors sors avec ton amie. On se verra une autre fois. »

J'ai eu un hoquet de déception.

— Mais on devait se voir. *Ce soir*.

— Je reste dans le coin, tu sais. On se reverra quand elle sera partie.

— Mais je lui ai beaucoup parlé de toi. Je veux qu'elle fasse ta connaissance.

— Pourquoi ?

— Parce que c'est ma meilleure amie. Et que…

Je me suis tue. Je ne savais pas comment lui dire que je voulais frimer un peu avec lui, que j'avais envie d'impressionner Maggie avec lui et mon extraordinaire nouvelle vie. Que je voulais qu'elle voie le chemin que j'avais fait en si peu de temps.

Je pensais que cela s'entendait dans ma voix.

— Je n'ai pas envie de faire du baby-sitting, Carrie.

— Mais non ! Maggie a dix-neuf ans, peut-être vingt…

J'ai dû être particulièrement insistante, car il a cédé et accepté de prendre un verre avec nous.

— Mais juste un verre, m'a-t-il avertie. Tu devrais passer du temps avec ta copine. C'est toi qu'elle est venue voir, pas moi.

Je déteste ça, quand Bernard est tout sérieux.

En plus, après coup, j'ai trouvé sa remarque légèrement vexante. Bien sûr que je voulais passer du temps avec Maggie. Mais je voulais aussi le voir, lui. J'ai envisagé de le rappeler pour annuler, histoire de lui montrer que je m'en fichais, mais la perspective de ne pas le voir était trop déprimante. Et je me suis dit que j'en voudrais secrètement à Maggie si sa présence m'empêchait de voir Bernard.

La situation est déjà assez tendue comme ça avec Maggie. Pendant que je me préparais à sortir ce soir, elle m'a répété mille fois qu'elle ne comprenait pas que je me mette sur mon trente et un pour aller dans un bar. J'ai tenté de lui expliquer que ce n'était pas le genre de bar qu'elle avait en tête, mais elle m'a simplement regardée d'un air perplexe en me disant : « Parfois, je ne te comprends pas. »

C'est alors que j'ai eu un éclair de lucidité : Maggie n'aimera jamais New York. Elle est fondamentalement inadaptée à la ville, c'est dans sa constitution. Et une fois que j'ai compris cela, mon animosité a disparu.

Ce n'est pas grave. Ce n'est pas la faute de Maggie, ni la mienne. On est comme on est, c'est tout.

— C'est lui, dis-je en l'entraînant vers le bar sans me laisser arrêter par le maître d'hôtel.

La décoration est très design : murs noirs et appliques chromées, tables en marbre noir, et un grand miroir qui longe le mur du fond. Samantha dit que c'est le meilleur lieu de drague de la ville : c'est là qu'elle a rencontré Charlie, et elle n'aime pas qu'il y vienne sans elle, de crainte qu'il ne rencontre une autre femme.

— Pourquoi est-ce qu'il fait si sombre là-dedans ?

— C'est censé donner du mystère.

— C'est mystérieux de ne pas voir à qui on parle ?

— Oh, Mag !

Je ne peux que rire de ses remarques.

J'arrive en silence derrière Bernard et lui tape sur l'épaule. Il sursaute, sourit et prend son verre.

— Je commençais à croire que vous ne viendriez plus. Je pensais que vous aviez trouvé mieux.

— C'est le cas, mais Maggie a insisté pour qu'on passe te voir d'abord.

Je touche brièvement ses cheveux. C'est comme un talisman pour moi. La première fois que je les ai caressés, j'ai été surprise par leur douceur délicate, féminine. Comme si ses cheveux étaient une manifestation de son cœur doux et tendre.

— Tu dois être l'amie, alors, dit-il en plissant les yeux à l'attention de Maggie. Bonjour, amie.

— Bonjour, lâche prudemment Maggie.

Avec ses cheveux décolorés par le soleil et ses joues roses, elle est crémeuse comme un gâteau de mariage, ce qui contraste violemment avec le visage anguleux et le nez tordu de Bernard, ainsi que ses poches sous les yeux qui lui donnent l'air d'un homme qui passe tout son temps à l'intérieur – dans des cavernes obscures comme le *Peartree*. J'espère qu'elle voit ce qu'il a de séduisant, mais pour l'instant ses traits n'expriment que de la pure méfiance.

— Qu'est-ce que vous buvez ? demande Bernard sans paraître remarquer le choc des cultures.

— Une vodka tonic.

— Je vais prendre une bière, dit Maggie.

— Demande un cocktail !

— Je ne veux pas de cocktail. Je veux une bière, insiste-t-elle.

— Laisse-la boire une bière si c'est ce qu'elle veut, me lance Bernard sur le ton de la plaisanterie, sous-entendant que j'embête Maggie pour rien.

— Pardon.

Ma voix est creuse. Je sens déjà que tout cela est une erreur. Je ne vois absolument pas comment concilier mon passé – Maggie – et mon présent – Bernard.

Deux hommes se pressent à côté d'elle et la bousculent pour se faire une place au comptoir.

— Vous voulez qu'on prenne une table ? s'enquiert Bernard. On pourrait dîner. Je vous invite volontiers.

Maggie m'interroge du regard.

— Je croyais qu'on allait retrouver Ryan.

— On peut quand même dîner. On mange bien, ici.

— Non, on mange très mal, me contredit Bernard. Mais l'ambiance est distrayante.

Il fait signe au garçon et indique une table libre près de la fenêtre.

— Venez.

Je donne un coup de coude à Maggie et lui décoche un regard entendu. Son regard à elle est vaguement hostile, comme si elle ne comprenait toujours pas ce qu'on fait là.

Quoi qu'il en soit, elle suit Bernard jusqu'à la table. Il recule même une chaise pour elle.

Je m'assois à côté de lui, bien décidée à arranger les choses.

— C'était comment, la répète ? dis-je gaiement.

— Lamentable, me répond Bernard.

Il sourit à Maggie pour l'inclure dans la conversation.

— Il y a toujours un moment, vers le milieu des répétitions, où tous les acteurs semblent avoir complètement oublié leur texte.

C'est exactement ce que je ressens en ce moment.

— Ah bon ? Pourquoi ? lâche Maggie en jouant avec son verre d'eau.

— Aucune idée.

— Pourtant, ils l'apprennent depuis au moins deux semaines, non ?

— Les acteurs sont comme des enfants. Ils boudent, ils se vexent.

Je fronce les sourcils, comme si Bernard venait de me livrer un précieux tuyau sur le théâtre.

Maggie est totalement inexpressive. Bernard a un sourire tolérant et ouvre sa carte.

— Qu'est-ce qui te ferait plaisir, Maggie ?

— Je ne sais pas. Du magret de canard ?

— Excellent choix. Moi, je vais prendre la même chose que d'habitude. Du steak dans le filet.

Pourquoi est-il aussi emprunté ? A-t-il toujours été comme ça sans que je m'en aperçoive ?

— Bernard est très casanier, dis-je à Maggie.

— C'est bien, ça.

— Qu'est-ce que tu dis toujours à propos des écrivains, Bernard ? Tu sais… sur le fait qu'il faut avoir des habitudes.

Il a un hochement de tête indulgent.

— D'autres l'ont dit mieux que moi. Mais l'idée, en gros, c'est que quand on écrit, c'est sur la page qu'il faut vivre sa vie.

Je crois bon de clarifier pour Maggie.

— Autrement dit, la vraie vie doit être aussi simple que possible. Quand il travaille, Bernard mange pratiquement la même chose tous les jours au déjeuner. Un sandwich au pastrami.

Maggie fait un effort pour avoir l'air de s'intéresser.

— Ça doit être barbant. Mais je ne suis pas écrivain. Même écrire une lettre, ça me soûle.

Bernard éclate de rire en pointant gaiement son index vers moi.

— Je crois que tu devrais suivre un peu plus tes propres conseils, jeune fille.

Et il regarde Maggie en secouant la tête, comme s'ils étaient de mèche tous les deux.

— Carrie est une experte de la grande vie, ajoute-t-il. Je lui conseille toujours de se concentrer un peu plus sur la page.

Là, je m'insurge.

— Tu ne m'as jamais dit ça !

Je baisse les yeux, comme si j'avais besoin de rectifier la position de ma serviette. La remarque de Bernard fait remonter à la surface tous mes doutes sur mes capacités à écrire.

Il me presse la main.

— Je comptais le faire. Alors voilà, c'est dit. Est-ce qu'on prend du vin ?

— Bien sûr, dis-je, piquée au vif.

— Du beaujolais, ça te va, Maggie ? demande-t-il poliment.

— J'aime bien le rouge.

— Le beaujolais, c'est du rouge.

Aussitôt après avoir fait cette remarque, j'ai l'impression d'être une garce.

— Maggie le savait, conclut gentiment Bernard.

Je les regarde l'un après l'autre. Comment est-ce arrivé ? Pourquoi est-ce moi qui ai le mauvais rôle ? On dirait qu'ils sont en train de se liguer contre moi.

Je me lève pour aller aux toilettes.

— Je t'accompagne, me souffle Maggie.

Elle me suit dans l'escalier et je m'efforce de me ressaisir.

— J'aimerais vraiment que tu l'apprécies, dis-je en me postant devant le miroir pendant qu'elle disparaît dans une cabine.

— Je le connais depuis cinq minutes. Comment veux-tu que je sache si je l'apprécie ou non ?

— Tu ne trouves pas qu'il est sexy ?

— Sexy ? Je ne dirais pas ça.

Je ne peux pas m'empêcher d'insister.

— Mais si, il l'est. Sexy.

— Si tu le trouves sexy, c'est ce qui compte.

— Eh bien oui, je le trouve sexy. Et je l'aime énormément.

La chasse d'eau résonne et Maggie sort.

— Il n'a pas l'air très amoureux, hasarde-t-elle.

— Comment ça ?

Je sors un rouge à lèvres dans mon sac en refoulant la panique.

— Il ne se comporte pas en amoureux. On dirait plutôt… Je ne sais pas, un oncle.

Je me fige.

— Absolument pas.

— On dirait juste qu'il essaie de t'aider. Qu'il t'aime bien et que… je ne sais pas.

Elle hausse les épaules.

— C'est simplement parce qu'il est en plein divorce.

— Ça, c'est triste, remarque-t-elle en se lavant les mains.

Je me colore les lèvres.

— Pourquoi ?

— Je ne voudrais pas épouser un divorcé. Ça gâche un peu tout, non ? L'idée que ton homme a été marié avant toi ? Je ne supporterais pas. Je serais jalouse. Je veux un homme qui n'ait jamais aimé que moi.

— Oui, mais si…

Je m'arrête, car je me rappelle que moi aussi, c'est ce que j'ai toujours cru désirer. Jusqu'à présent. Je plisse les paupières. C'est peut-être un vestige de mes sentiments de Castlebury.

Nous venons à bout de ce dîner, mais nous sommes mal à l'aise. Je dis des choses qui, je le sais, me font passer pour une idiote, et Maggie reste à peu près muette, tandis que Bernard fait semblant de se régaler. Une fois nos assiettes débarrassées, Maggie court de nouveau aux toilettes pendant que je rapproche ma chaise de celle de Bernard et m'excuse pour cette soirée nulle.

— Ce n'est pas grave, dit-il. Je m'y attendais. (Il me tapote la main.) Allez, Carrie. Maggie et toi, vous êtes étudiantes. Nous ne sommes pas de la même génération. Tu ne peux pas attendre de Maggie qu'elle comprenne.

— Pourtant, c'est ce que je fais.

— Alors tu vas être déçue.

Maggie regagne la table avec un grand sourire, soudain toute légère et pétillante.

— J'ai appelé Ryan, annonce-t-elle. Il dit qu'il va chez Capote et qu'on n'a qu'à les retrouver là-bas, comme ça on pourra sortir après.

— Mais on est déjà en train de sortir, là.

Je lance un regard suppliant à Bernard.

— Vas-y, dit-il en reculant sa chaise. Amuse-toi avec Maggie. Fais-lui visiter la ville.

Il sort son portefeuille et me tend vingt dollars.

— Promets-moi que tu prendras un taxi. Je ne veux pas te savoir dans le métro la nuit.

J'essaie de lui rendre l'argent mais il refuse de le prendre. Maggie est déjà à la porte, comme si elle mourait d'impatience.

Bernard m'embrasse rapidement sur la joue.

— On se verra une autre fois. Ton amie n'est là que pour deux nuits.

— Quand ?

— Quand quoi ?

— Quand est-ce qu'on se verra ?

Je m'en veux, j'ai l'air d'une écolière désespérée.

— Bientôt. Je t'appelle.

Je sors en vitesse. Je suis tellement furieuse que j'ai du mal à regarder Maggie. Un taxi s'arrête contre le trottoir et un couple en sort. Elle se glisse sur la banquette.

— Tu viens ?

— Comme si j'avais le choix, dis-je entre mes dents.

Maggie a noté l'adresse de Capote sur une serviette en papier.

— Green-wich Street ? demande-t-elle en articulant.

— Ça se dit « Grenitch ».

Elle me regarde.

— OK. *Grenitch*, dit-elle au chauffeur.

Le taxi démarre et je suis projetée contre elle.

— Pardon, je grommelle froidement.

— Qu'est-ce que tu as ?

— Rien.

— C'est parce que je n'ai pas apprécié Bernard ?

— Comment peux-tu ne pas l'apprécier.

Ce n'est pas une question.

Maggie croise les bras.

— Tu préférerais que je te mente ?

Et avant que j'aie pu protester, elle continue.

— Il est trop vieux. Je sais qu'il n'est pas aussi vieux que nos parents, mais il pourrait, ce serait pareil. Et il est bizarre. Il ne ressemble pas aux gens avec qui on a grandi. Je ne vois pas ce que tu lui trouves.

Pour adoucir le coup, elle ajoute un mot gentil.

— Je te dis ça pour ton bien.

Je déteste ça, quand des amis vous disent quelque chose « pour votre bien ». Comment peuvent-ils savoir si ça nous fait du bien ? Ils connaissent l'avenir, peut-être ? Peut-être que dans le futur, je regarderai en arrière et je verrai que c'était Bernard qui était « pour mon bien ».

Je soupire.

— OK, Mags.

Le taxi fonce sur la Cinquième Avenue et j'observe tous mes repères : *Lord & Taylor*, le Toy Building, le Flatiron, gravant chacun dans ma mémoire. Si je vivais ici pour toujours, est-ce que je me fatiguerais de les voir ?

— Bref, continue joyeusement Maggie, j'ai oublié de te dire le plus important. Lali est en France !

— Ah oui ? fais-je d'une voix morne.

— Tu sais que les Kandisee ont des terres ? Eh bien, un gros promoteur s'est pointé et leur a acheté quelque chose comme cent hectares. Du coup, ils sont devenus millionnaires.

— Je parie qu'elle est partie en France pour retrouver Sebastian, dis-je en faisant semblant de m'intéresser.

— C'est ce que je pense aussi, approuve Maggie. Et elle va sans doute le récupérer. J'ai toujours pensé que Seb était du genre à se servir des femmes. Il va probablement se mettre avec Lali pour l'argent.

— Il en a déjà, de l'argent.

— Ça ne change rien. Il *utilise* les femmes, je te dis.

Et pendant que Maggie continue de jacasser, je passe le reste du trajet à penser aux relations amoureuses. L'amour « pur » doit bien exister. Mais apparemment, il y a aussi beaucoup d'amour « impur » en circulation. Regardez Capote et Ryan avec leurs mannequins. Et Samantha, avec son nabab de fiancé. Et que dire de Maggie et de ses deux mecs – un pour la galerie et un pour le sexe ? Et puis il y a moi. Peut-être que ce qu'elle a sous-entendu est vrai. Si Bernard n'était pas un dramaturge célèbre, est-ce que je m'intéresserais seulement à lui ?

Le taxi se gare devant une belle maison ancienne avec des chrysanthèmes aux fenêtres. Je serre les dents. Je me considère volontiers comme quelqu'un de bien. Une fille qui ne triche pas, qui ne ment pas, qui ne fait pas semblant d'être quelqu'un d'autre pour obtenir un homme. Mais peut-être que je ne vaux pas mieux qu'une autre. Je suis peut-être même pire.

— Allez, viens ! me dit gaiement Maggie en sautant du taxi et en bondissant sur les marches. On va enfin s'éclater !

Chapitre quinze

L'appartement de Capote n'est pas du tout ce à quoi je m'attendais. Le mobilier est constitué de fauteuils et canapés capitonnés de chintz. Il y a une petite salle à manger avec des assiettes décoratives au mur. Dans la chambre, une armoire ancienne. Le couvre-lit est en chenille jaune.

— On dirait une maison de vieille dame, dis-je.

— Ça l'est. Ou ça l'était. La propriétaire est une vieille amie de la famille. Elle est partie dans le Maine, m'explique Capote.

— Ah, d'accord.

Je me vautre dans le canapé. Les ressorts sont fichus et je m'enfonce plus bas que les coussins. *Capote et ses « vieilles amies de la famille »*, me dis-je en ronchonnant. Il semble avoir des plans pour tout, y compris les appartements. Il fait partie de ces gens qui s'attendent à tout obtenir sans lever le petit doigt, et qui y arrivent.

— Je vous sers à boire ?

— Qu'est-ce que tu as à nous offrir ? demande Maggie avec coquetterie.

Hein ? Je croyais que c'était Ryan qui l'intéressait. Mais c'est peut-être Capote, tout compte fait. D'un autre côté, il est possible que Maggie flirte avec tous les garçons qu'elle rencontre. Tous, sauf Bernard.

Je secoue la tête. Quoi qu'il arrive, cette situation ne peut mener à rien de bon. Comment me suis-je retrouvée complice ?

— Tout ce que tu peux vouloir, je l'ai, répond Capote.

Il n'a pas particulièrement l'air de flirter en retour. De fait, il est assez froid, comme s'il n'était pas ravi de notre présence, mais avait décidé de nous tolérer quand même.

— De la bière ?

— Bien sûr.

Capote ouvre le frigo, en sort une Heineken et la lui tend.

— Carrie ?

Je m'étonne de sa politesse. C'est peut-être son éducation du Sud profond. Les bonnes manières dissimulent les animosités personnelles.

— De la vodka ?

Je me lève pour le suivre dans la cuisine. C'est une vraie cuisine, avec un comptoir ouvert sur le salon. Soudain, je suis un peu envieuse. Ça me dirait bien de vivre ici, dans ce vieil appartement charmant avec cheminée et cuisine équipée. Plusieurs casseroles sont suspendues au plafond.

— Tu cuisines, ici ? dis-je avec un mélange de moquerie et d'étonnement.

— J'adore faire la popote, me répond fièrement Capote. Surtout le poisson. Je suis célèbre pour mon poisson.

— Moi, je *cuisine*, dis-je avec une pointe de défi, comme si je m'y connaissais à fond, bien plus qu'il ne pourra jamais le comprendre.

— Quoi, par exemple ?

Il prend deux verres dans un placard et y verse de la glace, de la vodka et un trait de jus de canneberge.

— Tout. Mais surtout les desserts. Je suis la reine de la bûche de Noël. Il faut deux jours pour la préparer.

— Oh, moi je ne passerais jamais autant de temps derrière les fourneaux, lâche-t-il d'un ton un peu dédaigneux en levant son verre. Tchin !

— Tchin.

L'interphone retentit et Capote fonce vers la porte, indubitablement soulagé par cette interruption.

Ryan entre avec Rainbow et une autre fille, une vraie brindille. Elle a les cheveux bruns et courts, des yeux marron immenses, de l'acné, et porte une jupe qui lui couvre tout juste les fesses. Sans raison apparente, je suis immédiatement jalouse. Malgré l'acné, c'est sans doute encore une amie mannequin de Ryan. Je me sens horriblement exclue.

Les yeux de Rainbow explorent la pièce et se fixent sur moi. Elle aussi, elle a l'air de se demander ce que je fais là.

J'agite la main depuis la cuisine.

— Salut !

— Ah. Salut.

Elle vient à ma rencontre pendant que Ryan accueille Maggie et s'assoit à côté d'elle sur le canapé.

— Tu sers à boire ? lâche-t-elle.

— Il faut croire. Qu'est-ce que tu veux ? Capote prétend qu'il a de tout.

— Une tequila.

Je trouve la bouteille et en verse dans un verre. Pourquoi est-ce que *moi* je la sers, *elle* ? Ça m'énerve.

Du coup, je me renseigne.

— Alors comme ça, Capote et toi, vous êtes ensemble ?

Elle plisse le nez.

— Non, pourquoi tu dis ça ?

— Vous paraissez proches, c'est tout.

— On est amis.

Elle se tait, regarde de nouveau autour d'elle, et voit que Ryan est toujours en pleine discussion avec Maggie tandis que Capote parle avec la bizarre fille maigre. Elle en conclut qu'il ne lui reste plus que moi pour faire la conversation.

— Jamais je ne sortirais avec lui. Il faudrait être folle.

Je bois une gorgée de vodka.

— Pourquoi ?

— C'est un don Juan.

Bien. Je reprends une lampée, et j'ajoute un peu de vodka et de glace. Je ne me sens pas particulièrement ivre. En fait, c'est dérangeant à quel point je me sens claire. Et pleine de ressentiment. Contre la vie de tout le monde.

Je vais rejoindre Maggie et Ryan sur le canapé.

— De quoi vous parlez ?

— De toi, m'annonce Ryan.

Décidément, il ne sait pas mentir. Maggie pique un fard.

— Ryan ! le gronde-t-elle.

— Quoi ?

Il nous regarde l'une après l'autre.

— Je croyais que vous étiez des amies proches. Les amies ne se racontent pas tout ?

— Tu ne connais rien aux femmes, constate Maggie en riant.

— Au moins, j'essaie. Contrairement à la plupart des hommes.

— Et alors, qu'est-ce que vous disiez sur moi ?

— Maggie me parlait de toi et de Bernard, m'explique Ryan.

Une note d'admiration s'entend dans sa voix. Bernard Singer est visiblement une sorte de héros pour Capote et lui. Il est exactement ce qu'ils voudraient devenir un jour. Et apparemment, ma proximité avec lui me confère du prestige. Mais ça, je le savais déjà, pas vrai ?

— Maggie ne l'a pas aimé. Elle dit qu'il est trop vieux.

— Je n'ai pas dit ça. J'ai dit qu'il ne te convenait pas.

— Aucun homme n'est jamais trop vieux, déclare Ryan, plaisantant à moitié. Si Carrie peut sortir avec un type de quinze ans de plus qu'elle, ça veut dire qu'il y a de l'espoir pour moi quand j'aurai la trentaine !

Maggie prend un air dégoûté.

— Tu comptes vraiment sortir avec des filles de dix-sept ans quand tu en auras trente ?

Ryan fait un clin d'œil.

— Peut-être pas dix-sept. Je serais plus tranquille si elles étaient majeures.

Maggie glousse. La belle gueule et le charme de Ryan semblent lui faire oublier ses idées ridicules sur les femmes.

— Et puis, qui a dix-sept ans, ici ? continue-t-il.

— Carrie, dit Maggie comme si elle m'accusait.

— J'en aurai dix-huit dans un mois.

Pourquoi est-ce qu'elle me fait ça ?

— Bernard est au courant que tu es mineure ? me demande Ryan d'un air un peu trop intéressé.

— Non, claironne Maggie. Elle m'a dit de mentir et de prétendre qu'elle en avait dix-neuf.

— Ah ! Le vieux coup du mensonge, me taquine Ryan.

L'interphone résonne à nouveau.

— Des renforts ! annonce Ryan, ce qui fait rire Maggie.

Cinq personnes de plus déboulent : trois types débraillés et deux jeunes femmes très sérieuses.

— Partons, dis-je à Maggie.

Ryan s'étonne.

— Vous ne pouvez pas partir maintenant, insiste-t-il. La fête ne fait que commencer.

— Mais oui, renchérit Maggie. Je m'amuse, moi. (Elle me tend sa bouteille de bière vide.) Tu veux bien aller m'en chercher une autre ?

— Comme tu veux.

Je me lève, exaspérée, et retourne à la cuisine. Les nouveaux arrivés se pointent et me réclament à boire. Je m'exécute, vu que je n'ai rien de mieux à faire et que je n'ai envie de parler à personne.

À ce moment-là, je repère le téléphone accroché au mur à côté du frigo. Maggie est complètement occupée avec Ryan, qui est à présent assis en tailleur sur le canapé et lui raconte une histoire apparemment longue et animée. Elle ne m'en voudra pas si je pars sans elle. Je compose le numéro de Bernard.

Ça sonne, encore et encore. Où est-il ? Une dizaine de scénarios me passent par la tête. Il est sorti en boîte, mais si oui, pourquoi ne pas nous avoir invitées, Maggie et moi ? Ou alors, il a rencontré une fille au *Peartree* et il est en train de coucher avec elle. Ou pire, il ne veut plus me voir et c'est pour ça qu'il ne répond pas.

Ce suspense me tue. Je rappelle.

Toujours pas de réponse. Je raccroche, en pleine panique. Maintenant, je suis vraiment persuadée que je ne le reverrai jamais. C'est insupportable. Je me fiche de l'avis de Maggie. Si ça se trouve, je suis bel et bien amoureuse de Bernard et elle vient de tout gâcher.

Je la cherche dans toute la pièce, mais Ryan et elle ont disparu. Avant que je puisse partir à leur recherche, l'un des débraillés m'accoste.

— Tu le connais d'où, Capote ?

— Je ne le connais pas.

Puis je m'en veux d'avoir été si sèche.

— Je fais le même stage d'écriture que lui.

— Ah, oui. Le fameux stage de la New School. Viktor Greene enseigne toujours là-bas ? me demande-t-il avec un accent bostonien.

— Si tu veux bien m'excuser, lui dis-je pour m'en débarrasser, il faut que je retrouve ma copine.

— Elle est comment ?

— Blonde. Jolie. Très fraîche.

— Elle est avec Ryan. Dans la chambre.

Je lui fais les gros yeux comme si c'était sa faute.

— Il faut que je la sorte de là.

— Pourquoi ? Ce sont deux jeunes animaux en pleine santé. Qu'est-ce que ça peut te faire ?

Je me sens encore plus perdue qu'il y a quelques minutes. Toutes mes valeurs et tous mes idéaux seraient-ils bons pour la poubelle ?

— J'ai besoin de téléphoner.

— Tu as un meilleur endroit où aller ? rigole-t-il. C'est ici que ça se passe !

— J'espère bien que non, dis-je entre mes dents tout en composant le numéro de Bernard.

Toujours pas de réponse. Je raccroche brutalement et fonce vers la chambre.

La musique résonne à fond et une des filles sérieuses tambourine à la porte de la salle de bains. Celle-ci finit par s'ouvrir, et Capote en sort avec Rainbow et le mannequin. Ils rient bruyamment. En principe, j'adorerais être à une telle fête, mais là, je suis obsédée par Bernard. Et si je ne peux pas le voir, je veux rentrer chez moi.

J'ai envie de ramper jusqu'au lit de Samantha, de tirer ses draps glissants sur ma tête et de pleurer.

— Maggie ?

Je frappe énergiquement.

— Maggie, tu es là ?

Silence.

— Je sais que tu es là, Maggie.

J'essaie la poignée, mais c'est fermé à clé. Je me mets à gémir.

— Maggie, je veux rentrer à la maison !

La porte finit par s'ouvrir. Maggie, toute rouge, se tortille une mèche de cheveux. Derrière elle, Ryan, hilare, remonte son pantalon.

— Qu'est-ce qui te prend ? rouspète Maggie.

— Il faut que je rentre. On a cours demain, dis-je à Ryan comme une vieille garde-chiourme.

— Alors allons chez toi, suggère Ryan.

— Non.

— Mais c'est une super idée ! proteste Maggie.

Je soupèse les choix qui s'offrent à moi et conclus que c'est encore la meilleure solution. Au moins, comme ça, je pourrai me barrer d'ici.

Nous rentrons à pied chez Samantha. Une fois là-bas, Ryan sort de sa veste une bouteille de vodka qu'il a piquée chez Capote et se met en devoir de nous verser à boire. Je secoue la tête.

— Je suis crevée.

Pendant qu'il trouve la chaîne hi-fi, j'entre dans la chambre de Samantha et rappelle Bernard. Ça sonne, ça sonne, ça sonne. Il n'est toujours pas là. Tout est terminé.

Je retourne dans le salon, où Maggie et Ryan sont en train de danser.

— Allez viens, Carrie.

Maggie me tend les bras. Je me dis : *bah, pourquoi pas ?* et je les rejoins. Mais au bout de trois minutes, ils sont déjà en train de se peloter.

— Hé, ho ! Arrêtez, un peu.

— Arrêter quoi ? se marre Ryan.

Maggie le prend par la main et l'entraîne vers la chambre.

— Ça ne te dérange pas ? On revient tout de suite.

— Et moi alors, je fais quoi pendant ce temps-là ?

— Sers-toi à boire, glousse Ryan.

Et ils s'enferment. L'album de Blondie tourne toujours. *Heart of Glass*. « Cœur de verre ». C'est tout moi. Je prends mon verre de vodka et m'assois à la petite table du coin. J'allume une cigarette. J'essaie encore de joindre Bernard.

Je sais que c'est nul. Mais une puissance extérieure a pris le contrôle de mes émotions. Au point où j'en suis, je n'ai plus qu'à m'enfoncer encore davantage.

Le disque s'arrête et, dans la chambre, j'entends des halètements et un « oh, c'est bon » de temps en temps.

J'allume encore une cigarette. Maggie et Ryan ont-ils conscience de leur sans-gêne ? Ou est-ce qu'ils s'en balancent, tout simplement ?

Je rappelle Bernard. Fume encore une cigarette. Une heure s'est écoulée et ils sont toujours en pleine action. Ils n'en ont pas marre ? Puis je me dis de laisser filer. Je ne devrais pas les juger comme ça. Je sais que je ne suis pas parfaite. Mais jamais je ne ferais ce qu'ils font. Point barre.

Après tout, je viens peut-être d'apprendre quelque chose sur moi-même. J'ai ce que Miranda appellerait « des limites ».

Je devrais sans doute m'écrouler sur le futon. À les entendre, il semble que Maggie et Ryan ne soient pas près d'en avoir terminé. Mais la colère, la frustration et la peur m'empêchent d'avoir sommeil. Je fume une énième cigarette et rappelle Bernard.

Cette fois, il répond à la seconde sonnerie.

— Allô ? dit-il, l'air de se demander qui peut bien lui téléphoner à deux heures du matin.

— C'est moi, fais-je tout bas en comprenant soudain à quel point j'ai eu une mauvaise idée de l'appeler.

— Carrie ? demande-t-il d'une voix ensommeillée. Qu'est-ce que tu fais debout ?

— Maggie est en train de s'envoyer en l'air, je grince entre mes dents.

— Et ?

— Elle le fait avec un type de mon séminaire.

— Devant toi ?

Cette question !

— Ils sont dans la chambre.

— Ah.

— Je peux venir ?

Je ne voudrais pas avoir l'air de le supplier, mais c'est bien ce que je fais.

— Ma pauvre. Tu passes une sale nuit, hein ?

— Y a pas pire.

— Mais ça n'arrangera sans doute rien si tu viens, m'avertit-il. Je suis crevé. J'ai besoin de dormir. Et toi aussi.

— On peut se contenter de dormir. Ce serait chouette.

— Je ne peux pas ce soir, Carrie. Désolé. Une autre fois.

Je déglutis.

— D'accord, dis-je d'une petite voix de souris.

— Bonne nuit, la môme.

Et il raccroche.

Je repose délicatement le combiné. Je m'assois sur le futon, les genoux remontés contre la poitrine, en me balançant d'avant en arrière. Mon visage se crispe et des larmes coulent des coins de mes yeux.

Miranda avait raison. Les hommes, c'est nul.

Chapitre seize

Ryan sort sur la pointe des pieds à cinq heures du matin. Je garde les yeux hermétiquement fermés et fais semblant de dormir, car je ne veux pas le voir ni lui parler. J'entends ses pas sur le parquet, suivis par le grincement de la porte. *Remets-toi*, me dis-je avec autorité. *Ce n'est rien. Ils ont couché ensemble, et alors ? Ça ne te regarde pas.* Mais quand même. Ryan se fiche complètement de sa fiancée, ou quoi ? Et Maggie, avec ses deux mecs ? Est-ce qu'il n'y a aucune limite quand il s'agit de sexe ? Le sexe a-t-il vraiment la puissance d'annihiler tout bon sens ?

Je tombe dans un sommeil d'abord agité, puis plus calme. Je suis en plein milieu d'un rêve dans lequel Viktor Greene me dit qu'il m'aime – sauf qu'il a le physique de Capote –, quand Maggie me réveille en sursaut.

— Coucou ! me dit-elle gaiement, comme s'il ne s'était rien passé de spécial. Tu veux du café ?

— Oui.

Toute cette soirée pourrie me revient en tête. Je suis épuisée et, à nouveau, légèrement en colère. J'allume une cigarette.

— Tu fumes beaucoup, me fait observer Maggie.

— Ha, fais-je en pensant à sa propre consommation de tabac.

— Tu n'as pas remarqué que j'avais arrêté ?

En fait, non.

— Quand ?

Je souffle des ronds de fumée, exprès.

— Après avoir rencontré Hank. Il disait que c'était répugnant, et je me suis rendu compte que c'était vrai.

Je me demande ce qu'il penserait de son comportement de cette nuit.

Elle entre dans la cuisine, trouve le café instantané et une bouilloire, et attend que l'eau chauffe.

— On s'est bien marrés, hein ?

— M'en parle pas, c'était super.

Je ne peux pas cacher mon agacement.

— Qu'est-ce qu'il y a, encore ? râle Maggie.

Comme si c'était moi qui me plaignais en permanence.

Il est trop tôt pour une discussion houleuse.

— Rien. Mais Ryan est dans ma classe…

— Au fait ! Il va m'emmener au ciné. Voir un film chinois ou je ne sais quoi. *Les Sept* quelque chose ?

— *Les Sept Samouraïs*. Par Kurosawa. Un réalisateur japonais.

— Comment tu le sais ?

— Les garçons n'arrêtent pas d'en parler. Ça dure six heures, je crois.

— Je ne pense pas qu'on tiendra pendant six heures, dit-elle finement en me tendant mon café.

Une nuit, je peux supporter. Mais deux ? Hors de question.

— Écoute, Mag. Ce n'est pas une bonne idée que Ryan vienne ici ce soir. Samantha risque de l'apprendre et…

— T'inquiète. (Elle s'installe à côté de moi sur le futon.) Il m'a dit qu'on pourrait aller chez lui.

Je repêche un grain de café qui flotte sur ma tasse.

— Et sa fiancée ?

— Il pense qu'elle le trompe.

— Donc ça ne fait rien ?

— Oh lala, Carrie, c'est quoi, ton problème ? Qu'est-ce que tu peux être coincée !

Je prends une gorgée de café en me forçant à ne pas réagir. Si je me flatte d'une chose, c'est de ne pas être coincée. Mais peut-être que je ne me connais pas si bien, après tout.

J'ai cours à treize heures, mais je pars plus tôt, en racontant que j'ai des courses à faire. Maggie et moi avons été parfaitement civilisées en surface, mais je marchais sur des œufs. Il m'a fallu un gros effort de volonté pour ne pas évoquer Ryan, et encore plus de force pour ne pas mentionner Bernard. Je me suis promis de ne pas parler de lui, car sinon, je craignais d'accuser Maggie d'avoir gâché notre histoire. Et même pour mon cerveau illogique, cela semblait un peu extrême.

Quand elle a allumé la télé et commencé à faire sa gym, je me suis échappée.

Comme il me reste encore une heure avant d'aller en classe, je me dirige vers la *White Horse Tavern*, où je peux me recharger en café pas trop mauvais pour cinquante petits *cents*. J'ai la bonne surprise d'y trouver Lil, qui écrit dans son journal intime.

— Je suis crevée, dis-je dans un soupir en m'asseyant face à elle.

— Tu as bonne mine, pourtant.

— J'ai dû dormir deux heures.

Elle referme son journal et me lance un regard complice.

— Bernard ?

— J'aimerais bien. Mais il m'a larguée…

— Oh, non ! Je suis désolée pour toi.

Elle a un sourire compréhensif, et je m'empresse de rectifier.

— Pas officiellement. Mais vu ce qui s'est passé cette nuit, je crois qu'il va le faire. (Je touille trois sachets de sucre dans mon café.) Et en plus, ma copine Maggie a couché avec Ryan.

— C'est pour ça que tu l'as mauvaise.

— Je ne l'ai pas mauvaise. Je suis déçue, c'est tout.

Comme elle n'a pas l'air convaincue, je précise ma pensée.

— Je ne suis pas jalouse non plus. Pourquoi serais-je attirée par Ryan alors que j'ai Bernard ?

— Alors pourquoi es-tu en colère ?

— Je ne sais pas. Ryan est fiancé. Et elle, elle a deux mecs. C'est mal, tout ça.

— Le cœur a ses raisons…

Je pince les lèvres, écœurée.

— Oui, eh bien il pourrait en trouver de meilleures.

En cours, je reste dans mon coin. Ryan essaie de me parler de Maggie et de me faire dire qu'elle est géniale, mais je me contente de hocher froidement la tête. Rainbow me salue mais Capote me snobe, comme toujours. En voilà au moins un qui se comporte normalement.

Et là, Viktor me demande de lire les dix premières pages de ma pièce. Je suis stupéfaite. Il ne m'a jamais demandé de lire quoi que ce soit, et je mets une minute à m'adapter à la situation. Comment vais-je faire pour lire la pièce toute seule ? Il y a deux rôles : un homme et une femme. Je ne vais quand même pas lire les répliques de l'homme. J'aurais l'air d'une idiote.

Mais Viktor a deviné cela aussi.

— Vous direz les répliques d'Harriet, me dit-il. Et Capote peut faire Moorehouse.

Capote, à ces mots, jette des regards furieux dans la salle.

— Harriet ? *Moorehouse ?* Qu'est-ce que c'est que ces noms ?

— C'est ce que nous allons découvrir, répond Viktor en tortillant sa moustache.

C'est la meilleure chose qui me soit arrivée depuis au moins deux jours. Cela pourrait même rattraper tous mes déboires.

Cramponnée à mon manuscrit, je m'avance vers le premier rang, suivie d'un Capote rouge tomate.

— Qu'est-ce que je joue ? me demande-t-il.

— Tu es un homme de quarante ans en proie au démon de midi. Et moi, je suis ta femme. Une emmerdeuse.

— Pas étonnant, grommelle-t-il.

Je souris. Est-ce donc la raison de son animosité perpétuelle ? Il me prend pour une emmerdeuse ? Si c'est vraiment ce qu'il pense, je suis ravie.

Nous commençons à lire. Dès la deuxième page, je suis à fond dans le rôle, concentrée sur ce que cela doit faire d'être dans la peau d'Harriet, une femme malheureuse qui voulait réussir mais dont le succès a été piétiné par son mari égocentrique.

À la troisième page, la classe commence à comprendre que c'est une comédie et se met à glousser. À la page cinq, j'entends de vrais éclats de rire. Quand c'est terminé, nous récoltons quelques applaudissements.

Ouah !

Je regarde Capote : bêtement, je m'attends à ce qu'il m'approuve. Mais son visage est fermé et il prend soin d'éviter mon regard.

— Bravo, se sent-il obligé de murmurer.

Je m'en fiche. Je regagne ma chaise sur un petit nuage.

— Des commentaires ? demande Viktor.

— On dirait un peu une version jeune de *Qui a peur de Virginia Woolf*, non ? hasarde Ryan.

Je le regarde avec reconnaissance. Ryan a une sorte de loyauté que j'apprécie soudain. Dommage qu'elle s'arrête dès qu'il est question de sexe. Si un type est un crétin en ce qui concerne la fidélité, mais correct sur tout le reste, est-ce qu'on peut l'apprécier en tant que personne ?

— Ce qui m'a intéressé, c'est la manière dont Carrie a su rendre intéressante la plus banale des scènes domestiques, déclare Viktor. J'ai aimé le fait que cela se passe pendant que le couple se brosse les dents. C'est une activité quotidienne que nous partageons tous, qui que nous soyons.

— Chier aussi, on le fait tous, observe Capote.

Je souris comme si j'étais bien trop supérieure pour m'offenser de son commentaire. Mais à présent, c'est officiel. Je le hais.

Viktor tapote sa moustache d'une main et le sommet de son crâne de l'autre : voudrait-il empêcher tous ses poils de s'enfuir ?

— Et à présent, Lil nous fera-t-elle la grâce de nous lire son poème ?

— D'accord.

Elle se lève et s'approche de l'estrade.

— « La pantoufle de vair, commence-t-elle. Mon amour m'a brisée. Comme si mon corps était en verre, fracassé contre les rochers, utilisé et jeté... »

Le poème continue dans la même veine pendant encore plusieurs strophes, et lorsqu'elle a terminé, Lil a un sourire hésitant.

— Des commentaires ?

La voix de Viktor a quelque chose de tendu qui ne lui ressemble pas.

Je me dévoue.

— Ça m'a plu. La métaphore du verre décrit bien un cœur brisé.

Ce qui me rappelle comment je vais me sentir si Bernard met fin à notre histoire.

— C'est convenu et téléphoné, objecte Viktor. Scolaire et paresseux. Voilà ce qui arrive quand on se repose sur ses lauriers.

— Merci, dit Lil d'un ton égal, comme si elle s'en fichait.

Elle va s'asseoir, et quand je la regarde par-dessus mon épaule, elle a la tête baissée, l'air anéanti. Je sais que Lil est trop forte pour pleurer en classe, mais si elle le faisait tout le monde comprendrait. Viktor peut se montrer cassant, avec ses jugements péremptoires, mais jusqu'à présent il n'avait jamais été délibérément méchant.

Pourtant, il doit se sentir coupable, car il ratisse sa pauvre moustache comme s'il voulait l'arracher.

— En résumé, j'ai hâte d'entendre la suite de la pièce de Carrie. Tandis que Lil…

Il se tait et se détourne.

Je devrais nager en pleine extase, et pourtant non. Lil ne mérite pas un tel éreintement. Donc, inversement, je ne mérite peut-être pas non plus de tels éloges. Un grand succès, ce n'est pas forcément si fabuleux quand il se fait aux dépens de quelqu'un d'autre.

Je rassemble mes papiers en me demandant ce qui vient de se passer. Peut-être qu'au fond, Viktor est une girouette comme les autres. Sauf qu'au lieu d'être inconstant avec les femmes, il l'est avec ses élèves. Il a couvert Lil d'hommages au début, mais il s'est lassé et à présent c'est à moi qu'il s'intéresse.

Lil sort à toute vitesse. Je la rattrape dans l'ascenseur et me dépêche de fermer les portes avant que quelqu'un d'autre puisse y entrer.

— Je suis désolée pour toi. Moi, j'ai trouvé ton poème magnifique. Je suis sincère, dis-je avec effusion pour essayer de compenser les critiques négatives de Viktor.

Lil serre son sac de livres contre sa poitrine.

— Non, il a raison. C'était nul. Et il faut vraiment que je travaille davantage.

— Tu bosses déjà bien plus que n'importe qui dans la classe, Lil. Tu travailles bien plus que moi. C'est moi qui suis une feignasse.

Elle secoue la tête.

— Tu n'es pas paresseuse, Carrie. Tu n'as peur de rien.

Je ne vois pas bien ce qu'elle veut dire, surtout après notre conversation sur mes doutes.

— Je ne dirais pas ça.

— Mais si, c'est vrai. Cette ville ne te fait pas peur. La nouveauté ne te fait pas peur.

— À toi non plus, lui dis-je avec tendresse.

Nous sortons. Le soleil est brûlant, la chaleur nous fait l'effet d'une gifle. Lil plisse les yeux et chausse une paire de lunettes de soleil bon marché, comme celles qui se vendent à tous les coins de rue.

— Profites-en, Carrie, insiste-t-elle. Et ne t'en fais pas pour moi. Tu vas en parler à Bernard ?

— De quoi ?

— De ta pièce. Tu devrais la lui montrer. Je suis sûre qu'il adorerait.

Je l'observe attentivement, en me demandant si elle est cynique, mais je ne vois pas trace de malice. Et puis, elle n'est pas comme ça. Elle n'a jamais été jalouse de personne.

— Bah, oui. Peut-être.

Bernard. Je *devrais* lui montrer ma pièce. Mais après la nuit dernière, je ne sais même pas s'il voudra encore me parler.

Quoi qu'il en soit, il n'y a rien à y faire. Car maintenant, c'est l'heure d'aller retrouver Samantha pour l'aider à préparer son dîner.

Chapitre dix-sept

— Bon ! On commence par quoi ? demande Samantha en tapant dans ses mains pour feindre un peu d'enthousiasme.

Elle plaisante, là, non ?

— Eh bien d'abord, il faut faire les courses, dis-je comme si je m'adressais à une élève de maternelle.

— Et où est-ce qu'on fait ça ?

Ma bouche s'ouvre toute seule.

— Au supermarché, tu sais ?

Quand Samantha m'a dit qu'elle n'y connaissait rien en cuisine, je n'ai pas imaginé qu'elle voulait dire *absolument rien*, à commencer par le fait que la « cuisine » se fait avec des « ingrédients » achetés au « supermarché ».

— Et où est-il, ce supermarché ?

J'ai envie de crier. Mais je la regarde fixement sans rien dire.

Elle est assise à son bureau, en pull décolleté à épaulettes de footballeur américain, collier de perles et minijupe. Elle est sexy, cool et sereine. Alors que moi, j'ai l'air échevelée et pas à ma place, d'autant plus que je porte, en gros, une combinaison de vieille dame serrée à la taille par un ceinturon de cow-boy. Encore une super trouvaille de la friperie.

— Tu n'envisages pas d'acheter du tout prêt ? dis-je vivement.

Elle émet son rire mélodieux.

— Charlie croit que je sais cuisiner. Je ne voudrais pas le détromper.

— Et pourquoi est-ce qu'il croit une chose pareille, tu veux me le dire ?

— Parce que c'est ce que je lui ai dit, évidemment !

Elle est un peu agacée, je le vois bien. Elle se lève et pose ses mains sur ses hanches.

— Tu n'as jamais entendu l'expression : « Fais semblant jusqu'à ce que ça soit vrai » ? C'est moi qui l'ai inventée.

Je lève les mains en signe de capitulation.

— D'accord. Mais d'abord, il faut que je voie la cuisine de Charlie. Que je sache ce qu'il a comme matériel.

— Aucun problème. Son appartement est spectaculaire. Je t'y emmène tout de suite.

Elle attrape un énorme sac Kelly que je n'ai jamais vu.

— Un nouvel achat ? dis-je, mi-admirative mi-envieuse.

Elle en caresse le cuir lisse avant de le glisser sur son épaule.

— Joli, non ? C'est un cadeau de Charlie.

— J'en connais une qui ne s'embête pas.

— Joue bien les cartes que tu as en main, et tu verras, toi non plus tu ne t'embêteras pas, mon petit rat des champs.

— Et comment ça va se passer, au juste, ta combine grandiose ? Si Charlie s'aperçoit que…

Elle balaie l'argument de la main.

— Il ne s'apercevra de rien du tout. Les seules fois où il met les pieds dans la cuisine, c'est pour me prendre sauvagement sur le comptoir.

Je fronce le nez.

— Et tu veux vraiment que je prépare à manger dessus ?

— Il est propre, Carrie. Les domestiques, tu connais ?

— Pas dans mon univers.

Nous sommes interrompues par l'irruption d'un petit homme blond qui ressemble trait pour trait à une poupée Ken.

— Vous partez ? demande-t-il sèchement à Samantha.

Un éclair de contrariété passe rapidement sur ses traits avant qu'elle ne se ressaisisse.

— Une urgence familiale.

— Et le contrat Smirnoff ?

— La vodka existe depuis deux cents ans, Harry. Je pense qu'elle sera toujours là demain. Alors que ma sœur, ajoute-t-elle en me désignant… peut-être pas.

Comme par un fait exprès, je pique un fard.

Mais Harry ne marche pas. Il m'observe attentivement – apparemment, il aurait besoin de lunettes mais il est trop coquet pour en porter.

— Votre sœur ? Depuis quand avez-vous une sœur ?

Samantha secoue la tête.

— Enfin, Harry…

Il fait un pas de côté pour nous laisser passer, puis nous suit dans le couloir.

— Vous revenez tout à l'heure ?

Samantha s'arrête et se retourne lentement. Elle esquisse un sourire.

— Bon sang, Harry. On dirait mon père.

Et ça marche. Harry passe par une quinzaine de nuances de vert. Il n'est pas beaucoup plus âgé que Samantha, et je suis certaine qu'il ne s'attendait pas à être comparé au paternel de qui que ce soit.

— C'était quoi, ça ? je demande une fois dans la rue.

— Harry ? fait Samantha d'un air indifférent. C'est mon nouveau patron.

— C'est comme ça que tu parles à ton nouveau patron ?

— Il faut bien. Vu comment il me parle, lui.

— C'est-à-dire ?

— Eh bien voyons, répond-elle en s'arrêtant au feu. Le premier jour, il entre dans mon bureau et me dit : « Il paraît que vous êtes hautement compétente dans tous les domaines qui vous intéressent. » On dirait un compliment, hein ? Mais ensuite il ajoute : « Au bureau comme en dehors. »

— Il a le droit de te dire ça ?

Elle hausse les épaules.

— Bien sûr. Tu n'as jamais travaillé dans un bureau, tu n'as pas idée. Le sexe finit toujours par débarquer dans la conversation. Quand ça arrive, je leur retourne la politesse.

— Mais tu ne devrais pas en parler à quelqu'un ?

— Et à qui ? Son boss ? La DRH ? Il dirait soit qu'il plaisantait, soit que c'est moi qui lui ai fait des avances. Et si j'étais virée ? Je ne tiens pas à rester chez moi toute la journée, à pondre des mioches et à faire des gâteaux.

— Je ne connais pas tes talents de mère, mais vu tes talents de cuisinière, ce n'est sans doute pas une bonne idée, en effet.

— Merci, me dit-elle, contente de m'avoir convaincue.

Samantha a peut-être menti à Charlie à propos de son savoir culinaire, mais elle n'a pas menti au sujet de l'appartement. Son immeuble se trouve sur Park Avenue, au niveau de Midtown, et son appart est en or massif. Pas du vrai or, bien sûr, mais un métal brillant. Et si je trouvais les portiers de chez Bernard bluffants, ceux de chez Charlie les battent à plate couture. Non seulement ils portent des gants blancs, mais en plus ils ont une casquette à galon doré. Même leur uniforme a des tresses dorées qui pendent des épaules. Tout ça est assez kitsch. Mais impressionnant.

— Tu habites vraiment là ? dis-je tout bas pendant que nous traversons le hall.

Vu que tout est en marbre, ça résonne.

— Bien sûr, me répond-elle en saluant un portier qui retient l'ascenseur. C'est tout moi, tu ne trouves pas ? Glamour mais classieux.

— Je suppose qu'on peut voir ça comme ça.

J'admire les parois en miroir fumé de l'intérieur de l'ascenseur.

Sans surprise, l'appartement de Charlie est immense. Il est au quarante-cinquième étage, avec de grandes baies vitrées, un living-room en contrebas, encore un mur de miroirs fumés et une grande vitrine en Plexiglas pleine de trophées de base-ball. Je suis sûre qu'il y a des tas de chambres et de salles de bains, mais je ne les vois pas car Samantha m'entraîne immédiatement dans la cuisine. Elle est gigantesque aussi, avec des plans de travail en marbre et des appareils rutilants. Pour être neuf, c'est neuf. Trop neuf.

J'ouvre les placards pour chercher des poêles et des casseroles.

— Est-ce que quelqu'un a déjà cuisiné ici ?

Samantha me donne une tape sur l'épaule.

— Je ne crois pas. Tu vas te débrouiller. Je te fais confiance. Maintenant, regarde un peu ce que je vais porter.

— Super, dis-je dans ma barbe.

La cuisine est quasiment vide. Je trouve un rouleau de papier alu, quelques moules à muffins, trois saladiers et une grande poêle.

— Tadaa ! fait Samantha. Alors, ton avis ?

Elle est campée dans l'encadrement de la porte, en tenue de soubrette.

— Si tu as l'intention d'aller tapiner sur la 42e Rue, c'est exactement ce qu'il te faut.

— Charlie adore que je m'habille comme ça.

Je lui réponds les dents serrées.

— Écoute, chérie. C'est un dîner. Tu ne peux pas porter ça.

— Mais je sais ! éclate-t-elle. Bon Dieu, Carrie, tu n'as aucun sens de la plaisanterie ?

— Pas quand je dois préparer tout un dîner avec trois saladiers et un rouleau d'alu. Et il y aura qui, à cette sauterie, d'abord ?

Elle compte sur ses doigts.

— Moi, Charlie, un couple assommant avec qui il travaille, un autre couple assommant, et la sœur de Charlie, Erica. Et aussi mon copain Cholly, pour mettre un peu d'ambiance.

— Cholly ?

— Cholly Hammond. Tu l'as vu à la fête où tu as rencontré Bernard.

— La veste à rayures.

— Il dirige une revue littéraire. Il te plaira.

Je lui agite le rouleau de papier alu sous le nez.

— Sauf que je ne vais pas le voir, tu te rappelles ? Je serai ici, enchaînée aux fourneaux.

— Si ça te met dans cet état de faire la bouffe, tu ferais mieux de t'abstenir.

— Merci, chérie. Mais il me semble que c'était ton idée, tu te rappelles ?

— Oh, je sais, dit-elle légèrement. Allez. Il faut que tu m'aides à choisir comment m'habiller. Les amis de Charlie sont très conservateurs.

Je la suis dans un couloir moquetté et nous entrons dans une vaste suite avec dressing et deux salles de bains, une pour elle et une pour lui. Je m'ébahis devant tant de splendeur. Imaginez, une telle surface en plein Manhattan ! Pas étonnant que Samantha soit si pressée de se faire passer la bague au doigt.

Quand nous entrons dans le dressing, je manque de m'évanouir. À lui seul, il est presque aussi grand que l'appartement de Samantha. Sur un côté s'alignent tous les vêtements de Charlie, classés par genre et par couleur. Ses jeans sont repassés et pliés sur des cintres. Des piles de pulls en cachemire de toutes les teintes imaginables couvrent les étagères.

L'autre côté est dédié à Samantha : on le voit à ses tailleurs de travail, à ses escarpins vertigineux et aux robes moulantes qu'elle adore porter, mais aussi au fait qu'il est relativement dégarni.

— Dis donc, frangine, on dirait que tu as du boulot pour le rattraper, dis-je.

Elle éclate de rire.

— J'y travaille, ne t'en fais pas !

Je montre un tailleur en bouclette à ganses blanches.

— Qu'est-ce que c'est que ça ? Un Chanel ? (Je regarde l'étiquette, toujours accrochée à la manche, et m'étrangle.) Mille deux cents dollars ?

Elle me prend le cintre des mains.

— Merci.

— Tu as les moyens de te payer ça ?

— Non, je n'en ai pas les moyens. Mais si on veut le rôle, il faut s'habiller pour. (Elle se rembrunit.) J'aurais cru que toi, au moins, tu pourrais comprendre. Tu n'es pas une folle de mode ?

— Pas à des prix pareils. Cette ravissante tenue que je porte m'a coûté deux dollars.

— Et ça se voit, réplique-t-elle en retirant la tenue de soubrette et en la laissant tomber par terre.

Elle enfile le tailleur Chanel et se contemple dans le miroir en pied.

— Qu'est-ce que tu en penses ?

— Ce n'est pas ce que portent toutes ces bonnes femmes ? Les bourges, là ? Je sais que c'est du Chanel, mais ça ne te ressemble pas.

— C'est donc parfait pour une jeune femme ambitieuse et distinguée de l'Upper East Side.

— Mais ce n'est pas toi !

Je repense aux soirées débridées que nous avons passées ensemble.

Elle porte ses doigts à ses lèvres.

— C'est ce que je suis maintenant. Et je le serai aussi longtemps qu'il le faudra.

— Et ensuite ?

— Je serai assez riche pour être indépendante. J'irai peut-être vivre à Paris.

— Tu prévois déjà de divorcer de Charlie avant même de l'avoir épousé ? Et si tu as des gosses ?

— Qu'est-ce que tu crois, rat des champs ?

Du pied, elle repousse l'uniforme de soubrette dans le dressing ; puis elle se retourne vers moi.

— Il me semble que tu as de la cuisine à faire.

Quatre heures plus tard, et bien que le four et les deux brûleurs soient allumés, je grelotte de froid. Charlie règle la clim sur une température de camion frigorifique. Il doit faire trente-cinq degrés dehors, mais je ne cracherais pas sur un de ses pulls en cachemire, là.

— Carrie ? me demande Samantha en entrant dans la cuisine. Comment ça se passe ?

— Le plat de résistance est presque prêt.

— Ouf ! s'exclame-t-elle en prenant une gorgée de vin rouge dans un grand verre à pied. Je deviens folle, là-bas.

— Et moi, à ton avis ?

— Au moins, tu n'es pas obligée de discuter traitement de fenêtres.

— Et comment est-ce qu'on traite une fenêtre ? On lui envoie le docteur ?

— Le décorateur, soupire-t-elle. Vingt mille dollars. Pour des rideaux. Je crois que je ne vais pas y arriver.

— Tu as intérêt à y arriver. Je me caille ici pour que tu fasses bonne impression. Je ne comprends toujours pas pourquoi tu n'as pas engagé un traiteur.

— Parce que Superwoman n'engage pas de traiteurs. Elle fait tout elle-même.

— Tiens, lui dis-je en lui tendant deux assiettes dressées. Et n'oublie pas ta cape, Superwoman.

— Qu'est-ce qu'on mange, au fait ?

Elle pose un regard découragé sur les assiettes.

— Côtelettes d'agneau sauce forestière. Le truc vert, là, c'est des asperges. Et ces choses marron, des pommes de terre, dis-je, sardonique. Charlie n'a toujours pas deviné que je suis ici ?

Elle sourit.

— Il ne s'en doute pas une seconde.

— Tant mieux. Alors dis-lui que c'est français.

— Merci, rat des champs.

Et elle disparaît. Par la porte ouverte, je l'entends clamer en français : « *Voilà !* »

Malheureusement, je ne vois pas les invités parce qu'ils dînent derrière un coin de mur. Mais j'ai aperçu la table tout à l'heure. Elle aussi est en Plexiglas. Il faut croire que Charlie nourrit une vraie passion pour le plastique.

Je me mets au travail sur les mini-soufflés au chocolat. Je suis sur le point de les enfourner lorsqu'une voix s'exclame tout près de moi :

— Aha ! Je savais que c'était trop beau pour être vrai !

Je saute au plafond et manque de renverser mes moules à muffins.

— Cholly ? dis-je entre mes dents.

— Carrie Bradshaw, je présume, lance-t-il en entrant dans la cuisine sans se gêner et en ouvrant le congélateur. Je me demandais ce que vous deveniez. Maintenant, je sais.

— En fait, non, vous ne savez rien du tout, je réponds en fermant la porte du four.

— Pourquoi Samantha vous cache-t-elle ici ?

J'ouvre la bouche pour le lui expliquer, puis je me ravise. Cholly m'a l'air du genre à adorer les ragots : il courrait sans doute raconter que c'est moi l'auteur du dîner. Je suis un peu le Cyrano de Samantha, sauf que ce n'est même pas pour récupérer le mec à la fin.

— Écoutez, Cholly…

— Je pige, me dit-il avec un clin d'œil. Je connais Samantha depuis des années. Je doute qu'elle sache faire cuire un œuf.

— Vous n'allez rien dire ?

— Pour tout gâcher ? Non, mon enfant, m'assure-t-il, gentiment. Votre secret est bien gardé.

Il sort et, deux minutes plus tard, Samantha déboule, en pleine panique.

— Qu'est-ce qui s'est passé ? Cholly t'a vue ? Quel fouineur, celui-là ! Je savais que je n'aurais pas dû l'inviter. Alors que tout se passait à merveille. Je voyais pratiquement les autres femmes fumer par les oreilles, tellement elles étaient jalouses.

Elle grince des dents de désespoir et se cache le visage entre les mains. C'est la première fois que je la vois réellement désemparée, et je me demande si sa fabuleuse histoire avec Charlie est aussi fabuleuse qu'elle le dit.

Je lui touche l'épaule.

— Hé, tout va bien ! Cholly m'a promis de tenir sa langue.

— C'est vrai ?

— Oui. Et je crois qu'il tiendra parole. Il m'a l'air d'être un vieux monsieur très gentil.

— C'est vrai, souffle-t-elle, soulagée. Et ces bonnes femmes, là ! De vraies vipères. Pendant les cocktails, l'une d'elles n'a pas arrêté de me demander pour quand étaient les enfants. Je lui ai dit que je n'en savais rien, et alors elle a pris des airs supérieurs pour me conseiller de m'y mettre tout de suite, avant que Charlie ne change d'avis sur notre mariage. Et ensuite, elle m'a demandé quand je comptais plaquer mon boulot !

Je suis indignée.

— Qu'est-ce que tu as répondu ?

— J'ai dit : « Jamais. Parce que je ne considère pas mon métier comme un travail. Je le considère comme une carrière. Et on ne plaque pas une carrière. » Ça lui a cloué le bec une minute. Ensuite, elle m'a demandé où j'avais fait mes études.

— Et ?

Samantha se raidit.

— J'ai menti. J'ai dit que j'avais fait la fac de Boston.

— Oh, ma chérie.

— Qu'est-ce que ça change ? Je ne vais pas risquer de perdre Charlie, simplement parce qu'une bourgeoise coincée n'approuve pas mes études. Après tout le chemin que j'ai fait ! Pas question de retourner en arrière.

— Bien sûr que non. Écoute, je devrais peut-être y aller. Avant que quelqu'un d'autre ne déboule ici.

— Bonne idée.

— Les soufflés sont dans le four. Tu n'as plus qu'à les sortir dans vingt minutes, les retourner sur une assiette et déposer une cuillerée de glace dessus.

Elle me regarde avec reconnaissance et me serre chaleureusement dans ses bras.

— Merci, rat des champs. Je ne m'en serais jamais sortie sans toi.

Puis elle recule d'un pas et lisse ses cheveux.

— Et, hum… ajoute-t-elle prudemment. Ça t'ennuierait de sortir par la porte de service ?

Chapitre dix-huit

Mais où sont-ils tous passés ?

Exaspérée, je raccroche violemment pour la millionième fois.

En rentrant hier soir, je me suis posé beaucoup de questions sur Samantha et Charlie. Est-ce vraiment le secret d'une histoire d'amour heureuse ? Se transformer pour complaire aux désirs de l'homme ?

D'un autre côté, cela semblait fonctionner. Pour Samantha, en tout cas. Et par comparaison, mon histoire avec Bernard souffrait de grosses lacunes. Pas seulement en sexe ; je ne savais même pas si je le reverrais. Je suppose que le plus grand avantage de vivre avec un homme, c'est qu'on est sûre de le revoir. C'est vrai, il faut bien qu'il rentre à la maison à un moment ou à un autre, non ?

À mon grand regret, on ne peut pas en dire autant de Bernard. Et tout est la faute de Maggie. Si elle ne s'était pas montrée si grossière, si elle n'avait pas insisté pour suivre Ryan à la trace et le séduire… Et le pire, c'est qu'elle est encore avec lui, à poursuivre joyeusement sa petite aventure, tandis que moi je n'ai plus rien. Je me suis faite femme de chambre pour consolider les histoires des autres.

Parlez, et j'obéirai… Résultat des courses, je me retrouve toute seule.

Heureusement qu'il y a Miranda. Elle, au moins, sera toujours là pour moi. Car Miranda n'aura jamais de mec. Alors, où peut-elle bien être ?

Je reprends le téléphone et tente une fois de plus de la joindre, en vain. C'est bizarre, vu qu'il pleut : elle ne peut donc pas être en train de manifester devant chez *Saks*. J'essaie aussi de joindre Bernard. Pas de réponse non plus. Au bord de la crise de nerfs, j'appelle Ryan. Purée. Même lui ne répond pas. Rien d'étonnant : Maggie et lui doivent se terrer pour disputer le vingtième round.

J'abandonne. Je regarde la pluie tomber. *Plic plic plic.* La déprime totale.

Enfin, l'interphone résonne. Deux sonneries brèves suivies d'une longue, très longue, comme si quelqu'un s'était endormi sur le bouton. *Maggie.* Quelle délicieuse amie. Elle est venue à New York pour me voir, mais elle a passé tout son temps avec cet abruti de Ryan. Je sors dans le couloir et me penche par-dessus la rampe de l'escalier, prête à lui dire ma façon de penser.

Mais c'est la tête de Miranda que je vois. La pluie a aplati ses cheveux rouge vif, qui font casque.

— Hé, salut toi !

— Il pleut comme vache qui pisse. Je me suis dit que j'allais m'arrêter ici le temps que ça se calme.

— Entre !

Je lui tends une serviette et elle se sèche les cheveux. Ses mèches humides tiennent maintenant debout sur sa tête comme une crête de coq. Contrairement à moi, elle est d'une humeur radieuse. Elle entre dans la cuisine, ouvre le frigo et jette un œil à l'intérieur.

— Y a quelque chose à manger là-dedans ?

— Du fromage.

— Miam ! Je crève de faim. (Elle s'empare d'un petit couteau pour attaquer la brique de cheddar.) Dis donc. Tu as remarqué que je ne t'ai pas donné de nouvelles depuis deux jours ?

Pour tout dire, non. Entre Maggie, Samantha et Bernard, je n'ai pas eu le temps de penser à elle.

— Ben oui ! Où étais-tu passée ?

— Devine.

Elle me fait un grand sourire.

— Tu es allée à un meeting ? À Washington ?

— Essaie encore.

— Je donne ma langue au chat.

Je me traîne jusqu'au futon et me vautre dessus en regardant par la fenêtre. J'allume une cigarette. Je ne suis pas d'humeur à jouer aux devinettes.

Elle pose une fesse sur le dossier du futon en grignotant du fromage.

— J'ai passé tout ce temps à m'envoyer en l'air.

— Hein ?

J'écrase ma cigarette.

— Je m'envoyais en l'air, répète-t-elle.

Elle se laisse glisser sur le coussin.

— J'ai rencontré un mec et on a forniqué comme des bêtes pendant deux jours. Et tu sais le pire ? Impossible d'aller aux toilettes. Franchement, je n'ai pas pu y aller jusqu'à ce qu'il s'en aille enfin ce matin.

— Minute. *Toi*, tu as rencontré un mec ?

— Oui, Carrie. *Moi*. Crois-moi si tu veux, il existe des hommes qui me trouvent attirante.

— Je n'ai jamais pensé le contraire. Mais toi qui dis toujours que…

Elle hoche la tête.

— Je sais. Le sexe, c'est nul. Mais cette fois, non.

Je la regarde avec des yeux ronds, légèrement jalouse, bouche bée.

— Il est étudiant en droit à la NYU, dit-elle en se pelotonnant dans le canapé. Je l'ai rencontré devant chez *Saks*. Au début, je ne voulais pas lui parler parce qu'il portait un nœud papillon…

— *Quoi ?*

— Jaune, en plus. À pois noirs. Il passait et repassait devant moi, et je faisais tout pour ne pas le remarquer, mais il a signé la pétition, alors je me suis dit que j'allais être polie. En fait, il étudie toutes sortes de cas juridiques qui concernent la liberté d'expression et la pornographie. Il dit que l'industrie du porno a été la première à utiliser la presse d'imprimerie. Tu savais ça ? Ce n'était pas parce que tout le monde voulait lire de la grande littérature. C'est parce que des hommes voulaient reluquer des images cochonnes !

— Eh bé, je bredouille pour essayer de me mettre dans l'ambiance.

— On a parlé, parlé, et ensuite il m'a proposé de poursuivre la conversation autour d'un dîner. Je n'étais pas vraiment attirée, mais il avait l'air intéressant et je me suis dit qu'on pourrait peut-être devenir amis. Alors j'ai dit oui.

Je me force à sourire.

— C'est fantastique. Vous êtes allés où ?

— Au *Japonica*. Un japonais, du côté de l'université. Ce n'était pas donné, soit dit en passant. J'ai voulu partager l'addition, mais il a refusé.

— Tu as laissé un homme payer ta part ?

Je ne reconnais plus ma Miranda.

Elle a un sourire un peu gêné.

— C'est contraire à toutes mes convictions. Mais je me suis dit que pour une fois, je pouvais peut-être laisser courir. Je n'arrêtais pas de penser à notre dîner avec toi et ton amie Lil. Au fait que sa mère est lesbienne. Je me demandais si je l'étais, moi aussi, mais si je le suis, comment se fait-il que je ne sois pas attirée par les femmes ?

— Tu n'as peut-être pas encore rencontré la bonne !

— Carrie ! s'écrie-t-elle, mais elle est de trop joyeuse humeur pour se formaliser. J'ai toujours été attirée par les hommes. J'aimerais juste qu'ils soient plus comme les femmes. Mais avec Marty…

— C'est comme ça qu'il s'appelle ? Marty ?

— J'y peux rien ! On ne choisit pas son prénom, pas vrai ? J'étais quand même un peu inquiète, remarque. Parce que je n'étais même pas sûre d'être capable de l'embrasser. (Elle baisse la voix.) Ce n'est pas un apollon. Mais je me suis dit que le physique ne faisait pas tout. Et il est vraiment intelligent. Ce qui peut être excitant. J'ai toujours dit que je préférerais être avec un type moche et intelligent que beau et crétin. Parce que de quoi veux-tu parler avec un crétin ?

— De la pluie et du beau temps ?

Je me demande si Bernard pense la même chose. Peut-être que je ne suis pas assez intelligente pour lui, et que c'est pour ça qu'il ne m'a pas rappelée.

— Alors donc, continue Miranda, on était dans le Mews – cette adorable petite rue pavée – et soudain il me colle contre le mur et me saute dessus !

Je pousse un cri strident pendant que Miranda dodeline de la tête.

— Moi-même, je n'en revenais pas, glousse-t-elle. Et ce qui est fou, c'est que c'était totalement excitant. On s'embrassait toutes les cinq secondes dans la rue, et quand on est arrivés chez moi, on a arraché nos vêtements et on l'a fait !

— Incroyable, dis-je en allumant encore une cigarette. Hal-lu-ci-nant.

— On a recommencé trois fois cette nuit-là. Et le lendemain matin, il m'a emmenée prendre le petit déjeuner dehors. J'avais peur que ce soit juste un coup d'un soir, mais il m'a rappelée dans l'après-midi et je suis allée chez lui, on a recommencé, on a dormi ensemble et on ne s'est quasiment pas quittés depuis.

— Attends une minute, dis-je en agitant ma cigarette. Pas quittés ?

Et pan dans les dents. Miranda va avoir une grande histoire avec ce type, et je ne la reverrai plus jamais.

— Je le connais à peine, dit-elle en riant comme une gamine, mais quoi ? Si c'est bien, c'est bien, tu ne crois pas ?

— Si, si, dois-je admettre à regret.

— Tu te rends compte ? Moi ? Copulant sans interruption ? Surtout après tout ce que je t'ai dit. Et maintenant que j'apprécie enfin le sexe, je pense que je vais voir toute ma vie d'un autre œil. Finalement, tous les hommes ne sont pas nécessairement horribles.

— C'est génial, dis-je faiblement.

Je me sens très malheureuse. Et là, ça ne rate pas. Mes yeux s'emplissent de larmes. Je les essuie rapidement, mais Miranda me surprend.

— Qu'est-ce que tu as ?

— Rien.

L'inquiétude lui chiffonne les traits.

— Pourquoi tu pleures ? Tu ne m'en veux pas d'avoir un mec, hein ?

Je secoue la tête.

— Carrie. Je ne peux pas t'aider si tu ne me racontes pas ce qui se passe, me dit-elle doucement.

Alors je lui déballe tout, en pleurnichant : le dîner catastrophe avec Bernard, et Maggie me traînant à une fête et finissant avec Ryan, plus le fait que Bernard ne m'a pas rappelée et que tout est probablement terminé entre nous.

— Comment je me suis débrouillée ? J'aurais dû coucher avec lui quand il était encore temps. Maintenant, ça n'arrivera plus jamais. Je vais rester vierge toute ma vie. Même Lil n'est plus vierge ! Et ma copine Maggie a trois amants. En même temps ! Mais qu'est-ce que j'ai, moi ?

Miranda m'entoure de ses bras.

— Mon pauvre bébé, dit-elle d'une voix apaisante. Tu passes une journée pourrie.

— Une journée pourrie ? Une semaine pourrie, oui !

Je renifle. Mais sa gentillesse me fait chaud au cœur. D'habitude, Miranda est si froide ! Je ne peux pas m'empêcher de me demander si deux jours de copulation intensive n'auraient pas éveillé son instinct maternel.

— On n'est pas tous bâtis sur le même modèle, affirme-t-elle. Chacun se développe à son rythme.

— Mais je ne veux pas être la dernière !

— Beaucoup de gens célèbres se sont épanouis sur le tard. Mon père dit que c'est un avantage. Parce que quand les bonnes choses commencent à vous arriver, on est prêt à les recevoir.

— Genre, tu étais enfin prête pour Marty ?

— Sans doute. Ça m'a plu, Carrie. Oh mon Dieu, qu'est-ce que ça m'a plu ! (Elle se couvre la bouche, horrifiée.) Tu crois que si j'aime le sexe je ne peux plus être féministe ?

— Mais non. Parce qu'être féministe… je crois que ça veut dire prendre ta sexualité en main. C'est toi qui décides avec qui tu veux coucher. Et pas question de troquer ta sexualité contre… autre chose.

— Comme épouser un type répugnant que tu n'aimes pas, juste pour avoir une belle maison avec une clôture en bois.

— Ou épouser un vieux plein de fric. Ou un mec qui veut que tu lui fasses à manger tous les soirs et que tu t'occupes des gosses, dis-je en pensant à Samantha.

— Ou un type qui te force à coucher avec lui quand ça lui chante, même si tu n'en as pas envie, conclut Miranda.

Nous nous regardons, triomphantes, comme si nous avions enfin résolu une des grandes énigmes de l'univers.

Chapitre dix-neuf

Vers sept heures, alors que Miranda et moi avons quelque peu tapé dans la bouteille de vodka et déchaîné nos corps sur les trente-trois-tours de Blondie, des Ramones, de Police et d'Elvis Costello, Maggie arrive.

— Magou !

Je me jette à son cou, bien décidée à pardonner et à oublier.

Elle regarde Miranda, qui a pris une bougie et chante dedans comme si c'était un micro.

— C'est qui, elle ?

— Miranda ! je crie. Je te présente mon amie Maggie. Ma meilleure copine du lycée.

Miranda agite la bougie dans sa direction.

— Salut !

Maggie repère la vodka, fonce dessus et se verse la moitié de la bouteille dans le gosier. Puis elle voit ma tête.

— T'inquiète. J'en rachèterai. Je suis majeure, tu te rappelles ?

— Et alors ?

Je ne vois pas le rapport. Elle lance un regard mauvais à Miranda et se laisse tomber sur le futon.

— Ryan m'a plantée, grogne-t-elle.

— Hein ? Mais tu n'es pas avec lui depuis vingt-quatre heures ?

— Si. Mais à la minute où je l'ai perdu de vue, il a disparu.

C'est plus fort que moi, j'éclate de rire.

— C'est pas drôle ! On était au café, à prendre un petit déj' à six heures ce matin. Je suis allée aux toilettes, et quand j'en sors, plus de Ryan.

— Il est parti en courant ?

— Ça y ressemble, non ?

— Oh, Mag.

J'essaie de compatir, vraiment. Mais je n'y arrive pas tout à fait. Cette histoire est trop ridicule. Et pas extraordinairement surprenante.

— Tu peux éteindre ce truc ? crie Maggie à Miranda. Ça me casse les oreilles.

— Pardon, dis-je à elles deux en me dépêchant d'aller baisser le son.

— C'est quoi, son problème ? demande Miranda.

Elle a l'air de bouder, mais je sais que c'est involontaire. Elle est juste un peu bourrée.

— Ryan a fui le café en courant pendant qu'elle était aux toilettes.

— Ah, sourit Miranda.

Je m'approche prudemment de Maggie.

— Mag ? S'il y a une chose que Miranda adore, c'est les problèmes de garçons. Principalement parce qu'elle hait les hommes.

J'espère que cette présentation les incitera à s'apprécier, toutes les deux. Après tout, les problèmes de garçons, tout comme les fringues et les parties du corps, sont une grande source de complicité entre les femmes.

Mais Maggie ne mord pas à l'hameçon.

— Pourquoi tu ne m'as pas dit que c'était un salopard ? me demande-t-elle, furieuse.

Alors là, c'est injuste.

— Il me semble que je te l'ai dit. Tu savais qu'il était fiancé.

— Tu sors avec un mec qui est fiancé ? s'étonne Miranda, tout de suite critique.

— Il n'est pas vraiment fiancé. Il *dit* qu'il l'est. Elle l'a forcé, pour pouvoir le mener par le bout du nez. (Maggie reprend une lampée de vodka.) En tout cas, c'est ce que je pense.

— C'est aussi bien qu'il soit parti. Au moins, maintenant, tu sais à quoi t'en tenir.

— Bien dit, approuve Miranda.

— Tu sais quoi ? Miranda a un nouvel amoureux tout neuf, dis-je à Maggie.

— Veinarde, ronchonne-t-elle d'un ton boudeur.

— Et Maggie a deux mecs, dis-je à Miranda comme si c'était une prouesse admirable.

— Ça, c'est une chose que je n'ai jamais pigée. Comment on gère, dans ces cas-là ? Il y a toujours des gens pour affirmer qu'il vaut mieux en avoir deux ou trois sous le coude, mais je n'ai jamais compris l'intérêt.

— C'est marrant, réplique Maggie.

— Mais ça marche dans les deux sens, pas vrai ? objecte Miranda. Nous, on déteste les types qui sortent avec plus d'une femme à la fois. J'ai toujours pensé que ce qui était inacceptable pour l'un des sexes devait, par définition, l'être pour l'autre.

— Pardon ? se rebiffe Maggie. Vas-y, traite-moi de roulure, pendant que tu y es.

Une intervention s'impose.

— Bien sûr que non ! Miranda parle simplement de féminisme.

— Alors le fait qu'une femme couche avec qui elle veut ne devrait pas te poser de problème, lui assène Maggie. Pour moi, c'est ça, le féminisme.

— Mais bien sûr, ma chérie, tu peux faire tout ce que tu veux. Personne ne te juge.

— Tout ce que je dis, insiste Miranda, c'est que les hommes et les femmes sont pareils. Ils devraient donc avoir la même ligne de conduite.

— Pas du tout d'accord, s'obstine Maggie. Les hommes et les femmes sont complètement différents.

— Moi, dis-je, je n'aime pas trop entendre que les hommes et les femmes sont différents. Ça sonne comme une excuse. Comme quand on dit : « Ah, les hommes seront toujours les hommes. » Ça me met en rogne.

— Ça me donne envie de coller une beigne à quelqu'un, oui ! renchérit Miranda.

Maggie se lève.

— En tout cas, déclare-t-elle, vous vous êtes trouvées, toutes les deux.

Et sous nos regards ébahis, elle court à la salle de bains et claque la porte derrière elle.

— J'ai fait une gaffe ? demande Miranda.

— Ce n'est pas toi. C'est moi. Elle m'en veut. Un truc entre nous. Même si c'est moi qui devrais lui en vouloir.

Je cogne à la porte.

— Mag ? Ça va ? On parlait, c'est tout. On n'a rien dit de mal sur toi.

— Je prends une douche, crie-t-elle.

Miranda ramasse son sac.

— Je vais y aller.

— D'accord, dis-je d'un ton léger.

Mais je redoute de me retrouver seule avec Maggie. Si elle vous en veut, ça peut durer des jours et des jours.

— D'ailleurs, Marty doit venir chez moi. Quand il aura fini de bosser.

Et elle se dépêche de descendre en me faisant au revoir de la main.

Quelle veinarde.

La douche coule à fond. Je range un peu mon bureau en espérant que le pire est derrière moi.

Maggie finit par réapparaître, une serviette enroulée autour des cheveux. Elle commence à rassembler ses affaires et à jeter ses fringues dans son sac à dos.

— Tu ne pars quand même pas ?

— Je crois que c'est encore le mieux, grogne-t-elle.

— Allez, chérie. Je suis désolée. C'est juste que Miranda est très catégorique dans ses convictions. Elle n'a rien contre toi. Elle ne te connaît même pas.

— Pareil pour moi.

— Puisque tu ne vois pas Ryan, on pourrait peut-être aller au ciné ?

— Il n'y a rien que j'aie envie de voir. Où est le téléphone ?

Il est sous la chaise. Je le lui tends à contrecœur.

— Mag, dis-je en m'efforçant de ne pas être agressive. Si ça ne te fait rien, tu pourrais éviter d'appeler la Caroline du Sud ? C'est moi qui paie les appels longue distance, et je suis un peu fauchée.

— Alors il n'y a plus que ça qui t'intéresse ? L'argent ?

— Non…

— Il se trouve que c'est la compagnie des cars que j'appelle.

— Rien ne t'oblige à partir.

Je veux absolument faire la paix. Je ne veux pas que son séjour chez moi se termine sur une dispute.

Maggie continue sans m'écouter et consulte sa montre en hochant la tête.

— Merci. (Elle raccroche.) Il y a un départ pour Philadelphie dans trois quarts d'heure. Tu crois que je peux y être à temps ?

— Oui. Mais, Maggie…

Ma voix se brise. Je ne sais plus quoi ajouter.

— Tu as changé, Carrie, dit-elle en zippant énergiquement son sac.

— Je ne sais toujours pas pourquoi tu es tellement en colère. Quoi que j'aie fait, pardonne-moi.

— Tu es devenue quelqu'un d'autre. Je ne sais plus qui tu es.

Elle secoue la tête et garde le silence.

Je soupire. Je pense que cette engueulade mijotait depuis le moment où Maggie a mis les pieds dans l'appartement et déclaré que c'était un taudis.

— La seule chose qui ait changé en moi, c'est que je suis à New York.

— Je sais. Tu n'as pas arrêté de me le rappeler depuis deux jours.

— Eh bien oui, j'habite ici…

Elle ramasse son sac.

— Tu veux savoir ? Tout le monde est dingue, dans cette ville. Ta copine Samantha est cinglée. Bernard fait froid dans le dos et ton amie Miranda est folle. Et Ryan est un connard !

Pendant qu'elle reprend son souffle, je me prépare pour la suite.

— Et tu es devenue comme eux. Toi aussi, tu es dingue.

Je suis sonnée.

— Merci beaucoup.

— De rien. (Elle se dirige vers la porte.) Et ne te fatigue pas à m'accompagner à la gare routière. Je peux très bien y aller seule.

Je hausse les épaules.

— Comme tu veux.

Elle sort en claquant la porte. Pendant un instant, je suis trop secouée pour bouger. Comment ose-t-elle s'en prendre à moi ? Et pourquoi est-ce que tout tourne toujours autour d'elle ? Pendant tout le temps qu'elle a passé ici, elle a à peine eu la décence de me demander comment j'allais. Elle aurait pu essayer de comprendre ma situation au lieu de tout critiquer.

Je respire à fond. Puis je rouvre la porte et lui cours après.

— Maggie !

Elle est déjà sur le trottoir, un bras levé pour héler un taxi. Je me dépêche de la rattraper pendant qu'une voiture se gare et qu'elle ouvre la porte.

— Maggie !

Elle pivote, la main sur la poignée.

— Quoi ?

— Allez, viens. Ne pars pas comme ça. *Je suis désolée.*

Ses traits sont froids comme le marbre.

— Tant mieux.

Elle monte en voiture et ferme la portière.

Je m'affaisse un peu en regardant le taxi se perdre dans la circulation. Puis je renverse la tête en arrière pour laisser la pluie apaiser mes sentiments blessés. « Pourquoi ? » dis-je à voix haute.

Je remonte en tapant des pieds. Crétin de Ryan. C'est vrai que c'est un connard. S'il n'avait pas planté Maggie, on ne se serait pas disputées comme ça. On serait encore amies. Bien sûr, je lui en voudrais un peu d'avoir couché avec lui, mais j'aurais fait comme si de rien n'était. Au nom de notre amitié.

Pourquoi ne peut-elle pas faire le même effort pour moi ?

Je m'énerve toute seule dans l'appartement pendant un moment, bouleversée par le séjour désastreux de Maggie. J'hésite, puis décroche le téléphone et appelle Walt.

Pendant que ça sonne, je me rends compte que je l'ai négligé tout l'été. Il doit m'en vouloir à mort, lui aussi. Je frémis en réalisant à quel point je suis une mauvaise amie, parfois. Je ne suis même pas sûre que Walt vive toujours chez ses parents. Quand sa mère décroche, je me présente de la voix la plus douce possible.

— Est-ce que Walt est là ?

— Bonjour, Carrie, me répond-elle. Tu es toujours à New York ?

— Oui, madame.

— Je suis sûre que Walt sera ravi d'avoir de tes nouvelles, ajoute-t-elle comme pour retourner le couteau dans la plaie. Walt ! C'est Carrie.

J'entends Walt entrer dans la cuisine. Je visualise la table en Formica rouge entourée de chaises ; la gamelle du chien pleine d'eau ; le minifour dans lequel la mère de Walt range le sucre pour que les fourmis ne le trouvent pas. Et, sans aucun doute, la perplexité sur les traits de Walt. Qui doit se demander pourquoi je me décide à l'appeler alors que je l'ai oublié pendant des semaines.

— Allô ?

— Walt !

— C'est bien *la* Carrie Bradshaw ?

— Eh eh !

— Une revenante ! Quelle surprise !

— Oh, Walt.

Je ris nerveusement, mais je sais que j'ai bien gagné de me faire charrier un peu.

Walt semble prêt à me pardonner, car il s'empresse de me questionner.

— Alors, *qué pasa* ? C'est comment, *Nueva* York ?

— *Bueno. Muy bueno.* Et toi, ça va ? (Je baisse la voix.) Tu es toujours avec Randy ?

— *Yes !* s'exclame-t-il. Ma mère a décidé de fermer les yeux. Grâce à la passion de Randy pour le football américain.

— C'est super. Vous vivez vraiment une belle histoire.

— Eh oui, on dirait bien. Je suis le premier étonné.

— Tu as de la chance, Walt.

— Et toi ? Quelqu'un en *particulier* ? me demande-t-il en mettant un accent un peu narquois sur « particulier ».

— Je ne sais pas. Il y a un type que je vois. Mais il est plus âgé que moi. Maggie l'a rencontré. (J'en viens à la raison sous-jacente de mon appel.) Elle l'a détesté.

Walt éclate de rire.

— Pas étonnant. Maggie déteste tout le monde en ce moment.

— Pourquoi ?

— Parce qu'elle ne sait pas quoi faire de sa vie. Et qu'elle déteste ceux qui le savent.

Une demi-heure plus tard, j'ai raconté à Walt toute l'histoire du séjour de Maggie, ce qui l'amuse énormément. Je me sens mieux.

— Et si tu venais me voir, toi ? Avec Randy ? Vous pourriez prendre le lit.

— Un lit, c'est trop bien pour Randy, plaisante Walt. Il peut dormir par terre. D'ailleurs, il peut dormir n'importe où. Tu l'emmènes dans un magasin, il est capable de s'endormir debout sur place.

Je souris.

— Non, mais sérieusement.

— Tu rentres quand ? me demande-t-il.

— Aucune idée.

— Tu es au courant pour ton père, bien sûr, dit-il très doucement.

— Non.

— Oups.

— Quoi ? Qu'est-ce qui se passe ?

— Personne ne t'a rien dit ? Ton père a une copine.

Incrédule, je me cramponne au téléphone. Mais c'est logique. Cela explique son comportement bizarre de ces derniers temps.

— Pardon, je croyais que tu savais, continue Walt. Je le sais parce que ma mère me l'a dit. C'est la future nouvelle bibliothécaire du lycée. Elle a dans les vingt-cinq ans.

— Mon père sort avec une fille de vingt-cinq ans ?

— Je pense que c'est mieux que tu le saches.

— T'as raison, dis-je, furieuse. Finalement, je vais peut-être bien revenir ce week-end.

— Super ! Un peu d'animation, ça ne ferait pas de mal par ici.

Chapitre vingt

— Ça n'ira jamais, soupire Samantha.

— Ce n'est qu'une valise.

Mais moi aussi je lui lance des regards de reproche, à cette valise. Elle est affreuse, c'est vrai, mais je suis jalouse quand même. Moi je rentre dans mon patelin, à Castlebury, tandis que Samantha s'envole pour Los Angeles.

Los Angeles ! C'est énorme. Elle ne l'a appris qu'hier : elle va tourner un spot publicitaire là-bas, et dormir au *Beverly Hills Hotel*, où se retrouvent toutes les stars. Elle s'est acheté des lunettes de soleil géantes, une grande capeline et un maillot de bain Norma Kamali qui se porte avec un tee-shirt blanc en dessous. Pour célébrer dignement l'occasion, j'ai cherché un palmier à la boutique de gadgets, mais ils n'avaient que des espèces de feuillages en papier crépon que je me suis enroulés autour de la tête.

Il y a des vêtements et des chaussures partout. L'énorme Samsonite en plastique vert de Samantha est ouverte par terre au milieu du salon.

— C'est le bagage qui fait la femme, geint-elle.

— Personne ne va le remarquer.

— Mais si, tout le monde ! Je prends l'avion en

première classe. Il y aura des grooms et des chasseurs à l'hôtel. Que vont-ils penser en voyant que Samantha Jones voyage avec une Samsonite ?

J'adore entendre Samantha parler d'elle-même à la troisième personne. J'ai essayé une fois, pour voir, mais sur moi c'était ridicule.

— Tu crois vraiment que les chasseurs s'intéresseront plus à une Samsonite qu'à Samantha Jones ?

— C'est justement ça, le problème. Ils s'attendent à ce que mes bagages soient aussi glamour que moi.

— Je te parie que ce ringard de Harry Mills trimballe une American Tourister. (Je descends mes jambes du dossier du canapé.) Dis donc, tu aurais cru qu'un jour tu partirais en voyage avec un homme que tu connais à peine ? C'est un peu zarbi, non ? Et si ta valise s'ouvre accidentellement et qu'il voit tes culottes ?

— Je ne crains rien de ma lingerie : c'est pour mon image que j'ai peur. Je n'imaginais pas que j'aurais cette vie quand j'ai acheté ça !

Elle fait les gros yeux à sa valise.

— Tu imaginais quoi ?

Je ne connais pratiquement rien du passé de Samantha, si ce n'est qu'elle vient du New Jersey et qu'elle déteste sa mère. Comme elle ne parle jamais de son père, ces petits indices sur sa vie d'avant sont toujours fascinants.

— J'imaginais juste partir. Loin, très loin.

— Mais le New Jersey n'est que de l'autre côté du fleuve.

— Géographiquement, oui. Symboliquement, non. Et New York n'a pas été ma première étape.

— Ah bon ?

Là, je suis très intriguée. Je ne peux pas me figurer Samantha vivant ailleurs qu'à New York.

— J'ai parcouru le vaste monde quand j'avais dix-huit ans.

Je manque d'en tomber du canapé.

— Comment ça ?

Elle sourit.

— J'étais groupie. D'un chanteur de rock très connu. J'étais à un concert, et il m'a remarquée dans la foule. Il m'a proposé de l'accompagner en tournée et j'ai eu la bêtise de croire que j'étais la femme de sa vie. Ensuite, j'ai découvert qu'il avait une épouse cachée quelque part dans la campagne anglaise. Cette valise a voyagé loin.

Je me demande si sa haine pour son bagage ne serait pas liée à de mauvais souvenirs.

— Et ça a fini comment ?

Elle hausse les épaules, choisit des pièces de lingerie dans la pile et les plie en petits carrés bien nets.

— Il m'a plaquée. À Moscou. Sa femme a soudain décidé de le rejoindre. Il s'est réveillé cet après-midi-là et m'a dit : « Chérie, c'est fini. Je te jette. »

— Comme ça ?

— Il était anglais, précise-t-elle en posant les petits carrés au fond de la valise. C'est comme ça, avec les Anglais. Quand c'est terminé, c'est terminé. Pas de coups de téléphone, pas de lettres, et surtout pas de larmes.

— Des larmes ? Tu as pleuré ?

C'est inimaginable.

— À ton avis ? J'étais toute seule à Moscou, sans rien à part cette valise à la noix. Et un billet d'avion pour New York. Je sautais de joie, tu penses.

Je n'arrive pas à déterminer si elle plaisante ou pas.

— Autrement dit, c'est ta valise de fugitive, fais-je observer. Et maintenant que tu n'as plus besoin de t'enfuir, il te faut quelque chose de mieux. Quelque chose de permanent.

— Mmmh.

— Ça te fait quel effet, quand tu passes devant un disquaire et que tu vois la tête de ton rockeur sur une affiche ? Ça te fait bizarre de penser que tu as passé tout ce temps avec lui ?

— Je suis bien contente. (Elle ramasse une chaussure et cherche l'autre.) Parfois, je me dis que sans lui, je ne serais jamais arrivée jusqu'à New York.

— Tu n'as pas toujours voulu venir ici ?

Elle hausse les épaules.

— J'étais rebelle. Je ne savais pas ce que je voulais. Tout ce que je savais, c'est que je ne voulais pas finir serveuse et enceinte à dix-neuf ans. Comme Shirley.

— Ah.

— Ma mère.

Tout cela ne m'étonne pas. Samantha a une détermination sous-jacente qui ne peut pas sortir de nulle part. Elle trouve la seconde chaussure et la fourre dans un coin de la valise.

— Tu as de la chance, poursuit-elle. Toi, au moins, tu as des parents prêts à te payer la fac.

— Ouais, dis-je vaguement.

Malgré ses aveux sur son passé, je ne suis pas décidée à lui parler du mien.

— Mais je croyais que toi aussi, tu étais allée en fac.

— Oh, rat des champs ! soupire-t-elle. J'ai pris quelques cours du soir en arrivant à New York. Je me suis inscrite dans une boîte d'intérim. Le premier job qu'ils m'ont trouvé, c'était chez Slovey & Dinall. J'étais secrétaire. Ça ne s'appelait pas encore « assistante » à l'époque. Enfin bref, aucun intérêt.

Si, si, ça m'intéresse. Mais le fait qu'elle soit arrivée si haut en partant de rien me fait honte.

— Ça a dû être dur.

— Oui.

Elle appuie sur le couvercle de la valise. Laquelle contient presque tout son dressing et donc, naturellement, refuse de se fermer. Je m'agenouille dessus pour l'aider à boucler les serrures.

Le téléphone sonne alors que nous sommes en train de traîner la valise vers la porte. Comme Samantha ne réagit pas, je tends le bras pour décrocher.

— Ne réponds pas, m'avertit-elle.

Trop tard.

— Allô ?

— Samantha est encore là ?

Elle secoue frénétiquement la tête.

— Charlie ?

— Oui.

Il n'est pas très aimable. Je me demande s'il a appris que c'était moi qui avais fait la cuisine.

Je tends le combiné. Samantha le prend en levant les yeux au ciel.

— Bonjour, chéri. J'allais sortir, déclare-t-elle avec une pointe de contrariété. Oui, je sais, continue-t-elle. Mais je ne peux pas. (Un silence, puis elle reprend à voix basse.) Je te l'ai dit. Il faut que j'y aille. Je n'ai pas le choix, ajoute-t-elle d'un air résigné. Eh bien, c'est la vie, Charlie.

Et elle raccroche.

Elle ferme les yeux un bref instant, inspire et se force à sourire.

— Les hommes !

— Charlie ? Je croyais que vous étiez très heureux ensemble.

— Trop. Quand je lui ai dit que je devais partir en urgence pour L.A., il a piqué une crise. Il avait prévu qu'on dîne avec sa mère ce soir. Ce dont il avait oublié de me prévenir. Comme si je n'avais pas ma vie à moi.

— Peut-être que tu ne peux pas tout avoir. Sa vie *et* la tienne. De toute manière, comment peut-on concilier deux vies ?

— Souhaite-moi bonne chance à Hollywood, rat des champs. Peut-être qu'on me découvrira.

— Et Charlie ?

Je tiens la porte ouverte pendant qu'elle descend en cognant sa valise partout dans l'escalier. La plupart des bagages ne supporteraient pas un tel traitement.

— Quoi, Charlie ? me crie-t-elle d'en bas.

Houlà ! Elle doit vraiment être très en colère.

Je cours à la fenêtre et me penche pour apercevoir la rue. Une énorme limousine est garée le long du trottoir. Un chauffeur en uniforme attend à côté de la porte passager. Quand Samantha sort de l'immeuble, il accourt pour lui prendre sa valise.

La portière s'ouvre et Harry Mills sort de la voiture. Samantha et lui échangent quelques mots pendant qu'il allume un cigare. Puis Samantha passe devant lui et monte en voiture. Harry prend une grosse bouffée de son cigare, contemple les deux extrémités de la rue, puis la suit. La portière se referme et la limousine démarre. Un nuage de fumée de cigare s'échappe par la vitre ouverte.

Derrière moi, le téléphone sonne de nouveau. Je m'en approche prudemment, mais la curiosité est la plus forte et je décroche.

— Samantha est là ?

C'est Charlie. Encore.

— Elle vient de partir, dis-je poliment.

— Bon Dieu ! crie-t-il avant de raccrocher.

Crétin, me dis-je en reposant calmement le combiné.

Je sors ma propre valise Hartmann de sous le lit de Samantha. Le téléphone sonne encore, mais je sais à présent que ce n'est pas la peine de décrocher.

Au bout d'un moment, la sonnerie finit par se taire. Puis c'est l'interphone qui résonne.

— Oui ? dis-je avec brusquerie.

— C'est Ryan, me répond une voix confuse.

J'ouvre. Ryan. Je me prépare à lui envoyer une volée de bois vert de la part de Maggie, lorsqu'il apparaît à la porte, une rose à la main. La tige est molle et je me demande un instant s'il ne l'a pas ramassée par terre dans la rue.

— Tu arrives trop tard. Maggie est partie hier soir.

— Merde. Je savais que j'avais foiré.

Je devrais sans doute le chasser de chez moi, mais je n'ai pas terminé.

— Ça va pas, la tête, de partir d'un restau pendant que ta copine est aux toilettes ?

— J'étais fatigué, me répond-il comme si c'était une excuse valable.

— Tu te fiches de moi. Hein ?

Il me lance un regard piteux.

— Je ne savais pas comment lui dire au revoir. J'étais crevé. Et je ne suis pas Superman. J'essaie, mais j'ai dû tomber sur de la Kryptonite en cours de route.

Je ne peux pas m'empêcher de sourire. Ryan fait partie de ces mecs qui parviennent à se sortir de toutes les situations par une pirouette. Je sais qu'il le sait, et je sais que c'est déloyal, mais je n'arrive pas à lui en vouloir. Après tout, ce n'est pas moi qu'il a plantée.

— Maggie a vraiment eu beaucoup de peine.

— Je m'en doute. C'est pour ça que je suis passé. Pour me racheter.

— Avec cette rose ?

— C'est triste, tout ça, hein ?

— C'est lamentable. D'autant plus qu'elle s'est défoulée sur moi.

— Sur toi ? Qu'est-ce qu'elle peut bien avoir contre toi ? Tu n'y es pour rien.

— Non. Mais je me suis retrouvée associée à ton comportement. On s'est disputées.

— Vous vous êtes tiré les cheveux ? Battues à coups de sac ?

Je m'indigne.

— Non, quand même pas. Enfin, Ryan !

— Pardon, fait-il avec un grand sourire. Les garçons adorent les bagarres entre filles. Que veux-tu que je te dise ?

— Juste que tu admettes que tu es un connard.

— Ah non, ce serait trop facile. Capote, d'accord, lui c'est un connard. Moi je suis juste un petit con.

— Sympa pour ton pote.

— Ce n'est pas parce qu'on est potes que je dois mentir sur sa personnalité.

— C'est pas faux, ça.

Je suis d'accord, involontairement. Je me demande pourquoi les femmes se jugent tant les unes les autres. Pourquoi est-ce qu'on ne pourrait pas dire : « D'accord, elle est un peu zinzin, mais je l'adore quand même » ?

— J'étais venu inviter Maggie au vernissage de l'expo du père de Rainbow. C'est ce soir. Il y a un dîner après. Ça va être super.

— Moi, je veux bien y aller !

Je ne sais pas pourquoi personne ne m'invite jamais à ces réceptions chic.

Ryan n'a pas l'air convaincu.

— Toi ?

— Pourquoi pas ? Je sens le pâté ?

Il bat en retraite.

— Non non, pas du tout. Mais Maggie disait que tu étais obsédée par Bernard Singer.

— Je ne suis pas obligée de le voir chaque soir.

Aucune envie d'avouer que notre histoire est probablement terminée.

— Bon, d'accord. Rendez-vous à la galerie à huit heures.

Youpi ! me dis-je une fois qu'il est parti. Cela fait des semaines que j'entends parler de ce vernissage et que je me demande si Rainbow va m'inviter, et sinon, comment je pourrais bien décrocher une invitation. Je n'ai pas arrêté de me répéter que ce n'était qu'une pauvre réunion d'abrutis, tout en sachant au fond de mon cœur que je ne voulais surtout pas rater l'événement.

Et puisque Bernard ne m'a pas appelée, pourquoi pas ? Je ne vais certainement pas m'arrêter de vivre pour lui.

Chapitre vingt et un

La galerie se trouve à SoHo, un quartier décrépit avec des rues pavées et d'énormes bâtiments d'usine désaffectés. C'est difficile d'imaginer que Manhattan ait été autrefois un grand centre d'industrie, et pourtant. Apparemment, jadis, on fabriquait tout ici : vêtements, ampoules électriques, outils… Une rampe métallique monte vers l'entrée de la galerie. Elle est parsemée de toutes sortes de gens très chic, très citadins, qui fument des cigarettes en se racontant leur soirée de la veille.

Je me fraie un chemin. L'intérieur est noir de monde : la masse des invités fait goulet d'étranglement à l'entrée, car chacun semble être tombé sur une connaissance. L'air est saturé de tabac et humide de sueur, mais j'ai dans les oreilles ce bourdonnement d'excitation familier, celui qui indique que c'est là qu'il faut être.

Je me réfugie le long d'un mur pour éviter le cercle d'admirateurs réunis autour d'un homme corpulent aux paupières lourdes et au menton garni d'un bouc. Étant donné qu'il porte une blouse noire et des pantoufles brodées, j'en déduis que c'est le grand Barry Jessen en personne, l'artiste le plus en vue de New

York et père de Rainbow. Laquelle se tient juste derrière lui. Pour la première fois, je trouve qu'elle a l'air perdue et insignifiante, malgré sa robe à franges vert pomme. À côté de Barry, le mannequin Pican est là. Elle le dépasse au moins d'une tête.

Elle arbore l'expression détachée d'une femme qui sait que sa beauté est exceptionnelle, et qui sait que vous le savez, mais qui a volontairement décidé de ne pas en faire l'attraction principale. La tête imperceptiblement inclinée de côté, elle se penche vers son mari comme pour dire : « Oui, je sais que je suis belle, mais ce soir c'est lui qui est à l'honneur. » Si ça, ce n'est pas de l'amour, alors je ne sais pas ce que c'est.

Ou alors, elle joue très bien la comédie.

Comme je ne vois pas encore Ryan ni Capote, je fais semblant de m'intéresser aux œuvres d'art. On pourrait s'attendre que les autres aussi soient curieux, mais en fait, il n'y a pas foule devant les tableaux, comme si les gens n'étaient venus que pour les mondanités.

Et il y a peut-être une bonne raison à cela. Je ne sais pas quoi penser de la peinture de Barry Jessen. Elle est à dominante noir et gris, avec des bonshommes gribouillés, victimes d'une violence terrible ou commettant eux-mêmes des atrocités. Du sang gicle dans tous les sens. Les personnages sont percés de couteaux et d'aiguilles tandis que des griffes leur déchirent les chevilles. Tout cela est très dérangeant et assez inoubliable. C'est sans doute l'effet voulu.

— Alors, qu'est-ce que tu en penses ? me demande Rainbow qui s'est approchée derrière moi.

Je m'étonne qu'elle s'abaisse à solliciter mon avis, mais il faut dire que pour l'instant je suis la seule personne de l'assemblée à avoir à peu près son âge.

— C'est puissant.

— Je trouve ça horrible.

— Ah bon ?

Sa franchise me surprend.

— Ne le dis pas à mon père.

— Pas de danger.

— Ryan m'a dit qu'il t'avait invitée au dîner, poursuit-elle en tortillant une frange de sa robe. Tant mieux. Je te l'aurais bien proposé moi-même, mais je n'avais pas ton numéro.

— Pas grave. Je suis contente d'être là.

Elle sourit et s'éloigne. Je retourne contempler les tableaux. New York n'est peut-être pas si compliqué que ça, après tout. Peut-être que pour faire partie du lot, il suffit d'être là. À force de vous voir, les gens supposent que vous appartenez à leur tribu.

Ryan et Capote finissent par arriver, déjà un peu soûls. Ryan titube légèrement et Capote est jovial : il embrasse chaleureusement quiconque croise son chemin.

— Carrie ! dit-il en me claquant deux bises comme s'il était enchanté de me voir.

Un signal secret parcourt la foule et plusieurs personnes se dirigent vers la sortie. Apparemment, ce sont les élus… Élus pour participer au dîner, en tout cas.

— Allez, venez, lance Ryan avec un geste du menton vers la porte.

Nous suivons le groupe dans la rue et Ryan se passe la main dans les cheveux.

— Eh bien, c'était quelque chose ! s'exclame-t-il. On se demande où va le monde si on appelle ça de l'art.

— Espèce d'ignare, rétorque Capote.

— Ne me dis pas que ça t'a plu.

— Moi oui, dis-je. J'ai trouvé ça dérangeant.

Capote éclate de rire.

— On peut extirper un homme de sa cambrousse, mais on ne peut pas extirper la cambrousse de l'homme.

— Là, tu me vexes carrément, plaisante Ryan.

— Moi aussi, je viens de la cambrousse.

— Bien sûr, réplique Capote avec une bonne dose de dédain.

— Et toi, c'est mieux, là d'où tu viens ?

— Capote est le rejeton d'une vieille famille du Sud, très chère, m'explique Ryan en imitant l'accent de son ami. Sa grand-mère a combattu contre les Yankees. Ce qui fait qu'elle doit avoir cent cinquante ans, environ.

— Je n'ai jamais dit que ma grand-mère avait combattu les Yankees. Elle m'a simplement dit de ne jamais en *épouser* une.

— Ah, alors je suis disqualifiée, dis-je pendant que Ryan ricane.

Le dîner a lieu dans le loft des Jessen. J'ai l'impression que dix ans ont passé depuis le jour où Lil m'a ri au nez parce que je croyais que les Jessen vivaient dans un squat sans eau courante, mais tout compte fait je ne me trompais pas tant que ça. Le bâtiment fait un peu peur. Le monte-charge a une porte qui s'ouvre manuellement, doublée d'un de ces croisillons qui se replient en grinçant. À l'intérieur, on actionne le mécanisme à l'aide d'un gros levier.

Le pilotage dudit monte-charge inquiète tout le monde. Au moment d'y entrer, cinq personnes proposent de chercher plutôt un escalier.

— C'est impensable que des gens vivent dans ce genre d'endroits, remarque un homme aux cheveux jaunes.

— C'est pas cher, fait remarquer Ryan.

— Mais pas cher ne devrait pas être synonyme de dangereux.

— C'est un bien petit risque à courir quand on est l'artiste le plus en vue de New York, non ? fait remarquer Capote avec son arrogance habituelle.

— Qu'est-ce qu'il ne faut pas entendre, soupire d'ailleurs l'autre.

L'éclairage est faible dans le monte-charge et en me retournant pour mieux voir qui m'entoure, je découvre que cet homme n'est autre que Bobby. Le Bobby du défilé de mode. Celui qui m'a promis une lecture dans son espace.

Je crie son nom.

Tout d'abord, il ne me reconnaît pas.

— Bonsoir, oui, ravi de vous revoir, répond-il machinalement.

Mais j'insiste.

— C'est moi ! Carrie Bradshaw, vous savez ?

Là, ça lui revient.

— Bien sûr ! Carrie Bradshaw. La dramaturge.

Capote renifle avec mépris et, puisque personne d'autre ne se porte volontaire, il actionne le levier. Le monte-charge fait un bond qui nous soulève le cœur et plaque plusieurs occupants contre la paroi.

— Heureusement que je n'ai rien mangé aujourd'hui ! commente une femme en long manteau argenté.

Capote parvient à rapprocher raisonnablement la cabine du troisième étage. C'est-à-dire que la porte s'ouvre à quelques pieds seulement au-dessus du sol. Gentleman comme il est, il saute de l'habitacle et tend une main à la dame en manteau argenté. Ryan sort tout seul, suivi de Bobby, qui atterrit sur les genoux. Quand vient mon tour, Capote hésite, le bras en l'air.

— Ça va, dis-je en repoussant la main offerte.

— Allez, Carrie, ne sois pas bête.

— Autrement dit, essaie d'être une *lady*, je murmure en prenant sa main.

— Pour une fois dans ta vie.

Je poursuivrais bien la dispute, mais Bobby s'interpose et passe son bras sous le mien.

— Allons boire un verre et tu me parleras de ta pièce, me sort-il d'un coup.

L'immense espace ouvert a été sommairement converti en appartement grâce à l'addition de cloisons en Placoplâtre. La zone qui s'étend devant les fenêtres est vaste comme une patinoire ; sur un côté se trouve une table, couverte d'une nappe blanche, où l'on doit tenir à soixante. Devant les baies vitrées sont regroupés des canapés et des fauteuils drapés de toile à voile. Le plancher est usé par les pas de centaines d'ouvriers. À certains endroits, il est carrément noir, comme si on y avait allumé un petit feu avant de se raviser et d'éteindre les flammes.

— Tiens, me dit Bobby, qui me tend un gobelet en plastique rempli de mousseux.

Puis il me prend par la main.

— À qui veux-tu que je te présente ? Je connais tout le monde.

Je voudrais bien retirer ma main de la sienne, mais ce serait impoli. Et puis je suis sûre que Bobby se montre simplement amical.

— À Barry Jessen ?

— Tu ne le connais pas ?

Son étonnement est tellement sincère que cela me fait rire. Je me demande bien pourquoi Bobby s'imagine que je pourrais connaître le grand Barry Jessen, mais il suppose apparemment que je suis déjà bien introduite. Ce qui ne fait que confirmer ma théorie : à force de vous voir, les gens vous prennent pour un des leurs.

Il m'entraîne tout droit vers l'artiste, qui est en pleine conversation avec plusieurs personnes à la fois, et me fait entrer dans le cercle. Mon impression d'être à ma place se dissipe comme une brume matinale mais Bobby ne semble pas remarquer une seconde les regards hostiles.

— Cette jeune femme est Carrie Bradshaw, annonce-t-il à Barry. Elle mourait d'envie de te connaître. Tu es son artiste favori.

Il n'y a pas un mot de vrai là-dedans, mais je n'ose pas le contredire. D'autant plus que l'expression de Barry Jessen passe de l'irritation à un vague intérêt. Il n'est pas insensible à la flatterie. Au contraire, c'est ce qu'il attend.

— Ah oui ?

Ses yeux noirs plongent dans les miens et j'ai soudain l'impression lugubre d'être face à face avec le diable.

— J'ai adoré votre expo, dis-je gauchement.

— Pensez-vous que les autres l'aimeront aussi ?

Son intensité me rend nerveuse.

— C'est tellement puissant, comment pourrait-on ne pas aimer ?

J'espère qu'il ne va pas me poser d'autres questions.

Il n'en fait rien. Ayant reçu sa dose de louanges, il se détourne abruptement et s'adresse à la femme au manteau argenté.

Malheureusement, Bobby ne saisit pas le message.

— Dis donc, Barry, insiste-t-il, il faut qu'on parle de Basil.

Je saute sur l'occasion pour m'enfuir. Le problème avec les gens célèbres, me dis-je, c'est que le simple fait de faire leur connaissance ne rend pas célèbre pour autant.

Je me faufile dans un petit couloir et passe devant une porte fermée, derrière laquelle j'entends des rires et des chuchotements, puis devant une autre porte qui doit être celle des toilettes, car plusieurs personnes font la queue, et je tombe enfin sur une porte ouverte au fond.

Je m'arrête net, éblouie par la déco. La chambre n'a rien à voir avec le reste du loft. Des tapis d'Orient couvrent le sol et un lit indien ancien, entièrement sculpté et couvert de coussins de soie, trône au milieu.

Je pense d'abord être tombée par hasard sur la chambre des Jessen, mais c'est Rainbow qui est couchée sur le lit. Elle parle avec un garçon qui porte un bonnet rasta sur ses dreadlocks.

— Pardon, dis-je dans un souffle.

Le type, surpris, lève la tête. Il est incroyablement beau : des traits taillés à la serpe, et de superbes yeux noirs.

Rainbow se retourne en sursautant, craignant de s'être fait prendre, mais elle se détend en me voyant.

— C'est juste Carrie, dit-elle. Elle est cool.

« Juste Carrie » s'avance d'un pas.

— Qu'est-ce que vous faites ?

— Je te présente mon frère, Colin, dit Rainbow en indiquant le garçon aux dreadlocks.

— T'en veux ? me demande ce dernier en me tendant une petite pipe à marijuana.

— Bien sûr.

Je suis d'avis qu'une petite fumette ne posera aucun problème ce soir. La moitié des invités ont déjà l'air d'avoir pris quelque chose.

Rainbow me fait une place sur le lit.

— J'adore ta chambre, dis-je en admirant l'ameublement luxueux.

— C'est vrai ?

Elle prend la pipe à Colin et se penche en avant pendant qu'il la rallume à l'aide d'un briquet en or.

— Elle est très anti-Barry, commente Colin avec un accent haché. C'est pour ça qu'elle est super.

Je prends une bouffée, puis passe la pipe à Colin.

— Tu es anglais ? dis-je tout en me demandant comment il pourrait l'être alors que Rainbow est si typiquement américaine.

Rainbow pouffe de rire.

— Il est éthiopien. C'est un Amhara. Comme notre mère.

— Alors Barry n'est pas ton père ?

— Heureusement que non ! s'exclame Colin.

Rainbow et lui échangent un regard complice.

— Est-ce que ça existe, quelqu'un qui aime son père ? demande-t-elle.

— Moi, oui, dis-je d'une petite voix.

Je ne sais pas si c'est la drogue, mais j'éprouve une bouffée de sentimentalisme envers mon vieux papa.

— C'est vraiment quelqu'un de bien.

— Tu as de la chance, commente Colin. Moi, je n'ai pas vu le mien depuis mes dix ans.

Je hoche la tête comme si je comprenais, mais très franchement, cela me dépasse. Mon père n'est peut-être pas parfait, mais je sais qu'il m'aime. S'il m'arrivait quelque chose, il serait là pour moi, ou du moins il essaierait.

— Au fait, dit Colin. J'ai trouvé ça dans les affaires de Barry.

Il sort de sa poche un petit flacon de cachets d'aspirine qu'il agite sous le nez de sa sœur.

— Oh, Colin, t'as pas fait ça ! s'écrie-t-elle d'une voix stridente.

Colin fait sauter le bouchon et sort du flacon trois gros comprimés ronds.

— Eh si !

— Et s'il s'en aperçoit ?

— Mais non. D'ici à la fin de la nuit, il sera trop défoncé pour remarquer quoi que ce soit.

Rainbow prend un cachet dans la main de Colin et l'avale avec une gorgée de champagne.

— Tu en veux, Carrie ?

Je ne demande pas ce que c'est. Je ne veux pas le savoir. J'ai déjà la sensation d'en savoir trop. Je secoue la tête.

— Tu devrais, c'est fun, insiste Colin en prenant la deuxième pilule.

— Non non, ça va.

— Si tu changes d'avis, tu sais où me trouver. Demande-moi de l'aspirine ! dit-il.

Et il retombe en riant avec Rainbow sur les coussins.

Dans la pièce principale circule toujours la même énergie frénétique. Les gens jacassent et se crient à la figure pour s'entendre dans le vacarme. De la fumée de tabac et de marijuana flotte dans l'atmosphère, tandis que Pican et quelques-unes de ses amies mannequins languissent sur le canapé, indolentes, les yeux mi-clos. Je me dirige vers la fenêtre ouverte pour respirer un peu d'air frais.

Je me répète que je m'amuse, pour m'en convaincre.

Bobby me repère et me fait de grands signes. Il est en pleine conversation avec une femme entre deux âges sanglée dans une robe blanche ultramoulante, constituée à première vue de bandages médicaux. Je lui fais coucou de la main et lève mon gobelet pour indiquer que je retourne au bar, mais il ne lâche pas l'affaire.

— Carrie ! me crie-t-il. Viens que je te présente à Teensie Dyer.

Je compose mon expression la plus aimable et m'approche d'un air dégagé.

Je ne serais pas étonnée si Teensie mangeait des enfants pour son petit déjeuner.

— Voilà Carrie Bradshaw, roucoule Bobby. Tu devrais la représenter dans ton agence. Elle a écrit une pièce, tu sais ?

La femme me dit bonsoir avec un sourire pincé.

Bobby m'enlace par les épaules et tente de me serrer contre lui, mais je résiste, toute raide.

— On va lire la pièce de Carrie dans mon espace. Il faut que tu sois là.

Teensie fait tomber la cendre de sa cigarette par terre.

— Et de quoi ça parle ?

C'est malin, Bobby, me dis-je en me tortillant pour me dégager. Pas question que je discute de ma pièce avec une inconnue. D'autant plus que moi-même, je sais à peine de quoi traite mon œuvre.

— Carrie ne veut pas le dire.

Bobby me tapote le bras. Et, se penchant contre mon oreille, il ajoute dans un aparté théâtral :

— Teensie est le plus gros agent de la ville. Elle représente tout le monde. Notamment Bernard Singer.

Mon sourire se fige instantanément.

— C'est chouette.

Quelque chose dans mon expression doit déclencher une sonnerie d'alarme, car Teensie daigne enfin me considérer. Je regarde ailleurs, espérant détourner la conversation. Quelque chose me dit que cette Teensie ne va pas être ravie d'apprendre que son plus gros client sort avec ma petite personne. Ou sortait avec ma petite personne, en tout cas.

La musique s'arrête.

— À table ! crie Barry, juché sur un escabeau.

Chapitre vingt-deux

Comme si cette soirée n'était pas encore assez bizarre, je me retrouve à table à côté de Capote.

— Encore toi ? dis-je en me glissant sur ma chaise pliante.

— C'est quoi, ton problème ? me répond-il.

Je lève les yeux au ciel. Par où commencer ? Par le fait que Bernard me manque et que j'aimerais qu'il soit là ? Ou que j'aurais préféré être placée à côté de quelqu'un d'autre ? Je me décide pour ceci :

— Je viens de faire connaissance avec Teensie Dyer.

Il a l'air impressionné.

— C'est un grand agent.

J'étais sûre qu'il allait dire ça.

— Elle m'a fait l'effet d'une garce.

— Ne dis pas de bêtises, Carrie.

— Quoi ? C'est la vérité.

— De ton point de vue.

— C'est-à-dire ?

— Cette ville est dure, Carrie. Tu le sais.

— Et alors ?

— Tu veux finir par être dure aussi ? Comme la plupart de ces gens ?

Je le regarde avec incrédulité. Il ne voit pas qu'il est des leurs ?

— Je ne suis pas inquiète.

Un grand plat de pâtes se rapproche de nous. Capote l'attrape et me sert galamment avant de se servir lui-même.

— Dis-moi que tu ne vas pas vraiment faire jouer ta pièce chez Bobby.

— Pourquoi ?

— Parce que Bobby est la risée de tout le monde.

Je lui décoche un sourire malicieux.

— Ou parce qu'il ne t'a pas proposé de faire lire ta grande œuvre ?

— Je ne le ferais pas même s'il me le proposait. Ce n'est pas comme ça qu'on procède, Carrie. Tu verras.

Je hausse les épaules.

— Je suppose que c'est la différence entre toi et moi. Moi, au moins, je n'ai pas peur de prendre des risques.

— Tu préférerais que je te mente ? Comme tout le monde dans ta vie ?

Je secoue la tête, mystifiée.

— Comment tu sais qu'on me ment ? Je dirais plutôt que c'est à toi qu'on ment. Mais le plus grand menteur dans ta vie ? C'est toi.

Je prends une gorgée de vin. Non mais vraiment, je n'en crois pas mes oreilles.

— Comme tu voudras, conclut-il comme si j'étais irrécupérable.

Il se tourne vers la femme assise à sa droite. Je l'imite et souris à l'homme attablé à ma gauche.

Je soupire de soulagement. C'est Cholly.

— Bonsoir ! dis-je gaiement, bien décidée à oublier ma rencontre avec Teensie et ma haine de Capote.

— Jeune fille ! s'écrie-t-il. Eh bien, on peut voir que tu fais ton chemin. Alors, la vie à New York est-elle à la hauteur de ce que tu espérais ?

Je parcours la table des yeux. Rainbow est affalée dans sa chaise, les yeux mi-clos, tandis que Capote pontifie une fois de plus sur son sujet préféré : Proust. Je repère Ryan, qui a la grande chance d'être placé à côté de Teensie. Il lui fait de l'œil, certainement dans l'espoir qu'elle le prenne comme client. Pendant ce temps, Bobby, debout derrière Barry Jessen, fait des efforts désespérés pour attirer son attention tandis que Barry, qui transpire abondamment, s'essuie furieusement le visage avec une serviette.

Je traverse alors un de ces moments bizarres où tout l'univers se télescope et où tout est magnifié : les mouvements de la bouche peinte de Pican, le filet de vin rouge que Bobby verse dans son verre, la chevalière en or au doigt de Teensie, qui porte sa main droite à sa tempe.

Je me demande si Maggie avait raison. Peut-être que nous sommes tous fous.

Et soudain, tout revient à la normale. Teensie se lève. Barry fait une place à Bobby à côté de lui. Ryan se penche vers Rainbow pour lui glisser quelque chose à l'oreille.

Je me retourne vers Cholly.

— Cette ville est fantastique.

Comme il semble intéressé, je commence à lui raconter mes aventures. Comment je me suis fait virer de chez Peggy. Comment j'ai baptisé la moustache de Viktor Greene « Waldo ». Et comment Bobby veut que je fasse lire ma pièce alors que je ne l'ai même pas terminée. Quand j'ai fini, Cholly est mort de rire. Rien ne vaut un bon public.

— Tu devrais venir à une soirée chez moi un de ces jours, me propose-t-il. Je dirige une merveilleuse petite publication intitulée *The New Review*. Nous aimons à prétendre que c'est littéraire, mais une fois de temps en temps, tout cela exige une fête.

Je suis en train de lui noter mon numéro de téléphone sur une serviette en papier quand Teensie s'approche de nous. Tout d'abord, je crois être sa cible, mais c'est Cholly qu'elle cherche. Elle intercale agressivement une chaise entre lui et moi, m'isolant sans ambages.

— Chéri, lui dit-elle. Je viens de rencontrer un jeune auteur absolument adorable. Ryan quelque chose. Il faut que je te le présente.

— Avec plaisir.

Et, clignant de l'œil, Cholly se penche pour contourner Teensie.

— Tu connais Carrie Bradshaw ? Elle aussi, elle écrit. Elle me racontait justement que…

Teensie change abruptement de sujet.

— Tu as vu Bernard, récemment ?

— La semaine dernière.

Le ton de Cholly indique clairement qu'il n'a aucune envie de parler de Bernard.

— Je m'inquiète pour lui, insiste Teensie.

— Pourquoi ?

Les hommes ne s'inquiètent pas les uns des autres comme le font les femmes.

— Il paraît qu'il est avec une jeunette.

Mes entrailles se crispent.

— D'après Margie, il est dans un état épouvantable, continue-t-elle.

Je m'efforce de prendre un air indifférent, comme si je savais à peine de qui elle parle.

— Elle m'a confié qu'elle l'avait rencontrée. Et pour être franche, elle se fait du souci. Elle trouve que c'est très mauvais signe que Bernard fréquente quelqu'un d'aussi jeune.

Je me verse du vin en affectant d'être fascinée par quelque chose à l'autre bout de la table. Mais j'ai la main qui tremble.

— Et qu'est-ce qu'elle en a à faire, Margie Shephard ? C'est elle qui l'a quitté, objecte Cholly.

— C'est ce qu'il t'a raconté ? lâche Teensie d'un ton insinuant.

Cholly hausse les épaules.

— Tout le monde sait qu'elle l'a trompé. Avec un acteur de sa pièce.

Teensie ricane.

— C'est plutôt l'inverse. C'est Bernard qui l'a trompée.

Un fil de fer s'enroule autour de mon cœur et serre à fond.

— En fait, Bernard a trompé Margie plusieurs fois. C'est un merveilleux dramaturge, mais un mari minable.

— Mais enfin, Teensie. Quelle importance ?

Elle pose une main sur le bras de Cholly.

— Cette soirée me donne la migraine. Tu ne veux pas demander de l'aspirine à Barry ?

Je lui lance un regard noir. Elle ne peut pas demander elle-même ? Je la hais pour ce qu'elle a dit de Bernard et moi.

— Colin en a, dis-je aimablement. Le fils de Pican.

Teensie hausse un sourcil suspicieux, mais je lui décoche un sourire innocent.

— Bien, merci.

Elle me lance un regard mauvais et s'en va trouver Colin.

Cachée derrière ma serviette, je glousse. Cholly rit avec moi.

— Teensie est une véritable idiote, hein ?

Je hoche la tête, incapable de parler. Imaginer l'affreuse Teensie prenant un des cachets de Colin, c'est trop drôle.

Bien sûr, je ne m'attends pas vraiment à ce qu'elle avale le comprimé. Même moi, qui ne connais rien aux drogues, j'ai tout de suite compris que la grosse pilule blanche de Colin n'était pas de l'aspirine. Je n'y pense plus trop, jusqu'à une heure plus tard, alors que je danse avec Ryan.

Oscillant en équilibre instable, les genoux fléchis, Teensie apparaît au milieu de la piste, appuyée contre l'épaule de Bobby. Elle rit bêtement en s'efforçant de rester debout. Ses jambes sont comme du caoutchouc.

— Bobby ! s'écrie-t-elle. Je t'ai déjà dit à quel point je t'aime ?

— Mais qu'est-ce qui se passe ? demande Ryan.

Je suis saisie d'un fou rire irrésistible. Il faut croire que Teensie a bien pris le comprimé, finalement, car la voilà couchée sur le dos, hilare. Cela dure plusieurs secondes, jusqu'à ce que Cholly arrive, la hisse sur ses pieds et l'emmène avec lui.

Je ne m'arrête pas de danser. Personne d'autre non plus, d'ailleurs, jusqu'au moment où nous sommes interrompus par un hurlement suivi par des appels : « À l'aide ! À l'aide ! »

Un attroupement se forme à côté du monte-charge. La porte est ouverte, mais la cage semble vide.

La confusion règne : « Qu'est-ce qui s'est passé ? » ; « Quelqu'un est tombé ! » ; « Appelez les secours ! » entend-on dans tout le loft.

J'accours : j'ai peur que ce ne soit Rainbow et qu'elle ne soit morte. Mais du coin de l'œil, je la vois filer vers sa chambre, suivie de Colin. Je me rapproche. Deux hommes ont sauté dans la cage de l'ascenseur, qui ne doit donc pas être très loin en contrebas. Une molle main féminine se tend : Barry Jessen l'attrape et hisse hors du trou une Teensie échevelée et hagarde.

Avant que j'aie eu le temps de réagir, Capote me prend par le coude.

— Partons.

— Hein ?

Je suis trop hébétée pour bouger. Il me tire par le bras.

— Il faut qu'on s'arrache d'ici. *Tout de suite.*

— Et Teensie, alors ?

— Elle n'a rien. Quant à Ryan, il peut se débrouiller seul.

— Je ne comprends pas…

J'ai beau protester, Capote me traîne vers la sortie.

— Ne pose pas de questions.

Il commence à dévaler l'escalier. Je m'arrête sur le palier, médusée.

— Carrie !

Capote s'est retourné pour s'assurer que je le suivais. En voyant que non, il remonte et me pousse carrément devant lui.

— Allez !

Je fais ce qu'il me dit, pressée par son pas impatient. Quand nous arrivons dans le hall en bas, il envoie valdinguer la porte et me tire derrière lui.

— Cours ! me crie-t-il.

Il fonce vers le coin de la rue et je fais de mon mieux pour le suivre dans les bottes trop grandes que Samantha m'a données. Quelques secondes plus tard, deux voitures de police, gyrophares allumés et sirènes hurlantes, se garent devant l'immeuble des Jessen. Capote enlace mes épaules.

— Fais comme si de rien n'était. On est un couple qui se promène.

Nous traversons la rue. Mon cœur explose dans ma poitrine. Nous longeons ainsi un pâté de maisons et rejoignons l'angle de West Broadway et de Prince Street.

— Je crois qu'il y a un bar sympa par ici, déclare Capote.

— Un bar « sympa » ? Teensie vient de tomber dans la cage d'ascenseur, et toi, tu penses à trouver un bar « sympa » ?

Il me relâche.

— Ce n'est pas ma faute, n'est-ce pas ?

Non, c'est la mienne.

— On devrait y retourner. Tu ne t'inquiètes par pour Teensie ?

— Écoute, Carrie, éclate-t-il. Je viens de te sauver la vie. Tu devrais me remercier.

— Je ne vois pas bien de quoi.

— Tu veux finir dans les journaux ? Parce que c'est ce qui serait arrivé. La moitié des gens étaient défoncés, là-bas. Tu crois que les flics ne vont pas s'en rendre compte ? Et demain, tu aurais fait les gros titres. Peut-être que tu te fiches de ta réputation. Mais il se trouve que je me soucie de la mienne.

Ses airs importants ne m'impressionnent pas.

— Pourquoi ?

— Parce que.

— Parce que quoi ?

— Parce que beaucoup de gens comptent sur moi.

— Qui ça ?

— Ma famille. Ce sont des gens très bien, très droits. Je ne veux surtout pas qu'ils soient gênés. À cause de ce que je fais.

— Un peu comme si tu épousais une Yankee, tu veux dire ?

— Exactement.

— Et qu'est-ce qu'elles en pensent, toutes ces Yankees avec qui tu sors ? À moins que tu ne leur dises rien ?

— Je pense que la plupart des femmes savent ce qu'elles font quand elles sortent avec moi. Je ne mens jamais sur mes intentions.

Je baisse les yeux vers le trottoir. Je me demande ce que je fais là, à un coin de rue au milieu de nulle part, à me disputer avec Capote Duncan.

— Je pense que je te dois la vérité, alors. Je suis responsable de l'accident de Teensie.

— Toi ?

— Je savais que Colin avait des cachets. Il prétendait que c'était de l'aspirine. Alors j'ai conseillé à Teensie de lui en demander.

Capote met un petit moment à digérer l'information. Il se frotte les paupières, et pendant ce temps j'ai peur qu'il aille me dénoncer. Mais là, il éclate de rire, la tête renversée en arrière, ses longues boucles retombant sur ses épaules.

— C'est marrant, hein ? dis-je, toute fière qu'il m'approuve. Je n'imaginais pas une seconde qu'elle prendrait de ce truc…

Sans crier gare, il me fait taire en m'embrassant.

Je suis tellement surprise que, tout d'abord, je ne réagis pas à la pression de sa bouche contre la mienne. Puis mon cerveau se réveille. Je suis confondue par cette sensation, agréable et familière, comme si c'était parfaitement naturel. Et puis je comprends : c'est comme ça qu'il a toutes ces femmes. Il leur saute dessus. Il embrasse la fille au moment où elle s'y attend le moins, et tandis qu'elle est déstabilisée, il en profite pour la piloter jusqu'à son lit.

Mais ça ne se passera pas comme ça cette fois. Même si une partie de moi en a terriblement envie.

Je le repousse.

— Non.

— Carrie…

— Je ne peux pas.

Est-ce que je viens de tromper Bernard ?

Est-ce que je suis encore avec Bernard ?

Un taxi solitaire arrive lentement dans la rue, voyant allumé. Il est libre. Pas moi. Je le hèle.

Capote m'ouvre la portière.

— Merci, dis-je.

— À plus, réplique-t-il comme si rien ne s'était passé.

Je m'adosse à la banquette en secouant la tête.

Quelle soirée. Après tout, c'est peut-être vrai qu'il était temps de partir.

Chapitre vingt-trois

— Tiens, tu es là, dit ma petite sœur Dorrit, en levant le nez d'un magazine.

— Eh oui.

C'est l'évidence : je suis là. Je laisse tomber mon sac et ouvre le frigo, plus par réflexe que par appétit. J'y trouve une brique de lait presque vide et un bout de fromage moisi. Je sors la boîte de lait et la lève en l'air.

— Alors personne ne fait les courses, par ici ?

— Non, répond Dorrit, morose.

Ses yeux se dirigent vers mon père, qui ne semble pas remarquer qu'elle fait la tête.

— Toutes mes filles sont à la maison ! s'exclame-t-il, submergé par l'émotion.

Voilà au moins une chose qui n'a pas changé chez lui : sa sentimentalité excessive. Je me félicite de retrouver un vestige de mon ancien père. Car à part ça, on dirait qu'il a été enlevé par des extraterrestres.

Tout d'abord, il est en jean. Mon père n'a jamais porté un seul blue-jean de sa vie. Ma mère le lui aurait formellement interdit. Et il arbore des Ray-Ban. Mais le plus ébouriffant, c'est sa veste. Orange, et de marque Members Only. En descendant du train, j'ai failli ne pas le reconnaître.

Ça doit être la crise de la cinquantaine.

— Où est Missy ? dis-je en m'efforçant de passer outre son étrange accoutrement.

— Au conservatoire. Elle a appris le violon, m'annonce fièrement mon père. Elle compose une symphonie pour orchestre.

— Elle a appris à jouer du violon en un mois ?

Je suis abasourdie.

— Elle a beaucoup de talent.

Et moi, alors ?

— C'est ça, papa, lâche Dorrit.

— Tu n'es pas mal non plus, lui répond mon père.

— Viens, Dorrit, dis-je en soulevant ma valise. Tu peux m'aider à déballer.

— Je suis occupée.

— Dorrit !

Elle soupire, referme son magazine et me suit à l'étage.

Ma chambre est exactement telle que je l'ai laissée. Pendant un instant, les souvenirs affluent. Je m'approche des étagères et touche les vieux livres que ma mère m'a offerts quand j'étais petite. J'ouvre mon armoire et jette un œil à l'intérieur. Je peux me tromper, mais on dirait bien que la moitié de mes vêtements ont disparu. Je me retourne et lance un regard accusateur à Dorrit.

— Où sont mes fringues ?

Elle hausse les épaules.

— J'en ai pris un peu. Missy aussi. On s'est dit que puisque tu étais à New York, tu n'en avais pas besoin.

— Et si j'en ai besoin ?

Nouveau haussement d'épaules.

Je laisse tomber. Je suis arrivée depuis trop peu de temps pour me disputer déjà avec Dorrit – bien que, vu son attitude boudeuse, une altercation soit à prévoir d'ici à mon départ lundi. Entre-temps, il faut que je la cuisine sur mon père et sa supposée petite amie.

Je m'assois en tailleur sur le lit. Il est à une place et me paraît soudain minuscule. Je me demande comment j'ai pu dormir dedans pendant des années.

— Comment va papa ?

— Il a perdu la boule. Ça se voit, non ?

— Pourquoi est-ce qu'il est en jean ? Et en veste Members Only ? C'est hideux. Maman ne l'aurait jamais laissé s'habiller comme ça.

— C'est un cadeau de Wendy.

— Wendy ?

— Sa copine.

— Alors c'est vrai, cette histoire de copine ?

— Faut croire.

Je soupire. Dorrit est tellement blasée ! On ne peut pas l'atteindre. J'espère juste qu'elle a cessé de piquer dans les magasins.

— Tu la connais ?

— Ouais, lâche Dorrit sans se mouiller.

Moi, je hurle presque.

— Alors ?

— Eh.

— Tu la détestes ?

Question idiote. Dorrit déteste tout le monde.

— J'essaie de faire comme si elle n'existait pas.

— Qu'en pense papa ?

— Il ne voit rien. C'est écœurant. Quand elle est là, il n'en a que pour elle.

— Elle est jolie ?

— Moi, je ne trouve pas. De toute manière, tu verras bien. Papa veut qu'on dîne avec elle ce soir.

— Beurk.

— Et il a une moto.

— Quoi ?

Cette fois, j'ai vraiment hurlé.

— Il ne t'a pas dit ? Il s'est acheté une moto.

— Il ne m'a rien dit. Il ne m'a même pas parlé de la fameuse Wendy.

— Il doit avoir la trouille, déclare Dorrit. Depuis qu'il l'a rencontrée, il flippe à mort.

Super, me dis-je en ouvrant ma valise. *Ça va être un week-end du tonnerre.*

Peu après, je trouve mon père dans le garage, occupé à ranger ses outils. Je soupçonne immédiatement que Dorrit a dit vrai : mon père m'évite. Je suis à la maison depuis moins d'une heure, mais je me demande déjà pourquoi je suis revenue. Personne ne semble s'intéresser le moins du monde à moi ou à ma vie. Dorrit a filé chez une copine, mon père a une moto, et Missy est absorbée par la composition de sa symphonie. J'aurais dû rester à New York.

J'ai passé tout le trajet en train à ruminer les événements de la nuit dernière. Le baiser avec Capote était une tragique erreur et je suis horrifiée de m'être laissé faire, ne serait-ce que pendant quelques secondes. Mais qu'est-ce que ça veut dire ? Est-il possible que Capote me plaise secrètement ? Non. Et lui est probablement du genre « aime celle avec qui tu es », c'est-à-dire qu'il saute automatiquement sur la fille qu'il a sous la main quand ça lui prend. Mais il y avait plein d'autres femmes à la fête, y compris Rainbow. Alors pourquoi moi ?

Crevée et en pleine gueule de bois, j'ai acheté de l'aspirine et bu un Coca au wagon-bar. Je me torturais avec tout ce que j'avais laissé en plan, notamment Bernard. J'ai même songé à descendre du train à New Haven et à repartir pour New York, mais en pensant à la déception de ma famille, je n'ai pas pu.

Maintenant, je regrette.

— Papa ! dis-je, exaspérée.

Il se retourne, surpris, une clé à molette à la main.

— Je nettoyais mon établi.

— C'est ce que je vois.

Je scrute les environs à la recherche de sa fameuse moto et la vois contre le mur, en partie cachée par la voiture.

Je décide de jouer fin.

— Dorrit m'a dit que tu avais acheté une moto.

— Oui, Carrie.

— Pourquoi ?

— Parce que j'en avais envie.

— Mais pourquoi ?

J'ai l'air d'une pauvre fille qui vient de se faire larguer. Et mon père, du crétin qui ne sait pas quoi lui dire.

— Tu veux la voir ? finit-il par me demander, incapable de masquer son enthousiasme.

Il la pousse pour la dégager de la voiture. Ça, c'est de la moto. Et pas n'importe quelle moto. C'est une Harley. Avec un guidon énorme et un réservoir noir décoré de flammes. Le genre de moto qu'adorent les Hells Angels.

Mon père se balade en Harley ?

Remarquez, je suis assez impressionnée. Ça, au moins, ce n'est pas de la moto de fillette.

— Qu'est-ce que tu en dis ? me demande-t-il, tout fier.

— Elle est belle.

Il a l'air content.

— Je l'ai achetée à un jeune, en ville. Il avait besoin d'argent. Je ne l'ai payée que mille dollars.

— Ouah.

Je secoue la tête. Tout ça ressemble tellement peu à mon père – de la construction de sa phrase à la moto elle-même – que pendant un instant, je ne sais plus quoi dire.

— Et tu l'as trouvé où, ce jeune ?

— C'est le fils du cousin de Wendy.

Les yeux me sortent de la tête. Je n'en reviens pas qu'il m'ait parlé d'elle si naturellement. Je joue le jeu.

— C'est qui, Wendy ?

Il frotte le siège de la moto.

— C'est ma nouvelle amie.

Ah, alors c'est comme ça qu'il veut la jouer.

— Quel genre d'amie ?

— Elle est très sympa, affirme-t-il en évitant mon regard.

— Comment ça se fait que tu ne m'aies pas parlé d'elle ?

— Oh, Carrie, soupire-t-il.

— Tout le monde raconte que c'est ta petite copine. Dorrit, Missy, et même Walt.

— Walt est au courant ?

— Tout le monde est au courant, papa, dis-je sèchement. Pourquoi tu ne me l'as pas dit, à *moi* ?

Il enfourche la moto et joue avec les manettes.

— Tu penses que tu pourrais me ficher un peu la paix ?

— Papa !

— Tout cela est très nouveau pour moi.

Je me mords la lèvre. Pendant un instant, mon cœur bondit de joie pour lui. Depuis cinq ans, il ne s'était pas intéressé à la moindre femme. Maintenant, il a apparemment rencontré quelqu'un qui lui plaît, et c'est le signe qu'il avance. Je devrais être contente pour lui. Malheureusement, je n'arrive à penser qu'à ma mère. Et au fait qu'il la trahit. Je me demande si elle est au paradis, à regarder ce qu'il est devenu. Si oui, elle doit être horrifiée.

— Maman la connaissait ? Ton amie Wendy ?

Il fait mine d'étudier le tableau de bord.

— Non. Enfin, je ne crois pas. Elle est un peu plus jeune que moi.

— De combien ?

Là, je suis allée trop loin : il me lance un regard de défi.

— Je ne sais pas, Carrie. Elle a un peu moins de la trentaine. On m'a toujours dit que c'était impoli de demander son âge à une femme.

Je hoche la tête d'un air compréhensif.

— Et quel âge est-ce qu'elle te donne ?

— Elle sait que j'ai une fille qui va entrer à Brown à l'automne.

Il y a une certaine dureté dans sa voix que je n'ai pas entendue depuis mon enfance. Une dureté qui signifie : « C'est moi qui commande. Arrête ça tout de suite. »

— Très bien.

Je tourne les talons.

— Au fait, Carrie… ajoute-t-il. On dîne avec elle ce soir. Je serai très déçu si tu n'es pas polie.

— On verra bien, fais-je entre mes dents.

Je rentre à la maison, persuadée que mes pires craintes se réalisent. Je déteste déjà cette Wendy. Elle a un Hells Angel dans sa famille. Et elle ment sur son âge. Je me dis que si une femme est prête à mentir sur sa date de naissance, elle n'hésitera pas à mentir sur tout le reste.

Je commence à nettoyer le frigo : je vide dans la poubelle une flopée de bols et de soucoupes dont le contenu ressemble à des expériences scientifiques. À ce moment, je me rappelle que moi aussi j'ai menti sur mon âge. À Bernard. Je verse le reste de lait tourné dans l'évier en me demandant où va ma famille.

— Comme tu es belle ! me charrie Walt. Quoique peut-être un poil trop habillée pour Castlebury.

— Et qu'est-ce qu'on met pour aller au restaurant à Castlebury ?

— Pas une robe du soir, en tout cas.

— Walt ! Ce n'est pas une robe du soir. C'est une robe d'hôtesse. Des années soixante.

Je l'ai dénichée dans ma friperie et je la porte quasiment sans interruption depuis des jours. Elle est parfaite par temps chaud, car elle me laisse les bras et les jambes nus et, pour l'instant, personne n'a rien dit sur mon accoutrement inhabituel, à part pour me complimenter. À New York, on respecte la recherche vestimentaire. Ici, moins.

— Je ne vais pas changer de style pour Wendy. Tu sais qu'elle a un cousin qui est Hells Angel ?

Walt et moi sommes assis sur les marches du perron, à siroter des cocktails en attendant l'arrivée de la fameuse Wendy. Je l'ai supplié de venir dîner avec nous, mais il a décliné, sous prétexte qu'il avait rendez-vous avec Randy. Toutefois, il a bien voulu venir boire un verre avant, histoire de voir la bête curieuse en chair et en os.

— C'est peut-être ça, justement. Elle est complètement différente.

— Mais si quelqu'un comme Wendy l'intéresse, ça remet en question tout son mariage avec ma mère.

— Je crois que tu pousses le raisonnement trop loin, m'explique patiemment Walt. Peut-être qu'il veut juste s'amuser un peu.

— Mais c'est mon père ! Il n'est pas là pour s'amuser.

— Ça, c'est méchant, Carrie.

— Je sais, dis-je en contemplant le jardin négligé. Tu as parlé à Maggie ?

— Eh oui ! souffle-t-il, énigmatique.

— Qu'est-ce qu'elle t'a dit ? Sur New York ?

— Que c'était super.

— Qu'est-ce qu'elle t'a dit sur *moi* ?

— Rien. Elle ne m'a parlé que du mec que tu lui as présenté.

— Ryan. Qu'elle s'est tapé immédiatement.

— C'est notre Maggie ! constate Walt en haussant les épaules.

— Elle est devenue nymphomane.

— Oh, laisse-la faire. Elle est jeune. Ça lui passera. Et puis qu'est-ce que ça peut te faire ?

— Je me *soucie* de mes *amis*. J'aimerais bien qu'ils en fassent autant avec moi.

Pour renforcer mon effet, je descends mes pieds bottés de Fiorucci de la table.

Walt me regarde sans comprendre.

— C'est vrai, à la fin ! Même ma famille ne m'a posé aucune question sur ma vie à New York. Et franchement, ma vie est bien plus intéressante que tout ce qui leur arrive. Ma pièce va être lue en public. Et je suis allée à une fête hier soir dans le loft de Barry Jessen à SoHo…

— Qui est Barry Jessen ?

— Enfin, Walt ! C'est l'artiste le plus en vue d'Amérique en ce moment.

— Comme je le disais : tu es vraiment devenue quelqu'un ! me taquine-t-il.

Je fulmine tout en sachant que j'ai l'air d'une idiote.

— Alors tout le monde s'en fout ?

— De ta grosse tête ? Attention, elle risque d'exploser.

— Walt !

Je lui décoche un regard peiné. Puis mon agacement prend le dessus.

— Un jour, je serai un écrivain célèbre. Je vivrai dans un grand appartement à Sutton Place. Et j'écrirai des spectacles pour Broadway. Et là, on se battra pour venir me voir.

— Ha ha ha !

Je contemple les glaçons dans mon verre.

— Écoute, Carrie. Tu passes un été à New York. C'est super. Mais ce n'est pas vraiment ta vie. Et en septembre, tu entres à Brown.

— Peut-être pas, dis-je subitement.

Walt sourit, certain que je ne parle pas sérieusement.

— Ton père est au courant ? De tes nouveaux projets ?

— Je viens de le décider. Là, tout de suite.

Et c'est vrai. L'idée tournicotait à la lisière de ma conscience depuis des semaines, mais la réalité de mon retour à Castlebury rend la situation très claire : être à Brown, ce sera *grosso modo* la même chose qu'être ici. Les mêmes gens, avec la même mentalité, dans un lieu différent, c'est tout.

Walt sourit.

— N'oublie pas que j'y serai aussi. À la Rhode Island School of Design.

— Je sais.

Je soupire. Je suis aussi arrogante que Capote.

— Ce sera sympa, dis-je encore.

— Walt ! s'exclame mon père en nous rejoignant.

— Mr Bradshaw.

Walt se lève et mon père lui donne l'accolade. Je me sens de nouveau exclue.

— Comment ça va, jeune homme ? lui demande mon père. Tes cheveux ont poussé, dis donc. J'ai failli ne pas te reconnaître.

— Walt change tout le temps de coiffure, papa. (Je me tourne vers Walt.) Ce que mon père veut dire, c'est que toi, tu n'as pas dû le reconnaître. Il essaie de faire *jeune*.

J'arrive à prendre un ton assez badin pour que cette phrase ne soit pas trop méchante.

— Et quel est le mal à ça ? déclare mon père, d'excellente humeur.

Il va dans la cuisine préparer des cocktails, mais en prenant son temps : toutes les deux secondes, il regarde par la fenêtre comme une gamine de seize ans attendant l'arrivée de son petit copain. C'est ridicule. Quand Wendy arrive cinq minutes plus tard, il sort en courant pour l'accueillir.

— Tu le crois, ça ? je demande à Walt, horrifiée par le comportement puéril de mon père.

— C'est un homme, que veux-tu !

— Mais c'est mon *père* !

— C'est un homme quand même.

Je suis sur le point de dire : « Oui, mais mon père n'est pas censé faire comme les autres » quand Wendy arrive dans l'allée en le tenant par la main.

J'ai envie de vomir. Visiblement, cette histoire est plus sérieuse que je ne le croyais.

Wendy est assez jolie, pour ceux qui aiment les fausses blondes avec de l'ombre à paupières bleue façon raton laveur.

— Sois gentille, m'avertit Walt.

— Oh, je vais être parfaitement gentille. Je serai gentille même si ça me tue, dis-je avec un grand sourire.

— J'appelle l'ambulance tout de suite ou plus tard ?

Mon père s'efface pour laisser Wendy monter sur la véranda. Elle arbore aussi un large sourire, visiblement faux.

— Tu dois être Carrie ! me salue-t-elle en me serrant dans ses bras comme si nous étions déjà les meilleures amies du monde.

— Comment tu as deviné ? fais-je en me dégageant doucement.

Elle regarde papa d'un air ravi.

— Ton père m'a beaucoup parlé de toi. Il parle de toi tout le temps. Tu le rends si fier !

Il y a quelque chose, dans cette intimité suggérée, qui me hérisse le poil.

— Et voilà Walt, dis-je pour détourner son attention de ma personne.

De toute manière, qu'est-ce qu'elle peut bien savoir de moi ?

— Bonjour, Walt, dit-elle avec un enthousiasme exagéré. Est-ce que Carrie et toi…

— Est-ce qu'on est ensemble ? intervient Walt. Aucune chance !

Nous éclatons de rire tous les deux.

Elle incline la tête comme si elle ne savait pas quoi faire ensuite.

— C'est merveilleux que les hommes et les femmes puissent être amis comme ça de nos jours, observe-t-elle. Vous ne trouvez pas ?

— Ça doit dépendre de ce qu'on entend par « amis ».

Je grince des dents en m'exhortant à rester aimable.

— On est prêts ? demande mon père.

— Nous allons dans un nouveau restaurant, très bon, dit Wendy. Le *Boyles*. Vous en avez entendu parler ?

— Non.

Et je ne peux pas m'empêcher de grommeler :

— Je ne savais même pas qu'il y avait des restaurants à Castlebury. Le seul où je sois jamais allée, c'était *Burger Délice*.

— Oh, ton père et moi, nous y allons au moins deux fois par semaine, enchaîne-t-elle sans se démonter.

Mon père approuve de la tête.

— On a aussi essayé un japonais. À Hartford.

— Ah oui ? À New York, il y en a à tous les coins de rue.

— Mais je parie qu'ils ne sont pas aussi bons que celui de Hartford, plaisante Walt.

Mon père lui envoie un regard reconnaissant.

— Celui-ci, c'est vraiment quelque chose, confirme-t-il.

— Bien, dis-je sans raison particulière.

Nous nous engageons tous dans l'allée devant la maison. Walt monte dans sa voiture et nous salue de la main.

— Bonne soirée, vous tous. Amusez-vous bien !

Je le regarde s'en aller avec envie.

— Alors ! dit énergiquement Wendy une fois que nous sommes en voiture. Quand commences-tu les cours à Brown ?

Je hausse les épaules.

— Je parie que tu as hâte de partir de New York, poursuit-elle. C'est tellement sale ! Et bruyant !

Elle pose une main sur le bras de mon père et sourit.

Le *Boyles* est un minuscule établissement situé dans un coin humide près de Main Street, là où la rivière passe sous la route. L'endroit est très chichiteux pour Castlebury : les plats sont dénommés *pasta* au lieu de « spaghettis », les serviettes sont en tissu, et sur chaque table une rose s'épanouit dans un soliflore.

— Très romantique, approuve mon père en escortant Wendy jusqu'à sa chaise.

— Ton père est un vrai gentleman, renchérit Wendy.

— Ah bon ?

C'est épidermique, Wendy et lui me donnent la chair de poule. Je me demande s'ils couchent ensemble. J'espère bien que non. Mon père est trop vieux pour ces acrobaties.

Il ignore ma remarque et étudie la carte.

— Il y a encore du poisson, dit-il à Wendy.

Et pour ma gouverne, il précise :

— Wendy adore le poisson.

— J'ai vécu cinq ans à Los Angeles, explique-t-elle. On se préoccupe beaucoup plus de sa santé, là-bas.

— Ma coloc y est en ce moment même, dis-je, en partie pour détourner la conversation. Elle est logée au *Beverly Hills Hotel*.

— J'y ai déjeuné une fois, enchaîne Wendy, dont la bonne humeur est décidément indestructible. C'était fabuleux ! Tom Selleck était à la table à côté de nous.

— Pas possible ! s'exclame papa, comme si la proximité momentanée de Wendy avec une star du petit écran l'élevait encore un peu plus dans son estime.

— Moi, j'ai rencontré Margie Shephard.

— C'est qui, Margie Shephard ? demande-t-il.

Wendy me fait un clin d'œil, comme si elle et moi partagions une intimité secrète alors que mon père est ignare en culture populaire.

— C'est l'actrice qui monte, lui explique-t-elle. Tout le monde dit qu'elle est très belle, mais moi, je ne trouve pas. Je la trouve quelconque.

— Elle est très belle en vrai, dis-je par pur esprit de contradiction. Elle rayonne de l'intérieur.

— Comme toi, Carrie, me sort soudain Wendy.

Son compliment me surprend tellement que je suis un instant désarçonnée dans mes attaques subtiles.

— Bon, dis-je en m'emparant de la carte. Qu'est-ce que tu faisais à Los Angeles ?

— Wendy était membre d'une…

Papa cherche son aide du regard.

— Une ligue d'impro. On faisait du théâtre d'improvisation.

— Wendy est très créative, précise mon père, enchanté.

— Ce n'est pas une de ces troupes où on fait du mime, là, comme le mime Marceau ? je demande innocemment, même si je sais que j'ai tort. Vous faisiez ça avec des gants et du blanc sur la figure ?

Wendy pouffe de rire, amusée par mon ignorance.

— J'ai fait un peu de mime. Mais nous faisions surtout de la comédie.

Là, je suis abasourdie. Wendy a été actrice… et de comédie, en plus ? Mais elle n'a pas l'air drôle du tout !

— Wendy a joué dans une pub pour les chips, annonce papa.

— Tu ne devrais pas le dire, le gronde-t-elle gentiment. Ce n'était qu'une publicité locale. Pour les chips State Line. Et c'était il y a sept ans. Mon grand triomphe ! rit-elle avec toute l'ironie qui s'impose.

Finalement, elle n'a pas l'air de se prendre trop au sérieux. Ça fait une croix dans sa colonne des « plus ». D'un autre côté, c'est peut-être juste un numéro pour m'amadouer.

— Ça doit être mortel de se retrouver à Castlebury. Après Los Angeles, je veux dire.

Elle secoue la tête.

— Je viens d'une petite ville. J'ai grandi à Scarborough. (C'est la ville d'à côté.) Et j'adore mon nouveau job.

— Mais ce n'est pas tout, ajoute mon père en lui donnant un coup de coude. Wendy va aussi enseigner le théâtre.

Plus je comprends son histoire, plus je me crispe : celle de la provinciale qui tente sa chance, se plante et revient en rampant pour faire prof. Autant dire mon pire cauchemar.

— Ton père m'a raconté que tu voulais devenir écrivain, continue-t-elle allègrement. Tu devrais peut-être écrire dans *Le Citoyen de Castlebury*.

Je me fige. *Le Citoyen de Castlebury* est notre petit journal local. Il contient principalement le compte rendu des assemblées générales de la commune et des photos de base-ball catégorie poussins. Je sens de la buée m'envahir les yeux.

— Tu ne me crois pas capable de réussir à New York ?

Elle fronce les sourcils pour réfléchir.

— C'est juste que… c'est très difficile, à New York, non ? Tu ne dois pas aller faire tes lessives à la cave[1] ? J'ai une amie qui a vécu là-bas, et elle pense que…

— Il n'y a pas de machines à laver dans la cave dans mon immeuble.

Je détourne les yeux, mais je me contiens difficile-

1. Dans les grandes villes américaines, beaucoup d'immeubles sont équipés de lave-linge communautaires installés dans les caves.

ment. Comment Wendy ou ses amies osent-elles avoir un avis sur New York ?

— J'apporte mon linge à la laverie.

Ce n'est pas exactement la vérité. La plupart du temps, je le laisse s'entasser dans un coin de la chambre.

— Enfin, Carrie, personne n'a rien dit sur tes capacités... commence mon père.

Mais j'en ai ma claque.

— Non, c'est vrai. Parce que personne ne s'intéresse à moi !

Et sur ces mots, je me lève, les joues en feu, et je traverse la salle en zigzag, à la recherche des toilettes.

Je suis furieuse. Contre mon père et Wendy, pour m'avoir placée dans cette position, mais surtout contre moi, pour avoir perdu mes moyens. Maintenant, c'est elle qui va passer pour gentille et raisonnable, alors que j'aurai l'air jalouse et immature. Cela ne fait qu'alimenter ma rage, et me rappelle ce que j'ai toujours détesté dans ma vie et dans ma famille sans oser me l'avouer.

J'entre dans une cabine et m'assois sur le siège des toilettes pour réfléchir. Ce qui me rend dingue, c'est que mon père n'a jamais pris mon écriture au sérieux. Il ne m'a jamais dit un mot d'encouragement, jamais assurée que j'avais du talent, jamais lâché un compliment, bon sang ! J'aurais pu passer toute ma vie sans m'en rendre compte, s'il n'y avait pas eu les autres élèves du stage. C'est visible que Ryan, Capote, Lil et même Rainbow ont grandi parmi les louanges, les encouragements et les applaudissements. Ce n'est pas que je veuille leur ressembler, mais ça m'aiderait si mon propre géniteur voyait un petit quelque chose de spécial en moi.

Je me tamponne les yeux avec du papier toilette. Maintenant, il faut que je retourne m'asseoir avec eux. Il va me falloir une stratégie, et *pronto*, pour expliquer mon comportement lamentable.

Je n'ai pas le choix : je vais devoir faire comme si mon éclat ne s'était jamais produit. C'est ce que ferait Samantha.

Je pointe le menton et sors à grandes enjambées.

À mon retour, Missy et Dorrit sont arrivées, ainsi qu'une bouteille de chianti habillée de raphia. À New York, j'aurais honte de boire ce genre de vin.

Et avec un affreux coup au cœur, je prends conscience de la médiocrité de tout cela. Mon père, un veuf entre deux âges, affublé de vêtements qui ne lui vont pas, faisant sa crise en fréquentant une femme plus jeune et légèrement désespérée qui, sur la toile de fond de Castlebury, paraît sans doute intéressante, originale et excitante. Quant à mes deux sœurs : une punkette et un rat de bibliothèque. On dirait une sitcom à deux balles.

S'ils sont tous si ordinaires, ça veut dire que je le suis aussi ? Pourrai-je un jour échapper à mon passé ?

J'aimerais pouvoir zapper.

— Carrie ! s'exclame Missy. Ça va ?

Je feins la surprise.

— Moi ? Bien sûr que ça va. (Je m'assois à côté de Wendy.) Mon père dit que tu l'as aidé à dénicher sa Harley. Je trouve ça très intéressant que tu aimes les motos.

— Mon père est policier à moto, me répond-elle, visiblement soulagée que j'aie réussi à me ressaisir.

Je me tourne vers Dorrit.

— Tu entends, Dorrit ? Le père de Wendy est motard. Gare à tes fesses…

Mon père a l'air un peu décontenancé.

— Carrie. On ne va pas sortir notre linge sale maintenant.

— Pourtant, ça se lave en famille.

Personne ne comprend ma petite blague. Je prends mon verre de vin et soupire. J'avais prévu de rentrer à New York lundi, mais je ne tiendrai jamais jusque-là. Demain, je me barre par le premier train.

Chapitre vingt-quatre

— Mais je t'aime, Carrie. Ce n'est pas parce que je suis avec Wendy…

— Je sais, papa. J'aime bien Wendy. Je pars uniquement parce que j'ai ma pièce à écrire. Et que si j'y arrive, elle sera lue en public.

— Où ça ?

Mon père est agrippé au volant de la voiture, concentré pour changer de voie sur notre petite autoroute. Je suis persuadée qu'il s'en fiche, au fond, mais j'essaie quand même de lui expliquer.

— Dans un espace. C'est comme ça que ça s'appelle : un « espace ». C'est une sorte de loft, chez un type. Dans une ancienne banque…

Je vois, au regard qu'il jette dans le rétroviseur, qu'il a déjà décroché.

— J'admire ta ténacité, me dit-il. Ne baisse pas les bras. C'est bien.

Là, c'est moi qui suis perdue. « Ténacité » n'est pas le mot que j'espérais entendre. Ça donne l'impression que je me cramponne à une falaise.

Je m'affaisse dans le siège. Pourquoi est-ce que personne ne me dit jamais quelque chose comme : « Tu as beaucoup de talent, Carrie, bien sûr que tu vas réussir » ? Vais-je passer toute ma vie à attendre de lui une approbation qu'il ne me donnera jamais ?

— Je voulais te parler de Wendy plus tôt, déclare-t-il en prenant la sortie qui mène à la gare.

C'est ma seule chance de lui parler de mes difficultés à New York, mais il n'arrête pas de ramener la conversation sur Wendy.

— Pourquoi tu ne l'as pas fait, alors ?

— Je n'étais pas sûr de ses sentiments.

— Et tu l'es maintenant ?

Il se gare et arrête le moteur. Avec un grand sérieux, il déclare :

— Elle m'aime, Carrie.

Mes lèvres laissent échapper une petite bouffée de cynisme.

— Je suis sérieux. Elle m'aime vraiment.

— Tout le monde t'aime, papa.

— Tu sais ce que je veux dire.

Il se frotte nerveusement le coin de l'œil.

— Oh, papa.

Je lui tapote le bras en m'efforçant de comprendre. Ces dernières années ont dû être terribles pour lui. D'un autre côté, elles ont été terribles pour moi aussi. Et pour Missy. Et pour Dorrit.

— Je suis contente pour toi, papa, vraiment, dis-je, bien que l'idée de mon père ayant une histoire sérieuse avec une autre femme me fasse frémir.

Et s'il l'épousait ?

— C'est quelqu'un de très bien. Elle… (Il hésite.) Elle me rappelle ta mère.

Ça, c'est la cerise sur le tas de boue !

— Elle ne lui ressemble pas du tout, je murmure alors que ma colère monte.

— Si, je t'assure. Quand elle était plus jeune. Tu ne peux pas t'en souvenir, tu étais bébé.

— Papa. (Je marque une pause, exprès, en espérant que l'énormité de ses propos va le frapper.) Wendy aime la moto.

— Ta mère était très aventureuse aussi quand elle était jeune. Avant de vous avoir…

— Encore une raison pour ne pas me marier, dis-je en descendant de voiture.

Il soupire.

— Oh, Carrie. Si c'est le cas, je te plains. J'ai peur que tu ne trouves jamais l'amour.

Sa remarque m'arrête net. Je reste debout toute raide sur le trottoir, sur le point d'exploser, mais quelque chose m'en empêche. Je pense à Miranda et à ce qu'elle dirait de la situation : que c'est mon père qui redoute de ne jamais retrouver l'amour, mais que comme il a trop la trouille pour se l'avouer, il transfère ses peurs sur moi.

Je prends ma valise sur la banquette arrière.

— Laisse-moi t'aider, me propose-t-il.

Je le regarde traîner la valise vers la porte qui mène dans la vieille gare. Je me remets en tête que mon père n'est pas méchant. Comparé à la plupart des hommes, il est même plutôt très chouette.

Il pose ma valise et m'ouvre ses bras.

— Un câlin ?

— Bien sûr, papa.

Je le serre fort, inhalant une bouffée de citron vert. Sans doute une nouvelle eau de toilette offerte par Wendy.

Un vide béant s'ouvre en moi.

— Je ne te souhaite que le meilleur, Carrie. Sincèrement.

— Je sais, papa.

J'ai l'impression d'avoir mille ans. Je prends ma valise et me dirige vers le quai.

— T'en fais pas, papa, dis-je comme pour me convaincre moi-même aussi. Tout ira *très bien*.

À l'instant où le train sort de la gare, je commence à me sentir mieux. Presque deux heures plus tard, alors que nous dépassons les cités du Bronx, j'ai le tournis. Je guette le bref aperçu magique sur la silhouette des gratte-ciel – la cité d'émeraude ! – avant que nous plongions dans le tunnel. Où que j'aille – Paris, Londres, Rome –, j'aurai toujours le frisson en rentrant à New York.

Dans l'ascenseur de Penn Station, je prends une décision impromptue. Je ne vais pas aller tout droit chez Samantha. Non, je vais plutôt faire une surprise à Bernard.

Il faut que je découvre ce qu'il fabrique avant de pouvoir tourner la page.

J'ai deux métros à prendre pour arriver jusque chez lui. À chaque arrêt, je sens monter mon excitation à l'idée de le voir. Quand j'atteins la station de la 59e Rue, juste au-dessous du magasin *Bloomingdale's*, mon sang est si bouillant que je suis au bord de la combustion spontanée.

Il sera chez lui. Il le faut.

— Mr Singer est sorti, mademoiselle, me dit le portier avec, je n'en doute pas, une certaine délectation.

Aucun des portiers de cet immeuble ne m'apprécie particulièrement. Je les surprends toujours à me regarder de travers avec un petit air désapprobateur.

— Vous savez quand il rentrera ?

— Je ne suis pas son secrétaire, mademoiselle.

— Très bien.

J'examine le hall. Deux fauteuils en cuir sont posés devant une cheminée factice, mais je ne veux pas rester assise là pendant que le portier me regarde. Je sors et m'installe sur un joli banc de l'autre côté de la rue. Je pose mes pieds sur ma valise, comme si j'avais tout mon temps.

J'attends.

Je me raconte que je vais attendre juste une demi-heure, et qu'ensuite je m'en irai. La demi-heure devient trois quarts d'heure, puis une heure. Au bout de presque deux heures, je me demande si je ne suis pas tombée dans le piège de l'amour. Serais-je de ces filles qui attendent à côté du téléphone en espérant qu'il va sonner, qui demandent à une copine de composer leur numéro pour être sûres qu'il n'est pas en dérangement ? Qui finissent par aller chercher les vêtements de leur homme au pressing, par nettoyer sa salle de bains et qui l'accompagnent pour acheter des meubles qui ne seront jamais à elles ?

Eh oui ! Et je m'en fiche. Je peux être cette fille et, un jour, quand j'aurai tout compris, ne plus l'être.

Finalement, au bout de deux heures et vingt-deux minutes, Bernard se pointe d'un pas tranquille.

— Bernard ! dis-je en courant vers lui avec un enthousiasme sans limites.

Mon père avait peut-être raison : je suis tenace. Je ne renonce pas si facilement.

Bernard plisse les yeux.

— Carrie ?

— Je viens de rentrer, dis-je comme si je n'avais pas passé presque trois heures à attendre.

— D'où ?

— De Castlebury. Là où j'ai grandi.

— Et te voilà.

Il me prend tendrement par les épaules.

C'est comme si le dîner avec Maggie n'avait jamais eu lieu. Ni ma série de coups de fil désespérés. Ni son absence de coups de fil malgré sa promesse. Mais peut-être que, étant écrivain, il vit dans une réalité légèrement différente, où ce qui me semble bouleversant ne compte pas du tout.

— Ma valise, je murmure avec un regard en arrière.

Il rit.

— Tu emménages ?

— Peut-être.

— Juste à temps, alors, me taquine-t-il. Mes meubles sont enfin arrivés.

Je passe la nuit chez Bernard. Nous dormons dans ses draps tout neufs sur l'immense lit *king size*. C'est très, très, très confortable.

Je dors comme un bébé et quand je me réveille, Bernard chéri est à mes côtés, le visage enfoui dans son oreiller. Je me rallonge et ferme les yeux, profitant de ce calme somptueux en me repassant mentalement les événements de la soirée.

Nous avons commencé par batifoler sur le canapé neuf. Puis nous sommes passés dans la chambre, où nous avons batifolé en regardant la télé. Ensuite, nous avons commandé chinois (pourquoi l'amour physique donne-t-il si faim ?) et nous avons encore batifolé. Nous avons terminé par un bain plein de bulles. Bernard a été très doux et charmant, et il n'a même pas essayé de me coller vous savez quoi vous savez où. Du moins, je ne crois pas. Miranda dit qu'il faut y aller franco, donc je ne pense pas que je serais passée à côté.

Je me demande si Bernard se doute que je suis vierge. Si quelque chose sur moi clignote : « non décachetée ».

— Coucou, papillon, me dit-il à présent en étirant les bras vers le plafond.

Il roule sur lui-même, sourit et s'approche pour m'embrasser, avec l'haleine du matin et tout et tout.

— Tu prends la pilule, maintenant ? me demande Bernard en faisant du café avec sa nouvelle machine rutilante qui gargouille comme un ventre de bébé.

J'allume tranquillement deux cigarettes et lui en tends une.

— Pas encore.

— Pourquoi ?

Bonne question.

— Euh… j'ai oublié.

— Petit chat, il ne faut pas négliger ce genre de choses, me gronde-t-il gentiment.

— Je sais. Mais c'est juste que… avec les histoires de mon père, sa nouvelle copine, tout ça… Je m'en occupe cette semaine, promis.

— Si tu le fais, tu pourras dormir ici plus souvent. (Il pose deux tasses de café sur la table de salle à manger design.) Pendant que tu y es, tu pourrais t'acheter un petit vanity pour trimballer tes affaires.

— Ma brosse à dents, ce genre de choses ?

— Tout ce qu'il te faut.

Un vanity, hein ? Ce mot donne à l'idée de dormir chez lui un côté glamour et planifié, par opposition à improvisé et clandestin. Je ris. Un vanity, rien qu'au nom, ça doit être très cher.

— Je ne crois pas avoir les moyens de m'acheter un *vanity*.

Il hausse les épaules.

— Ah, bah… quelque chose de joli. Pour que les portiers ne se doutent de rien.

— Ils se douteront si je me balade avec un sac en plastique mais pas si j'ai un vanity ?

— Tu vois ce que je veux dire.

J'acquiesce en silence. Avec un vanity, je ne ressemblerais pas autant à une teenager perturbée ramassée à la gare. Le mot « teenager » me rappelle Teensie.

— Tiens, j'ai rencontré ton agent à une soirée, dis-je d'un ton léger, ne voulant pas gâcher l'ambiance.

Il sourit. Visiblement, l'incident ne l'inquiète pas une seconde.

— C'est vrai ? Alors ? Elle a fait le dragon ?

— Elle m'a pratiquement déchiquetée avec ses griffes. Elle est toujours comme ça ?

Il me caresse la tête.

— En gros, oui. On devrait peut-être dîner avec elle. Pour que vous fassiez connaissance, toutes les deux.

— Tout ce que vous voudrez, Mr Singer.

Et je saute sur ses genoux. S'il veut que je dîne avec son agent, ça signifie que non seulement notre histoire est sur de bons rails, mais qu'elle fonce tel un

TGV. Je l'embrasse sur la bouche en imaginant que je suis Katharine Hepburn dans un vieux film en noir et blanc.

Chapitre vingt-cinq

Plus tard, en allant rejoindre le centre-ville, je passe devant une boutique de fournitures médicales. Il y a trois mannequins dans la vitrine. Pas des jolis mannequins comme on en voit chez *Saks* ou *Bergdorf*, où on les moule sur de vraies femmes, mais des mannequins à deux balles qui font peur, ceux qui ressemblent à des poupées des années cinquante géantes. Les poupées, donc, portent des tenues de chirurgien, et je m'avise que cela ferait le parfait uniforme pour New York. Pas cher, lavable et absolument cool.

Et cela s'achète bien plié sous cellophane. J'en choisis trois de couleurs différentes, et je me rappelle ce que m'a dit Bernard sur le vanity.

Le seul avantage à être allée chez mon père ce week-end, c'est que j'ai trouvé un vieil étui à jumelles qui a appartenu à ma mère, et que je comptais transformer en sac à main. Je pourrais peut-être aussi détourner d'autres objets. En tombant sur une quincaillerie de luxe, je repère le fourre-tout idéal.

C'est une besace de charpentier, en toile avec un fond en vrai cuir, assez grande pour contenir une paire de chaussures, un manuscrit et une tenue de chirurgien de rechange. Pour six dollars. Une affaire.

J'achète la besace, y fourre mon sac Carrie et mes blouses, reprends ma valise et me dirige vers le métro.

Il a fait humide ces derniers jours, et quand je pénètre dans l'appartement de Samantha, cela sent le renfermé, comme si toutes les odeurs étaient restées piégées là-dedans. Je respire à fond, en partie parce que je suis soulagée d'être de retour, et en partie parce que cette odeur précise me rappellera toujours New York et Samantha. Un mélange de vieux parfum et de bougies, de cigarette et d'autre chose que je n'identifie pas tout à fait : une sorte de musc réconfortant.

J'enfile la tenue de chirurgien bleue, me prépare une tasse de thé et m'assois devant ma machine à écrire. Tout l'été, la page blanche m'a terrifiée. Mais, peut-être parce que je suis rentrée à la maison et que j'ai compris qu'il y avait bien pire à redouter – par exemple, ne pas y arriver et finir comme Wendy –, je déborde d'enthousiasme. J'ai des heures et des heures de liberté devant moi, pendant lesquelles je vais pouvoir écrire. *La ténacité*, me dis-je. Je vais travailler jusqu'à ce que cette pièce soit terminée. Et je ne répondrai pas au téléphone. Déterminée à tenir ma promesse, je le débranche, même.

J'écris pendant quatre heures d'affilée, jusqu'à ce que la faim me pousse dehors. Je déambule, hagarde, dans la boutique du traiteur, la tête encore pleine de mes personnages qui continuent de jacasser pendant que je m'achète une boîte de soupe, que je la réchauffe et que je la pose à côté de ma machine pour pouvoir travailler en mangeant. Je continue comme ça un bon moment, et quand je sens enfin que j'ai fini pour aujourd'hui, je décide d'aller faire un tour dans ma rue préférée.

C'est une minuscule allée pavée de briques qui s'appelle Commerce Street – un des rares lieux du West Village que l'on ne trouve jamais si on le cherche. Il faut y arriver par surprise, en utilisant certains repères : le bazar d'Hudson Street, le sex-shop de Barrow Street. Quelque part vers l'animalerie, il y a un petit portail. Et c'est là, juste de l'autre côté.

Je me promène lentement ; je veux tout graver dans ma mémoire, jusqu'au moindre détail. Les adorables maisonnettes, les cerisiers, le petit bar de quartier où, je suppose, tous les clients se connaissent. J'arpente la rue plusieurs fois en m'arrêtant devant chaque maison, en imaginant comment ce serait d'habiter là. En levant la tête vers les petites fenêtres d'une maison de brique rouge, je me rends compte que j'ai changé. Avant, j'avais peur que mon rêve de devenir écrivain ne soit que cela : un rêve. J'ignorais absolument comment m'y prendre, par où démarrer et comment continuer. Mais récemment, j'ai commencé à me *sentir* écrivain. C'est moi. Écrire et me promener dans le Village en blouse de chirurgien.

Et demain, si je sèche le cours, j'aurai encore une journée comme celle-ci, rien qu'à moi. Je suis tout à coup submergée par la joie. Je rentre à l'appartement en courant et, en voyant ma pile d'ouvrages de théâtre sur la table, je me sens heureuse à un point incroyable.

Je m'installe pour lire, en prenant des notes au crayon et en soulignant les dialogues particulièrement poignants. Je suis capable d'en faire autant. Quelle importance, ce que pense mon père ? Et ce que pensent les autres en général ? Je n'ai besoin que de ma tête, et ça, personne ne peut me l'enlever.

À huit heures, je tombe dans un de ces rares sommeils profonds où votre corps est tellement épuisé que c'est à se demander si on se réveillera un jour. Quand je m'arrache finalement à mon lit, il est dix heures du matin.

Je calcule : j'ai dormi quatorze heures. Je devais être vraiment harassée. À tel point que je ne me rendais pas compte de la fatigue. Au début, je suis encore tout ensommeillée, mais quand ma confusion se dissipe, je suis dans une forme du tonnerre. Je remets ma tenue médicale de la veille et, sans même prendre la peine de me brosser les dents, je file tout droit vers ma machine à écrire.

Mon pouvoir de concentration est remarquable. J'écris sans m'arrêter, sans voir l'heure, jusqu'au mot « FIN ». Euphorique et légèrement dans les vapes, je regarde la pendule. Quatre heures et des poussières. En me dépêchant, je peux faire photocopier ma pièce et la porter au bureau de Viktor Greene pour cinq heures.

Je bondis sous la douche, le cœur tambourinant, triomphante. J'enfile une blouse médicale propre, attrape mon manuscrit et sors en courant.

La boutique de photocopies de la Sixième Avenue est tout près de l'école. Pour une fois, j'ai de la chance : il n'y a pas la queue. Ma pièce fait quarante pages et les photocopies coûtent cher, mais je ne peux pas prendre le risque de la perdre. Un quart d'heure plus tard, un exemplaire est bien rangé dans une enveloppe en kraft et je galope vers la New School.

Viktor est dans son bureau, affalé sur sa table de travail. Je crois d'abord qu'il dort, puis, comme il ne bouge pas du tout, je me demande s'il n'est pas mort. Je frappe à la porte. Pas de réponse. Je commence à m'inquiéter.

— Viktor ?

Il lève la tête, lentement, comme s'il avait un parpaing sur la nuque. Ses yeux sont gonflés, ses paupières inférieures béantes exposant témérairement leur intérieur rouge. Sa moustache est en bataille, comme saccagée par des doigts désespérés. Il se tient les joues avec ses mains. Sa bouche s'ouvre toute seule.

— Oui ?

En principe, je devrais lui demander ce qui ne va pas. Mais je ne connais pas assez bien Viktor et, de toute manière, je ne suis pas sûre de vouloir le savoir. Je me rapproche d'un pas en tenant l'enveloppe devant moi.

— Vous êtes venue en cours aujourd'hui ? me demande-t-il d'un ton morose.

— Non. J'écrivais. Je voulais terminer ma pièce. (Je fais glisser l'enveloppe vers lui sur le bureau.) Je me suis dit que vous pourriez peut-être la lire ce soir.

— Bien sûr.

Il me regarde comme s'il se rappelait à peine qui je suis.

— Bon, euh, merci, Mr Greene.

Je me retourne pour partir, mais lui jette quand même un regard inquiet.

— À demain, alors ?

— Mmmm, répond-il.

Mais qu'est-ce qu'il a, à la fin ? Je dévale les marches, parcours quelques pâtés de maisons d'un pas vif, achète un hot dog dans la rue, et me demande quoi faire, à présent.

Lil. Il y a des siècles que je ne l'ai pas vue. Pas pour de vrai, en tout cas. Elle est la seule personne à qui je puisse vraiment parler de ma pièce. La seule qui comprendra à fond. Et si Peggy est là… quelle importance ? Elle m'a déjà virée une fois, qu'est-ce qu'elle peut me faire de plus ?

Je m'engouffre dans la Deuxième Avenue, ravie par les bruits, par ce que je vois, par les gens qui rentrent chez eux à pas pressés tels des cafards. Je pourrais vivre ici pour toujours. Peut-être même devenir une vraie New-Yorkaise, un jour.

La vue de mon ancien immeuble de la 47e Rue fait remonter en moi toutes sortes de souvenirs – les photos de Peggy nue, sa collection d'ours, les chambres minuscules et leurs affreux lits de camp – et je me demande comment j'ai pu y tenir ne serait-ce que trois jours. Mais j'étais ignorante, à l'époque. Je ne savais pas à quoi m'attendre et j'étais prête à accepter n'importe quoi.

J'ai fait du chemin depuis.

Je presse le bouton de l'interphone avec autorité, sûre de moi. C'est une petite voix qui me répond.

— Oui ?

Puisque ce n'est ni Lil ni Peggy, je suppose qu'il s'agit de ma remplaçante.

— Lil est là ?

— Pourquoi ?

— Je suis Carrie Bradshaw, dis-je d'une voix forte.

Lil doit être là, car la porte bourdonne et la serrure émet un déclic.

En haut, la porte de chez Peggy s'entrouvre, juste assez pour permettre à quelqu'un de regarder à l'extérieur sans enlever la chaîne. Je parle dans l'embrasure.

— Lil est ici ?

— Pourquoi ? demande à nouveau la voix.

C'est peut-être le seul mot de son vocabulaire.

— Je suis une amie.

— Ah.

— Je peux entrer ?

— Je suppose que oui, acquiesce nerveusement la voix.

La porte s'ouvre un peu plus, juste assez pour que je puisse me glisser à l'intérieur.

De l'autre côté, je trouve une jeune femme au physique banal, qui n'a pas de chance avec ses cheveux et garde des vestiges d'acné adolescente.

— Nous n'avons pas le droit de recevoir des visites, chuchote-t-elle, apeurée.

— Je sais. J'ai habité ici.

— C'est vrai ? souffle-t-elle en ouvrant des yeux comme des soucoupes.

Je la dépasse d'une grande enjambée.

— Il ne faut pas laisser Peggy dominer ta vie.

J'ouvre la porte des petites chambres.

— Lil ?

— Qu'est-ce que tu fais ? bêle la fille, sur mes talons. Lil n'est pas là.

— Alors je vais lui laisser un mot.

J'entre dans la chambre de Lil et m'arrête, perplexe.

La pièce est vide. Le lit de camp est dépouillé de ses draps. Partie, la photo de Sylvia Plath que Lil gardait sur son bureau, avec sa machine à écrire, ses ramettes de papier et toutes ses affaires.

— Elle a déménagé ?

Pourquoi est-ce qu'elle ne m'a pas prévenue ?

La fille recule et va s'asseoir sur son propre lit, les lèvres serrées.

— Elle est rentrée chez elle.

— Quoi ?

C'est pas possible.

Mais la fille hoche la tête.

— Dimanche. Son père est venu la chercher.

— Mais pourquoi ?

— Comment veux-tu que je le sache ? Peggy était furieuse. Lil ne le lui a dit que le matin même.

Ma voix, alarmée, monte dans les aigus.

— Mais elle va revenir ?

La fille hausse les épaules.

— Elle a laissé une adresse, quelque chose ?

— Non. Elle a dit qu'elle rentrait chez elle, c'est tout.

— Oui, bon, merci, dis-en comprenant que cette gourde ne m'apprendra rien de plus.

Je sors de l'appartement et me dirige aveuglément vers le centre en m'efforçant de deviner les raisons du départ de Lil. Je me creuse la cervelle pour tenter de me rappeler tout ce qu'elle m'a raconté sur elle et l'endroit d'où elle venait. Son vrai nom est Elizabeth Reynolds Waters, c'est déjà un début. Mais sa ville d'origine, précisément ? Tout ce que je sais, c'est qu'elle se trouve en Caroline du Nord. Et que Lil et Capote se connaissaient avant, car comme l'a dit Lil un jour : « Les gens du Sud se connaissent tous. » Si elle est partie dimanche, elle doit être chez elle à l'heure qu'il est, même si elle est rentrée en voiture.

Je plisse les paupières. Je suis bien décidée à la retrouver.

Chapitre vingt-six

Je marche sans but, et à un moment je me rends compte que je suis dans la rue de Capote. Je reconnais immédiatement l'immeuble. Son appartement est au premier étage, et les rideaux de mémé jaunes sont clairement visibles par la fenêtre.

J'hésite. Si je sonne et qu'il est là, aucun doute qu'il pensera que je viens en redemander. Il risque même de présumer que son baiser était merveilleux, au point que je suis tombée raide dingue de lui. Ou alors, il sera peut-être agacé, croyant que je viens l'engueuler pour son comportement déplacé.

Oh, et puis zut. Je ne peux pas passer ma vie à me demander ce que va penser ce crétin de Capote. J'appuie fermement sur le bouton de l'interphone.

Au bout de quelques secondes, la fenêtre s'ouvre et Capote sort la tête.

— Qui est là ?

Je lui fais coucou de la main.

— C'est moi !

Il n'a pas l'air particulièrement enchanté de me voir.

— Carrie. Qu'est-ce que tu veux ?

J'écarte les bras en soufflant d'exaspération.

— Je peux monter ?

— Je n'ai qu'une minute à te consacrer.

— Moi aussi.

C'est pas vrai ! Mais quel abruti !

Il disparaît un instant, puis réapparaît en agitant un trousseau de clés.

— L'interphone ne marche pas, me dit-il en me les jetant.

Ce sont toutes ses admiratrices qui ont dû le déglinguer à force de sonner, me dis-je en montant.

Capote attend dans l'entrée, en chemise blanche à jabot et pantalon de smoking. Il se débat avec un nœud papillon luisant. J'observe sa tenue d'un air narquois.

— Où tu vas comme ça ?

— À ton avis ?

Il se recule pour me laisser passer. S'il a des souvenirs de notre baiser, il ne le montre pas.

— Je ne m'attendais pas à te voir habillé en pingouin. J'ai toujours trouvé que ce n'était pas ton genre.

Il me répond d'un ton légèrement offensé.

— Et pourquoi ?

— Le bout de droite passe sous le gauche, dis-je en indiquant le nœud papillon. Pourquoi tu n'en achètes pas un tout fait ?

Comme je m'y attendais, ma question l'irrite.

— Ça ne se fait pas. Un gentleman ne porte pas de nœuds papillons tout faits.

— Bien sûr.

Insolente, je passe un doigt sur les livres empilés sur sa table basse et m'installe confortablement dans le canapé mou.

— Alors, où tu vas ?

— À un gala, dit-il avec un regard réprobateur.

— Un gala pour quoi ?

Je ramasse distraitement un des livres et me mets à le feuilleter.

— Pour l'Éthiopie. C'est une cause très importante.

— Quelle générosité de ta part.

— C'est la famine, là-bas, Carrie. Les gens meurent de faim.

— Et toi, tu vas à un dîner de gala. Pour les gens qui meurent de faim. Pourquoi ne pas leur envoyer directement la bouffe ?

Ça y est. Capote manque de s'étrangler en tirant sur le bout de son nœud papillon.

— Pourquoi es-tu venue ?

Je me vautre, très sans-gêne, dans les coussins.

— Comment s'appelle la ville d'où vient Lil ?

— Pourquoi ?

Je soupire, les yeux au ciel.

— J'ai besoin de savoir. Je voudrais la joindre. Elle est partie de New York, au cas où tu ne le saurais pas.

— Pour ta gouverne, je le sais très bien. Et tu l'aurais su aussi si tu avais pris la peine de venir en cours aujourd'hui.

Je me redresse, impatiente d'en savoir plus.

— Qu'est-ce qui s'est passé ?

— Viktor nous a annoncé qu'elle était partie. Pour faire autre chose.

— Tu ne trouves pas ça bizarre ?

— Pourquoi ?

— Parce que Lil ne s'intéresse qu'à l'écriture. Ce stage comptait plus que tout au monde pour elle.

— Elle a peut-être eu des soucis de famille.

— Tu n'es même pas curieux ?

— Écoute, Carrie, dit-il d'un ton sec. Pour le moment, mon seul souci, c'est de ne pas être en retard. Je dois passer prendre Rainbow…

— Donne-moi juste le nom de la ville de Lil.

— Je ne sais plus. C'est soit Montgomery, soit Macon.

— Je croyais que tu la connaissais !

J'ai adopté un ton accusateur, mais au fond je soupçonne que mon agacement concerne plutôt Rainbow. Sans doute qu'ils sont ensemble, finalement. Je sais que je devrais m'en balancer, mais non.

Je me lève avec un sourire dédaigneux.

— Amuse-toi bien à ton gala !

Subitement, je déteste New York. Non, barrez ça. Je ne déteste pas New York. Seulement certains de ses habitants.

Il y a trois Waters dans le comté de Montgomery et deux à Macon. Je commence par Macon et tombe sur la tante de Lil au premier essai. Elle est gentille comme tout, et me donne son numéro.

Lil est stupéfaite d'entendre ma voix et, il me semble, plutôt contente dans l'ensemble. Son manque d'enthousiasme peut être attribué au fait qu'elle est gênée d'avoir abandonné New York.

— Je suis passée chez Peggy, lui dis-je avec sollicitude. La fille qui habite là m'a dit que tu étais rentrée chez toi.

— J'ai dû m'enfuir.

— Pourquoi ? À cause de Peggy ? Tu aurais pu venir habiter chez moi.

Pas de réponse. L'angoisse me serre la gorge.

— Tu n'es pas malade, au moins ?

Lil soupire.

— Pas au sens habituel du terme, non.

— C'est-à-dire ?

— Je ne veux pas en parler, chuchote-t-elle.

— Mais, Lil... Et l'écriture ? Tu ne peux pas partir de New York comme ça !

Il y a un silence. Puis elle dit, d'un ton crispé :

— New York, ce n'est pas pour moi.

J'entends un sanglot étouffé, comme si elle avait posé la main sur le combiné.

— Il faut que je te laisse, Carrie.

Et soudain, je pige. Je me demande pourquoi je n'ai rien vu jusque-là. Ça crevait les yeux, pourtant. Je n'avais simplement jamais imaginé qu'il puisse attirer qui que ce soit.

J'ai la nausée.

— C'est Viktor ?

— Non ! s'écrie-t-elle.

— Si, c'est Viktor. Pourquoi tu ne m'as rien dit ? Qu'est-ce qui s'est passé ? Tu as eu une histoire avec lui ?

— Il m'a brisé le cœur.

Je suis abasourdie. Je n'en reviens toujours pas. Lil avait une liaison avec Viktor Greene et sa moustache ridicule. Comment peut-on embrasser ce type, avec Waldo entre les deux ? Et en plus, avoir le cœur brisé ? Par lui ?

— Oh, Lil, c'est horrible. Tu ne peux pas le laisser te faire ça, te faire quitter le stage. Des tas de femmes ont des histoires avec leur professeur. Ce n'est jamais une bonne idée. Mais parfois, le mieux est de faire comme si ce n'était jamais arrivé.

Je pense brièvement à Capote : c'est exactement ce que nous avons fait.

— C'est plus que ça, Carrie, dit-elle d'un ton qui ne présage rien de bon.

— Bien sûr ! Je veux dire, je suis sûre que tu t'es crue amoureuse de lui. Mais franchement, Lil, il n'en vaut pas la peine. C'est juste un pauvre type qui a, par hasard, gagné un prix littéraire. Et dans six mois, quand tu auras publié plus de poèmes dans le *New Yorker* et gagné des prix toi-même, tu ne te souviendras même plus de lui.

— Malheureusement, si.

— Pourquoi ? je demande bêtement.

— Je suis tombée enceinte.

Ça, ça me coupe le sifflet.

— Tu es là ? dit-elle.

— De Viktor ?

Ma voix tremble.

— De qui d'autre ? crache Lil.

Je me sens toute molle de compassion.

— Oh, Lil. Je suis désolée. Archidésolée.

— Je ne l'ai pas gardé, dit-elle encore, d'une voix dure.

J'hésite.

— Ah. C'est sans doute mieux.

— Je n'en saurai jamais rien, pas vrai ?

— Ça peut arriver à tout le monde…

— Il m'a obligée à m'en débarrasser.

Je ferme les yeux, fort. Je ressens tellement sa douleur !

— Il ne m'a même pas demandé si je voulais le garder. Il n'y a pas eu de discussion. Il a simplement supposé. Il a supposé que…

Elle est incapable de continuer.

— Lil…

— Je sais ce que tu penses. Je n'ai que dix-neuf ans. Ce n'est pas le moment d'avoir un enfant. Et d'ailleurs, j'en aurais sans doute… disposé. Mais je n'ai pas eu le choix.

— Il t'a forcée à avorter ?

— En gros, oui. Il a pris rendez-vous à la clinique. Il m'y a emmenée. Il a payé. Et ensuite, il est resté dans la salle d'attente jusqu'à ce que ce soit fait.

— Oh mon Dieu, Lil. Pourquoi tu n'es pas partie en courant ?

— Je n'en ai pas eu le courage. Je savais que c'était ce qu'il fallait faire, mais…

— Tu as eu mal ?

— Non. C'est ça, le plus bizarre. Ça ne m'a pas fait mal, et après, je me sentais bien. Comme si j'étais de nouveau moi-même. J'étais *soulagée*. Mais ensuite, je me suis mise à réfléchir. Et j'ai vu à quel point c'était horrible. Pas l'avortement en soi, mais la manière dont il s'était comporté. Comme si c'était tout vu d'avance. Je me suis rendu compte qu'il ne pouvait pas m'aimer. Comment un homme peut-il t'aimer s'il ne veut même pas envisager d'avoir un enfant de toi ?

— Je ne sais pas, Lil…

— C'est ou tout noir ou tout blanc, Carrie, dit-elle d'une voix plus forte. On ne peut plus faire semblant. Et même si je le pouvais, il y aurait toujours ça entre nous. Savoir que j'ai porté un enfant de lui et *qu'il n'en a pas voulu*.

Je frémis et continue avec prudence.

— Mais au bout d'un certain temps… tu pourrais revenir ?

Elle pousse un soupir à fendre l'âme.

— Oh, Carrie. Tu ne comprends pas ? Je ne reviendrai jamais. Je ne veux même pas *connaître* des gens comme Viktor Greene. Je n'aurais jamais dû venir à New York.

Et après un sanglot déchirant, elle raccroche.

Je reste assise à triturer le fil du téléphone sans savoir quoi faire. Pourquoi Lil ? Je n'aurais pas imaginé qu'elle soit le genre de fille à qui ça arrive, mais d'un autre côté, qui l'est ? Sa décision a quelque chose de définitif qui me fait froid dans le dos.

Je pose la tête dans mes mains. Lil a peut-être raison à propos de New York. Elle est venue ici pour triompher, et la ville l'a broyée. Je suis terrifiée. Si cela a pu lui arriver, ça peut arriver à n'importe qui. Y compris à moi.

Chapitre vingt-sept

Je tape du pied tellement j'en ai assez.

Ryan est au tableau, il lit sa nouvelle. Qui est bien. Très bien. L'histoire d'une folle fin de soirée dans une boîte où une fille au crâne rasé essaie de coucher avec lui. C'est tellement bien que j'aurais aimé l'écrire moi-même. Malheureusement, je ne peux pas accorder toute mon attention à Ryan. Je fulmine encore de ma conversation avec Lil et de la perfidie de Viktor Greene.

Et encore, « perfide » n'est pas un adjectif assez fort. Odieux ? Minable ? *Haïssable ?*

Parfois, les mots manquent pour décrire la traîtrise des hommes dans les relations amoureuses.

Mais qu'est-ce qu'ils ont ? Pourquoi ne peuvent-ils pas être un peu plus comme les femmes ? Un jour, j'écrirai un livre intitulé *Un monde sans hommes.* Il n'y aura pas de Viktor Greene là-dedans. Pas de Capote Duncan non plus, d'ailleurs.

J'essaie de me concentrer sur Ryan, mais l'absence de Lil emplit la pièce. Je jette sans cesse des coups d'œil par-dessus mon épaule en m'attendant à la voir, mais il n'y a qu'une chaise vide. Viktor s'étant installé au fond, je ne peux pas l'observer sans me retourner.

Ce ne serait pas très discret. Toutefois, j'ai un peu reconnu le terrain avant le cours.

Je suis arrivée vingt minutes en avance et j'ai foncé droit au bureau de Viktor. Il était près de la fenêtre, à arroser ses stupides plantes suspendues qui font fureur en ce moment, l'idée étant qu'elles fournissent un supplément d'oxygène dans cette ville asphyxiée.

— Oui ? a-t-il dit en se retournant.

Ce que j'allais dire m'est resté dans la gorge. J'ai ouvert la bouche, puis souri gauchement.

Sa moustache avait disparu. Waldo avait été éliminée sans pitié – comme l'enfant à naître, n'ai-je pu m'empêcher de penser.

J'attendais de voir ce qu'il allait faire de ses mains, maintenant que Waldo n'était plus là.

Et comme de juste, elles ont bondi vers sa lèvre supérieure, caressant la peau, en pleine panique. Comme quelqu'un qui a perdu un membre et ignore qu'il n'est plus là jusqu'au moment où il essaie de s'en servir.

— Euhhh… a-t-il fait.

J'ai retrouvé mes moyens.

— Je me demandais si vous aviez lu ma pièce.

— Mmmm ?

Ayant constaté que Waldo n'était plus, ses mains sont retombées le long de son corps.

— Je l'ai terminée, ai-je ajouté, ravie de son embarras. Je vous l'ai déposée hier, vous vous souvenez ?

— Je n'ai pas trouvé le temps.

— Et quand allez-vous vous y mettre ? J'ai quelqu'un qui serait prêt à faire une lecture…

— Pendant le week-end, j'imagine.

Il a confirmé cette idée d'un bref hochement de tête.

Je l'ai remercié et j'ai filé dans le couloir, persuadée, allez savoir pourquoi, qu'il savait que je lui en voulais. Qu'il savait que je savais ce qu'il avait fait.

Le rire de Capote me ramène à l'instant présent. Ce rire me fait le même effet que des ongles grinçant sur un tableau noir, pour de très mauvaises raisons. Car en fait, je l'aime bien. C'est un de ces rires qui vous donnent envie de dire quelque chose de drôle pour l'entendre encore.

C'est vrai que le texte de Ryan est hilarant. Il a de la chance. Ryan fait partie de ces gens dont le talent éclipsera toujours les défauts.

Viktor regagne l'avant de la salle. Je regarde fixement sa lèvre supérieure glabre en frissonnant.

Des fleurs. Il me faut des fleurs pour Samantha. Et du papier toilette. Et peut-être une guirlande : « BIENVENUE À LA MAISON ». J'erre dans le quartier des fleuristes de la Septième Avenue, évitant les flaques sur lesquelles flottent des pétales esseulés. Je me rappelle avoir lu un article sur les dames de la haute société de l'Upper East Side qui envoient leurs bonnes acheter des fleurs fraîches tous les matins. Pendant un instant, je me languis d'être ce genre de personne, qui s'inquiète pour des détails tels que les fleurs fraîches, mais l'effort me paraît finalement épuisant. Samantha enverra-t-elle quelqu'un lui chercher des fleurs quand elle sera mariée avec Charlie ? Il a bien une tête à attendre ce genre de choses. Et soudain, cette histoire de fleurs me déprime tellement que je suis tentée de tout arrêter.

Mais Samantha appréciera le geste. Elle rentre demain et ça lui fera plaisir. Tout le monde aime les fleurs. Mais de quel genre ? Des roses ? Ça ne va pas. J'entre dans la plus petite des boutiques, où j'essaie d'acheter un lys. Cinq dollars ? Aïe !

— Quel est votre budget ? me demande la fleuriste.

— Deux dollars ? Peut-être trois ?

— Pour cette somme, vous n'aurez que de la gypsophile. Allez voir au drugstore, un peu plus loin.

Au drugstore, je me rabats sur un affreux bouquet de fleurs multicolores aux teintes artificielles : rose, violet et vert.

De retour à l'appart, je les mets dans un grand verre que je pose à côté du lit de Samantha. Les fleurs lui feront peut-être plaisir, mais pour ma part, je suis toujours hyper-angoissée. Je n'arrête pas de penser à Lil et au fait que Viktor Greene a gâché sa vie.

Un peu désœuvrée, je regarde le lit, dubitative. Bien que pas grand-chose ne s'y soit passé récemment, à part une consommation intensive de crackers au fromage, je devrais aller laver les draps. Mais le Lavomatic, c'est sinistre. Toutes sortes de crimes sont commis entre les machines et les séchoirs. Des vols à l'arraché, des vêtements subtilisés, des bagarres pour la possession des machines. Malgré tout, n'écoutant que mon devoir, je dépouille le lit, fourre les draps noirs dans une taie d'oreiller et sors.

La laverie est à peine éclairée, mais au moins il n'y a pas un chat. J'achète une dose de lessive à un distributeur. Les particules de détergent me font éternuer. Je mets les draps dans une machine et m'assois dessus pour marquer mon territoire.

Pourquoi les laveries sont-elles toujours si déprimantes ? Est-ce le simple fait d'exposer son linge sale en public le temps de le balancer dans la machine, en espérant que personne ne remarquera vos culottes trouées et vos draps en polyester ? Ou est-ce le signe de la défaite ? L'aveu que l'on n'a pas réussi à habiter un immeuble équipé de machines à laver ?

Après tout, peut-être que Wendy n'avait pas tort à propos de New York. Quoi que l'on pense de ce qu'on *pourrait être*, quand on est forcé de s'arrêter et de regarder où on en est, c'est plutôt triste.

Parfois, on ne peut plus fuir la réalité.

Deux heures plus tard, en remontant l'escalier avec mon linge, je découvre Miranda sur le palier, en train de pleurer dans le *New York Post*.

Oh non. Ça ne va pas recommencer ! Qu'est-ce qu'il y a dans l'air depuis deux jours ? Je pose mon paquet.

— C'est Marty ?

Elle hoche une fois la tête et baisse son journal, honteuse. Par terre à côté d'elle, le goulot d'une bouteille de vodka ouverte dépasse d'un sac en papier.

— Je n'ai pas pu m'en empêcher. Il le fallait, dit-elle pour expliquer l'alcool.

— Pas besoin de te justifier devant moi, dis-je en déverrouillant la porte. Le salopard.

— Je ne savais pas où aller.

Elle se lève et fait bravement un pas avant que son visage ne se chiffonne à nouveau.

— Oh, Carrie… Ça fait mal ! Pourquoi est-ce que ça fait aussi mal ?

— Je ne comprends pas. Je croyais que tout allait bien, dis-je en allumant une cigarette et en me préparant à appliquer à la situation tous mes talents d'analyste des relations hommes-femmes.

Miranda ravale ses larmes.

— Je trouvais qu'on s'amusait pas mal. Je ne m'étais jamais amusée avec un homme. Et puis ce matin, quand on s'est levés, il était tout bizarre. Il avait une sorte de sourire écœuré en se rasant. Je n'ai rien dit parce que je ne voulais pas être une de ces filles qui demandent à tout bout de champ : « Qu'est-ce qui ne va pas ? » J'essayais d'avoir tout bon, pour une fois.

— Je suis certaine que tu avais…

Dehors, le tonnerre gronde. Miranda s'essuie la joue.

— Même s'il n'était pas exactement mon genre, je trouvais que je faisais des progrès. Je me disais que je brisais mon schéma néfaste.

— Au moins tu as essayé. Surtout pour quelqu'un qui n'aime même pas les hommes. Quand je t'ai rencontrée, tu ne voulais pas en entendre parler, tu te rappelles ? Et c'était OK. Parce que quand on y pense vraiment, les hommes, c'est une vaste perte de temps.

Miranda renifle.

— Tu as peut-être raison.

Mais tout de suite après, de nouvelles larmes lui embuent les yeux. Elle cherche ses mots.

— J'étais forte, avant. Mais je me suis fait avoir par… J'ai été trahie par… mes convictions. Je crois que j'ai présumé de mes forces. Je croyais pouvoir repérer un salopard à des kilomètres.

Un coup de tonnerre nous fait sursauter.

— Oh, chérie, je soupire. Quand un type veut te mettre dans son lit, il te montre toujours ses bons côtés. Et pourtant, c'est vrai qu'il avait tout le temps envie d'être avec toi. Donc il devait vraiment être fou de toi.

— Ou peut-être qu'il se servait de moi pour mon appartement. Parce qu'il est plus grand que le sien. Et que je vis seule, alors que lui a un coloc, Tyler. Qui est pétomane et traite tout le monde de pédé, paraît-il.

— Mais ce n'est pas logique. S'il se servait de toi pour ton appartement, pourquoi te larguer ?

Elle remonte ses genoux contre sa poitrine.

— Que veux-tu que j'en sache ? Hier soir, quand on a fait l'amour, j'aurais dû me douter de quelque chose. Parce que c'était très… étrange. Agréable, mais étrange. Il n'arrêtait pas de me caresser les cheveux. Et de me regarder dans les yeux d'un air triste. Et ensuite il m'a déclaré : « Je veux que tu saches que je tiens à toi, Miranda Hobbes. Vraiment. »

— Il a dit ton nom complet, comme ça ? « Miranda Hobbes » ?

— J'ai trouvé ça romantique, sanglote-t-elle. Mais ce matin, en sortant de la douche, il m'a demandé si j'avais un sac en plastique pour son rasoir et sa crème à raser.

— *Quoi ?*

— Pour emporter ses affaires.

— Aïe !

Elle hoche la tête d'un air hébété.

— Je lui ai demandé pourquoi. Il m'a répondu qu'il venait de comprendre que ça ne marcherait pas entre nous et que ce n'était pas la peine de perdre notre temps.

J'en reste bouche bée.

— Il t'a sorti ça comme ça ?

— Il en parlait d'une manière tellement... clinique ! Officielle, même. Comme s'il plaidait devant la cour et que j'étais condamnée à la prison. Je ne savais pas quoi faire, alors je le lui ai donné, son foutu sac. Un sac de chez *Saks*. Tu sais, les rouges qui coûtent la peau des fesses.

Je me rassois sur mes talons.

— Oh, chérie. Tu pourras toujours retrouver un sac...

— Mais je ne retrouverai pas Martyyyy ! braille-t-elle. C'est moi, Carrie. J'ai un problème. Je rebute les hommes.

— Bon, écoute-moi bien. Le problème ne vient pas de toi. C'est *lui* qui a un problème. Peut-être qu'il avait peur que tu le quittes, et qu'il a pris les devants.

Elle relève la tête.

— Carrie. Je l'ai suivi dans la rue. En hurlant. En me voyant arriver, il est parti en courant. Jusque dans le métro. Tu le crois, ça ?

— Oui.

Vu ce qui est arrivé à Lil, je suis prête à croire n'importe quoi.

Elle se mouche dans du PQ.

— Tu as peut-être raison. Peut-être qu'il me trouve trop bien pour lui.

Et juste au moment où je commence à espérer que j'ai réussi à la convaincre, elle reprend un air buté.

— Si seulement je pouvais le voir. M'expliquer. On pourrait peut-être se remettre ensemble.

— Non ! Il s'est déjà sauvé une fois. Même si vous vous remettiez ensemble, il recommencerait. C'est son *schéma*.

Elle me lance un regard dubitatif, son PQ toujours à la main.

— Qu'est-ce que tu en sais ?

— Crois-moi.

— Je pourrais peut-être le changer.

Elle tend la main vers le téléphone, mais je tire sur le fil avant qu'elle ait pu l'attraper. Je serre l'appareil contre moi.

— Miranda. Si tu appelles Marty, je perds tout respect pour toi.

Là, elle me fusille du regard.

— Si tu ne me donnes pas ce téléphone, j'aurai beaucoup de mal à te considérer comme une amie.

— C'est nul, dis-je en le lui tendant à regret. De faire passer un mec avant tes amies.

— Je ne fais pas passer Marty avant toi. J'essaie de comprendre ce qui s'est passé.

— Tu *sais* ce qui s'est passé.

— Il me doit une explication.

Je renonce. Elle décroche et fronce les sourcils. Elle appuie plusieurs fois sur la fourche, puis prend un air accusateur.

— Tu le fais exprès ! Ton téléphone est en dérangement.

— Ah bon ?

Je le lui prends des mains et essaie moi-même. Rien. Même pas de la friture.

— Je suis presque sûre de m'en être servie ce matin.

— Peut-être que tu n'as pas payé la facture.

— Peut-être que Samantha n'a pas payé la facture. Elle est partie pour L.A.

— Chhht.

Miranda lève un doigt et regarde partout dans la pièce.

— Qu'est-ce que tu entends ?

— Rien.

— Exactement. Rien. (Elle se lève d'un bond et appuie sur les interrupteurs.) La clim est éteinte. Et les lumières ne marchent pas.

Nous courons à la fenêtre. La Septième Avenue est complètement embouteillée. Des klaxons retentissent, plusieurs sirènes se déclenchent en même temps. Les gens sortent de leurs voitures, agitent les bras, désignent les feux de circulation.

Mes yeux suivent leurs gestes. Les feux suspendus au-dessus de l'avenue sont noirs.

Je lève les yeux en direction du fleuve. On voit de la fumée par là-bas.

— Mais qu'est-ce qui se passe ?

Miranda m'adresse un sourire brouillé et triomphant.

— C'est un black-out, déclare-t-elle.

Chapitre vingt-huit

— Attends, que je comprenne bien, dis-je. La paroi intérieure de l'utérus migre vers d'autres parties du corps, et quand tu as tes règles, ça saigne aussi ?

— Et parfois, ça rend stérile. Ou alors, le fœtus peut se développer à l'extérieur de l'utérus.

Miranda est fière de m'exposer l'étendue de son savoir.

Moi, je suis horrifiée.

— Dans l'estomac, par exemple ?

Elle acquiesce.

— Ou dans tes fesses. Ma tante a une amie qui n'arrivait plus à aller aux toilettes. En fait, elle avait un bébé dans le gros intestin.

— Nooon !

J'allume encore une cigarette et tire dessus en méditant. La conversation devient délirante, mais j'apprécie sa perversion. Je me dis que c'est un jour à part : un jour en dehors des autres jours, où l'on peut s'affranchir des codes habituels.

Toute la ville est privée d'électricité. Le métro ne circule pas, et c'est le chaos dans les rues. Notre escalier est plongé dans le noir. Et un ouragan fait rage.

Ce qui signifie que Samantha, Miranda et moi sommes coincées. Du moins pour quelques heures.

Samantha est arrivée par surprise quelques minutes après le début de la panne. On entendait des éclats de voix dans l'escalier et les gens sortaient de chez eux pour comparer leurs impressions. Quelqu'un a dit que le vieux bâtiment des télécoms avait été frappé par la foudre, un autre a clamé que l'orage avait abattu les poteaux téléphoniques et que tous les climatiseurs avaient provoqué un court-circuit géant. Quoi qu'il en soit, pas de lumière et pas de téléphone. D'énormes nuages noirs flottaient au-dessus de la ville et ont repeint le ciel en gris verdâtre. Le vent s'est levé et le ciel était illuminé d'éclairs.

— On dirait la fin du monde, a déclaré Miranda. Quelqu'un essaie de nous dire quelque chose.

— Qui ? a demandé Samantha, toujours aussi sarcastique.

Miranda a fait un geste d'impuissance.

— L'Univers ?

— C'est mon utérus, l'Univers ! a répliqué Samantha.

Et c'est ainsi que cette conversation a commencé.

Il s'avère que Samantha souffre d'endométriose, ce qui explique que ses règles soient si douloureuses. Mais c'est seulement quand elle est arrivée à L.A. que la douleur est devenue intolérable et qu'elle s'est mise à vomir, en plein tournage. Quand l'assistant photo l'a trouvée à moitié évanouie par terre dans les toilettes, il a fallu appeler une ambulance. Elle a subi un curetage, après quoi ils l'ont renvoyée se reposer à New York.

— Je suis marquée à vie, gémit-elle.

Elle descend son jean pour nous montrer deux larges pansements de chaque côté de son ventre extraordinairement plat, et tire sur l'adhésif. En dessous, on voit une grande cicatrice rouge avec quatre points de suture.

— Regardez ! nous ordonne-t-elle.

— C'est affreux, confirme Miranda, les yeux brillants d'une étrange admiration.

Je craignais que Miranda et Samantha ne se détestent, mais au contraire, Miranda semble avoir accepté le statut dominant de Samantha. Non seulement elle est impressionnée par sa sophistication, mais en plus elle fait tout pour que Samantha l'apprécie. Par conséquent, elle est d'accord avec tout ce qu'elle dit.

Ce qui me laisse le mauvais rôle.

— Les cicatrices, ça ne me dérange pas. Je trouve que ça donne du caractère.

Je ne comprendrai jamais pourquoi les femmes se font tout un monde de leurs minuscules imperfections.

— Carrie ! me gronde Miranda en secouant la tête pour s'accorder avec la détresse de Samantha.

— Du moment que Charlie ne l'apprend jamais… dit Samantha en se renversant contre les coussins.

— Qu'est-ce que ça peut lui faire ?

— Je ne veux pas qu'il sache que je ne suis pas parfaite, rat des champs. Et s'il appelle, fais comme si j'étais toujours à L.A.

— Comme tu veux.

Ça me paraît bizarre, mais il faut dire que toute la situation est bizarre, avec le black-out et tout. Peut-être même shakespearien. Comme dans *Comme il vous plaira*, quand tous les personnages adoptent une autre personnalité.

— Rat des champs ? relève Miranda.

Je lui envoie un regard mauvais pendant que Samantha se met à parler de ma vie sexuelle avec Bernard.

— Tu reconnaîtras que c'est bizarre, dit-elle en posant ses pieds sur les coussins.

— Il doit être gay, pointe Miranda, assise par terre.

— Il n'est pas gay. Il a été marié.

Je me lève pour faire les cent pas dans la lumière vacillante des bougies.

— Raison de plus pour avoir faim ! s'esclaffe Samantha.

— Un type qui sort avec une fille pendant tout un mois sans essayer de coucher avec elle, ça n'existe pas, insiste Miranda.

— Mais on a couché. On n'a pas eu de « rapport », c'est tout.

— Chérie, ce n'est pas coucher, ça. C'est ce qu'on fait en sixième. (Samantha.)

— Tu l'as déjà vue, au moins ? rigole Miranda.

Je pointe ma cigarette vers elle.

— Il se trouve que oui.

— Elle n'est pas coudée, par hasard ? demande Miranda, et Samantha et elle se tordent de rire.

— Non. Et je suis vexée, dis-je en feignant de m'indigner.

— Des bougies. Et de la lingerie sexy. Voilà ce qu'il te faut, roucoule Samantha.

— Je n'ai jamais compris le coup de la lingerie. Quel est l'intérêt ? De toute manière, le type te l'enlève.

Samantha jette un regard rapide à Miranda.

— C'est ça, le truc. On ne l'enlève pas tout de suite.

— Tu veux dire que tu te balades dans son appart en petite culotte ? (Moi.)

— Tu mets un manteau de fourrure. Avec de la lingerie fine en dessous.

— J'ai pas les moyens ! clame Miranda.

— Alors un trench. Il faut vraiment que je vous apprenne tout, mesdemoiselles ?

— Oui, s'te plaît, dis-je.

— Surtout à Carrie, qui est encore vierge ! claironne Miranda.

— Ma chère, je le savais. Je l'ai su à l'instant où je l'ai vue.

— Ça se voit tant que ça ?

— Ce que je ne comprends pas, c'est pourquoi tu t'encombres encore de ta virginité. Moi, je me suis débarrassée de la mienne à quatorze ans.

— Comment ça s'est passé ? hoquette Miranda.

— Normalement. En buvant de la liqueur de fraise, à l'arrière d'une camionnette.

— Moi, sur le lit de mes parents. Ils étaient partis à un congrès.

— C'est dégoûtant, dis-je en me versant à boire.

— Je sais. Je suis tout à fait dégoûtante, renchérit Miranda.

Ça va durer encore longtemps, ce black-out ?

1 h 45

— Les bébés ! C'est ça, le problème. Qui aurait cru que le monde tournait autour des bébés ? crie Samantha.

— Chaque fois que j'en vois un, je vous jure, j'ai envie de vomir, dit Miranda.

Je hoche vigoureusement la tête.

— Moi, j'ai vomi une fois. J'ai vu une couche sale, et paf !

— Pourquoi les gens n'ont-ils pas simplement des chats et une caisse à sciure ? s'interroge Samantha.

2 h 15

— Jamais je n'appellerai un homme. Jamais, jamais. (Samantha.)

— Et si tu ne peux pas t'en empêcher ? (Moi.)

— Il faut s'en empêcher.

— C'est le manque d'estime de soi. (Miranda.)

— Tu devrais vraiment en parler à Charlie. De ton opération, dis-je, un peu dans les vapes.

— Et pourquoi ?

— Parce que c'est ce qu'on fait dans la vraie vie.

— Je ne suis pas venue à New York pour être dans la vraie vie.

— T'es v'nue pour être bidon ? (J'ai la voix pâteuse.)

— Je suis venue pour être quelqu'un de nouveau.

— Moi, je suis venue pour être moi-même, ajoute Miranda. Chez moi, je ne pouvais pas.

— Moi non plus. (La pièce tourne.) Ma mère est morte, dis-je tout bas juste avant de tomber dans le coaltar.

Quand je reviens à moi, la lumière entre à flots dans l'appartement.

Je suis allongée par terre sous la table basse. Miranda est roulée en boule sur le canapé. Elle ronfle. Je me demande aussitôt si c'est la raison secrète pour laquelle Marty l'a larguée. J'essaie de m'asseoir, mais ma tête pèse une tonne.

— Ohhh…

Je la repose.

Au bout d'un moment, je parviens à rouler sur le ventre et à ramper jusqu'à la salle de bains, où je prends deux aspirines et les fais descendre avec le fond de la bouteille d'eau. J'entre en titubant dans la chambre de Samantha et je m'effondre au sol.

— Carrie ? dit-elle, réveillée par le bruit.

— Mmm ?

— Qu'est-ce qui s'est passé hier soir ?

— Black-out.

— Purée.

— Et endométriose.

— Double purée.

— Et Charlie.

— Je ne l'ai pas appelé, hein ?

— Pas possib. Le téléphone est en rade.

— Toujours pas de lumière ?

— Mmmmm.

Silence.

— C'est vrai que ta mère est morte ?

— Eh ouais.

— Désolée.

— Moi aussi.

Je l'entends remuer dans ses draps de soie noire. Elle tapote le côté du lit.

— Y a plein de place ici.

Je me hisse sur le matelas et retombe aussitôt dans un sommeil poisseux.

Chapitre vingt-neuf

— Hé, j'ai trouvé à manger ! s'exclame Miranda.

Elle pose une boîte de crackers Ritz sur le lit et nous nous jetons dessus.

— Moi, je propose qu'on aille chez Charlie à pied, dis-je en balayant mes miettes du lit. C'est lui qui a le plus grand appart.

Et il y a des heures que nous sommes coincées ici. Je ne sais pas combien de temps je vais encore pouvoir tenir.

— Non ! tranche Samantha, catégorique. Plutôt crever de faim que le laisser me voir comme ça. J'ai les cheveux sales.

— Tout le monde a les cheveux sales. Charlie aussi, fais-je observer.

— Écoutez-moi. Ce dont on a parlé hier soir ne sortira pas d'ici, OK ? dit Miranda.

— Je n'en reviens pas que Marty n'ait qu'un testicule. (Je reprends un cracker.) Ça aurait dû te mettre la puce à l'oreille.

— Je pense que c'est un plus, objecte Samantha. Ça l'oblige à redoubler d'efforts au lit.

Je cherche un dernier cracker dans la boîte. Vide.

— On a besoin de ravitaillement.

Samantha bâille à s'en décrocher la mâchoire.

— Je ne bouge pas. Pas de courant, pas de travail. Pas de Harry Mills essayant de regarder sous mes jupes.

Je soupire et enfile ma dernière tenue médicale propre.

— Tu as décidé de faire médecine, maintenant ? s'enquiert Samantha.

— Où est ton stéthoscope ? ricane Miranda.

Je soutiens que c'est très chic.

— Depuis quand ?

— Depuis maintenant.

Hum. Apparemment, ni mes expériences sexuelles ni mes choix vestimentaires ne sont appréciés à leur juste valeur, par ici.

Miranda se penche vers Samantha et, avec un couinement excité, lui demande :

— Bon, alors, quelle a été ta *pire* expérience sexuelle ?

Je jette les mains en l'air. En sortant de l'appartement, je les entends hurler de rire à propos d'une chose qu'elles appellent « le coup du crayon ».

J'erre sans but dans le Village et, voyant la porte de la *White Horse Tavern* ouverte, j'entre.

Dans la pénombre, je découvre quelques clients assis au comptoir. Ma première réaction est le soulagement d'avoir trouvé un endroit ouvert. Ma deuxième est le désarroi en voyant qui sont ces gens : Capote et Ryan.

Je cligne des yeux. Ce n'est pas possible. Et pourtant. Capote, la tête renversée en arrière, rit bruyamment. Ryan s'accroche à son tabouret. Il est clair qu'ils sont tous les deux soûls comme des cochons.

Qu'est-ce qu'ils font là ? Capote n'habite qu'à quelques rues, et il est possible que Ryan et lui se soient retrouvés coincés chez lui quand le courant a été coupé. Mais je m'étonne qu'ils soient ici, étant donné la vaste collection de boissons alcoolisées de Capote. À les voir, je devine qu'ils ont tout bu.

Je secoue la tête avec réprobation et me prépare à l'inévitable rencontre. Mais en secret, je suis hyper-contente de les voir.

— Ce tabouret est pris ? dis-je en me glissant à côté de Ryan.

— Hein ?

Il décroise les yeux pour me considérer d'un air ahuri. Puis il me tombe dessus et m'embrasse comme du bon pain.

— Carrie Bradshaw ! Quand on parle du loup... on parlait justement de toi.

— Ah bon ?

— C'est pas vrai ? demande-t-il confusément à Capote.

— Je crois que c'était il y a une douzaine d'heures, dit ce dernier.

Il est ivre, mais pas du tout au même point que Ryan. Il trouve sans doute que ce serait indigne d'un gentleman, du moins en public.

— Après, on a parlé d'autre chose.

— Hemingway ? hasarde Ryan.

— Dostoïevski.

— Je m'emmêle toujours les pinceaux avec ces foutus noms russes, pas toi, Carrie ?

— Seulement quand je suis à jeun.

— Tu es à jeun ? Oh, non…

Ryan recule d'un pas et manque d'atterrir sur les genoux de Capote. Il tape du plat de la main sur le bar.

— On peut pas rester à jeun en plein black-out. Pas permis. Garçon, à boire pour la demoiselle !

— Mais qu'est-ce que tu fais là ? me demande Capote.

— J'étais partie au ravitaillement.

Je les regarde tous les deux avec méfiance. Ryan se frappe le front.

— Nous aussi ! Et puis il s'est passé je sais plus quoi, et on s'est retrouvés coincés ici. On a essayé de partir, mais les flics n'arrêtaient pas de traiter Capote de pillard, si bien qu'on a dû rentrer dans cet antre.

Il éclate de rire et, soudain, moi aussi. Apparemment, l'isolement nous a gravement déréglé le système car nous nous écroulons l'un sur l'autre en nous tenant les côtes, montrant Capote du doigt et riant encore plus fort. Capote secoue la tête, comme s'il ne comprenait pas comment il se retrouve avec deux énergumènes comme nous.

— Non mais sérieusement, dis-je entre deux hoquets, il me faut du ravitaillement. Mes deux copines…

— Tu es avec des femmes ? s'exclame Ryan avec chaleur. Qu'est-ce qu'on attend ?

Il sort du bar en titubant pendant que Capote et moi tentons de le rattraper.

Je ne sais plus précisément comment c'est arrivé, mais une heure plus tard, Capote, Ryan et moi montons en chancelant l'escalier de Samantha. Ryan se cramponne à la rampe, sous les encouragements de

Capote. Je les regarde et soupire. Samantha va me tuer. Ou pas. Peut-être que plus rien n'a d'importance après vingt-quatre heures sans électricité.

En tout cas, je ne reviens pas les mains vides. En plus de Ryan et de Capote, j'ai une bouteille de vodka et deux packs de six bières, que Capote a réussi à extorquer au barman. Puis j'ai trouvé un sous-sol d'église où l'on distribuait de l'eau et des sandwiches jambon-fromage. Ensuite, Ryan a voulu pisser sous un porche. Après quoi nous avons été poursuivis par un flic à moto, qui nous a crié après et nous a dit de rentrer chez nous.

Ça aussi, c'était très drôle, bien que je suppose que ça n'aurait pas dû.

Dans l'appartement, nous découvrons Samantha penchée sur la table basse, occupée à dresser une liste. À côté d'elle, Miranda oscille entre plusieurs expressions : de la consternation à l'admiration, puis à l'horreur franche et massive. Finalement, c'est l'admiration qui triomphe.

— Ça fait vingt-deux ! s'écrie-t-elle. Et Ethan, c'est qui ? Je déteste ce prénom.

— Il avait les cheveux carotte. C'est à peu près tout ce dont je me souviens.

Oh non. Il semblerait qu'elles aussi se soient rabattues sur la vodka.

— On est là ! je crie.

— *On ?*

— J'ai amené mon pote Ryan. Et son ami Capote.

— Ah, ronronne Samantha en se levant pour poser sur mes chats errants un regard approbateur. Vous êtes venus nous sauver ?

— Plutôt nous qui les sauvons.

— Bienvenue ! dit Miranda en leur faisant signe depuis le canapé.

Je la regarde, désemparée, en me demandant ce que j'ai fait. C'est peut-être vrai, ce qu'on dit du danger. Cela affûte les sens. Et apparemment, cela rend tout le monde bien plus attirant qu'en temps normal. C'est sans doute lié à la survie de l'espèce. Mais si c'est vrai, Mère Nature n'aurait pas pu choisir un assortiment humain moins fiable.

J'entre dans la cuisine avec mon sac de victuailles et commence à déballer les sandwiches.

— Je vais t'aider, dit Capote.

— Il n'y a rien à faire, je réponds sèchement tout en coupant les sandwiches en deux afin de nous en garder pour plus tard.

— Tu ne devrais pas être si rigide, tu sais ?

Il ouvre une bière et la pousse vers moi.

— Je ne le suis pas. Mais il faut bien que quelqu'un garde la tête froide.

— Tu en fais trop. Tu te comportes toujours comme si tu allais t'attirer des ennuis.

Je suis sidérée.

— Moi ?

— Oui, tu as ton petit air aigre, réprobateur.

Il ouvre une bière pour lui.

— Et si on parlait de ton petit air arrogant, réprobateur ?

— Je ne suis pas arrogant, Carrie.

— Et moi, je suis Marilyn Monroe.

— Mais pourquoi tu t'en fais, de toute manière ? Tu n'entres pas à Brown à l'automne ?

Brown. Me voilà paralysée. Même en plein black-out, avec nos maigres réserves et la présence de

Capote Duncan, c'est le dernier endroit où j'aurais envie d'aller. L'idée de la fac me paraît soudain inenvisageable.

— Pourquoi ? Tu essaies de te débarrasser de moi ?

Il hausse les épaules et prend une gorgée de bière.

— Mais non. Tu me manquerais sûrement.

Et il s'en va rejoindre les autres pendant que je reste sur place, abasourdie, un plat de sandwiches dans les mains.

19 h 00

Strip poker.

9 h 00

Strip poker encore.

10 h 30

Le soutif de Samantha est sur ma tête.

2 h 00

Ai construit une tente avec une vieille couverture et des chaises. Capote et moi sous la tente.

Parlons d'Emma Bovary.

Parlons de Lil et de Viktor Greene.

Parlons de la vision des femmes de Capote : « Je veux une femme qui ait les mêmes objectifs que moi. Qui veuille faire quelque chose de sa vie. »

D'un coup, suis intimidée.

Capote et moi nous allongeons sous la tente. C'est agréable mais tendu. Comment ce serait d'être avec *lui*, je me le demande. Mais je ne devrais même pas y penser, alors que Miranda, Samantha et Ryan jouent aux cartes juste à côté.

Je lève les yeux vers la couverture.

— Pourquoi tu m'as embrassée l'autre soir ? dis-je tout bas.

Il tend le bras, trouve ma main et referme ses doigts dessus. Nous restons comme ça, en silence main dans la main, pendant une éternité.

— Je ne suis pas un bon amoureux, Carrie, dit-il enfin.

Je dégage ma main.

— Je sais. On devrait essayer de dormir.

Je ferme les yeux tout en sachant que je n'en ferai rien. Impossible de dormir alors que chacune de mes terminaisons nerveuses bourdonne d'électricité, comme si mes électrons étaient fermement décidés à communiquer avec ceux de Capote par-dessus l'espace vide qui nous sépare.

Dommage qu'on ne puisse pas s'en servir pour faire de la lumière.

Ensuite j'ai dû m'endormir, car nous sommes réveillés par un vacarme épouvantable, qui s'avère être le téléphone.

Je m'extirpe de la tente pendant que Samantha sort en courant de sa chambre, un masque sur la tête.

— Qu'est-ce que…

Ryan se redresse et se cogne le front contre la table basse.

— *Quelqu'un peut décrocher, please ?* glapit Miranda.

Samantha fait le geste de se trancher la gorge.

— Bon, si personne ne répond, je me dévoue, dit Ryan en rampant vers l'appareil qui nous casse les oreilles.

— Non ! crions-nous en chœur, Samantha et moi.

J'arrache le combiné des mains de Ryan.

— Allô ? dis-je prudemment en m'attendant à entendre Charlie.

— Carrie ? demande avec inquiétude une voix masculine.

C'est Bernard. Le black-out est terminé.

TROISIÈME PARTIE

Départs et arrivées

Chapitre trente

Bientôt mon anniversaire !

On y est presque. Je soûle tout le monde avec ça. Mon anniv ! Dans moins de deux semaines, j'aurai dix-huit ans.

Je fais partie des gens qui adorent leur anniversaire. Je ne sais pas pourquoi, mais c'est comme ça. J'adore la date : le 13 août. Je suis née un vendredi 13, alors même si ça porte malheur à tous les autres, moi ça me porte chance.

Et cette année, ce sera énorme. Je vais avoir dix-huit ans, je vais perdre ma virginité, et ma pièce doit être lue chez Bobby ce soir-là. Je rappelle sans cesse à Miranda que ce sera un double bonus : mon premier coup médiatique et mon premier coup tout court.

— Mon coup… mon coup. Tu saisis ? dis-je, chatouillée par le rythme des mots.

Miranda, on la comprend, n'en peut plus de ma petite blague, et chaque fois que je la répète, elle plaque les mains sur ses oreilles en prétendant qu'elle n'aurait jamais dû me rencontrer.

J'ai aussi développé une incroyable névrose autour de mes pilules contraceptives. Je n'arrête pas de vérifier la plaquette, pour m'assurer que j'ai bien pris la bonne et que je n'en ai perdu aucune par accident. Quand je suis allée chez le gynéco, j'ai envisagé de me faire prescrire aussi un diaphragme, pour plus de sûreté, mais une fois que le médecin m'a montré l'engin, j'ai décidé que c'était trop compliqué. J'ai eu envie de percer deux trous dedans et d'en faire un petit chapeau pour chat. Je me demande si quelqu'un l'a déjà fait.

Naturellement, le cabinet médical m'a fait penser à Lil. Je culpabilise toujours à cause de ce qui lui est arrivé. Je me demande parfois si c'est parce que ça ne m'est pas arrivé, à moi, et que je suis toujours à New York, que ma pièce va être jouée et que j'ai un petit ami intelligent et plein de succès qui n'a pas fichu ma vie en l'air – du moins pas encore. Sans Viktor Greene, Lil serait encore ici, à arpenter les rues crasseuses dans ses robes Laura Ashley et à trouver des fleurs dans l'asphalte. Mais ensuite, je me demande si tout est vraiment la faute de Viktor. Lil avait peut-être raison : New York n'était simplement pas pour elle. Et si Viktor ne l'en avait pas chassée, peut-être qu'autre chose l'aurait fait.

Ce qui me rappelle ce que m'a dit Capote pendant le black-out. Que je n'avais pas à m'inquiéter puisque j'entrais à Brown à l'automne. Ça aussi, ça m'inquiète, car à chaque jour qui passe j'ai de moins en moins envie d'y aller. Tous mes amis d'ici me manqueront. Et en plus, je sais déjà ce que je veux faire de ma vie. Pourquoi ne pourrais-je pas simplement continuer ?

Et puis si je vais à Brown, je n'aurai plus de fringues gratos, par exemple.

Il y a deux jours, une petite voix dans le fond de ma tête m'a dit d'aller voir la styliste, Jinx, dans sa boutique de la 8e Rue. Comme il n'y avait personne quand je suis entrée, je me suis dit qu'elle devait être dans l'arrière-boutique, en train d'astiquer son poing américain. Et en effet, quand elle a entendu bouger des cintres, elle est sortie de derrière un rideau, m'a toisée de la tête aux pieds et m'a dit :

— Oh. Toi. De chez Bobby.

— Oui.

— Tu l'as revu ?

— Bobby ? Il va faire lire ma pièce dans son espace.

Je l'ai dit comme en passant, comme si on jouait mes pièces tout le temps.

— Bobby est bizarre, a-t-elle lâché en plissant la bouche. C'est vraiment un sale petit pervers.

— Mmm… Sûr qu'il a l'air un peu… porté sur la chose.

Ça l'a fait rire.

— Hahaha. Ça lui va bien. « Porté sur la chose. » C'est exactement ce qu'il est. Ben il peut se faire un nœud.

Je n'étais pas vraiment sûre de comprendre ce qu'elle disait, mais j'ai laissé glisser.

À la lumière du jour, Jinx était moins sinistre et plus… normale, si j'ose dire. J'ai vu que c'est une de ces femmes qui se maquillent beaucoup non pas pour faire peur mais parce qu'elles ont une vilaine peau. Et que ses cheveux étaient très secs à cause du henné noir. Et j'ai imaginé qu'elle ne venait pas d'une famille super super, qu'elle avait peut-être un père ivrogne et une mère qui criait tout le temps. Mais je savais qu'elle avait du talent, et j'ai soudain admiré les efforts qu'elle avait dû faire pour arriver jusque-là.

— Alors tu cherches quelque chose à te mettre. Pour chez Bobby.

— Oui.

Je n'y avais pas encore vraiment pensé, mais à présent qu'elle le disait, j'ai compris que je n'aurais dû me préoccuper que de ça.

— J'ai exactement ce qu'il te faut.

Elle est partie dans l'arrière-boutique et en est ressortie en tenant à bout de bras un survêtement en vinyle blanc avec des ganses noires le long des manches.

— Comme je n'avais pas de quoi me payer du tissu, je l'ai fait dans une toute petite taille. S'il te va, il est à toi.

Je ne m'attendais pas à tant de générosité. D'autant plus que j'ai fini par me retrouver les bras chargés de fringues. Apparemment, je suis une des rares personnes à New York qui soient volontaires pour porter des survêtements en vinyle blanc, des robes en plastique ou des pantalons en latex rouge.

J'étais comme Cendrillon avec cette fichue pantoufle.

Et cela tombait à pic. Je n'en pouvais plus de mon vieux kimono en soie bleue, de ma robe d'hôtesse et de mes blouses de chirurgien. Comme Samantha l'affirme toujours : « Si les gens te voient toujours dans les mêmes tenues, ils commencent à penser que tu n'as aucune perspective dans la vie. »

Samantha qui, pendant ce temps-là, est retournée chez Charlie. Elle dit qu'ils se bouffent le nez à propos de services à thé, de carafes en cristal et des avantages et inconvénients d'avoir un buffet de crudités à leur mariage. Elle n'en revient pas que sa vie en soit réduite à cela, mais je lui rappelle sans cesse que dès le mois d'octobre, la noce sera derrière elle et elle n'aura plus jamais à s'inquiéter de rien. Ce qui l'a poussée à passer un de ses fameux marchés avec moi : elle m'aiderait à dresser la liste des invités à ma lecture si je voulais bien aller chercher une robe de mariée avec elle.

C'est le problème avec les mariages. C'est contagieux.

En fait, c'est tellement contagieux que Donna LaDonna et sa mère viennent à New York pour anticiper sur le rituel. Quand Samantha me l'a annoncé, je me suis rendu compte que, prise dans le tourbillon de la vie new-yorkaise, j'en avais oublié qu'elles étaient cousines.

L'idée de revoir Donna m'a mise un peu mal à l'aise, mais pas autant que l'idée de faire lire ma pièce à Bernard.

Hier soir, j'ai rassemblé tout mon courage et je lui ai enfin présenté mon manuscrit. Je le lui ai littéralement présenté sur un plateau d'argent. Nous étions chez lui et j'ai trouvé un plateau d'argent que Margie n'avait pas emporté. J'ai noué un gros ruban rouge autour, et je le lui ai servi pendant qu'il regardait MTV. Tout en me disant, bien sûr, que c'était moi qui aurais dû être sur ce plateau d'argent.

Maintenant, je regrette. Imaginer Bernard lisant ma pièce et ne l'aimant pas me rend fébrile. J'ai fait les cent pas dans l'appartement toute la matinée, attendant qu'il m'appelle, priant pour qu'il le fasse avant mon rendez-vous avec Samantha et Donna

LaDonna chez *Kleinfeld*, le royaume de la robe de mariée.

Je n'ai pas de nouvelles de Bernard, mais j'en ai eu plein de Samantha. Elle n'arrête pas d'appeler pour que je n'oublie pas le rendez-vous.

— C'est à midi précis. Si on n'y est pas à midi pile, on perd la salle.

— Qui est à l'appareil ? Cendrillon ? Ton taxi aussi va se transformer en citrouille ?

— Pas de blague, Carrie. C'est de mon mariage qu'on parle, là.

Et maintenant, il est presque l'heure d'aller la retrouver et Bernard n'a toujours pas appelé pour me dire s'il aime ma pièce ou non.

Toute ma vie est suspendue à un fil.

Téléphone ! Ça doit être Bernard. Samantha n'a sûrement plus de pièces.

— Carrie ? (Elle crie dans le téléphone.) Qu'est-ce que tu fais encore chez toi ? Tu devrais être en route.

— Je partais.

Je raccroche furieusement, saute dans mon survêtement neuf et dévale l'escalier.

Le magasin *Kleinfeld* est au bout du monde, à Brooklyn. J'ai au moins quatre changements de métro pour y arriver, et dès le premier, je cède à ma paranoïa tremblante et j'appelle Bernard. Il n'est pas chez lui. Il n'est pas au théâtre. Au changement suivant, j'essaie encore. Où peut-il bien être ? En descendant à Brooklyn, je m'engouffre dans une cabine. Ça sonne toujours dans le vide. Je raccroche, anéantie. Je suis sûre que Bernard m'évite exprès. Il doit avoir lu ma pièce, l'avoir détestée, et ne pas savoir comment me le dire.

Je fais irruption dans le temple du mariage, échevelée et en sueur. Le vinyle, même blanc, n'est pas le matériau idéal par une humide journée d'août à New York.

Kleinfeld n'a l'air de rien vu de l'extérieur. C'est un de ces énormes bâtiments noirs de suie dont les fenêtres ressemblent à des yeux tristes et fatigués. Mais à l'intérieur, rien à voir. Le décor est tout rose, luxueux, feutré et velouté comme des pétales de fleurs. Des vendeuses sans âge à l'allure douce et au visage impénétrable traversent la salle d'attente d'un pas glissant. Le groupe Jones dispose de sa propre suite avec salon d'essayage, podium et miroirs sur 360 degrés. Il y a aussi une carafe d'eau, une théière pleine et un plateau de biscuits. Et, miracle, un téléphone.

Sauf que Samantha n'est pas là. Je trouve à sa place une jolie femme entre deux âges assise toute raide sur un petit siège de velours, les pieds modestement croisés, les cheveux lissés en un casque parfait. Sans doute la mère de Charlie, Glenn.

Une autre femme, qui pourrait être son contraire cosmique, est assise à côté d'elle. Elle a dans les vingt-cinq ans et porte un tailleur marine informe, sans une once de maquillage. Elle n'est pas laide en soi, mais vu ses cheveux mal coiffés et son expression indiquant qu'elle ne gaspille jamais rien, je la soupçonne de s'enlaidir volontairement.

— Je suis Glenn, dit la première en me tendant une longue main osseuse et un poignet fin orné d'une discrète montre en platine.

Elle doit être gauchère, car les gauchers portent toujours leur montre au poignet droit afin de bien signaler à tout le monde qu'ils sont gauchers, et donc potentiellement particuliers et plus intéressants. Elle m'indique ensuite la jeune femme.

— Et voici ma fille, Erica.

Erica me donne une poignée de main ferme et pragmatique. Elle a quelque chose de rafraîchissant, comme si elle savait que sa mère est ridicule et que toute la scène est absurde.

Je la salue chaleureusement et m'assois tout au bord d'une petite chaise décorative.

Samantha m'a dit que Glenn était liftée, alors pendant qu'elle se lisse les cheveux et qu'Erica mange un biscuit, je scrute subrepticement son visage pour chercher des traces de l'opération. Quand on regarde bien, elles ne sont pas difficiles à trouver. La bouche de Glenn est étirée et tendue comme le sourire du Joker, bien qu'elle ne sourie pas. Ses sourcils sont dangereusement proches de la racine de ses cheveux. Je l'observe avec une telle attention qu'elle le sent. Elle se tourne vers moi et, avec un petit mouvement de la main, me dit :

— C'est une tenue intéressante que vous portez.

— Merci. Je l'ai eue gratuitement.

— C'est à espérer.

Je ne saurais dire si elle se montre volontairement impolie ou si elle est toujours comme ça. Je prends un biscuit et me sens un peu triste. Je ne sais vraiment pas pourquoi Samantha a insisté pour que je sois là. Elle n'a sûrement pas l'intention de m'emmener dans sa vie future. Je ne vois pas où je pourrais me caser.

Glenn secoue le bras et consulte sa montre.

— Mais où est donc Samantha ? demande-t-elle avec un petit soupir contrarié.

— Elle est peut-être coincée dans les embouteillages, dis-je.

— C'est très grossier d'être en retard à son propre essayage, murmure Glenn d'une voix grave et chaude, calculée pour rendre l'insulte moins cinglante.

On frappe à la porte et je me lève d'un bond pour aller ouvrir.

— La voilà !

Je m'attends à trouver Samantha, mais c'est Donna LaDonna que je découvre, flanquée de sa mère.

Pas de Samantha en vue. Néanmoins, je suis tellement soulagée de ne plus être seule avec Glenn et sa fille que j'en fais trop. Je crie carrément :

— Donna !

Elle se la joue sexy dans son grand sweat-shirt à épaulettes et ses leggings. Quant à sa mère, elle porte une triste imitation du vrai tailleur Chanel de Glenn. Qu'en pense cette dernière ? J'ai bien vu que je ne l'avais pas impressionnée. Et soudain, nos origines castleburiennes me gênent aux entournures.

Donna, bien sûr, ne se rend compte de rien.

— Salut, Carrie, me dit-elle comme si on s'était vues la veille.

Elles s'approchent toutes les deux de Glenn, qui leur serre aimablement la main et fait semblant d'être ravie de les voir.

Pendant que Donna et sa mère se répandent en commentaires sur la pièce où nous sommes, sur le tailleur de Glenn et sur le futur mariage, je me détends sur ma petite chaise et j'observe. J'ai toujours considéré Donna comme une des filles les plus sophistiquées du lycée, mais en la voyant là à New York, sur mon territoire, je me demande ce que je lui trouvais de si fascinant. D'accord, elle est jolie, mais pas belle comme Samantha. Et elle n'a pas une once de style dans son accoutrement à la *Flashdance*. Elle n'est même pas très intéressante : elle me baratine sur le fait que sa mère et elle se sont fait manucurer et se vante d'avoir fait du shopping chez *Macy*. Mon Dieu. Même moi, je sais que ce sont les touristes qui vont chez *Macy*.

Et là, sans crier gare, elle m'assène son scoop : elle aussi va se marier. Elle me tend sa main pour me montrer un solitaire.

Je me penche pour l'admirer, bien qu'il faille presque une loupe pour voir le diamant.

— Et qui est l'heureux élu ?

Elle me fait un petit sourire, comme si elle s'étonnait que je ne sois pas au courant.

— Tommy.

— Tommy ? Tommy *Brewster* ?

Le Tommy Brewster qui a fait de ma vie un enfer simplement parce que j'ai eu la malchance d'être à côté de lui à l'assemblée du matin pendant toutes mes années de lycée ? Le grand crétin de sportif qui était en couple avec Cynthia Viande ?

Apparemment, la question se lit sur ma figure, car Donna s'empresse de m'expliquer que Cynthia l'a quitté.

— Elle va à l'université de Boston et elle ne voulait pas prendre Tommy avec elle. Elle croyait vraiment pouvoir trouver mieux là-bas, persifle Donna.

J'ai envie de dire : « Sans blague ! »

— Tommy va entrer dans l'armée. Il sera pilote, ajoute fièrement Donna. Il voyagera beaucoup, et ce sera plus simple si on est mariés.

— Ouah.

Donna LaDonna, fiancée à Tommy Brewster ? Comment est-ce arrivé ? Si j'avais dû prendre des paris au lycée, j'aurais dit que c'était elle qui était en route vers un avenir meilleur et plus grandiose. Elle était la dernière que j'aurais imaginée devançant l'appel pour devenir femme au foyer.

Maintenant qu'elle a diffusé cette information, Donna enchaîne sur le sujet des bébés.

— J'ai toujours été mère poule, déclare Glenn en hochant la tête. J'ai allaité Charlie pendant presque un an. Bien sûr, cela m'empêchait pratiquement de sortir de chez moi. Mais chaque minute en a valu la peine. Le parfum de sa petite tête…

— L'odeur de sa couche pleine… grommelle Erica entre ses dents.

Je la regarde avec reconnaissance. Elle est tellement discrète que j'avais oublié sa présence.

— Je pense que c'est une des raisons pour lesquelles Charlie a si bien réussi, poursuit Glenn sans faire attention à sa fille, entièrement tournée vers Donna. Je sais que l'allaitement n'est pas très bien vu, et pourtant je trouve cela très gratifiant.

— Il paraît que cela rend les enfants plus intelligents, affirme Donna.

Je contemple le plat de biscuits en me demandant ce que Samantha penserait de cette conversation. Est-elle consciente que Glenn a l'intention de la transformer en vache laitière ? Cette idée me fiche la trouille. Et si ce qu'a dit Miranda sur l'endométriose est vrai, et que Samantha a du mal à tomber enceinte ? Et si elle tombe enceinte et que le bébé pousse dans son intestin ?

Et d'ailleurs, qu'est-ce qu'elle fabrique ?

Bon Dieu, je suis vraiment mal à l'aise. Il faut que je sorte d'ici.

— Ça vous ennuie si je passe un coup de fil ?

Sans attendre la permission, je compose le numéro de Bernard. Toujours pas là. Je raccroche, furibarde, et décide de l'appeler toutes les demi-heures jusqu'à ce que je tombe sur lui.

Quand je me retourne vers la pièce, la conversation s'est éteinte. À tel point que Donna me demande enfin comment se passe mon été.

C'est à mon tour de frimer.

— Il va y avoir une lecture de ma pièce la semaine prochaine.

— Ah bon, lâche Donna, clairement pas impressionnée. Ça consiste en quoi ?

— Eh bien j'ai écrit une pièce de théâtre, que mon prof a adorée, et puis j'ai rencontré un type, Bobby, qui a une sorte d'espace artistique dans son appartement, et j'ai un amoureux qui est dramaturge – Bernard Singer, tu as peut-être entendu parler de lui –, enfin moi je ne suis pas vraiment écrivain, mais…

Ma voix faiblit de plus en plus jusqu'à s'éteindre dans un douloureux petit néant.

Et que peut bien faire Samantha, pendant ce temps ?

Glenn tapote sa montre avec impatience.

— Oh, elle va arriver, dit la mère de Donna. Nous, les LaDonna, nous sommes toujours en retard, affirme-t-elle fièrement, comme si c'était une qualité.

Je la regarde et secoue la tête. Elle n'arrange pas les choses, loin de là.

— Ça m'a l'air très intéressant, ta pièce, dit Erica, changeant de sujet avec tact.

— Oh, oui ! (Je prie pour que Samantha arrive, là, tout de suite.) Je suis un peu dans tous mes états, vu que c'est ma première lecture en public, tout ça…

— J'ai toujours dit à Erica qu'elle devrait écrire, dit Glenn en posant sur sa fille un regard de reproche. Être écrivain permet de rester chez soi pour s'occuper de ses enfants. À condition de décider d'en avoir.

— Maman, je t'en prie, soupire Erica comme si elle avait déjà enduré cette conversation à de nombreuses reprises.

— Et au lieu de ça, Erica a décidé de devenir défenseur public ! s'exclame lugubrement Glenn.

— Défenseur public ! répète Mrs LaDonna en essayant d'avoir l'air épatée.

— Qu'est-ce que c'est ? questionne Donna en examinant sa manucure.

— C'est un avocat d'un genre particulier, je lui explique en me demandant comment elle peut ignorer une chose pareille. Un avocat commis d'office.

— Question de choix, mère, dit fermement Erica. Et je choisis de ne pas être choisie.

Glenn lui concède un sourire pincé. Elle ne peut sans doute pas beaucoup bouger ses muscles, à cause du lifting.

— Tout cela me paraît terriblement triste.

— Mais pas du tout, répond Erica d'un ton égal. C'est libérateur, au contraire.

— Je ne crois pas au choix, annonce Glenn à la cantonade. Je crois au destin. Et plus tôt tu acceptes ton destin, mieux c'est. Il me semble que vous, les jeunes filles, gaspillez un temps terrible à essayer de choisir. Tout cela pour vous retrouver les mains vides.

Erica sourit. Et, se tournant vers moi, elle m'explique :

— Ça fait des années que maman essaie de marier Charlie. Elle a poussé toutes les débutantes du Gotha dans ses bras, mais bien sûr, aucune ne lui plaisait. Charlie n'est pas bête à ce point.

J'entends clairement Mrs LaDonna hoqueter et je me retourne. Donna et sa mère ont toutes les deux l'air d'avoir subi un lifting. Leurs traits sont aussi figés que ceux de Glenn.

Le téléphone sonne et je décroche automatiquement, en me demandant si c'est Bernard qui a trouvé par magie le moyen de me joindre chez *Kleinfeld*.

Je suis bête, parfois ! C'est Samantha.

— T'es où ? dis-je tout bas. Tout le monde est là. Glenn, Erica…

Elle me coupe la parole.

— Carrie. Je ne vais pas pouvoir venir.

— *Quoi ?*

— J'ai un empêchement. Une réunion dont je ne peux pas sortir. Si ça ne te dérange pas, est-ce que tu peux dire à Glenn…

En fait, si, ça me dérange. J'en ai soudain ma claque de faire le sale boulot pour elle.

— Je crois que tu ferais mieux de le lui dire toi-même.

Je tends le téléphone à Glenn.

Pendant qu'elle parle avec Samantha, une vendeuse passe la tête dans la pièce, rayonnante et impatiente, en tirant derrière elle un énorme portant couvert de robes de mariée. L'atmosphère explose lorsque Donna et sa mère courent vers les robes, palpant et caressant le tissu comme s'il était en sucre.

Je n'en peux plus. Je plonge dans le portant et me débats jusqu'à l'autre côté.

Les mariages, c'est comme les trains. Une fois qu'on est à bord, on ne peut plus descendre.

Un peu comme dans le métro.

Le mien est arrêté, une fois de plus, quelque part au milieu d'un tunnel obscur entre la 42e et la 49e Rue. Il y est depuis vingt minutes, et les indigènes commencent à s'énerver.

Y compris moi. J'ouvre la porte qui sépare les wagons et prends pied sur la minuscule plate-forme, en me penchant sur le côté dans l'espoir de découvrir la cause de l'arrêt. En vain, bien sûr. C'est toujours comme ça. Je ne distingue que les parois du tunnel qui s'enfoncent dans les ténèbres.

Soudain, le train fait un bond en avant et je manque de tomber. Je me raccroche à la poignée juste à temps et me répète que je devrais être plus prudente. Mais c'est dur d'être prudente quand on se sent indestructible.

Mon cœur me fait le coup du marteau-piqueur comme chaque fois que l'avenir me sourit.

Bernard a lu ma pièce.

À la minute où je me suis sauvée de chez *Kleinfeld*, j'ai couru jusqu'à une cabine, d'où j'ai enfin réussi à le joindre. Il m'a dit qu'il partait à un casting.

J'entendais dans sa voix qu'il ne voulait pas que je passe le voir avant, mais j'ai insisté, insisté, et il a fini par céder. Il entendait sans doute dans ma voix, à moi, que j'étais en mode « rien ne m'arrête ».

Pas même le métro.

Qui s'immobilise en grinçant juste avant la station de la 59e Rue.

Je traverse tous les wagons jusqu'à celui de tête, puis je refais le truc dangereux et saute du train sur le bout du quai. Je grimpe l'escalator à toute allure, traverse le *Bloomingdale's* à fond et me précipite vers Sutton Place, suant comme une fontaine dans mon survêtement en vinyle.

J'attrape Bernard devant chez lui, en train de héler un taxi.

— Tu es en retard, me dit-il en faisant tinter ses clés. Et maintenant, moi aussi.

— Je t'accompagne au théâtre. Comme ça, tu pourras me dire combien tu as aimé ma pièce.

— Le moment est mal choisi, Carrie. Je ne suis pas concentré.

Il est pragmatique et terre à terre. Je déteste quand il est comme ça. Donc, je le supplie.

— J'ai attendu toute la journée. Je deviens folle. Il *faut* que tu me dises ce que tu en as pensé.

Je ne sais pas pourquoi je suis si frénétique. Peut-être parce que je sors de chez *Kleinfeld*. Ou peut-être parce que Samantha nous a posé un lapin. Ou peut-être parce que je ne veux jamais avoir à épouser un homme comme Charlie et me retrouver avec une belle-mère telle que Glenn. Ce qui fait que je *dois* réussir autrement.

Bernard fait une drôle de tête.

— Oh non. Tu n'as pas aimé.

Je sens mes genoux flageoler.

— Du calme, la môme, dit-il en me poussant dans le taxi.

Je me perche à côté de lui sur la banquette comme un oiseau prêt à s'envoler. Je jure que je vois une expression de pitié passer sur ses traits, mais elle disparaît aussitôt et je me dis que j'ai dû l'imaginer.

Il sourit et me tapote la cuisse.

— C'est bien, Carrie. Vraiment.

— Bien ? Ou très très bien ?

Il se tortille un peu.

— Très très bien.

— Franchement ? Tu es sincère ? Tu ne dis pas ça pour me faire plaisir ?

— Je t'ai dit que c'était très bien, non ?

— Redis-le. *S'il te plaît.*

Il sourit.

— C'est très bien.

— Hourra !

— Je peux aller à mon casting, maintenant ? me demande-t-il en sortant le manuscrit de sa serviette et en me le tendant.

Je me rends soudain compte que, dans ma terreur, j'étais accrochée à son bras.

— Allez, va caster tant que tu veux.

— J'y vais, ma puce.

Il se penche pour m'embrasser rapidement.

Mais je me raccroche à lui. Je prends son visage à deux mains et l'embrasse fort.

— Ça, c'est pour avoir aimé ma pièce.

— Ah, il faudra que je les aime plus souvent, alors, blague-t-il en descendant de voiture.

— C'est ce que tu feras ! lui dis-je par la fenêtre ouverte.

Bernard entre dans le théâtre et je renverse la tête en arrière, soulagée. Je me demande pourquoi je me suis tant inquiétée. Et puis une idée me frappe : s'il n'avait pas aimé ma pièce, s'il n'avait pas aimé mon écriture, aurais-je pu continuer à l'aimer ?

Heureusement, la question ne se pose pas.

Chapitre trente et un

— Et elle a le culot de déclarer à Samantha que j'ai la grosse tête !

— Eh bien… avance prudemment Miranda.

— Un vrai ballon de basket, ma tête ! Il paraît que je ne passe plus les portes, dis-je en me penchant vers le miroir pour me remettre une couche de rouge à lèvres. Et pendant ce temps, elle épouse ce crétin de sportif…

— Qu'est-ce que ça peut te faire ? demande Miranda. Tu n'as pas besoin de les revoir.

— Je sais. Mais ça leur aurait fait mal d'avoir l'air un peu plus impressionnées ? Ce que je fais de ma vie en ce moment, c'est autrement plus intéressant que la leur !

Je parle, bien sûr, de Donna LaDonna et de sa mère. Après le rendez-vous manqué chez *Kleinfeld*, Samantha a emmené les LaDonna chez *Benihana* en cadeau de consolation. Quand je lui ai demandé si Donna avait parlé de moi, elle m'a révélé que celle-ci lui avait dit que j'avais pris le melon et que j'étais devenue imbuvable. Ce qui m'a mise hors de moi.

— Est-ce que Samantha a trouvé une robe ? s'enquiert Miranda en s'ébouriffant les cheveux.

— Elle n'est pas venue. Elle avait une réunion dont elle n'a pas pu sortir. Mais ce n'est pas la question. Ce qui m'énerve, c'est que cette fille, qui se croyait tellement au-dessus de tout le monde au lycée…

Je me tais soudain, en me demandant si je suis devenue un monstre.

— Tu ne trouves pas que j'ai la grosse tête, toi, au moins ?

— Ah, Carrie. Je ne sais pas.

Traduction : « Si, tu as la grosse tête. »

J'essaie alors de justifier mon attitude.

— Même si j'ai la grosse tête, je m'en fous. Peut-être que mon ego prend un peu le dessus. Et alors ? Tu sais combien de temps il m'a fallu pour en avoir un, à la base ? Et encore, je ne suis même pas sûre qu'il soit entièrement développé. Mon ego joue encore aux Lego.

— Mmm, fait Miranda, clairement dubitative.

— Et puis, les hommes ont tous un ego gros comme une maison et personne ne dit d'eux qu'ils ont le melon. Et ce n'est pas maintenant, alors que j'ai enfin un petit peu confiance en moi, que je vais lâcher l'affaire.

— Tant mieux.

J'entre dans la chambre, où j'enfile un collant résille et fais glisser la robe en plastique blanc avec les fenêtres en plastique transparent par-dessus ma tête. Je chausse les bottes Fiorucci bleu électrique et vérifie l'ensemble dans le miroir en pied.

Miranda m'observe d'un œil inquiet.

— C'est qui, déjà, ces gens ?

— L'agent de Bernard, Teensie Dyer, et son mari.

— On est censé s'habiller comme ça dans les Hamptons ?

— C'est comme ça que *moi* je m'habille pour les Hamptons.

Fidèle à sa promesse, Bernard n'a pas oublié l'idée de me présenter à Teensie. Il a même devancé l'appel en m'invitant en week-end chez elle et son mari dans les Hamptons. Ce n'est que pour une nuit, mais quelle importance ? Les Hamptons ! L'été durant, j'ai rêvé d'y aller. Pas seulement afin de découvrir pourquoi on en fait toute une affaire, mais aussi pour pouvoir dire : « Je suis allée dans les Hamptons » à des gens comme Capote.

— Tu es sûre que c'est une bonne idée de porter du plastique ? s'inquiète Miranda. Et s'ils croient que tu t'es habillée avec un sac-poubelle ?

— Dans ce cas, ce seront eux les idiots.

Pas de doute, j'ai bien chopé le melon.

Je jette dans ma besace de charpentier un maillot de bain, mon kimono chinois, mon nouveau pantalon en latex rouge et la robe d'hôtesse. La besace me rappelle Bernard disant qu'il me fallait un vanity. Par association d'idées, je me demande s'il va enfin exiger que je couche avec lui. Puisque maintenant je prends la pilule, je suppose qu'il n'y a plus de raison de ne pas le faire, mais je tiens beaucoup à attendre le jour de mes dix-huit ans. Je veux que ce soit une grande occasion, une soirée mémorable, un événement inoubliable à vie.

Bien sûr, l'idée de le faire enfin me noue aussi un peu l'estomac.

Miranda doit lire dans mes pensées, car elle me regarde avec curiosité.

— Vous avez couché ensemble, ou pas encore ?
— Pas encore.
— Comment peux-tu partir en week-end avec lui sans coucher ?
— Il me respecte.
— Sans vouloir te vexer, c'est bizarre, quand même. Tu es *certaine* qu'il n'est pas gay ?
— Bernard-n'est-pas-gay !
Je vais chercher mon manuscrit dans le salon tout en me demandant si je ne devrais pas l'emporter, au cas où j'aurais une chance de le glisser à Teensie. Mais ça manquerait de subtilité. J'ai une meilleure idée.
— Dis ! Tu devrais le lire, toi !
— Moi ? demande Miranda, déroutée.
— Pourquoi pas ?
— Bernard l'a lu, non ? Je croyais qu'il avait aimé. C'est lui, l'expert.
— Mais toi, tu es le public. Et tu es intelligente. Si ça te plaît à toi, c'est que ça plaira à d'autres.
— Oh, Carrie, fait-elle en tirant sur sa lèvre inférieure. Je n'y connais rien en théâtre.
— Tu n'as pas *envie* de lire ma pièce ?
— Mais je vais la voir jeudi. Chez Bobby.
— Mais je voudrais que tu la lises d'abord.
— Pourquoi ?
Elle me lance un regard dur, mais elle cède. Peut-être a-t-elle compris que, sous mes airs bravaches, j'ai les nerfs en pelote. Elle tend la main pour que je lui donne le manuscrit.
— Si tu y tiens vraiment…
— Oui, dis-je fermement. Tu peux la lire ce week-end et me la rendre lundi. Et, euh, chérie ? Si tu n'aimes pas, tu pourras faire semblant quand même ?

Bernard étant parti pour les Hamptons vendredi, je prends le *Jitney* toute seule. Ça m'est égal.

À cause de son nom vieillot, j'imaginais le *Jitney* comme une sorte de petit train à l'ancienne, mais en fait c'est un autocar tout ce qu'il y a de normal.

Il avance lentement dans les embouteillages de l'autoroute jusqu'au moment où il prend une sortie et commence à traverser de petites villes côtières. Au début, elles sont plutôt minables, avec des bars, des bouis-bouis qui vendent de la soupe de palourdes – la spécialité locale – et des concessionnaires auto, mais ensuite tout devient plus vert et marécageux, et puis nous traversons un pont et passons devant une cabane en rondins flanquée de totems et d'une pancarte marquée CIGARETTES 2 $ LA CARTOUCHE, après quoi le paysage change du tout au tout. La route est bordée de vieux chênes et de haies taillées au cordeau, derrière lesquelles j'aperçois d'énormes manoirs à toiture de bardeaux.

Le bus serpente dans une petite ville de carte postale. Les rues sont pleines de boutiques joliment peintes en blanc avec des auvents verts. Il y a une librairie, un tabac, un magasin *Lilly Pulitzer*, une bijouterie et un vieux cinéma devant lequel le car s'arrête.

— Southampton ! annonce le chauffeur.

Je prends ma besace et je descends.

Bernard m'attend, appuyé contre le capot d'une petite Mercedes couleur bronze, pieds nus dans des mocassins Gucci. Miranda avait raison : la robe en plastique et les bottes Fiorucci qui étaient parfaites pour New York sont déplacées dans une petite ville à l'ancienne comme celle-ci. Mais Bernard s'en fiche. Il prend mon sac et m'embrasse. Sa bouche m'est sublimement familière. J'adore la manière dont une de ses incisives pointe sous sa lèvre supérieure.

— Tu as fait bon voyage ? me demande-t-il en lissant mes cheveux.

— Excellent.

J'ai déjà le souffle court en pensant au délicieux week-end qui s'annonce.

Il me tient la portière et se glisse sur le siège conducteur. C'est une vieille voiture, des années soixante, avec un volant en bois poli et des cadrans en nickel brillant.

— Elle est à toi ? dis-je d'un ton taquin.

— Non, à Peter.

— Peter.

— Le mari de Teensie.

Il fait vrombir le moteur, passe la première et déboîte un peu brusquement.

— Pardon, s'excuse-t-il en riant. Je suis un poil distrait. Ne le prends pas mal, mais Teensie a tenu dur comme fer à te donner une chambre à toi.

— Pourquoi ?

Malgré mon air contrarié, je suis, au fond, secrètement soulagée.

— Elle n'a pas arrêté de me demander ton âge. Je lui ai dit que ça ne la regardait pas, et c'est là qu'elle s'est mise à avoir des soupçons. Tu es bien majeure, n'est-ce pas ?

Il ne plaisante qu'à moitié.

Je soupire, comme si la question était au-delà du ridicule.

— Je te l'ai déjà dit, je suis en deuxième année de fac.

— C'était juste pour être sûr, petit chat, m'apaise-t-il avec un clin d'œil. Et n'aie pas peur de répondre à Teensie, d'accord ? Elle peut être effrayante, mais elle a un cœur gros comme ça.

Autrement dit, une chienne absolue.

Nous tournons dans une longue allée de gravier pour nous garer devant une maison en bois. Elle n'est pas aussi vaste que je l'imaginais, étant donné le gigantisme des autres que j'ai vues en chemin, mais elle est quand même grande. C'est-à-dire que ce qui était autrefois une maison normale est accolé à une haute structure en forme de grange.

— Joli, non ? dit Bernard en l'observant de derrière le volant. C'est ici que j'ai écrit ma première pièce.

— C'est vrai ? dis-je en descendant de voiture.

— Que je l'ai récrite, pour être exact. J'avais écrit le premier jet de jour, tout en travaillant de nuit à l'usine d'embouteillage.

— Comme c'est romanesque.

— Ça ne l'était pas à l'époque. Mais avec le recul, oui, ça a quelque chose de romanesque.

J'ai envie de le charrier un peu.

— Et de légèrement cliché, non ?

— Je suis descendu à Manhattan un soir avec mes potes, continue-t-il en ouvrant le coffre. J'ai rencontré Teensie en boîte. Elle m'a tanné pour que je lui envoie ma pièce, en disant qu'elle était agent. Je ne savais même pas ce que c'était, à l'époque. Mais je lui ai quand même envoyé mon texte, et boum ! Elle m'a ouvert sa maison pour l'été. Pour que je puisse écrire. Sans être dérangé.

— Et tu ne l'as pas été, dérangé ? je demande, en essayant de chasser l'appréhension de ma voix.

Il rit.

— Quand je l'étais, ce n'était pas désagréable.

Bon sang. Ça veut dire qu'il a couché avec elle ? Et si oui, pourquoi est-ce qu'il ne me l'a pas dit ? Il aurait pu me prévenir ! J'espère que je ne vais pas apprendre d'autres scoops déplaisants pendant le week-end.

— Je ne sais pas ce que je serais devenu sans Teensie, me dit-il en m'enlaçant par les épaules.

Nous sommes presque à la maison lorsque justement, Teensie en personne apparaît, marchant d'un pas vif sur un pavé japonais. Elle est en tenue de tennis, et si je ne peux encore rien dire de son cœur, je peux en revanche affirmer qu'elle a des seins « gros comme ça ». Ils tendent l'étoffe de son polo comme deux rochers surgissant d'un volcan.

— Vous voilà ! s'exclame-t-elle chaleureusement en plaçant sa main en visière sur ses yeux.

Elle se plante face à moi et me dit à toute vitesse :

— Je vous serrerais bien la pince, mais je suis en nage. Peter est quelque part à l'intérieur, mais si vous voulez quelque chose à boire, demandez à Alice.

Sur quoi elle tourne les talons et trottine vers les courts en agitant les doigts.

— Elle a l'air sympa, dis-je en faisant un effort pour l'apprécier. Et elle a des seins énormes, j'ajoute, en me demandant si Bernard les a vus en chair et… en chair.

Il explose de rire.

— Ce sont des faux.

— Des *faux* ?

— En silicone.

Donc, il les a vus. Comment le saurait-il, sinon ?

— Qu'est-ce qu'elle a d'autre en plastique ?

— Son nez, bien sûr. Elle aime se voir un peu comme Cléopâtre. Je lui dis toujours qu'elle est plutôt Néfertiti.

— Et son mari, qu'est-ce qu'il en pense ?

Bernard sourit.

— Ce qu'elle lui dit d'en penser, j'imagine.

— Je voulais parler de la *silicone.*

— Ah, ça ! Aucune idée. Il passe beaucoup de temps à sauter partout.

— Comme un lapin ?

— Comme le Lapin Blanc, plutôt. Il ne lui manque qu'une montre de gousset.

Bernard ouvre la porte et appelle : « Alice ! » comme s'il était chez lui.

Ce qui, étant donné son passé avec Teensie, n'est pas si loin de la vérité, en somme.

Nous voilà dans la partie « grange » de la maison, principalement occupée par un gigantesque salon rempli de canapés et de poufs moelleux. Il y a une cheminée en pierre et plusieurs portes qui mènent à des couloirs cachés. L'une de ces portes s'ouvre sur un petit homme aux cheveux plutôt longs, encadrant ce qui a dû être un joli visage délicat. Il est en route vers une autre porte lorsqu'il nous voit et s'approche.

— Quelqu'un a vu ma femme ? demande-t-il avec un accent britannique.

— Elle joue au tennis, dis-je.

Il se frappe le front.

— Ah, *bien sûr*. Vous êtes très observatrice. Oui, très observatrice. Bien, faites comme chez vous, enchaîne-t-il sans transition. Tu connais la musique, Bernard, pas de chichis, *mi casa es su casa* et tout ça… Nous avons le président de la Bolivie à dîner ce soir, alors je travaille un peu mon espagnol.

— *Gracias*.

— Oh, elle parle espagnol ! s'exclame-t-il. Excellent. Je dirai à Teensie de vous placer à côté d'*el presidente* au dîner.

Et avant que j'aie pu protester, il sort de la pièce et c'est Teensie qui réapparaît.

— Bernard, chéri, veux-tu bien être gentil et porter la valise de Cathy dans sa chambre ?

— Cathy ? Qui est Cathy ? répond Bernard en regardant autour de lui.

Teensie fait une grimace agacée.

— Je croyais qu'elle s'appelait Cathy.

Je la détrompe.

— C'est Carrie. Carrie Bradshaw.

— Comment voulez-vous qu'on s'y retrouve ? se plaint-elle, sous-entendant que Bernard collectionne les conquêtes au point qu'on ne retient plus leurs prénoms.

Elle nous guide vers l'étage et longe un couloir étroit situé dans la maison d'origine.

— Salle de bains, dit-elle en ouvrant une porte qui révèle un lavabo bleu pastel et une cabine de douche. Et *Carrie* dormira ici.

Elle ouvre une autre porte donnant sur une petite chambre avec un lit une place, une courtepointe en patchwork et une étagère couverte de trophées sportifs.

— La chambre de ma fille, explique Teensie avec orgueil. C'est au-dessus de la cuisine, mais Chinita l'adore parce qu'elle y est tranquille.

— Où est-elle ?

Je me demande si Teensie est allée jusqu'à virer sa propre fille de sa chambre au nom de ses principes.

— En stage de tennis. Elle entre en terminale l'an prochain, et nous espérons qu'elle sera admise à Harvard. Nous sommes très, très fiers d'elle.

Donc, cette Chinita a pratiquement mon âge.

— Et toi, où fais-tu tes études ? s'enquiert Teensie.

Je jette un coup d'œil à Bernard.

— À Brown. Je suis en deuxième année.

— Très intéressant, répond-elle sur un ton qui me fait craindre qu'elle ait débusqué mon mensonge. Je devrais te mettre en contact avec Chinita. Je suis sûre qu'elle adorerait que tu lui racontes la vie à Brown. C'est son université *de repli*, au cas où elle ne serait pas prise à Harvard.

Je ne relève pas cette injure et lui en renvoie une dans les dents.

— Avec plaisir, Mrs Dyer.

— Appelle-moi Teensie, réplique-t-elle avec un éclair de ressentiment.

Puis elle se tourne vers Bernard, bien décidée à ne pas me laisser l'avantage.

— Laissons donc ton amie s'installer, lui dit-elle.

Peu après, je suis assise au bord du lit, à me demander où est le téléphone et si je devrais appeler Samantha pour solliciter ses conseils sur la manière de prendre Teensie. Puis, je me souviens de la même Teensie étalée par terre chez les Jessen, et je souris.

Quelle importance, si elle me déteste ? Je suis dans les Hamptons ! Je me lève d'un bond, suspends mes vêtements et me glisse dans mon bikini. Comme il fait chaud, j'ouvre la fenêtre et admire la vue. Le gazon vert vif est cerné d'une haie soigneusement taillée et, au-delà, on voit des kilomètres de champs couverts de petites plantes feuillues : des plantations de patates, m'a expliqué Bernard sur le chemin. J'inspire : l'air est doux et humide, ce qui indique la présence de la mer non loin.

Par-dessus l'agréable bruit des vagues s'écrasant sur la grève, j'entends des voix. En me penchant par la fenêtre, je découvre Teensie et une autre femme assises à la table en fer forgé d'une petite terrasse, sirotant apparemment des Bloody Mary. J'entends leur conversation aussi clairement que si j'étais assise avec elles.

— Elle est à peine plus âgée que Chinita, s'exclame Teensie. C'est une honte.

— Quel âge a-t-elle, au juste ?

— Va savoir. On dirait qu'elle sort du lycée.

— Pauvre Bernard, lâche l'autre femme.

— C'est tellement cliché que c'en est gênant, ajoute Teensie.

— Bah, après cet été horrible avec Margie… Ils ne se sont pas mariés ici ?

— Si, soupire Teensie. Il pourrait quand même avoir le bon sens de ne pas amener cette petite évaporée…

Je m'étrangle mais je la boucle, poussée par le désir pervers de ne pas en rater un mot.

— C'est son inconscient qui parle, évidemment, dit l'inconnue. Il veut être sûr de ne plus jamais se faire mal. Alors il choisit quelqu'un de jeune et de naïf, qui le vénère et ne le quittera jamais. Il contrôle la relation. Pas comme avec Margie.

— Mais combien de temps est-ce que ça va durer ? se lamente Teensie. Qu'est-ce qu'ils peuvent bien avoir en commun ? De quoi parlent-ils ?

— Peut-être qu'ils ne se parlent pas !

— Elle n'a pas de parents, cette gamine ? Qu'est-ce que c'est que ces parents qui laissent leur fille fréquenter un homme clairement âgé de dix ou quinze ans de plus qu'elle ?

— Que veux-tu, on est dans les années quatre-vingt, soupire l'autre d'un ton conciliant. Les filles ont changé, et elles n'ont pas froid aux yeux.

Teensie se lève pour aller à la cuisine. Je me penche au maximum à la fenêtre dans l'espoir d'entendre la suite, mais en vain.

Engourdie de honte, je me jette sur le lit. Si elles disent vrai, je suis à peine un pion dans le jeu de Bernard. Simplement là pour lui faire surmonter la rupture avec Margie.

Margie. Rien que son nom me fiche la trouille.

Comment ai-je pu imaginer que j'étais de taille à lui disputer l'amour de Bernard ? Apparemment, ce n'est pas le cas. Du moins à en croire Teensie.

De rage, je jette l'oreiller contre le mur. Pourquoi suis-je venue ? Pourquoi Bernard me fait-il subir ça ? Teensie doit avoir raison. C'est vrai qu'il se sert de moi. Il ne s'en rend peut-être pas compte, mais c'est clair comme de l'eau de roche pour tous les autres.

Je n'ai qu'un moyen de sauver la face. Il faut que je parte. Je vais demander à Bernard de m'emmener à l'arrêt du car. Je vais lui dire au revoir et je ne le reverrai plus jamais. Et ensuite, quand ma lecture aura eu lieu et que je serai la nouvelle sensation en ville, il comprendra son erreur.

Je suis en train de jeter mes vêtements dans ma besace de charpentier lorsque j'entends justement sa voix.

— Teensie ? appelle-t-il.

Je regarde dehors, cachée derrière l'appui de la fenêtre.

Il traverse la pelouse à grands pas, l'air inquiet et un peu en rogne.

— Teensie ?

Elle apparaît sur la terrasse.

— Oui, chéri ?

— Tu n'as pas vu Carrie ?

Je détecte une légère déception dans la manière dont ses épaules retombent.

— Non, chéri.

— Mais où est-elle ? s'interroge-t-il en regardant autour de lui.

Teensie fait un geste d'impuissance.

— Je ne suis pas sa baby-sitter.

Tous deux disparaissent dans la maison et je me mords la lèvre, triomphante. Teensie se trompe. Bernard tient vraiment à moi. Elle le sait, en plus, et ça la rend folle de jalousie.

Pauvre Bernard. C'est mon devoir de le sauver des Teensie de ce monde.

Je me dépêche d'ouvrir un livre et de prendre une pose élégante sur le lit. Et comme prévu, une minute plus tard, Bernard frappe à ma porte.

— Entrez !

— Carrie ? Qu'est-ce que tu fais ? Je t'attendais à côté de la piscine. On déjeune.

Je pose mon livre et souris.

— Pardon. Personne ne m'a prévenue.

— Pauvre petite chose, dit-il en venant m'embrasser sur le sommet de la tête.

Puis il s'allonge à côté de moi.

— Joli bikini, murmure-t-il.

Nous batifolons comme des fous jusqu'au moment où Teensie nous appelle. Ça me fait rire, et Bernard aussi. Et c'est là que je décide de transgresser ma propre règle. Je vais coucher avec Bernard. Dès ce soir. Je me glisserai dans sa chambre et on le fera enfin. En plein sous le petit nez refait de Teensie.

Chapitre trente-deux

Au dîner, le mari de Teensie, Peter, exécute sa menace : je suis effectivement placée à côté du président bolivien. C'est une armoire à glace au visage grêlé, à la démarche lourde et à l'air gonflé d'importance, qui me terrifie un peu. Ne sachant absolument rien de la Bolivie et de sa politique, je prends la ferme résolution de ne pas dire de bêtises. J'ai le sentiment que sinon, je m'expose à être éliminée physiquement.

Heureusement, *el presidente*, comme l'appelle Peter, ne s'intéresse pas une seconde à moi. Nous avons à peine déplié nos serviettes sur nos genoux qu'il me regarde une fois, en conclut que je suis insignifiante et se tourne vers la femme assise à sa gauche. À l'autre bout de la table, Teensie a installé Bernard à sa droite. Je suis trop loin pour entendre leur conversation, mais Teensie, qui rit et fait de grands gestes, a l'air de passionner son petit groupe. Depuis que les premiers invités ont commencé à arriver, elle a changé du tout au tout. Il ne reste plus trace de la méchanceté subtile et calculée qu'elle déployait cet après-midi.

Je prends une bouchée de poisson, fermement décidée à ne pas montrer que je m'ennuie à mourir.

La seule chose qui m'empêche de partir est de penser à Bernard et à ce que nous ferons tout à l'heure.

Je me demande en passant si le mari de Teensie, Peter, est au courant pour elle et Bernard. Je bois une gorgée de vin et soupire discrètement. Je pique encore un morceau et contemple ma fourchette, en me demandant si cela en vaut la peine. Le poisson est sec et fade, comme si quelqu'un avait décidé que manger devait être une punition et non un plaisir.

— Tu n'aimes pas le poisson ? me demande Peter à ma gauche.

— En fait, non.

Je souris, soulagée que quelqu'un me parle.

— Si mauvais que ça, hein ? (Il pousse sa propre part sur le bord de son assiette.) C'est ce nouveau régime que suit ma femme. Pas de beurre, pas de sel, pas de peau, pas de gras, pas d'épices. Tout ça pour essayer de vivre éternellement, c'est bête…

Je ris doucement.

— Pas sûr que ce soit une bonne idée de vivre éternellement.

— Pas sûr ? C'est une idée atroce. Mais dis-moi, comment t'es-tu retrouvée ici ?

— J'ai rencontré Bernard, et…

— Je veux dire, que fais-tu à New York ?

— Oh. J'écris, dis-je simplement. (Je me redresse.) Je fais un séminaire à la New School, mais ma première pièce sera lue en public la semaine prochaine.

Il a l'air impressionné.

— Bien joué ! Tu en as parlé à ma femme ?

Je baisse les yeux vers mon assiette.

— Je ne crois pas que votre femme s'intéresse à moi ni à mon écriture.

Je regarde Teensie à travers la table. Elle boit du vin rouge, et ses lèvres ont pris une teinte pourpre effrayante.

— D'un autre côté, je n'ai pas besoin de sa bénédiction pour y arriver.

Voilà mon ego qui remonte à la surface.

— Tu es bien sûre de toi, me fait remarquer Peter.

Puis, comme pour insister sur le fait que je suis allée trop loin, il me gratifie d'un de ces sourires épouvantablement polis qui remettraient même la reine d'Angleterre à sa place.

Me voilà en disgrâce. J'en reste paralysée. J'ai encore perdu une occasion de me taire. Peter essayait simplement d'être aimable, et moi j'ai insulté sa femme. En commettant le péché d'orgueil, apparemment. Ce qui est acceptable venant d'un homme, mais pas d'une femme. En tout cas, pas chez ces gens.

Je tapote le bras de Peter.

— Oui ?

Il n'y a aucune dureté dans sa voix, juste un désintérêt pétrifiant.

J'allais lui demander s'il m'aurait jugée aussi durement si j'avais été un homme, mais son expression m'arrête.

— Vous pouvez me passer le sel ? S'il vous plaît ?

Je parviens à survivre jusqu'à la fin du dîner en faisant mine de m'intéresser à une longue histoire de golf en Écosse avec laquelle Peter régale notre bout de la table. Lorsque les assiettes sont débarrassées, j'espère que Bernard et moi allons pouvoir nous échapper, mais nous passons sur la terrasse pour le café et le dessert. Et enchaînons sur une partie d'échecs au salon. Bernard joue contre Peter pendant que je me perche sur l'accoudoir de son fauteuil et fais semblant de ne rien y comprendre. Mais la vérité, c'est que quiconque n'est pas trop nul en maths peut jouer aux échecs. Après quelques coups catastrophiques de Bernard, je commence à lui donner des conseils. Il prend l'avantage et un petit attroupement se forme autour de nous.

Bernard me tresse des lauriers et, enfin, je vois mon estime remonter un peu à leurs yeux. Peut-être suis-je quand même une concurrente sérieuse, finalement.

— Où as-tu appris à jouer ? me demande-t-il en nous versant encore un verre.

— J'ai toujours joué aux échecs. C'est mon père qui m'a appris.

Il me contemple, une lueur amusée dans le regard.

— Tu viens de me faire comprendre que je ne sais rien de toi.

— C'est parce que tu as oublié de demander, dis-je sur un ton badin.

J'ai retrouvé mon équilibre. Je jette un regard circulaire dans la pièce.

— Ces gens ne vont jamais se coucher ?

— Tu as sommeil ?

— Je pensais…

— On aura tout le temps pour ça plus tard, dit-il en effleurant mes cheveux de ses lèvres.

Teensie nous fait de grands signes depuis le canapé.

— Hé, les tourtereaux ! Venez discuter avec nous.

Je soupire. Bernard serait peut-être prêt à aller au lit, mais Teensie n'a pas l'intention de nous laisser monter de sitôt.

J'endure encore une heure de conversation politique. Enfin, les yeux de Peter se ferment, et quand il s'endort dans son fauteuil, Teensie murmure qu'il est peut-être temps d'aller se coucher.

Avec un regard entendu pour Bernard, je file dans ma chambre. Maintenant que le moment est arrivé, je tremble de peur. C'est ainsi que mon corps anticipe la chose. Quel effet ça fait ? Est-ce que je vais crier ? Saigner ?

J'enfile ma nuisette sexy et donne cent coups de brosse à mes cheveux. Au bout d'une demi-heure, quand il n'y a plus un bruit dans la maison, je me faufile hors de ma chambre, traverse le salon sur la pointe des pieds et gravis un autre escalier, qui mène à la chambre de Bernard. Elle est située au bout d'un long couloir, juste à côté de celle de Teensie et de Peter mais, comme toutes les chambres de cette aile neuve, elle dispose de sa propre salle de bains « en suite ».

En suite. Eh bien, j'en apprends, des choses, ce week-end. Je pouffe de rire en tournant la poignée de la porte de Bernard.

Il est au lit, plongé dans un livre. Dans la lumière douce de la lampe de chevet, il est beau et mystérieux, tel un héros de roman victorien. Il pose un doigt sur ses lèvres et m'ouvre les couvertures. Je tombe en silence dans ses bras, ferme les yeux et croise les doigts.

Il éteint et s'installe confortablement.

— Bonne nuit, petit chat.

Je me redresse sur mon séant, perplexe.

— Bonne nuit ?

Je rallume. Il attrape ma main.

— Qu'est-ce que tu fais ?

— Tu comptes *dormir* ?

— Pas toi ?

Je fais la moue.

— Je pensais qu'on allait…

Il sourit.

— Ici ?

— Et pourquoi pas ?

Il rééteint la lumière.

— Ça ne se fait pas.

Je rallume.

— Ça ne se fait pas ?

— Teensie et Peter sont dans la chambre à côté.

Il rééteint.

— Et alors ? dis-je dans le noir.

— Je ne veux pas qu'ils nous entendent. Ça pourrait… les gêner.

Je fronce les sourcils, toujours dans l'obscurité, les bras croisés.

— Tu ne crois pas qu'il serait temps que Teensie se remette du fait que tu as tourné la page ? Les pages, même ? La sienne *et* celle de Margie ?

— Oh, Carrie, soupire-t-il.

— Je parle sérieusement. Teensie doit accepter le fait que tu sois avec quelqu'un d'autre. Que tu sois avec moi…

— Oui, me répond-il doucement. Mais on n'a pas besoin de le lui jeter à la figure non plus.

— Je crois que si.

— Dormons. On en reparlera demain matin.

Là, en principe, je devrais sortir de la chambre comme une furie. Mais je me dis que j'ai assez fait la furie pour aujourd'hui. Je reste donc couchée sans rien dire, à ruminer chaque scène, chaque conversation, en retenant mes larmes. Finalement, je ne sortirai pas de ce week-end la tête haute.

Chapitre trente-trois

— Quel plaisir de te voir ici ! clame Bobby en m'ouvrant la porte. C'est une très bonne surprise. Oui, très bonne, poursuit-il en me prenant le bras.

Je change mon sac d'épaule.

— Ce n'est pas une surprise, Bobby. Je t'ai appelé, tu te souviens ?

— Oh, mais c'est toujours une surprise de voir une amie, tu ne trouves pas ? Surtout quand elle est aussi jolie.

— Bah, dis-je en fronçant les sourcils.

Je ne vois pas le rapport avec ma pièce.

Bernard et moi sommes rentrés à New York dimanche en fin d'après-midi : Teensie et Peter nous ont ramenés dans la vieille Mercedes. Teensie était au volant, Bernard et Peter ont parlé sport pendant tout le trajet pendant que je gardais le silence, fermement décidée à bien me comporter. Ce qui n'a pas été difficile, vu que je n'avais rien à dire. Je n'arrêtais pas de me demander si notre vie ressemblerait à ça, si Bernard et moi restions ensemble. Des week-ends avec Teensie et Peter. Je ne pensais pas pouvoir le supporter. Je voulais Bernard, mais pas ses amis.

Je suis rentrée chez Samantha en me jurant de mettre de l'ordre dans ma vie, ce qui impliquait entre autres choses d'appeler Bobby et de fixer un rendez-vous pour discuter de ma lecture. Malheureusement, il n'a pas l'air de la prendre aussi au sérieux que moi.

— Je vais te faire visiter l'espace, me dit-il avec une insistance agaçante, d'autant plus que je l'ai déjà vu, cet espace, quand je suis venue à sa fête.

J'ai l'impression que c'était il y a une éternité. Ce qui me rappelle désagréablement que le temps file à toute allure, et que bientôt je n'en aurai plus du tout. La lecture sera peut-être ma dernière chance de poser un orteil à New York. De m'accrocher au rocher de Manhattan pour ne plus le lâcher.

— On mettra des chaises ici, décide-t-il en indiquant l'espace galerie. Et on servira des cocktails. Il faut alcooliser un peu le public. Tu dirais plutôt vin blanc, vodka, ou les deux ?

— Oh, les deux…

— Est-ce que tu comptes faire jouer ta pièce par des comédiens ? Ou simplement la lire ?

— Je pensais à une simple lecture. Pour l'instant. (Je vois déjà les lumières de Broadway.) Je vais lire toute la pièce moi-même.

Après la lecture en classe avec Capote, finalement, ça me paraît plus simple de n'impliquer personne d'autre.

Bobby acquiesce.

— C'est mieux comme ça, hein ?

Son enthousiasme effréné commence à me gagner.

— Il nous faut du champagne, poursuit-il. Pour marquer le coup.

— Mais il est à peine midi…

— Ne me dis pas que tu es une de ces maniaques de l'heure, râle-t-il en m'entraînant dans un petit couloir qui mène à ses appartements privés.

Je le suis avec hésitation. Une sirène d'alarme résonne dans ma tête.

— Les artistes ne vivent pas comme le tout-venant. Les horaires, les plannings... ça tue la créativité, tu ne crois pas ?

— Sans doute.

Je soupire. Je voudrais bien m'enfuir. Mais Bobby me fait une faveur énorme avec cette lecture. Et, gardant cela en tête, j'accepte une coupe de champagne.

— Viens, je vais te faire visiter.

— Franchement, Bobby, ce n'est pas la peine.

— Mais ça me fait plaisir ! Je me suis libéré tout l'après-midi pour toi.

— Mais pourquoi ?

— Je me suis dit que ce serait bien de faire un peu plus connaissance.

Oh non, c'est pas vrai ! Il ne va quand même pas essayer de me séduire ! C'est trop risible. D'abord, il est plus petit que moi. Et il a des bajoues, ce qui indique qu'il doit avoir plus de cinquante ans. Et il est gay. Non ?

— Voilà ma chambre, annonce-t-il avec emphase.

La déco est minimaliste et la chambre immaculée. J'en déduis qu'il a une bonne.

Il s'assoit sur le bord du lit impeccablement fait et prend une petite gorgée de champagne en tapotant la place à côté de lui.

— Bobby, dis-je fermement. Il faut vraiment que je m'en aille.

Et joignant le geste à la parole, je pose ma coupe sur le bord de la fenêtre.

— Attention, pas là ! s'écrie-t-il. Ça va faire une marque.

Je reprends le verre.

— Je vais le remettre à la cuisine, alors.

— Mais tu ne peux pas partir ! On n'a pas fini de parler de ta pièce.

Je soupire avec agacement, mais je ne veux pas le vexer définitivement non plus. Je décide que je vais m'asseoir à côté de lui un instant avant de m'en aller.

Je me juche prudemment au bord du lit, le plus loin possible de lui.

— À propos de la pièce...

— Oui, parlons de la pièce, approuve-t-il. Qu'est-ce qui t'a donné envie de l'écrire ?

— Eh bien, je...

Je cherche mes mots, mais je mets trop longtemps à les trouver et Bobby s'impatiente.

— Passe-moi cette photo, veux-tu ?

Et avant que je puisse protester, il s'est rapproché de moi et pointe son index manucuré sur le cliché.

— Ma femme, dit-il avec un petit rire. Ou devrais-je dire mon ex-femme ?

— Tu as été marié ?

J'ai posé la question le plus poliment possible, compte tenu de ces sirènes d'alarme qui résonnent maintenant à pleins tubes dans ma tête.

— Pendant deux ans. Elle s'appelait Anne-Lise. Elle est française, tu comprends ?

— M-mmh...

J'observe attentivement la photo. Anne-Lise est une de ces beautés qui ont l'air complètement désaxées, avec une moue ridicule et des yeux fous, noirs, brûlants.

— Tu me fais penser à elle.

Il pose une main sur ma cuisse.

Je la retire sans ambages.

— Je ne lui ressemble absolument pas.

— Oh, si. Pour moi, murmure-t-il.

Et là, c'est affreux : comme dans un film au ralenti, je le vois tendre ses lèvres et s'approcher pour un baiser.

Je me détourne rapidement et me tortille pour échapper à ses doigts qui me cherchent. Bêêêêrk ! Et en plus, quel genre d'homme faut-il être pour se faire manucurer ?

— Bobby !

Je reprends mon verre et sors de la chambre. Il me suit jusqu'à la cuisine, tel un chiot penaud qui remue la queue. Si je puis dire.

— Ne t'en va pas, me supplie-t-il. Il reste une bouteille de champagne presque pleine. Je ne vais quand même pas la boire tout seul. Ça ne se garde pas.

La cuisine est toute petite, et Bobby est dans l'encadrement de la porte. Je ne peux donc pas sortir.

— J'ai un homme dans ma vie, dis-je farouchement.

— Il n'a pas besoin de le savoir.

Je suis sur le point de m'enfuir lorsqu'il change de tactique. De sournois, il devient méchant.

— Tu sais, Carrie, ça va être très difficile de travailler ensemble si je pense que tu ne m'aimes pas.

Il plaisante, là, hein ? Mais Samantha avait peut-être raison. Faire des affaires avec les hommes, ce n'est pas simple. Si je rejette Bobby, va-t-il annuler la lecture de ma pièce ? Je déglutis et tâche de me forcer à sourire.

— Je t'aime beaucoup, Bobby. Mais j'ai quelqu'un.

Je me dis que répéter cette excuse est ma seule planche de salut.

— Qui ?

— Bernard Singer.

Bobby éclate d'un rire tonitruant. Il se rapproche et tente de me prendre la main.

— Lui ? Mais il est trop vieux pour toi !

Je reste coite, abasourdie.

Cet instant d'hésitation lui donne encore une occasion d'attaquer. Il me prend par le cou et tente à nouveau de me voler un baiser.

Il y a une sorte de lutte : j'essaie de le contourner tandis que lui s'efforce de me plaquer contre l'évier. Heureusement, il ne ressemble pas seulement à une motte de beurre : il en a aussi la consistance. Et puis, je suis plus déterminée que lui. Je me baisse, échappe à ses bras tendus et fonce vers la porte.

— Carrie ! Carrie ! crie-t-il en me courant après.

Arrivée sur le seuil, je m'arrête un instant, à bout de souffle. Je suis sur le point de le traiter de tous les noms – tout en voyant mon avenir s'effondrer devant mes yeux – lorsque je remarque son expression peinée.

— Pardon, dit-il en baissant la tête comme un enfant. J'espère…

— Oui ? dis-je en me recoiffant.

— J'espère que tu ne vas pas trop m'en vouloir. Ta lecture, ça tient toujours, hein ?

Je fais de mon mieux pour le prendre de haut.

— Comment puis-je te faire confiance, après ce qui vient de se passer ?

— Oh, oublie ça, répond-il en agitant les mains devant son visage comme s'il était attaqué par des mouches. Je n'étais pas sérieux. Je suis trop direct, c'est tout. Alors, amis ?

Penaud, il me tend sa main.

Je me raidis, mais je lui tends la mienne. Rapide comme l'éclair, il l'attrape et la porte à ses lèvres. Je le laisse la baiser, puis me dégage prestement.

— Et ta pièce, alors ? Il faut que tu me la fasses lire avant jeudi. Puisque tu ne m'as pas laissé t'embrasser, il faut que je sache dans quoi je mets les pieds.

— Je ne l'ai pas sur moi. Je te la déposerai demain, dis-je rapidement.

Il faut que je la récupère auprès de Miranda.

— Et invite des amies, ajoute-t-il. Les plus jolies !

Je m'en vais sans répliquer. Il y a des hommes qui ne renoncent jamais.

Et des femmes, aussi. Dans l'ascenseur, je m'évente le visage, soulagée. Au moins, ma lecture tient toujours. Je devrai sans doute me dépêtrer de Bobby la soirée durant, mais c'est un prix léger à payer pour la gloire !

Chapitre trente-quatre

— C'est qui, cet affreux, au juste ? me demande Samantha en déchirant un petit sachet rose de faux sucre et en versant cette poudre chimique dans son café.

— Un genre de marchand d'art. C'est lui qui a un espace, tu sais ? Je suis allée voir un défilé de mode là-bas.

Je rassemble les débris de sachets roses sur la table, les plie bien nettement et les cache sous ma serviette. Je ne peux pas m'en empêcher. Ces sachets d'édulcorant vides me rendent folle. Principalement parce qu'on ne peut pas faire deux pas sans tomber dessus.

— L'homme de l'espace ! s'amuse Samantha.

— Bobby. Tu le connais ?

Je me dis que c'est sans doute le cas. Elle connaît tout le monde.

Nous sommes au *Pink Tea Cup*, un très célèbre restaurant du West Village. Pour être rose, c'est rose, avec de mignonnes petites chaises en fer forgé et des nappes anciennes imprimées de grosses fleurs. C'est ouvert vingt-quatre heures sur vingt-quatre, mais on n'y sert que le petit déjeuner : en choisissant bien sa journée, on peut y voir Joey Ramone manger des pancakes à cinq heures de l'après-midi.

Samantha a quitté son boulot en avance, sous prétexte qu'elle souffrait encore de son opération. Mais elle ne doit pas avoir trop mal, puisqu'elle est ressortie.

— Il est petit ? demande-t-elle.

— Il a dû se hisser sur la pointe des pieds pour essayer de m'embrasser.

Le souvenir de la tentative ratée de Bobby m'énerve à nouveau, et je verse bien trop de sucre dans ma tasse.

Samantha hoche la tête.

— Bobby Nevil. Tout le monde le connaît. Il a une sale réputation.

— La réputation de sauter sur tout ce qui bouge ?

— Si ce n'était que ça, personne n'en parlerait. Il a tenté de saccager le *David* de Michel-Ange.

— La sculpture ? C'est un criminel ?

C'est bien ma chance, tiens.

— Plutôt un révolutionnaire de l'art. Il essayait de faire passer une idée.

— Quelle idée ? L'art est niqué ?

— Qui parle de niquer ? demande Miranda en nous rejoignant à la table avec son sac à dos, plus un sac Saks noir en bandoulière. Elle s'empare d'une poignée de serviettes en papier et s'éponge le front.

— Il fait trente degrés dehors.

Elle hèle la serveuse pour lui demander un verre de glace pilée. Puis elle lance à Samantha un regard accusateur.

— On cause encore de sexe ? J'espère que je ne suis pas venue jusqu'ici pour parler encore des exercices de stop-pipi. Que j'ai essayés, d'ailleurs. J'ai eu l'impression d'être un singe.

— Les singes font la gym du périnée ? dis-je, étonnée.

Samantha rit d'un air consterné.

— Vous êtes irrécupérables, toutes les deux.

Je soupire. Je suis partie de chez Bobby pensant que j'oublierais facilement sa traîtrise, mais plus j'y repense, plus je suis furieuse. Avais-je tort de présumer que quand j'aurais enfin une occasion de briller, ce serait au mérite, et pas par droit de cuissage ?

J'informe Miranda :

— Bobby a essayé de me sauter dessus.

Elle n'est pas impressionnée pour un sou.

— Ce petit bonhomme ? Je croyais qu'il était gay.

— C'est le genre de type dont les gays ne veulent pas, et les autres non plus.

— C'est une tendance ? me demande Miranda.

— Ça s'appelle les ratés de l'orientation sexuelle. Non mais vraiment, je suis sérieuse !

— J'ai eu un prof au lycée… raconte Miranda. Tout le monde savait que si on couchait avec lui, on aurait une bonne note.

Je fais encore la tête.

— Ça ne m'aide pas.

— Allez, Carrie. Ça n'a rien de nouveau. Dans tous les bars où j'ai bossé, il y avait une règle non écrite comme quoi il fallait coucher avec le patron pour avoir les meilleurs horaires, dit Samantha. Et dans tous les bureaux où j'ai travaillé… c'était pareil. Il y a toujours un mec pour te sauter dessus. Et la plupart sont mariés.

Je pousse un gémissement.

— Et alors, tu… ?

— Si je couche avec eux ? À ton avis, rat des champs ? Je n'ai pas *besoin* de coucher pour obtenir de l'avancement. D'un autre côté, je n'ai honte de rien de ce que j'ai fait. La honte est une émotion inutile.

Miranda fronce le nez : on voit tout de suite qu'elle va dire quelque chose de déplacé.

— Si c'est vrai, pourquoi tu caches ton endométriose à Charlie ? Puisque tu n'as pas honte, pourquoi tu ne peux pas être honnête ?

Samantha a un sourire condescendant.

— Mes relations avec Charlie ne te regardent pas.

Mais Miranda refuse de battre en retraite.

— Alors pourquoi tu en parles sans arrêt ?

Je cache ma tête entre mes mains ; je me demande pourquoi elles sont tellement énervées. Ça doit être la chaleur. Ça cuit la cervelle.

— Bon, alors ! Je dois lire ma pièce chez Bobby, oui ou non ?

— Mais bien sûr, approuve Samantha. Tu ne vas pas laisser ses avances ridicules te faire douter de ton talent. Là, pour le coup, il aurait gagné.

Miranda n'a pas le choix, elle est bien obligée d'approuver.

— Pourquoi laisserais-tu ce petit crapaud définir ce que tu es et ce que tu sais faire ?

Je sais qu'elles ont raison, mais durant un moment, je me sens vaincue. Par la vie, et par ma lutte sans fin pour en faire quelque chose. Pourquoi est-ce toujours difficile ?

— Tu as lu ma pièce ? je demande à Miranda.

Elle rougit et me répond d'une voix trop haut perchée.

— Je voulais le faire. Mais je n'ai pas eu le temps. Ce soir, sans faute, d'accord ?

— Impossible. Il me la faut. Je dois la donner à Bobby demain à la première heure, dis-je sèchement.

— Ne le prends pas mal…

— Je ne le prends pas mal.

— Je l'ai là, poursuit Miranda en ouvrant son sac à dos pour fouiller dedans.

Elle fouille et fouille, puis soulève le sac et le vide sur la table.

— J'ai dû la mélanger avec mes tracts.

— Tu as emporté ma pièce devant chez *Saks* ? je demande, incrédule, tandis que Miranda feuillette frénétiquement ses papiers.

— Je comptais la lire dans les moments de calme. La voilà ! s'écrie-t-elle, soulagée, en brandissant quelques pages.

Je les parcours rapidement.

— Où est le reste ? Il n'y a que le premier tiers.

— Quelque part là-dedans, forcément, marmonne-t-elle pendant que je trie les papiers un par un avec elle.

Puis elle retombe sur sa chaise.

— Oh, non. Carrie, je suis désolée. Je me suis engueulée avec un type hier. Il m'a arraché une poignée de tracts et il est parti en courant. Le reste de ta pièce devait être dedans…

Je cesse de respirer. J'ai l'horrible prémonition que ma vie va s'écrouler.

— Tu as bien une copie, déclare Samantha d'une voix apaisante.

— C'est mon prof qui l'a.

— Ouf, tant mieux ! claironne Miranda comme si tout était arrangé.

J'attrape mon sac et parviens à couiner, la bouche sèche :

— Il faut que j'y aille.

Eh zut ! Eh merde ! Et toute autre interjection adéquate.

Sans ma pièce, je n'ai plus rien. Pas de lecture, pas de vie.

Mais Viktor en a sûrement une copie. Je me rappelle précisément le jour où je la lui ai donnée. Et les professeurs ne jettent pas le travail de leurs élèves, si ?

Je traverse le Village en courant, slalomant entre les voitures et bousculant plusieurs piétons. J'arrive devant la New School à bout de souffle, grimpe l'escalier quatre à quatre, et me jette sur la porte de Viktor.

Fermée à clé.

Je fais volte-face, dévale les marches et retourne chez Samantha, toujours en courant.

Elle est au lit avec une pile de magazines.

— Carrie ? Tu te rends compte de ce que m'a asséné Miranda ? Sur Charlie ? J'ai trouvé ça vraiment gonflé…

— Ouais, dis-je en cherchant l'annuaire dans la cuisine.

— Tu as récupéré ta pièce ?

— Non ! je hurle en feuilletant les pages blanches.

Je tape sur mon cœur pour tenter de me ressaisir. Voilà ! Viktor Greene. Avec une adresse dans le Mews.

— Carrie ? me demande Samantha tandis que je ressors. Tu pourrais me prendre quelque chose à manger ? Peut-être du chinois ? Ou une pizza. Au chorizo. Et pas trop de fromage. Tu leur dis bien, hein ? Pas trop de…

Arrrgh !!!

Je fonce vers le Mews. Tous les muscles de mon corps, tétanisés, implorent ma pitié. Je parcours la rue pavée deux fois avant de trouver la maison de Viktor, cachée derrière une grille et couverte de vigne vierge. Je cogne plusieurs fois à la porte et, en l'absence de réponse, m'assois sur le perron.

Où peut-il bien être ? Viktor est toujours chez lui. Il n'a pas de vie, à part l'école et une liaison de temps en temps avec une stagiaire. Le salopard. Je me lève et donne un coup de pied dans la porte, puis, n'obtenant toujours aucune réaction, je regarde par la fenêtre.

La petite maison est plongée dans le noir. Je renifle, et me persuade que je capte un remugle de pourriture.

Pas étonnant. Viktor est un porc.

Puis je remarque trois journaux par terre devant la porte. Et s'il était parti ? Mais où ? Je furète encore du côté de la fenêtre en me demandant si l'odeur indique qu'il est mort. Peut-être qu'il a fait une crise cardiaque et que, puisqu'il n'a aucun ami, personne ne s'en est rendu compte.

Je tape à la fenêtre, ce qui est parfaitement inutile. Je cherche des yeux quelque chose pour la briser, et dégage un pavé branlant de la chaussée. Je le lève au-dessus de ma tête, prête à frapper un grand coup.

— Vous cherchez Viktor ? fait une voix derrière moi.

Je baisse le bras et me retourne.

Celle qui a parlé est une vieille dame qui tient un chat en laisse. Elle avance prudemment vers moi et se penche pour ramasser les journaux.

— Il est parti, m'informe-t-elle. Je lui ai promis de lui garder ses journaux. Il y a beaucoup de vols dans le quartier.

Je laisse discrètement tomber mon pavé.

— Et il rentre quand ?

Elle plisse les paupières.

— Vendredi… Sa mère est morte, la pauvre. Il s'est rendu dans le Midwest pour son enterrement.

— Vendredi ?

Je fais un pas et manque de trébucher sur le pavé. Je me raccroche à la vigne vierge.

— C'est ce qu'il m'a dit. Vendredi, répète la dame en dodelinant de la tête.

La gravité de ma situation me heurte de plein fouet, tel un camion de ciment.

— Mais c'est trop tard !

Je lâche la vigne vierge et m'effondre au sol, désespérée.

— Rat des champs ? dit Samantha en entrant dans le salon. Qu'est-ce que tu fais ?

— Hein ? Quoi ?

— Ça fait une heure que tu es assise la bouche ouverte. Ce n'est pas très beau à voir.

Comme je ne réponds pas, elle vient me taper sur le sommet du crâne.

— Allô ? Y a quelqu'un ?

Je m'arrache à la contemplation du mur nu et tourne la tête pour la regarder.

Elle brandit sous mon nez une liasse de pages de journaux.

— Je me suis dit qu'on pourrait faire quelque chose d'amusant. Travailler sur l'annonce de mon mariage dans le *New York Times.* Tu es écrivain, c'est du gâteau pour toi.

— Je ne suis pas écrivain. C'est fini, tout ça, dis-je d'un ton morose.

— Ridicule. Tu essuies un petit revers, c'est tout.

Elle s'installe à côté de moi avec ses pages de journaux.

— Je les garde depuis mai dernier. Les annonces de mariages et de fiançailles du *New York Times.* Aussi appelées « la page sport des femmes ».

Je relève la tête.

— Ça intéresse qui ?

— Tous ceux qui comptent à New York, rat des champs, m'explique-t-elle comme si j'étais une enfant. Et c'est d'autant plus important que le *Times* n'accepte pas n'importe quelle annonce. Le marié doit sortir d'une université de prestige. Et il faut venir des bonnes familles. Les vieilles fortunes sont le top du top, mais les plus récentes sont acceptées aussi. Ou la notoriété. Si la mariée a un père célèbre, s'il est acteur, sculpteur ou compositeur par exemple, elle est sûre d'être prise.

— Pourquoi tu ne peux pas simplement te marier ?

Je me frotte les joues. Ma peau est froide, comme si le sang n'y circulait plus.

— Et où est le plaisir ? On ne se marie pas à New York pour rester anonyme ! À ce moment-là, autant rester chez soi. Un mariage à New York, c'est le moyen de se faire une place dans la société. C'est pour ça que le nôtre aura lieu au Century Club. Se marier là, ça pose.

— C'est-à-dire ?

Elle me tapote la cuisse.

— C'est-à-dire qu'on a sa place au soleil, rat des champs.

— Et si on ne se la fait pas, sa place ?

— Oh lala ! On fait semblant ! Qu'est-ce que tu as, aujourd'hui ? Tu as oublié tout ce que je t'ai appris, ou quoi ?

Et avant que j'aie pu protester, elle s'approche de la machine à écrire, insère une feuille blanche dans le chariot et me désigne la chaise.

— Je dicte. Tu tapes.

Je m'affaisse encore un peu, mais je suis ses ordres et place mes mains sur les touches, plus par réflexe que par une décision consciente.

Samantha prend une page dans sa pile et parcourt les annonces.

— En voilà une bonne. « Miss Barbara Halters, de Newport (Rhode Island), Horsie pour les intimes… »

Si elle blague, je passe complètement à côté.

— Je croyais que tu étais de Weehawken.

— Qui veut venir de là ? Mets « Short Hills ». Short Hills, ça passe.

— Mais si quelqu'un vérifie…

— Personne n'ira vérifier ! Bon, on peut continuer ? Miss Samantha Jones, de Short Hills (New Jersey) a fait de brillantes études à… (Elle se tait un instant.) Qu'est-ce qu'il y a comme fac près de Short Hills ?

— Aucune idée.

— Tu n'as qu'à mettre Princeton. C'est bien, Princeton, continue-t-elle, satisfaite de son choix. Et j'ai un diplôme de... littérature anglaise.

Je commence à me réveiller. La preuve, je proteste.

— Personne ne va avaler ça. Je ne t'ai jamais vue lire autre chose que des bouquins de développement personnel.

— Bien vu. Bon, on saute mon diplôme. De toute manière, ça n'a aucune importance. Le plus épineux, c'est mes parents. On va dire que ma mère était femme d'intérieur – ça ne mange pas de pain – et que mon père était dans l'import-export. Ça peut expliquer pourquoi il n'était jamais là.

Je retire mes mains du clavier et les pose sur mes genoux.

— Je ne peux pas faire ça.

— Pourquoi ?

— Je ne peux pas mentir au *New York Times*.

— Ce n'est pas toi qui mens. C'est moi.

— Mais toi, pourquoi faut-il que tu mentes ?

— Carrie, commence-t-elle à s'énerver. Tout le monde ment.

— Faux.

— Toi, tu mens. Tu n'as pas menti à Bernard sur ton âge ?

— C'est autre chose. Je ne vais pas l'épouser.

Elle m'adresse un sourire froid, comme si elle n'en revenait pas que je lui résiste.

— Très bien. Je l'écrirai moi-même, cette annonce.

— Vas-y, je t'en prie.

Je me lève et elle prend ma place.

Je la regarde taper pendant plusieurs minutes. Finalement, je n'y tiens plus.

— Pourquoi tu ne peux pas dire la vérité ?

— Parce qu'elle n'est pas assez bien.

— Ça revient à dire que toi, tu n'es pas assez bien.

Samantha s'interrompt, se renverse en arrière et croise les bras.

— Je suis tout à fait assez bien. Je n'en ai jamais douté une seconde…

— Alors pourquoi tu n'es pas toi-même ?

Elle se lève d'un bond.

— Et toi ? Tu t'inquiètes pour *moi* ? Mais regarde-toi ! À pleurnicher dans tout l'appartement parce que tu as perdu la moitié de ta pièce. Si tu es si forte, pourquoi tu n'en écris pas une autre ?

Je réponds en hurlant, la gorge brûlante.

— Ça ne marche pas comme ça ! J'ai mis un mois à écrire cette pièce ! On n'écrit pas une pièce de théâtre en trois jours ! Il faut y réfléchir, il faut…

— D'accord. Si tu veux baisser les bras, c'est ton problème.

Elle se dirige vers sa chambre, s'arrête et se retourne vers moi.

— Mais si tu comptes jouer les *losers*, ne viens pas me critiquer ! crie-t-elle avant de claquer la porte derrière elle.

Je pose ma tête dans mes mains. Elle a raison. J'en ai marre de moi et de mon échec. Autant faire ma valise et rentrer à la maison.

Comme Lil. Et les millions d'autres jeunes gens qui sont venus à New York pour réussir et qui ont raté.

Là, soudain, je suis furieuse. Je cours vers la chambre de Samantha et tambourine à la porte.

— Quoi ? aboie-t-elle au moment où j'ouvre.

— Pourquoi *toi*, tu ne recommencerais pas de zéro ?

J'ai crié ça sans raison rationnelle.

— Et toi ?

— C'est ce que je vais faire.

— *Tant mieux !*

Cette fois, c'est moi qui claque la porte.

Comme en transe, je m'assois devant ma machine à écrire. J'arrache l'annonce bidon de Samantha, la froisse en boule et la jette à l'autre bout de la pièce. Je glisse une feuille vierge dans le chariot. Je regarde ma montre. Il me reste soixante-quatorze heures et vingt-trois minutes avant la lecture de jeudi. Et j'y arriverai. J'écrirai une nouvelle pièce, même si ça me tue.

Le ruban de ma machine casse le jeudi matin. Je regarde autour de moi les emballages de barres chocolatées, les sachets de thé séchés et les croûtes de pizza graisseuses.

C'est mon anniversaire. J'ai enfin dix-huit ans.

Chapitre trente-cinq

J'entre dans la douche, les mains tremblantes.

La bouteille de shampooing me glisse des doigts et je la rattrape juste avant qu'elle ne se brise sur le carrelage. Je respire à fond et renverse la tête en arrière pour sentir l'eau couler dessus.

J'y suis arrivée. J'y suis vraiment arrivée.

Mais l'eau ne suffit pas à effacer ma fatigue : je suis dans un sale état, épuisée, faible, les yeux rouges.

Je ne saurai jamais ce qui se serait passé si Miranda n'avait pas perdu ma pièce et si je n'avais pas eu à la récrire. J'ignore si elle est bonne ou non. J'ignore si je serai acclamée ou huée. Mais j'y suis arrivée. Au moins, j'aurai essayé.

Je sors de la douche et m'essuie avec une serviette. Je me regarde attentivement dans le miroir. J'ai les traits tirés et creusés, comme si j'avais à peine dormi depuis trois jours. Ce n'était pas ainsi que je comptais faire mon entrée dans le monde, mais tant pis. Je n'ai pas le choix.

J'enfile mon pantalon en latex rouge, mon kimono chinois, les vieilles bottes Fiorucci de Samantha. Peut-être qu'un jour je serai comme elle : capable de m'offrir des chaussures.

Samantha. Elle est repartie bosser mardi matin et je n'ai plus eu de nouvelles. Pareil pour Miranda, qui ne m'a pas appelée non plus. Elle doit avoir peur que je lui en veuille à mort.

Mais je lui pardonnerai. Et j'espère que Samantha aussi pourra me pardonner.

— Te voilà ! me lance gaiement Bobby. Pile à l'heure !

— Si tu savais… je marmonne dans ma barbe.

— Alors, impatiente ?

Il sautille sur la pointe des pieds.

J'ai un faible sourire.

— Nerveuse. C'est vrai que tu t'es attaqué au *David* ?

Bobby fronce les sourcils.

— Qui t'a raconté ça ?

Je hausse les épaules sans rien répondre.

— Ce n'est jamais bon de ruminer le passé. Buvons un peu de champagne.

Je le suis dans la cuisine en gardant ma besace entre nous pour qu'il ne tente plus rien de louche. S'il le fait, je jure que je le frappe, cette fois.

Mais je n'ai pas à m'inquiéter, car les invités commencent à arriver et Bobby court les accueillir.

Je reste dans la cuisine à siroter mon champagne. *Allez, tant pis*, me dis-je, et je vide tout le verre. Je m'en verse un deuxième.

Ce soir, c'est le grand soir. Ma lecture et Bernard.

Je plisse les yeux. Il a intérêt à être prêt à le faire, cette fois. Il n'a plus aucune excuse.

Je secoue la tête. Belle mentalité pour une future ex-vierge !

Je suis sur le point de me verser encore une coupe quand j'entends qu'on m'appelle. Je manque de lâcher la bouteille quand, en me retournant, je découvre Miranda.

— Pardon ! m'implore-t-elle.

Tout mon corps se ramollit de soulagement. Maintenant qu'elle est là, peut-être que tout va bien se passer.

Après l'arrivée de Miranda, j'ai du mal à décrire la soirée car je suis partout à la fois : j'accueille les invités à la porte, je me demande où installer les chaises, je repousse Bobby et j'essaie de trouver quelque chose de classe à dire à Charlie qui, contre toute attente, s'est pointé avec Samantha.

Si elle m'en veut encore pour l'autre soir, elle fait de son mieux pour ne pas le montrer. Elle me complimente pour mon pantalon tout en tenant le bras de Charlie comme s'il lui appartenait. C'est un homme costaud, presque beau, et légèrement gauche, comme s'il ne savait pas quoi faire de son corps. Il se met immédiatement à parler de base-ball, et quand d'autres gens entrent dans la conversation, je m'échappe pour aller retrouver Bernard.

Il est dans un coin avec Teensie. Ça me dépasse qu'il l'ait amenée après notre désastreux week-end, mais apparemment, soit il s'en fiche, soit Teensie n'a jamais pris la peine de lui dire ce qu'elle pensait de moi. Peut-être parce que je suis le clou du spectacle ce soir, elle est tout sourire, du moins en surface.

— Quand Bernard m'a parlé de cette soirée, je n'en suis pas revenue, déclare-t-elle en se penchant pour me parler fort à l'oreille. Je me suis dit qu'il fallait absolument que je voie ça.

— Merci, dis-je modestement en souriant à Bernard. Je suis contente que vous ayez pu venir.

Capote et Ryan arrivent avec Rainbow. Nous parlons du stage, de la disparition de Viktor, du fait que l'été a passé à toute vitesse et qu'il est déjà presque fini. Ça boit, ça papote, et je me sens comme un joyau, scintillant au centre de l'attention. Je repense à ma première soirée new-yorkaise avec Samantha et au chemin que j'ai parcouru depuis.

— Bonsoir, jeune fille !

C'est Cholly Hammond, vêtu de coton à fines rayures, comme toujours.

— Connais-tu Winnie Dieke ? me demande-t-il en me montrant une jeune femme aux traits affûtés. Elle travaille au *New York Post.* Si tu es très gentille avec elle, elle écrira peut-être un petit quelque chose sur toi.

— Alors je vais être très, très gentille. Bonsoir, Winnie, dis-je en lui tendant la main.

À vingt-deux heures trente, il y a un monde fou. L'espace de Bobby est bien connu des nuiteux. Il y a de l'alcool gratuit, des barmen torse nu et un méli-mélo de personnages délirants pour mettre de l'ambiance. Comme la vieille dame à rollers, et le SDF nommé Norman qui vit parfois dans le placard de Bobby. Ou le comte autrichien, et les jumelles qui prétendent s'appeler Dupont et Dupond. Et le mannequin qui a couché avec tout le monde. La jeune jet-setteuse qui porte une cuiller en argent autour du cou. Et au centre de ce grand manège tourbillonnant : moi, dressée sur la pointe des pieds pour espérer me faire entendre.

Une demi-heure s'écoule encore, et je rappelle à Bobby qu'une lecture est prévue. Il s'efforce alors de faire asseoir les gens. Puis il grimpe sur une chaise, qui s'effondre sous son poids. Capote baisse la musique pendant que Bobby se relève péniblement, se juche sur deux chaises au lieu d'une, un pied sur chaque, et réclame l'attention de tous.

— Ce soir, en avant-première mondiale, nous allons entendre une pièce écrite par cette jeune et charmante dramaturge, Carrie Bradshaw. La pièce s'intitule… euh… je ne sais pas mais ce n'est pas grave…

— *Tous des ingrats !* crie Miranda.

— C'est ça, tous des ingrats… ce n'est pas ce qui manque, hein ! Et maintenant, sans plus de préambule…

Je respire un grand coup. Mon cœur a migré au fond de mon estomac. Je prends place face au public tandis que retentissent quelques applaudissements hésitants.

Je me persuade que ce n'est pas différent d'une lecture devant ma classe, et je commence.

On dit que dans les situations de stress, on peut perdre la notion du temps, et c'est exactement ce qui m'arrive. Tous mes sens menacent même de tomber en panne, car au début il me manque aussi la vue et l'ouïe, me semble-t-il. Puis j'entends quelques rires au premier rang, qui se compose de Bernard, Miranda, Samantha et Charlie, Rainbow, Capote et Ryan. Ensuite, je repère des gens qui se lèvent et s'en vont. Puis je prends conscience que les rires ne sont pas dus à ma pièce, mais à une remarque spirituelle que quelqu'un a faite dans le fond. Puis quelqu'un d'autre met de la musique.

Je tâche de ne pas y prêter attention, mais j'ai le visage en feu et ma voix se brise. Je suis en train de mourir. Au fond de la salle, des gens dansent. Je ne suis plus qu'un bredouillement, un murmure, une idée en l'air.

Quand est-ce que ça va finir ?

Miracle : c'est fini. Bernard se lève d'un bond en applaudissant. Miranda et Samantha poussent des exclamations enthousiastes. Mais c'est tout. Même Bobby n'écoutait pas. Il est à côté du bar, en train de draguer Teensie.

C'est tout ? C'est *terminé* ? Tout ça pour ça ? Que s'est-il passé ?

Je m'attendais à des acclamations.

Je m'attendais à des applaudissements.

J'ai fait tout ça pour rien ?

La vérité commence à se faire jour, même si l'expression est mal choisie. Dans « se faire jour », on entend quelque chose d'agréable. De l'espoir. Un nouveau jour. Un nouveau départ. Alors que ceci n'est pas un départ. C'est une fin. C'est la honte. C'est gênant.

Je suis nulle.

Capote, mon père et tous les autres avaient raison : je n'ai aucun talent. Je poursuivais un rêve qui n'existait que dans ma tête. Et maintenant, rideau.

Je tremble de tous mes membres. Que faire ? Je regarde dans la pièce et imagine les gens comme des feuilles d'automne, rouges puis bruns puis tombant au sol, secs et cassants. Comment puis-je… que pourrais-je…

Bernard s'approche de moi avec un sourire de Joker.

— J'ai trouvé ça très bien. Tout à fait rafraîchissant.

— C'était super ! ajoute Miranda en me serrant dans ses bras. Je ne sais pas comment tu as fait pour te tenir comme ça devant tout le monde. J'aurais été morte de trouille, à ta place.

Je regarde Samantha, qui hoche le menton.

— C'était marrant, rat des champs.

C'est une de ces situations où personne ne peut vous aider. Votre besoin est si intense qu'il est comme un grand trou noir aspirant la vie de tout le monde autour de vous. Je titube, aveuglée.

— Allons boire un verre, propose Bernard en me prenant par la main.

— Oui, allons tous nous en jeter un, approuve Samantha.

Là, c'est trop. Même Samantha, ma plus grande supportrice, sait que ma pièce est calamiteuse.

C'est comme si j'avais la lèpre. Personne ne veut s'approcher de moi.

Bernard se rend rapidement au bar et, comme pour se débarrasser d'un virus, me plante à côté de Teensie. Teensie, bon Dieu ! Qui discute avec Capote.

Je souris, embarrassée.

— Eh bien ! souffle Teensie avec un soupir théâtral.

— Tu as dû beaucoup retravailler, dit Capote. Depuis le stage. J'ai trouvé ça mieux que ce que tu avais lu en cours.

— J'ai dû la récrire entièrement. En trois jours.

Et soudain, je me rends compte qu'il avait raison, au dîner des Jessen. Bobby est risible. Et lire mon œuvre dans son espace n'était pas la bonne façon de la faire remarquer. Pourquoi ne l'ai-je pas écouté ? L'été touche à sa fin et la seule chose que j'aie réussi à faire, c'est me ridiculiser complètement.

Je sens que je suis livide.

Capote doit comprendre ma détresse, car il me tape sur l'épaule.

— C'est bien de prendre des risques, tu te rappelles ?

Et pendant qu'il s'éloigne, Teensie se prépare à m'assener le coup de grâce.

— J'ai trouvé ça amusant. Très, très amusant, ronronne-t-elle. Mais regarde-toi, ma chère. Tu as l'air épuisée. Et tu es bien trop maigre. Je suis sûre que tes parents se font beaucoup de souci pour toi.

Elle marque un silence et, avec un sourire éblouissant, me demande :

— Tu ne penses pas qu'il serait temps de rentrer *chez toi* ?

Chapitre trente-six

J'essaie de prendre une cuite et je n'y arrive pas. Je suis une ratée intégrale. Même en soûlographie, je suis nulle.

— Carrie, m'avertit Bernard.

— Quoi ? fais-je en portant à mes lèvres une bouteille de champagne volée.

Bouteille que j'ai emportée discrètement dans ma besace de charpentier. Je savais bien qu'elle me servirait un jour, cette besace.

Bernard m'arrache la bouteille.

— Tu te fais du mal. Et si le taxi freine brutalement, tu vas te la prendre dans les dents.

Je rattrape la bouteille et m'y accroche fermement.

— C'est mon anniversaire.

— Je sais.

— Tu ne vas pas me souhaiter un bon anniversaire ?

— Je l'ai fait. Plusieurs fois. Tu ne m'as peut-être pas entendu.

— Tu as un cadeau pour moi ?

— Oui. Maintenant, écoute-moi, ajoute-t-il avec sévérité. Je devrais peut-être te déposer chez toi. On n'a pas de raison de faire ça ce soir.

— Mais c'était mon cadeau ! Et c'est mon anniversaire. Il faut que ce soit aujourd'hui, sinon ça ne compte pas.

— Techniquement, ce n'est plus ton anniversaire. Il est plus de deux heures du matin.

— Techniquement, mon anniversaire a commencé à deux heures de l'après-midi. Alors ça compte encore.

— Ça va s'arranger, la môme, dit-il en me tapotant la cuisse.

— Tu n'as pas aimé, hein ?

Je bois encore une gorgée et regarde par la fenêtre ouverte. L'air tiède me balaie le visage.

— Quoi donc ?

Seigneur. Il croit que je parle de quoi ? Il est abruti à ce point ? Est-ce que tout le monde est abruti à ce point sans que je ne m'en sois jamais aperçue ?

— Ma *pièce* ! Tu as dit que tu avais aimé, mais c'est pas vrai.

— Je crois comprendre que tu l'as récrite.

— Parce que je n'ai pas eu le choix. Miranda…

— Allez, me réconforte-t-il. Ça arrive à tout le monde…

— Non, rien qu'à moi. Pas à toi ni à personne d'autre.

J'ai l'impression que Bernard commence à en avoir assez de mon numéro.

Cela me fait peur et me réveille un peu. Je ne peux pas le perdre, lui, en plus. Pas ce soir.

— S'il te plaît, dis-je. Ne nous disputons pas.

— Je ne savais pas qu'on se disputait.

— Exactement.

Je pose la bouteille et m'accroche à lui comme une bernique.

— Ah lala, petite. (Il me caresse la joue.) Je sais que la soirée a été dure pour toi. Mais c'est comme ça quand on s'expose.

Je renifle.

— Vraiment ?

— Il suffit de retravailler. Tu fais ça, et ta pièce sera super. Tu verras.

— Je déteste retravailler. Pourquoi ça ne peut pas être réussi du premier coup ?

— Et où serait le plaisir ?

Je soupire.

— Oh, Bernard. Je t'aime.

— Oui, moi aussi, petit chat.

— Vrai de vrai ? À deux heures du matin ? Sur Madison Avenue ? Tu m'aimes ?

Il sourit.

Et je me mets à roucouler.

— C'est quoi, mon cadeau ?

— Si je te le révélais, ce ne serait plus un cadeau, n'est-ce pas ?

— Moi, je te fais un cadeau, dis-je, la voix pâteuse.

— Tu n'as pas à me faire de cadeaux.

— Oh, mais si.

Même si ma lecture a été un désastre, la perte de ma virginité peut encore rattraper la soirée.

— Tiens ! me dit Bernard, triomphant, en me tendant une boîte parfaitement emballée dans du papier noir brillant, avec un gros nœud noir.

Je tombe à genoux sur le tapis du salon.

— Oh, mon Dieu. C'est vraiment ce que je crois ?

— J'espère, répond-il avec une pointe d'inquiétude.

— Je l'adore déjà.

Je le regarde, les yeux brillants.

— Tu ne sais pas encore ce que c'est.

— Mais si, je sais !

Je déchire le papier et caresse les lettres en relief sur la boîte. CHANEL.

Bernard paraît quelque peu gêné par mes démonstrations d'enthousiasme.

— Teensie était sûre que ça te plairait.

— Teensie ? Tu as demandé à Teensie quoi m'offrir ? Je croyais qu'elle me détestait.

— Elle m'a affirmé qu'il te fallait quelque chose de bien.

— Oh, Bernard.

Je soulève le couvercle et j'écarte soigneusement le papier de soie. Et le voici : mon premier sac Chanel. Je le sors et le serre dans mes bras.

— Il te plaît ?

— Je l'aime d'amour, dis-je avec solennité.

Je le tiens encore quelques secondes, savourant le contact du cuir souple. Puis, avec un doux regret, je le range dans son sachet de coton et replace le tout dans la boîte.

— Tu ne veux pas t'en servir ? s'enquiert Bernard, dérouté par ce geste.

— Je veux le conserver.

— Pourquoi ?

— Parce que je veux qu'il reste toujours… *parfait*.

Dans ce monde où rien ne l'est jamais.

— Bernard, merci.

Je me demande si je ne vais pas pleurer.

— Eh, *pussycat*. Ce n'est qu'un sac.

— Je sais, mais...

Je me lève et vais me blottir contre lui dans le canapé, en lui caressant la nuque.

— Tu es toujours partante, hein ?

Il m'embrasse, je l'embrasse, et comme les choses se précisent, il me prend par la main et m'emmène dans sa chambre.

Ça y est. Soudain, je ne suis plus très sûre d'être partante.

Je me répète qu'il ne faut pas en faire une montagne. Nous avons tout fait sauf ça. Nous avons dû passer la nuit ensemble une douzaine de fois. Mais savoir ce qui se prépare change la donne. Nos baisers sont maladroits. Comme si nous nous connaissions à peine.

— J'ai besoin d'un verre, je déclare.

— Tu ne crois pas que tu as assez bu ?

Bernard a l'air inquiet. Donc, je mens.

— Non, je veux dire un verre d'eau.

J'attrape une de ses chemises pour me couvrir et cours à la cuisine. Il y a une bouteille de vodka sur le comptoir. Je ferme les yeux, respire à fond et en avale une lampée. Je me rince rapidement la bouche à l'eau.

— OK, prête ! j'annonce, debout dans l'encadrement de la porte.

De nouveau, je me sens toute pataude. J'essaie d'être sexy, mais je ne sais pas comment m'y prendre. Tout paraît faux et artificiel, y compris moi. Peut-être que ça s'apprend, d'être sexy au lit. Ou peut-être qu'il faut avoir ça de naissance. Comme Samantha. Ça lui vient naturellement. Moi, en ce moment, j'aurais moins de mal à être plombier.

— Viens ici, se marre Bernard en tapotant le lit. Et ne crois pas que tu vas me piquer ma chemise. C'est Margie qui faisait ça.

— Margie ?

— Ne parlons pas d'elle, d'accord ?

Nous recommençons à nous embrasser, mais maintenant j'ai l'impression que Margie est dans la chambre. Je m'efforce de la chasser, en me répétant que Bernard est à moi désormais. Mais je me sens encore plus diminuée, par comparaison. Peut-être que quand ce sera fait, j'irai mieux.

— Allons-y, OK ?

Il relève la tête.

— Ça ne te plaît pas, ce que je te fais ?

— Non. Si. J'adore. Mais je veux juste en venir au fait.

— Je ne peux pas simplement…

— Bernard. *Je t'en prie.*

Miranda avait raison. C'est horrible. Pourquoi ne me suis-je pas débarrassée de ça il y a belle lurette ? Au moins, je saurais à quoi m'attendre.

— D'accord, murmure-t-il.

Il se couche sur moi. Remue un peu. Puis remue encore.

— Ça y est ?

Je suis quand même étonnée. Eh bien, Miranda ne plaisantait pas. Ce n'est vraiment rien.

— Non. Je… Bon, écoute. Je vais avoir besoin que tu m'aides un peu.

L'aider ? De quoi il parle, là ? Personne ne m'a prévenue qu'il y avait de l'aide au programme.

Pourquoi ne peut-il pas simplement en finir ?

Et nous voilà, nus. Nus dans notre peau. Mais surtout nus dans nos émotions. Je ne m'étais pas préparée à *ça*. Cette intimité crue, gênante.

— Tu ne voudrais pas… ?

— Bien sûr.

Je fais de mon mieux, mais ça ne suffit pas. Puis il essaie. Puis il semble enfin prêt. Il monte sur moi. *OK mon pote, allons-y*, me dis-je. Il a quelques mouvements du bassin. Il met sa main là pour s'aider.

— C'est censé se passer comme ça ? je demande.

— À ton avis ?

— Mais je n'en sais rien !

— Comment ça, tu n'en sais rien ?

— C'est la première fois.

— Quoi ?

Il se recule, sous le choc.

Je le supplie, cramponnée à sa jambe alors qu'il saute du lit.

— Ne m'en veux pas ! Je n'avais jamais rencontré le bon. Il faut bien une première fois à tout, non ?

— Pas avec moi.

Il parcourt toute la pièce en ramassant mes affaires.

— Qu'est-ce que tu fais ?

— Il faut que tu t'habilles.

— *Pourquoi ?*

Il s'arrache les cheveux.

— Carrie, tu ne peux pas rester ici. On ne peut pas faire ça. Je ne suis pas ce genre de mec.

— Mais *pourquoi* ?

Mon obstination tourne à la panique.

— *Parce que je ne fais pas ce genre de choses.*

Il s'arrête, inspire un grand coup, se ressaisit.

— Je suis un adulte. Et tu es une enfant…

— Je ne suis plus une enfant. J'ai dix-huit ans.

— Je te croyais en deuxième année de fac.

Encore plus horrifié.

— Oups ! dis-je en essayant de plaisanter.

Il me regarde bouche bée.

— Tu es complètement folle ?

— Non, je ne crois pas. Du moins, la dernière fois que j'ai vérifié, je me suis trouvée assez normale…

Et là, je craque.

— C'est ma faute, c'est ça ? Tu n'as pas envie de moi. C'est pour ça que tu n'as pas pu. Parce que…

Dès que ces mots ont franchi mes lèvres, je me rends compte que c'est la pire chose que l'on puisse dire à un homme. La pire. Car je peux vous garantir que ça ne lui fait pas plaisir.

— Je ne peux pas faire ça, gémit-il, plus pour lui que pour moi. Je ne peux pas. Qu'est-ce que je suis en train de faire ? Qu'est-ce qui est arrivé à ma vie ?

J'essaie de me remémorer ce que j'ai lu sur l'impuissance.

— Mais peut-être que je peux t'aider. On pourrait peut-être y travailler…

— Je ne veux pas avoir à travailler sur ma vie sexuelle ! rugit-il. Tu ne comprends pas ? Je ne veux pas avoir à travailler sur mon mariage. Je ne veux pas avoir à travailler sur mes histoires d'amour. Je veux qu'elles arrivent, simplement, sans effort. Et si tu ne jouais pas les petites connes en permanence, tu comprendrais peut-être !

Quoi ? Pendant un instant, je suis trop piquée au vif pour réagir. Puis je me drape dans ma peine et mon indignation. Moi, une petite conne ? Je dois vraiment être horrible pour qu'il me dise une chose pareille.

Je ferme la bouche. Je ramasse mon pantalon sur le lit, là où il est tombé tout à l'heure.

— Carrie.

— Quoi ?

— Ce serait sans doute mieux que tu partes.

— Sans blague.

— Et on… on ne devrait sans doute plus se voir.

— C'est ça.

— Mais je veux que tu gardes le sac, assure-t-il pour essayer de se rattraper.

— Je n'en veux pas.

Ça, c'est un gros mensonge. Je le veux. Terriblement. Je veux tirer au moins quelque chose de cet anniversaire catastrophique.

— Prends-le, je t'en prie.

— Donne-le à Teensie. Elle est exactement comme toi.

J'ai envie de le gifler. C'est comme dans ces rêves où on essaie de frapper un mec et où on le rate chaque fois.

— Ne sois pas bête, insiste-t-il alors que nous sommes à la porte, rhabillés tous les deux. Prends-le, bon Dieu. Je sais que tu en as envie.

— C'est dégueulasse, Bernard.

— Tiens.

Il tente de me le fourrer entre les mains mais j'ouvre la porte et appelle l'ascenseur.

Bernard descend avec moi.

— Carrie…

Il voudrait bien éviter une scène devant le liftier, je le vois bien.

— Non.

Il me suit dehors et hèle un taxi. Comment se fait-il que chaque fois qu'on ne veut pas de taxi, il y en a un qui arrive ? Parce qu'au fond de moi, j'espère toujours que ceci n'est pas en train d'arriver, qu'un miracle va se produire et que tout va revenir à la normale. Mais voilà que Bernard donne mon adresse et dix dollars au chauffeur.

Je monte à l'arrière en fulminant.

Il me propose de nouveau le sac. Là, je hurle.

— Je te répète que je n'en veux pas !

Pourtant, au moment où le taxi démarre, il ouvre la portière et le lance à l'intérieur.

Le sac atterrit à mes pieds. Un instant, je songe à le jeter par la fenêtre. Mais je n'en fais rien. Car maintenant, je pleure à chaudes larmes. À grands sanglots qui me déchirent la poitrine.

— Dites donc, aboie le chauffeur. Vous pleurez ? Vous pleurez dans mon taxi ? Vais vous en donner, moi, des raisons de pleurer. Et les Yankees, alors ? Cette foutue grève du base-ball ?

Qu'est-ce qu'il raconte ?

Le taxi se gare devant chez Samantha. Je le regarde sans réagir, incapable de bouger, paralysée par mes larmes.

— Ho ! Mam'zelle ! gronde le taxi. Vous allez descendre ? J'ai pas toute la nuit, moi.

En me frottant les yeux, je prends une de ces décisions téméraires et malencontreuses dont tout le monde essaie généralement de vous dissuader.

— Emmenez-moi à Greenwich Street.

— Mais…
— *Greenwich Street.*

Je descends devant la cabine téléphonique du coin de la rue. Les doigts tremblants, je cherche une pièce et la glisse dans la fente. La sonnerie retentit plusieurs fois. Une voix ensommeillée répond enfin.

— Mmm ?

— Capote ?

— Mmm ?

Il bâille.

— C'est moi. Carrie Bradshaw.

— Ouais, Carrie. Je connais ton nom de famille.

— Je peux monter ?

— Il est quatre heures du matin.

— S'il te plaît ?

— Bon, bon, d'accord.

La lumière s'allume à l'étage. L'ombre de Capote passe de droite à gauche, de gauche à droite. La fenêtre s'ouvre et il jette les clés.

Je les rattrape du premier coup.

Chapitre trente-sept

J'ouvre un œil et le referme. Le rouvre. Où suis-je ? Aucune idée. Ça doit être un de ces rêves pénibles dans lesquels on se croit éveillé alors qu'on dort à poings fermés.

Pourtant, je ne me sens pas endormie.

D'autre part, je suis nue. Et j'ai un peu mal par là.

Mais ça, c'est parce que…

Je souris. C'est fait. C'est officiel. Je ne suis plus vierge.

Je suis chez Capote Duncan. Dans son lit. Le lit qui a des draps à carreaux fournis par sa mère. Et les deux oreillers en mousse (pourquoi les garçons sont-ils aussi nuls en oreillers ?), et une couverture militaire qui gratte, héritée de son grand-père. Lequel la tenait de son propre père, qui a fait la guerre de Sécession. Capote est très sentimental. J'entends la voix sirupeuse de Patsy Cline qui s'écoule de la chaîne hi-fi. « I Fall to Pieces ». À dater d'aujourd'hui, chaque fois que j'entendrai cette chanson, je penserai à Capote et à la nuit que nous avons passée ensemble. La nuit où il m'a gentiment débarrassée de ma virginité.

Je suppose que j'ai de la chance, car ça s'est passé à peu près comme je l'avais toujours espéré. Et sur le moment, je me suis sincèrement sentie amoureuse de lui. Il n'a pas arrêté de me dire que j'étais belle. Et qu'il ne fallait pas avoir peur. Et qu'il était heureux d'être avec moi. Et qu'il m'avait voulue dès le début, mais qu'il avait toujours cru que je ne pouvais pas le blairer. Et puis que, quand j'avais commencé à sortir avec Bernard, il s'était dit qu'il n'avait plus la moindre chance. Et que quand j'avais réussi à écrire une pièce, il avait pensé que je le trouverais « pas assez bien pour moi ». Parce que lui n'avait pas su écrire grand-chose.

Dites donc, c'est fou comme ça peut être fragile, un garçon.

Naturellement, je lui ai soutenu qu'il avait tout faux, même s'il faut bien admettre – mais ça, je ne le lui ai pas dit – que je ne le trouvais pas très séduisant au début.

Bien sûr, maintenant, je trouve que c'est la créature la plus sublime qui ait jamais arpenté la planète.

Je l'observe du coin de l'œil. Il dort encore, couché sur le dos, le visage si paisible et détendu que je crois même deviner un léger sourire sur ses lèvres. Sans ses lunettes, il semble terriblement vulnérable… La nuit dernière, on s'est embrassés un peu, et ensuite il a fait le coup du bibliothécaire sexy : il a retiré les lunettes, et on s'est longuement regardés au fond des yeux. J'ai eu l'impression de lire toute son histoire dans ses pupilles.

Je pouvais tout savoir de lui, d'une manière que je n'avais jamais connue avant.

C'était un peu surréaliste, mais en même temps très intense.

Je suppose que c'est ce qui m'a le plus étonnée dans l'acte sexuel : la connaissance. Le fait de pouvoir connaître une personne entièrement, et *vice versa*.

Je me penche pour chercher ma culotte par terre. Je veux partir pendant qu'il dort encore. Chose promise, chose due : je lui ai dit que je m'en irais au petit matin.

Je me redresse lentement, glissant précautionneusement sur le lit pour ne pas faire bouger le matelas. Ce matelas, laissé ici par les propriétaires d'origine, a cent ans. Je me demande combien de gens ont fait l'amour dans ce lit. Beaucoup, j'espère. Et j'espère qu'ils y ont pris autant de plaisir que moi.

Je trouve mes vêtements éparpillés sur le canapé. Le sac Chanel est à côté de la porte, là où je l'ai laissé tomber quand Capote m'a attrapé le visage et m'a plaquée contre le mur en m'embrassant comme un fou. Je lui ai pratiquement arraché ses vêtements.

Mais comme je ne le reverrai jamais, ça n'a pas d'importance. Et maintenant, je dois affronter mon avenir : Brown.

Peut-être qu'après quatre années de fac, j'essaierai encore. Je secouerai les grilles de la cité d'émeraude, et cette fois, je réussirai à entrer.

Mais pour l'instant, je suis trop fatiguée. Qui aurait cru que ce serait aussi épuisant d'avoir dix-huit ans ?

Je soupire et enfile mes chaussures. Quand même, c'était bien, New York. D'accord, j'ai foiré plus d'une fois, mais j'ai réussi à survivre.

Je retourne dans la chambre à pas de loup pour regarder une dernière fois Capote.

— Salut, l'amant ! dis-je à voix basse.

Sa bouche s'ouvre avec un petit *plop !* et il se réveille, désorienté, en donnant un coup de poing dans son oreiller. Il s'assoit et me regarde, les yeux encore mi-clos.

— Hmm ?

Je ramasse ma montre et chuchote :

— Pardon. J'allais...

J'indique la porte.

Il se frotte les yeux.

— Pourquoi ? Ça ne t'a pas plu ?

— Si, j'ai adoré. Mais...

— Alors pourquoi tu t'en vas ?

Je hausse les épaules.

Il cherche ses lunettes à tâtons et les chausse, clignant des yeux derrière les verres épais.

— Tu ne vas même pas me laisser le plaisir de te préparer le petit déjeuner ? Un gentleman ne laisse jamais partir une dame sans la nourrir au préalable.

J'éclate de rire.

— Je suis parfaitement capable de me nourrir. Et puis à t'entendre, on dirait que je suis un oiseau.

— Un oiseau ? Plutôt une tigresse, oui ! Viens là.

Il m'ouvre ses bras. Alors, je grimpe sur le lit et tombe dedans.

Il me caresse les cheveux. Il est tout chaud, tout doux et un peu odorant. Une odeur d'homme, je suppose. Étrangement familière. Comme une odeur de pain grillé.

Il recule sa tête pour me sourire.

— On t'a déjà dit à quel point tu es jolie le matin ?

Vers deux heures de l'après-midi, nous réussissons à nous traîner jusqu'au *Pink Tea Cup* pour le petit déjeuner. Je porte une chemise qui lui appartient sur mon pantalon en latex, et nous mangeons des pancakes et du bacon et du vrai sirop d'érable en buvant des litres de café et en fumant des cigarettes et en parlant de tout et de rien avec timidité et enthousiasme.

— Dis donc, lance-t-il quand l'addition arrive. Ça te dirait d'aller au zoo ?

— Au zoo ?

— Il paraît qu'il y a un nouvel ours blanc.

Et soudain, oui, j'ai envie d'aller au zoo avec Capote. Je viens de passer deux mois à New York, et je n'ai pas fait une seule excursion touristique. Je ne suis pas montée au sommet de l'Empire State Building. Ni de la statue de la Liberté. Je n'ai pas vu le Metropolitan Museum ni même la Bibliothèque publique.

J'ai été terriblement négligente. Je ne peux quand même pas partir de New York sans faire un peu la touriste.

— J'ai juste une chose à faire avant, dis-je.

Je me dirige vers les toilettes. Un téléphone à pièces est accroché au mur à côté de la porte.

Miranda décroche à la première sonnerie.

— Allô ? dit-elle d'un ton anxieux, comme si elle s'attendait à une mauvaise nouvelle.

Elle répond toujours au téléphone comme ça. C'est une des choses que j'adore chez elle.

— Je l'ai fait !

— Carrie ? c'est toi ? Oh mon Dieu. Qu'est-ce qui s'est passé ? C'était comment ? Tu as eu mal ? Comment a été Bernard ?

— Je ne l'ai pas fait avec Bernard.

Elle s'étrangle.

— Quoi ? Mais avec qui, alors ? Tu ne peux pas faire ça avec le premier crétin qui passe ! Oh non, Carrie ! Tu n'as pas fait ça ? Tu n'as quand même pas ramassé un type dans un bar…

— Avec Capote ! dis-je, toute fière.

— Ce type, là ? (J'entends sa stupéfaction.) Mais tu disais que Bernard était Le Bon…

Je vois Capote se lever.

— Changement de programme, dis-je rapidement. Le coup de la panne. J'ai dû annuler la mission et trouver une autre fusée.

— Carrie, c'est dégoûtant ! C'est Samantha qui t'a soufflé de dire ça ? On dirait elle. Oh lala, mais c'est dingue ! Qu'est-ce que tu vas faire, maintenant ?

— Aller voir l'ours polaire, dis-je en riant.

Je raccroche doucement avant qu'elle puisse me poser d'autres questions.

Ai-je déjà été amoureuse ? Vraiment amoureuse ? Et comment se fait-il que je le sois un peu plus à chaque garçon que je rencontre ? J'ai une brève pensée pour Sebastian et je souris. Qu'est-ce que je fichais avec lui ? Ou avec Bernard ? Je me penche par-dessus le muret pour mieux voir l'ours blanc. Pauvre Bernard. Finalement, il est encore plus perdu que moi.

— Qu'est-ce qui te fait rire ? me demande Capote en m'enlaçant par-derrière.

Nous n'arrivons plus à nous décoller depuis tout à l'heure, appuyés l'un sur l'autre dans le métro, marchant bras dessus bras dessous sur la Cinquième Avenue, et échangeant des baisers à l'entrée du zoo. Mon corps entier est tendre comme du beurre. Je ne sais pas pourquoi j'ai gâché tout mon été à courir après Bernard au lieu de Capote.

Mais peut-être que Capote ne m'aimerait pas autant si j'avais fait ça.

— Je ris toujours.

— Pourquoi ? me demande-t-il tendrement.

— Parce que la vie est drôle.

Au zoo, nous achetons des hot dogs et des casquettes à l'effigie de l'ours polaire. Puis nous descendons la Cinquième Avenue en courant et voyons le vieux monsieur qui vend des crayons devant chez *Saks*, ce qui me rappelle ma première rencontre avec Miranda. Nous faisons la queue avec les touristes dans l'Empire State Building et prenons l'ascenseur jusqu'au sommet. Nous regardons dans les lorgnettes et nous nous embrassons à perdre haleine. Nous rentrons chez Capote en taxi.

Nous faisons encore l'amour, et n'arrêtons que quand nous constatons que nous sommes morts de faim. Nous allons à Chinatown et mangeons du canard laqué, je n'en avais jamais goûté, et puis nous nous promenons dans SoHo et rions en pensant à Teensie prenant un cachet au dîner chez Barry Jessen et à tout ce qui nous est arrivé de fou pendant l'été. Il est tard maintenant, minuit passé. Je me dis que je vais passer encore une nuit avec lui, et que je rentrerai chez moi demain matin.

Mais quand vient le matin, nous n'arrivons toujours pas à nous séparer. Nous rentrons chez moi et faisons l'amour sur le lit de Samantha. Je me change, fourre ma brosse à dents et une culotte de rechange dans ma besace de charpentier, et nous retournons faire les touristes. Nous prenons un bus panoramique qui nous mène à la statue de la Liberté, où nous grimpons jusqu'en haut et rions en voyant comme c'est petit dans sa couronne, après quoi nous rentrons chez Capote.

Nous mangeons des hamburgers au bistro du coin et de la pizza chez *John*. J'ai mon premier orgasme.

Les heures passent dans un brouillard, comme dans un rêve, mêlées d'une pointe de tristesse. Cela ne peut pas durer toujours. Capote commence à travailler chez un éditeur en septembre. Et moi, je dois aller à Brown.

— Tu es sûre ? murmure-t-il.

— Je n'ai pas le choix. J'espérais qu'il se passerait quelque chose autour de ma pièce et que je pourrais convaincre mon père de me laisser aller plutôt à l'université de New York.

— Pourquoi ne pas lui expliquer que tu as changé d'avis ?

— Il me faudrait une sacrée excuse.

— Que tu as rencontré un garçon dont tu es folle et que tu veux rester avec lui, par exemple ?

— Il aurait une crise cardiaque. Il ne m'a pas élevée pour que je prenne mes décisions en fonction d'un garçon.

— C'est un vieux grincheux, alors ?

— Mais non. Il te plaira. C'est un génie. Comme toi.

Trois jours avec Capote m'ont appris que ce que je prenais pour de l'arrogance n'était rien d'autre qu'une réelle culture littéraire. Comme moi, il est intimement convaincu que les livres sont sacrés. Ils ne le sont peut-être pas pour d'autres, mais quand on a une passion, on s'y accroche. On la défend. On ne prétend pas que c'est sans importance, au risque d'offenser autrui.

Et soudain, on est mercredi matin. Notre dernier cours a lieu aujourd'hui. Je suis tellement ramollie par l'appréhension que je peux à peine lever la main pour me brosser les dents. Je redoute d'affronter la classe. Mais comme souvent dans la vie, je m'inquiète pour rien.

Tout le monde s'en fiche.

Ryan et Rainbow papotent devant le bâtiment quand Capote et moi arrivons ensemble. Je lâche sa main, me disant que ce n'est pas une bonne chose que les autres soient au courant, mais lui n'a pas ces scrupules. Il reprend ma main et m'enlace.

— Oh oh, alors vous êtes ensemble maintenant ? demande Ryan.

— Je ne sais pas…

Je cherche une confirmation de Capote. Il me la donne en m'embrassant sur les lèvres.

— Immonde ! déclare Rainbow.

— Je me demandais combien de temps vous alliez mettre à vous décider, remarque Ryan.

— Il y a une boîte qui ouvre ce soir sur le Bowery, nous informe Rainbow.

— Et une lecture chez Cholly Hammond, ajoute Ryan. Il paraît que ses fêtes sont géniales.

— Quelqu'un veut aller chez Elaine la semaine prochaine ? demande Capote.

Et ils continuent comme ça, encore et encore, sans mentionner le fait que je ne serai plus là. Ni mentionner ma pièce. Ils l'ont probablement déjà oubliée.

Ou alors, comme moi, ils sont trop gênés pour en parler.

Dans le doute, il reste toujours le plan C : « Si quelque chose de vraiment affreux t'arrive, fais comme si de rien n'était. »

Je suis le groupe à l'intérieur en traînant les pieds. Tout ça pour quoi ? Je me suis fait des amis que je ne reverrai sans doute jamais, je suis sortie avec un homme qui s'est révélé bidon, j'ai trouvé un amour qui ne pourra pas durer, et j'ai passé l'été à écrire une pièce que personne ne verra jamais.

Comme dirait mon père, je n'ai rien fait de « constructif » de mon temps.

Chapitre trente-huit

— Qu'est-ce que vous allez devenir, Capote et toi ? veut savoir Miranda. Tu crois vraiment que vous allez pouvoir continuer l'histoire à distance ? On dirait que c'est ton inconscient qui, délibérément…

— Si c'est délibéré, comment ça peut être inconscient ?

— Oui, bon, tu vois ce que je veux dire. Tu attends la toute fin de l'été pour tomber amoureuse de ce mec parce que secrètement, *tu ne veux pas que ça dure.*

Je plie le survêtement en vinyle blanc et le presse dans ma valise.

— Je doute que mon inconscient soit machiavélique à ce point.

— Oh, mais si, insiste Miranda. Il peut te faire faire toutes sortes de choses. Par exemple : pourquoi tu portes encore cette chemise ?

Je jette un coup d'œil sur la chemise bleu ciel que j'ai empruntée à Capote après notre première nuit.

— J'avais oublié que je la portais.

— Tu vois ? triomphe Miranda. C'est pour ça que c'est si important de se faire psychanalyser !

— Dans ce cas, comment tu expliques Marty ?

— Encore l'inconscient, dit-elle avec un petit haussement d'épaule dédaigneux. J'ai fini par comprendre qu'il n'était pas pour moi. Même si mon esprit conscient essayait de briser le schéma, mon inconscient savait que ça ne marcherait pas. Et en plus, je n'ai pas pu aller aux toilettes tant que j'ai été avec lui.

— On dirait bien que c'était ton intestin le problème, pas ton inconscient.

J'ouvre un tiroir et en sors trois paires de chaussettes. Que je n'avais pas revues depuis que je les ai rangées là il y a deux mois. Des chaussettes ? Qu'est-ce que j'avais dans la tête ? Je les jette aussi dans la valise.

— Voyons les choses en face, Carrie, soupire Miranda. Il n'y a pas d'espoir.

Elle parle des hommes ou de mon départ ?

— Ce n'est pas ce que Freud appelait « l'accomplissement du désir » ?

— Je suis réaliste. Ce n'est pas parce qu'on a couché une fois qu'il faut tomber amoureux, marmonne-t-elle. Et je n'aurais jamais cru que Samantha et toi seriez du genre à rêvasser bêtement sur des robes de mariées et sur l'odeur de la chemise de leur homme.

— Primo, Samantha n'est même pas venue à l'essayage de sa robe de mariée. Et deuzio… (Je m'interromps.) Tu crois que tu viendras me voir à Providence ?

— Pourquoi j'irais là-bas ? Qu'est-ce qu'il y a à Providence qu'il n'y a pas à New York ?

— Moi… dis-je d'une petite voix plaintive.

— Tu peux venir me voir quand tu veux, affirme-t-elle. Tu pourras dormir sur le canapé si les ressorts ne te dérangent pas.

— Tu me connais. Rien ne me dérange.

— Oh, Carrie, soupire-t-elle tristement.

— Je sais.

— Tu as quelque chose à manger dans cette turne ? Je crève de faim.

— Peut-être quelques crackers au beurre de cacahuète qui restent du black-out.

Miranda entre dans la cuisine et revient avec le surplus de nos provisions de guerre.

— Tu te rappelles cette nuit-là ? me demande-t-elle en déchirant l'emballage.

— Comment veux-tu que je l'oublie ?

Si seulement j'avais su, à l'époque, ce que je sais maintenant ! J'aurais pu commencer à sortir avec Capote. On serait ensemble depuis deux semaines, à l'heure qu'il est.

— Et d'ailleurs, que va faire Samantha de cet appart, maintenant que tu t'en vas et qu'elle se marie ?

— Aucune idée. Elle va sans doute trouver quelqu'un comme moi pour le sous-louer.

— Eh bien c'est dommage.

Je ne sais pas bien si elle parle de mon départ, ou du fait que Samantha veut garder son appart alors qu'elle en a un bien mieux où habiter. Elle grignote un cracker d'un air pensif pendant que je continue à faire ma valise.

— Dis donc, lance-t-elle finalement. Je t'ai parlé des cours que je vais prendre ? « Rituels patriarcaux dans la vie contemporaine ».

— Ça a l'air intéressant, dis-je sans grand enthousiasme.

— Ouais. On va étudier les mariages, ce genre de choses. Tu savais que tout ce qui mène au mariage

– les fêtes prénuptiales, la liste de mariage, le choix d'une robe hideuse – a été conçu uniquement pour donner aux femmes quelque chose à faire à l'époque où elles ne travaillaient pas ? Et aussi pour leur laver le cerveau afin que leurs copines se disent qu'elles devraient en faire autant ?

— En fait non, j'ignorais. Mais ça se tient.

— Et toi, qu'est-ce que tu vas faire, à Brown ?

— Sais pas. Des études scientifiques, sans doute.

— Je croyais que tu allais devenir un grand écrivain.

— Tu as vu le résultat.

— La pièce n'était pas si nulle, dit Miranda en s'essuyant la bouche. Tu as remarqué que depuis que tu n'es plus vierge, tu te comportes comme si tu étais en deuil ?

— Le jour où ma carrière est morte, je suis morte avec.

— N'importe quoi !

— T'as qu'à essayer, toi, de te tenir devant une salle pleine de gens qui se moquent de toi.

— Et si tu arrêtais de faire comme si tu étais la plus grande invention depuis le fil à couper le beurre ?

Je m'étrangle.

— D'accord ! cède Miranda. Si tu ne peux pas encaisser une critique constructive…

— Moi ? Et toi, alors ? La moitié du temps, ton « réalisme » n'est que de l'aigreur…

— Au moins, je ne vis pas au pays des Bisounours.

— Non, tu penses ! Tu risquerais d'imaginer que quelque chose de bien peut arriver…

— Je ne vois pas pourquoi tu crois que tout devrait te tomber tout cuit dans le bec.

— Tu es jalouse, c'est tout.

Elle plisse les paupières.

— De Capote Duncan ? C'est en dessous de toi, ça, Carrie Bradshaw.

Le téléphone sonne.

— Tu devrais répondre, me suggère-t-elle sèchement. Ça doit être *lui*. Qui veut te faire une déclaration *d'amour éternel* !

Elle s'engouffre dans la salle de bains et claque la porte.

Je prends ma respiration.

— Allô ?

— Mais où t'étais passée ? glapit Samantha.

Ça ne lui ressemble pas du tout. J'éloigne le combiné de mon oreille.

— Tu t'inquiétais ? Tu vas être fière de moi. Je ne suis plus vierge.

— Bien ! Tant mieux pour toi, dit-elle en vitesse, ce qui n'est pas du tout la réaction que j'espérais. J'adorerais fêter ça, mais malheureusement j'ai une crise sur les bras de mon côté. J'ai besoin que tu viennes chez Charlie tout de suite.

— Mais…

— Tu viens, OK ? Pas de questions. Et amène Miranda. J'ai besoin de toute l'aide possible. Et tu peux prendre des sacs-poubelle en chemin ? Des grands. Format ramassage de feuilles mortes dans les lotissements de banlieue.

— Regardez-moi bien, nous dit Samantha en nous ouvrant la porte de chez Charlie. C'est la seule fois de votre vie où vous me verrez pleurer.

— C'est une promesse ? demande Miranda d'un ton aigre.

Notre presque-engueulade nous a laissées un peu sur les nerfs. Sans l'appel de détresse de Samantha, nous serions sans doute en train de nous prendre à la gorge.

— Regardez, dit-elle en s'essuyant les yeux et en levant son doigt pour nous le montrer. Une vraie larme.

— J'aurais pas vu la différence, dis-je.

Miranda regarde autour d'elle, émerveillée.

— Ouah ! C'est beau, ici.

— Profite bien de la vue, enchaîne Samantha. C'est aussi la dernière fois que tu la verras. Je m'en vais.

— *Quoi ?*

— Parfaitement.

Elle descend lentement dans le salon en contrebas. Il y a une vue à couper le souffle sur Central Park. On peut pratiquement voir le fond de la mare aux canards, d'ici.

— Le mariage est annulé. Charlie et moi, c'est fini.

Je regarde Miranda et lève les yeux au ciel.

— Tout passe, tout lasse, sauf les glaces, dis-je tout bas en m'approchant de la fenêtre pour mieux admirer le panorama.

— Carrie, je suis sérieuse.

Samantha se dirige vers une console sur roulettes, y prend une carafe en cristal et se verse une solide dose de whisky.

— Et c'est grâce à toi, tout ça. À vous deux, plutôt.

Elle vide son verre d'un trait.

— Moi ? s'étonne Miranda. Je l'ai à peine croisé, ton mec.

— Mais c'est toi qui m'as dit de lui dire.

— De lui dire quoi ?

Miranda, visiblement, n'y comprend rien.

— Mon problème.

— Quel problème ?

— Tu sais bien, grince Samantha entre ses dents. Le truc. La paroi intérieure…

— L'endométriose ? dis-je.

Samantha lève les deux mains devant elle.

— Je ne veux plus jamais entendre ce mot. Jamais.

— L'endométriose n'est pas vraiment un problème, pointe Miranda.

— Va dire ça à la mère de Charlie.

— Houlà.

Je prends conscience que j'ai bien envie d'un verre, moi aussi. Et d'une cigarette.

— Je ne comprends pas.

Miranda s'approche de la vitrine en Plexiglas qui contient la collection de souvenirs sportifs de Charlie. Elle se penche pour mieux voir.

— C'est une vraie balle de base-ball ?

— Qu'est-ce que tu crois ? Et, oui, c'est bien la signature de Joe DiMaggio dessus.

— Je croyais que vous en étiez au choix du service à thé, dit Miranda.

À ces mots, Samantha la fusille du regard et disparaît dans le couloir.

— Tiens, je viens de comprendre un truc, dis-je à Miranda. Tu te rappelles, quand Samantha disait que Charlie rêvait d'être joueur de base-ball professionnel et que sa mère n'a pas voulu ? Peut-être que Charlie se prend en secret pour Joe DiMaggio et que Samantha est sa Marilyn.

— Tout à fait. Et tu te souviens que Joe DiMaggio en a toujours voulu à Marilyn d'être tellement sexy, et qu'il voulait en faire une bobonne ? C'est exactement ça.

Samantha revient les bras chargés d'un tas de fringues, qu'elle laisse tomber sur le canapé en daim ultrafin. Elle me regarde durement.

— Et toi, tu es aussi responsable que Miranda. C'est toi qui m'as conseillé d'être un peu plus authentique.

— Mais je ne le pensais pas vraiment. Je n'aurais jamais cru que tu…

— Eh bien voilà ce que ça rapporte, d'être authentique à New York.

Elle regagne sa chambre en courant et revient avec un autre tas de vêtements, qu'elle laisse tomber cette fois à nos pieds. Puis elle attrape le paquet de sacs-poubelle, en ouvre un, et se met à le bourrer frénétiquement.

— Voilà ce que ça rapporte, répète-t-elle en élevant la voix. Un coup de pied dans les dents et cinquante *cents* pour le métro.

— Nooon ! Tu plaisantes, là !

Elle s'immobilise un instant et me tend son bras.

— Tu vois ça ?

« Ça », c'est une grosse Rolex incrustée de diamants.

— Authentique aussi ? s'étrangle Miranda.

— Attends. Pourquoi un type qui te plaque te donne-t-il une Rolex géante ?

— On doit pouvoir acheter un petit pays avec ça, ajoute Miranda.

Samantha oscille sur ses talons.

— Apparemment, c'est une tradition chez eux. Quand on brise des fiançailles, on offre une montre à son ex.

— Tu devrais te fiancer plus souvent.

Folle de rage, Samantha arrache la montre de son poignet et la jette contre la vitrine en Plexiglas, où elle rebondit sans dégâts. Certaines choses sont simplement indestructibles.

— Comment en suis-je arrivée là ? J'avais tout prévu. Je tenais New York par les couilles ! Tout marchait du feu de Dieu. J'étais si douée pour être quelqu'un d'autre !

Si seulement nous pouvions toutes enfermer notre cœur dans une vitrine en Plexiglas, me dis-je en m'agenouillant à côté d'elle.

— Tu n'as pas été si douée pour venir chez *Kleinfeld*, lui dis-je doucement.

— C'est une exception. Un seul petit raté. Et je me suis rattrapée en disant à Glenn que je me ferais une joie de prendre son décorateur pour refaire l'appartement. Même si ça m'obligeait à vivre dans du chintz. Après tout, un peu de tissu à fleurs par-ci par-là, où est le problème ? S'il le faut…

Et soudain, elle fond en larmes. Sauf que cette fois, ce sont des vraies.

— Tu ne comprends pas ? sanglote-t-elle. J'ai été rejetée. Tout ça parce que j'ai des trompes de Fallope défectueuses.

Dans les annales des relations amoureuses foirées, se faire jeter à cause de ses trompes doit figurer tout en haut du palmarès, avec... euh, je ne sais pas, vous trouverez bien. Mais peut-être que l'amour à New York, c'est vraiment ce que dit toujours Samantha : tout compte, même ce qui ne se voit pas.

Et ce qui se voit, déjà, est souvent rédhibitoire.

Je compte dans ma tête le nombre de sacs-poubelle éparpillés dans l'appartement de Charlie. Quatorze. J'ai dû courir en racheter un rouleau. C'est fou ce qu'on peut accumuler en deux ans de vie à deux.

— Des bagages, dit Samantha en écartant un sac d'un coup de pied. Tout ça... Rien que des bagages.

— Attention ! Il y a des chaussures Gucci dans celui-là.

— Halston, Gucci, Fiorucci, quelle importance ? (Elle lève les mains au ciel.) Quelle importance, quand c'est toute ta vie qui s'écroule ?

— Tu trouveras un autre homme, affirme calmement Miranda. Tu en trouves toujours un autre.

— Mais pas un qui m'épousera. Tout le monde sait que la seule chose qui puisse pousser un homme de Manhattan à dire oui, c'est le désir de se reproduire.

— Mais tu n'es même pas sûre d'être stérile. Le médecin a dit...

— Qu'est-ce que ça peut faire, ce qu'il a dit ? Ce sera toujours la même histoire.

— Ça, tu n'en sais rien. (Je saisis un sac et le traîne vers la porte.) Et puis, tu comptais vraiment te faire passer toute ta vie pour ce que tu n'es pas ?

Je prends ma respiration et tends les bras vers les meubles en Plexiglas.

— Entourée de *plastique* ?

— Les hommes sont tous des imbéciles. Mais ça, tu le savais, dit Miranda en récupérant la montre sous la table basse. Je suppose que c'est tout ce qu'il te reste, ajoute-t-elle en lui tendant la Rolex. Tu ne vas quand même pas la laisser.

Samantha, défigurée par le chagrin, soupèse attentivement la montre dans sa paume. Elle inspire profondément.

— En fait, si.

Elle place la montre au milieu de la table pendant que Miranda et moi échangeons un regard abasourdi.

— Où est le sac avec les chaussures Gucci ? aboie-t-elle.

— Là.

Je me demande ce qu'il lui prend.

Elle déchire le sac et en fait tomber deux paires de mocassins.

— Et le tailleur Chanel ? Il est où ?

— Je crois qu'il est là-dedans, dit prudemment Miranda en poussant un sac vers elle.

— Mais qu'est-ce que tu fais ?

Samantha sort le Chanel du sac et le pose sur la table à côté de la montre.

— À ton avis, qu'est-ce que je fais ?

— Aucune idée.

Je cherche de l'aide du côté de Miranda, mais elle est aussi mystifiée que moi.

Samantha trouve une robe de tennis et la tient en l'air, soudain hilare.

— Je vous ai dit que Charlie voulait me faire prendre des cours de tennis ? Pour que je puisse jouer avec Glenn. À Southampton. Comme si ça pouvait me plaire de taper dans la baballe avec sa mère.

Elle a soixante-cinq ans et elle prétend qu'elle en a cinquante. Comme si quelqu'un allait croire ça.

— Eh bien…

Miranda et moi sommes aussi stupéfaites l'une que l'autre.

— Tu veux ça, rat des champs ?

Elle me jette la robe.

— D'accord, dis-je avec hésitation.

Je me demande quoi en faire, mais Samantha se ravise et me l'arrache des mains.

— Finalement, *non* ! crie-t-elle en jetant la robe sur la pile. Ne la prends pas. Ne fais pas la même erreur que moi.

Et elle continue dans cette veine, déchirant les sacs et en retirant tous les vêtements datant de sa vie avec Charlie, qui forment un tas de plus en plus gros. Miranda et moi la regardons toujours avec inquiétude. Je me mords la lèvre.

— Tu vas vraiment laisser tout ça ?

— Qu'est-ce que tu crois, rat des champs ?

Elle s'arrête et inspire profondément, les mains sur les hanches. Elle incline la tête et me décoche un sourire farouche.

— Ce ne sont que des bagages. Et même si je ne suis pas la personne la plus authentique au monde, laisse-moi te dire une chose sur Samantha Jones. On ne l'achète pas. À *aucun* prix.

— Tu te rappelles quand je suis arrivée ici et que tu m'as fait vider une brique de lait dans l'évier parce que l'odeur te levait le cœur ? dis-je en me pelotonnant confortablement dans le canapé.

Il est deux heures du matin et nous sommes enfin de retour chez Samantha. À force de remplir et de vider des sacs, je suis crevée.

— Elle a vraiment fait ça ? demande Miranda.

— Oh oui.

Samantha pousse un long soupir et renverse la tête en arrière, soulagée.

— Le lait, ce n'est pas pour les adultes. Oh, que je suis contente que tout ça soit terminé. Si ces trompes de Fallope pouvaient parler…

— Heureusement qu'elles ne peuvent pas !

Je me lève et entre dans ma chambre. Je contemple mes pauvres affaires à moi et ouvre tristement ma valise.

— Rat des champs ? m'appelle Samantha. Qu'est-ce que tu fais ?

— Ma valise. Je pars demain, tu te rappelles ? Et après cet été, je pense que je ne suis plus un rat des champs. Je n'ai pas pris du galon ?

— Oh que si. Je te déclare à présent rat des villes. L'animal officiel de New York.

— Le *seul* animal de New York. Avec les pigeons, qui sont des rats volants, rigole Miranda. Eh, il paraît qu'en Chine les rats portent bonheur…

— J'adore les Chinois, dit Samantha en souriant. Vous savez qu'ils ont inventé la pornographie ?

Chapitre trente-neuf

— Stanford White, dit Capote. C'est lui qui a dessiné Pennsylvania Station, la gare d'origine. C'était un des plus beaux bâtiments du monde. Mais en 1963, un imbécile a vendu les droits et ils l'ont abattue pour construire cette horreur.

— Comme c'est triste. Je me demande si ça sentait aussi mauvais à l'époque, dis-je tout bas en descendant l'escalator derrière lui.

— Quoi ?

Il doit crier pour couvrir le tumulte ambiant.

— Rien.

— J'aurais bien voulu vivre à New York au début du siècle, ajoute-t-il.

— Je suis contente d'y avoir vécu tout court.

— Oui. Je ne me vois vraiment pas partir d'ici.

Ces mots m'envoient une nouvelle décharge de désespoir.

Toute la matinée, nous n'avons pas arrêté de nous dire tout ce qu'il ne fallait pas, du moins quand nous arrivions à parler.

Je m'efforçais scrupuleusement d'évoquer l'avenir, tandis que Capote s'efforçait scrupuleusement de l'éviter.

D'où les leçons d'histoire sur Penn Station.

— Écoute...

— Surveille l'heure, me coupe-t-il avec un coup de menton vers l'horloge. Il ne faudrait pas que tu rates ton train.

Si je ne savais pas que c'est impossible, je croirais qu'il a hâte d'être débarrassé de moi.

— C'était bien, hein ? dis-je en traînant les pieds dans la file d'attente pour acheter mon billet.

— Oui. C'était super.

Un instant, il faiblit, et je vois le petit garçon en lui.

— Tu pourras venir me voir à Providence...

— Bien sûr.

Mais à la manière dont son regard file sur le côté, je vois que cela n'arrivera jamais. Il aura trouvé quelqu'un d'autre d'ici là. Pourtant, si je ne partais pas, j'aurais peut-être pu être La Bonne.

Il la trouvera bien un de ces jours, non ?

J'achète mon billet. Capote soulève ma valise pendant que j'achète le *New York Times* et le *Post*. *Je ne suis pas près de pouvoir refaire ça*, me dis-je avec amertume. Nous trouvons l'escalator qui mène à mon quai. Pendant que nous descendons, je m'emplis d'un vide aveuglant. Ça y est. Fin.

— Les passagers, en voiture, s'il vous plaît ! crie le machiniste.

Je pose un pied sur la marche et m'arrête. Si seulement Capote fondait sur moi, m'attrapait par le bras, m'attirait contre lui ! Si seulement il y avait un nouveau black-out... Si seulement il arrivait quelque chose, n'importe quoi, pour m'empêcher de monter dans ce train !

Par-dessus mon épaule, je vois Capote dans la foule.

Il me fait au revoir de la main.

Le trajet pour Hartford dure trois heures. Pendant la première heure, je suis submergée par la tristesse. Je n'arrive pas à croire que j'ai quitté New York. Je n'arrive pas à croire que j'ai quitté Capote. Et si je ne le revois plus jamais ?

Ça ne va pas. Ce n'est pas ainsi que c'est censé se passer. Capote devrait déjà m'avoir déclaré son amour éternel.

Je me rappelle avoir dit ceci à Samantha et Miranda :

— « Devrait » est un des pires mots de notre langue. Les gens pensent toujours que les choses « devraient » être comme ci ou comme ça, et quand elles ne le sont pas, ils sont déçus.

— Qu'est-ce qui te prend ? m'a demandé Samantha. Tu as fait l'amour et maintenant tu sais tout ?

— Je n'ai pas seulement fait l'amour, j'ai eu un orgasme, ai-je déclaré fièrement.

— Oh, chérie, bienvenue au club.

Ensuite, elle s'est tournée vers Miranda.

— Ne t'en fais pas. Toi aussi, un jour, tu en auras un.

— Comment tu sais que je n'en ai pas eu ? a grincé Miranda.

Je ferme les yeux et appuie la tête contre le siège. Peut-être que ce n'est pas grave de ne plus voir Capote. Ce n'est pas parce qu'une chose n'est pas éternelle qu'elle ne voulait rien dire quand elle est arrivée. Cela ne signifie pas que ce n'était pas important.

Et qu'y a-t-il de plus important que votre premier amant ? J'aurais pu faire bien pire.

Et soudain, je me sens libre.

Je fouille dans mes journaux et ouvre le *New York Post*. Et là, je vois mon nom.

Je fronce les sourcils. C'est impossible. Que fait mon nom en page six ? Puis je lis le titre de l'article : « Pour un début, c'est un désastre ».

Je jette le journal comme s'il m'avait mordue.

Quand le train marque un arrêt de vingt minutes à New Haven, je bondis de mon compartiment et cours vers la cabine téléphonique la plus proche. J'arrive à joindre Samantha à son bureau et, tremblante et bafouillante, parviens à lui demander si elle a lu le *Post*.

— Oui, Carrie, j'ai vu. C'est formidable !

Je hurle.

— Quoi ?

— Calme-toi. Il ne faut pas prendre ce genre de choses sur le plan personnel. Aucune publicité n'est une mauvaise publicité.

— C'est écrit que ma lecture est ce qu'ils ont vu de plus mauvais depuis la fête de l'école en maternelle !

— Et alors ? Ce sont des jaloux. Tu as décroché une critique pour ta première pièce jouée à New York City ! Tu n'es pas ravie ?

— Je suis *mortifiée*.

— C'est bien dommage. Parce que Cholly Hammond a appelé. Il essaie de te joindre depuis des jours. Il veut que tu le rappelles le plus vite possible.

— Pourquoi ?

— Oh, rat des champs, soupire-t-elle. Que veux-tu que j'en sache ? Mais il a dit que c'était important. Il faut que je file, Harry Mills est dans mon bureau…

Et elle raccroche.

Je regarde fixement le téléphone. Cholly Hammond ? Qu'est-ce qu'il peut bien me vouloir ?

Je reprends de la monnaie dans ma poche. En temps normal, le coût d'un appel longue distance depuis une cabine serait un problème, mais il se trouve que je suis à flot en ce moment. Prenant exemple sur Samantha, j'ai vendu mon sac Chanel tout neuf, jamais utilisé, au proprio sympa de la friperie pour cent cinquante dollars. Je sais qu'il valait bien plus, mais je n'en aurai pas besoin à Brown. Et puis, je n'étais pas fâchée de m'en débarrasser.

Des bagages.

Je glisse plusieurs pièces dans la fente. Une voix de secrétaire sensuelle me répond.

— Cholly est là ? dis-je en donnant mon nom.

Il prend immédiatement la communication.

— Jeune fille ! s'exclame-t-il comme si j'étais une amie de toujours.

— Cholly !

— J'ai vu l'article dans le *Post* et j'ai été très intrigué. D'autant plus que je pensais à toi depuis des semaines. Depuis que j'ai dîné à côté de toi chez Barry Jessen.

Mon cœur coule à pic. C'est reparti. Encore un vieux libidineux qui veut me draguer.

— Je méditais sur notre amusante petite conversation. Et à force de méditer, j'ai songé à t'éditer, ah ah.

— Ah oui ?

J'essaie de me rappeler ce que j'ai pu dire de si mémorable.

— Moi qui suis toujours en quête de nouveauté, je me suis dit : « Ne serait-ce pas intéressant de rechercher un lectorat plus jeune pour *The New Review* ? Et qui mieux qu'une très jeune femme serait à même de l'attirer ? » Je pensais à une sorte de chronique, si tu veux. New York vu par les yeux d'une ingénue.

— Je ne sais pas si ce serait très bon. Vu le succès retentissant de ma pièce…

— Bonté divine ! s'exclame-t-il. Mais c'est justement ça, l'intérêt. Si elle avait eu un succès retentissant, je ne t'appellerais pas. Parce que toute l'idée qui sous-tend ce projet, c'est que Carrie Bradshaw ne gagne jamais !

J'ai un hoquet horrifié.

— Pardon ?

— Carrie ne gagne jamais. C'est ce qui est amusant, tu ne comprends pas ? C'est ce qui la fait avancer.

— Mais l'amour ? Elle ne gagne jamais en amour non plus ?

— Surtout en amour.

J'hésite.

— Ça ressemble à un mauvais présage, Cholly.

Il rit, fort et longuement.

— Tu sais ce qu'on dit : le malheur des uns fait le bonheur des autres. Alors, qu'en dis-tu ? On peut se retrouver dans mon bureau cet après-midi à trois heures ?

— À New York ?

— Évidemment, à New York !

You-houhououou !

Voilà ce que je me dis dans le wagon de première classe qui me ramène vers la ville. Les sièges sont gigantesques et couverts de velours rouge, et il y a un napperon en papier sur chaque appuie-tête. Il y a même un compartiment spécial pour ranger sa valise. C'est nettement plus chouette que la seconde.

J'entends Samantha dans ma tête : « Voyage toujours en première classe. » Et Miranda qui ajoute : « Mais seulement si tu peux la payer toi-même. »

Eh bien oui, j'ai payé moi-même. *Via* Bernard et son joli cadeau. Mais quoi ? Après tout, je le mérite.

Peut-être que je ne suis pas si nulle, finalement.

Je ne sais pas combien de temps je vais rester à New York, ni ce que fera mon père quand je vais le lui annoncer. Mais je m'inquiéterai de ça plus tard. Pour l'instant, ce qui m'intéresse tient en deux mots : je reviens.

Je titube dans l'allée, à la recherche d'une place et d'un voisin décent. Je passe devant un homme au crâne dégarni et une dame qui tricote. Puis je vois une jolie fille aux cheveux somptueux, qui feuillette le magazine *Mariées*.

Mariées. Elle plaisante, forcément. Je m'assois à côté d'elle.

— Bonjour ! me dit-elle chaleureusement en déplaçant son sac.

Je souris. Elle est aussi charmante de près que de loin.

— Je suis contente de vous avoir comme voisine, me chuchote-t-elle en regardant autour d'elle. La dernière fois que j'ai pris le train pour New York, un type complètement pervers s'est assis à côté de moi. Il a même essayé de me mettre la main sur la cuisse. Vous vous rendez compte ? J'ai dû changer de place trois fois.

— C'est horrible !

— Je sais.

Elle hoche la tête, les yeux écarquillés.

Je lui souris de nouveau et indique le magazine.

— Tu te maries ?

Elle rougit.

— Pas vraiment. Enfin, pas encore. Mais j'espère être fiancée d'ici à deux ans. Mon copain travaille à New York. À Wall Street.

Et elle baisse joliment la tête.

— Je m'appelle Charlotte, au fait.

— Carrie, dis-je en lui tendant la main.

— Et toi ? Tu as quelqu'un ?

J'éclate de rire.

— Qu'est-ce qu'il y a de si drôle ? On dit que Paris est romantique, mais je trouve que New York l'est aussi. Et les hommes…

Je ris encore plus fort.

— Enfin ! dit-elle, vexée. Si tu comptes rire sur tout le trajet jusqu'à New York… Je ne vois pas ce qu'il y a de drôle à aller là-bas pour trouver l'amour.

Je me tiens les côtes.

— Eh bien ? me demande-t-elle.

J'essuie mes larmes de rire et me carre dans mon fauteuil.

— Tu veux vraiment que je te parle de l'amour à New York ?

— Mais oui, vraiment.

Il y a dans sa voix un peu de curiosité et un peu de méfiance.

Le train siffle et je me penche en avant dans mon siège.

— Alors chérie, accroche-toi. J'ai une histoire pour toi.

Candace Bushnell dans Le Livre de Poche

Cinquième Avenue n° 32179

Habiter la Cinquième Avenue à Manhattan, c'est le symbole même de la réussite ! Alors, quand une dame très riche et très âgée meurt, actrice, journaliste ou avocate, on se bouscule pour reprendre son penthouse, prétexte pour Candace Bushnell, l'auteur du fameux *Sex and the City,* à faire défiler une savoureuse galerie de personnages...

Haut de gamme n° 30572

Bienvenue dans le monde fascinant et frelaté de la *dolce vita* new-yorkaise : *fashion victims*, *jet setters*, *golden boys* et magnats des médias. Mais là où l'argent et la morale n'ont pas d'odeur, n'a-t-on pas plus à perdre qu'à gagner ? Janey Wilcox est prête à tout pour être au « top ». Mannequin-vedette d'une marque de lingerie, elle masque sous une carapace de papier glacé une détresse morale qui n'a d'égal que son cynisme. Son but avéré : dénicher LE « Mister Big », l'über-mâle le plus riche possible…

Le Journal de Carrie n° 32220

Carrie a 17 ans, elle porte des gogo boots vintage, ses copines la trouvent fabuleuse, elle rêve d'être écrivain, elle a son premier coup de foudre, elle customise son sac avec du vernis rose... Et demain, elle sera Carrie Bradshaw, la reine de New York.

Lipstick Jungle n° 30995

Elle vous a fait rire, rêver, fantasmer avec *Sex and the City*, chronique sans complexe et désormais culte du New York branché et de ses jet-setteuses débridées. Candace Bushnell revient avec trois nouvelles héroïnes : Nico, Wendy et Victory. Des battantes au top de leur carrière mais en perte de vitesse en matière de vie privée... Nico trompe son mari avec un mannequin qui pourrait être son fils, Victory oublie l'échec de sa dernière collection de vêtements dans les bras du premier milliardaire venu, et le mariage de Wendy avec un homme au foyer est en chute libre... Comment gérer le sexe, le business et l'amour lorsqu'on est une femme dans la jungle new-yorkaise ? Toujours aussi chic, drôle et glamour, le nouveau *must* de Candace Bushnell.

Quatre blondes n° 15402

Elles sont quatre, comme les mousquetaires. Blondes, sophistiquées et sexy. Elles s'habillent chez les grands couturiers, courent les endroits à la mode, traquent dans la *jet-set* l'homme idéal, c'est-à-dire l'homme riche. Mais, au royaume du superficiel et de la silicone, l'amour-propre ne le reste jamais très longtemps... Sexe, paillettes et faux-semblants ; après sa brillante et hilarante chronique *Sex and the City*, Candace Bushnell brosse un portrait aussi pointu que des talons aiguilles de l'« élite » new-yorkaise et de ses *fashion victims* à la poursuite désespérée du succès.

Sex and the city n° 15212

Elles sont journaliste, marchande d'art, avocate, responsable des relations publiques. Elles ont tout pour plaire : jeunes, jolies, brillantes, sexy, indépendantes. Tout, sauf ce qu'elles cherchent désespérément : le partenaire idéal. Dans la jungle new-yorkaise, les places au soleil sont chères, *Sex and the City* en témoigne. Devenue un livre-culte avant d'inspirer une série télévisée, cette chronique à la fois hilarante et terrifiante des mœurs amoureuses et sexuelles de l'élite de Manhattan met l'Amérique WASP en émoi. Il est vrai que Candace Bushnell, journaliste branchée du *New York Observer*, n'hésite pas à bousculer le « sexuellement correct » de rigueur, en narrant en toute impudeur les aventures de ses contemporaines, leurs états d'âme et leurs frasques sexuelles. Ou du moins, ce qu'il en reste... Bienvenue dans l'ère de l'innocence perdue : un regard lucide et impitoyable sur une société qui fout décidément le camp.

PAPIER À BASE DE
FIBRES CERTIFIÉES

Le Livre de Poche s'engage pour l'environnement en réduisant l'empreinte carbone de ses livres. Celle de cet exemplaire est de :
400 g éq. CO_2
Rendez-vous sur
www.livredepoche-durable.fr

Composition réalisée par NORD COMPO

Achevé d'imprimer en juillet 2012 en France par
CPI BRODARD ET TAUPIN
La Flèche (Sarthe)
N° d'impression : 69908
Dépôt légal 1re publication : juin 2012
Édition 03 - juillet 2012
LIBRAIRIE GÉNÉRALE FRANÇAISE
31, rue de Fleurus – 75278 Paris Cedex 06

31/5761/7